狄更斯男孩

〔澳大利亚〕托马斯·肯尼利 ———— 著
李尧 ———— 译

人民文学出版社

著作权合同登记号　图字　01-2023-2128
THE DICKENS BOY by Thomas Keneally
Copyright © Thomas Keneally 2020
This edition arranged with ROGERS, COLERIDGE & WHITE LTD(RCW)
through BIG APPLE AGENCY, INC., LABUAN, MALAYSIA.
Simplified Chinese edition copyright © 2023 PEOPLE'S LITERATURE
PUBLISHING HOUSE CO., LTD.
All rights reserved.

图书在版编目(CIP)数据

狄更斯男孩/(澳)托马斯·肯尼利著;李尧译.—北京:人民文学出版社,2023
ISBN 978-7-02-018167-4

Ⅰ.①狄… Ⅱ.①托…②李… Ⅲ.①长篇小说—澳大利亚—现代 Ⅳ.①I611.45

中国国家版本馆CIP数据核字(2023)第141043号

策划编辑	脚　印
责任编辑	王　蔚
装帧设计	李思安
责任印制	张　娜

出版发行　人民文学出版社
社　　址　北京市朝内大街166号
邮政编码　100705

印　刷　三河市博文印刷有限公司
经　销　全国新华书店等

字　数　318千字
开　本　880毫米×1230毫米　1/32
印　张　13.25　插页3
版　次　2023年9月北京第1版
印　次　2023年9月第1次印刷

书　号　978-7-02-018167-4
定　价　59.00元

如有印装质量问题,请与本社图书销售中心调换。电话:010-65233595

脚 印 工 作 室

给四个年轻的朝圣者:

格斯,克莱门汀,亚历山德拉,罗里,

一路平安!

我可以诚实地告诉你，他远走高飞了，可怜的亲爱的人。一切都在预料之中。他脸色苍白，一直在哭，(亨利说)离开海厄姆车站后，他坐在火车车厢里简直要崩溃了，不过只一小会儿……

1868年9月，查尔斯·狄更斯写给女儿玛丽（玛米）

译者前言

托马斯·肯尼利（Thomas Keneally）是澳大利亚当代最著名的作家之一。他的第一部小说《惠顿广场》（*The Place at Whitton*）于1964年出版（八年前再版，以纪念其出版半个世纪）。肯尼利迄今共出版三十三部小说，十七本非小说类书籍，几本儿童读物和几部戏剧，还有四本和女儿梅格一起写的历史犯罪小说。他最著名、也最为中国读者熟悉的作品是获得布克奖的《辛德勒的方舟》（*Schindler's Ark*）。这部小说后经斯蒂芬·斯皮尔伯格改编成电影《辛德勒名单》（*Schindler's List*），一举夺得六项奥斯卡奖，在世界范围内产生了很大的影响。除此之外，托马斯·肯尼利的作品还获得包括澳大利亚最高文学奖——迈尔斯·富兰克林文学奖和澳大利亚年度文学奖在内的多项大奖。他的作品内容丰富多彩，时间跨度长达两个世纪。爱尔兰移民的苦难、拿破仑兵败滑铁卢后的艰险、美国政坛风云、纳粹德国的罪行、埃塞俄比亚内战、澳大利亚乡村的种族歧视、法国民族英雄圣女贞德、天主教牧师以及澳大利亚内地原住民的生活都被他的传神之笔描绘得栩栩如生。在我国，除了《辛德勒名单》（冯涛译，2011年上海译文出版社）外，还有多部作品已经翻译成中文出版，包括《内海的女人》（*Woman of the Inner Sea*，李尧译，1996年中国文学出版社），《吉米的颂歌》（*The Chant* of Jimmie Blacksmith》,李尧、刘洋译,2021年外语教学与研究出版社),《耻辱与俘虏》(Shame and the Captives,李尧、刘洋译,2021年外语教学与研究出版社),《战争的女儿》(The Daughters of Mars,解村译,2021年外语教学与研究出版社)。

《狄更斯男孩》(The Dickens Boy)是托马斯·肯尼利2020年,八十五岁高龄时出版的一部在世界文坛引起广泛关注的新作。这本书讲述了1868年,享誉世界的文学巨匠狄更斯把最小的儿子爱德华——也叫普洛恩——送到澳大利亚谋生的故事。

狄更斯和妻子凯瑟琳总共生了十个孩子(其中一个夭折)。狄更斯深爱他的儿女,但总是担心他们"缺乏精气神儿",不能像他那样全身心投入学习和工作。而他们似乎也"总能不断找到新的方法让他失望"。狄更斯无计可施,把七个儿子中的五个——除了老大查理和学业优秀在剑桥大学读书的亨利——全都放飞海外:沃尔特被送到印度,历经磨难,获得东印度公司中尉军衔,却因突发疾病,英年早逝;弗兰克到孟加拉当了骑警,后来又辗转到加拿大从军;西德尼去海军当了水兵。狄更斯一直对澳大利亚情有独钟。这个他曾两次受邀但未能到访的地方,令他心驰神往。在他眼里,那块古老而又年轻的土地"是摆脱过去的机会,是等待被书写的空白页"。他在小说《大卫·科波菲尔》和《远大前程》中已经把虚构的人物米考伯和马格韦契送到那里,给了他们"重新做人"的机会。还把居住在他和慈善家安吉拉·伯德特建立的"乌拉尼亚小屋"中的几十名妓女送到澳大利亚,让她们重组家庭,开始新生活。1865年,狄更斯把二十岁的儿子阿尔弗雷德送到澳大利亚,三年后,又把最小的儿子爱德华送到那块遥远的土地,希望他们在那里扬名立万,或者至少可以以一种不会玷污自己名声的方式生活。

爱德华去澳大利亚的时候，只有十六岁。他学业不佳，只喜欢骑马和打板球。而且，和许多十六岁的孩子一样，不喜欢读查尔斯·狄更斯的作品。事实上，父亲的书他一本也没有读过。直到离开英国，他才意识到作为狄更斯的儿子，这是多么大的缺憾。这件事让他万分愧疚。和父亲告别时，他本想坦白，但始终没有鼓起勇气。他以为远走他乡后，就会从父亲的光环或者阴影中走出。然而，地球这边，在那白草萋萋的蛮荒之地，查尔斯·狄更斯早已被殖民地人尊为世俗化的圣人。爱德华所到之处，或被尊为"天之骄子"，备受赞美；或被当作活靶子，代父受过——醉鬼们引用《马丁·查兹勒维特》①的片段来攻击他；尚无名气的作者把手稿塞到他的手里，希望"走后门"，在父亲的刊物上发表；关于父亲与女演员奈莉·特南的绯闻更被人们当作茶余饭后的谈资。当"殖民地的每一个混蛋"，从剪羊毛工人到赶羊人和他们的妻子，从丛林土匪到牧场管家，从店主到厨师，都能凭记忆背诵狄更斯的大量作品时，从未读过父亲作品的爱德华常常变得十分尴尬。他想知道"父亲的影响有多深远"，结果发现，狄更斯的影响比他想象的要深远得多。人们的言谈话语不断提醒他，做狄更斯的儿子意味着什么。就这样，爱德华在遥远的新南威尔士殖民地一个两千平方英里的牧场，在各种人物的多重

---

① 《马丁·查兹勒维特》(*Martin Chuzzlewit*)：查尔斯·狄更斯的一部小说，被认为是他最后的流浪汉小说。最初于 1843 年和 1844 年连载。狄更斯认为这是他最好的作品。和狄更斯大部分小说一样，《马丁·查兹勒维特》也是按月分期出版的。与之前的作品相比，早期的销量令人失望，所以狄更斯改变了情节，把主角送到了美国。这使得作者能够将美国（他曾于 1842 年访问过美国）描绘成一个近乎荒野的地方。根据狄更斯的序言，小说以讽刺的笔触描绘了所有查兹勒维特家族的成员。这本书是作者献给他的朋友——安吉拉·乔治娜·伯德特-库茨的。

挤压下开始了自己的苦乐人生。

《狄更斯男孩》虽然以狄更斯最小的儿子爱德华为小说的主线，其中心主题则是：狄更斯究竟是个什么样的人？作为丈夫和父亲，他在生活中究竟扮演了什么样的角色？与当代澳大利亚文学另一位领军人物彼得·凯里（Peter Carey）那部描绘迈格斯从青年时代离开伦敦到澳大利亚，再从澳大利亚回到伦敦，最后又回到澳大利亚，寻找文化身份的《杰克·迈格斯》（*Jack Maggs*，1997），以及新西兰作家劳埃德·琼斯（Lloyd Jones）那部主人公瓦兹先生向黑孩子们介绍《远大前程》，希望借助文学的力量帮助孩子们度过战争岁月的《皮普先生》（*Mister Pip*，2006）等书不同，肯尼利的主要目的不是试图创作一本给狄更斯带来后殖民主义色彩的作品，不是为了写一部重塑狄更斯的小说，而是从一个新的角度重新审视狄更斯本人。肯尼利通过狄更斯两个儿子在澳大利亚的经历，通过他们对孩提时代生活的回忆，以及兄弟二人对父亲不同的看法，回答了一百五十多年来世界各地读者对这位伟大作家的种种疑问。对于爱德华而言，他在澳大利亚殖民地偏远牧场的经历无疑是淬炼自己的重要阶段，同时也是与父亲和解，或者说对父亲理解的重要里程。离开英国时，查尔斯·狄更斯在十六岁的爱德华的心中几乎是神一样伟大的人物。他不能忍受任何人，包括哥哥阿尔弗雷德对父亲的批评。然而在澳大利亚蛮荒之地度过的艰难岁月，在殖民地接触的各色人等对他的挤压，使得他对人生、对世界有了新的看法。爱德华开始把这位伟大的作家看成一个有缺陷的、复杂的、有血有肉人。

小说之外，现实生活之中，压在爱德华心头那种令父亲失望的感觉从未离开过他。当选为新南威尔士殖民地议会议员，第一次起立演讲时，他说："伟人的儿子通常没有他们的父亲伟大。不要指望在一代人中出现两个查尔斯·狄更斯。"这是他内心世界的真实写照。爱德华成年后，娶了心仪的姑娘康妮·德塞利小姐为妻。康妮没有为他生下一男半女，日子过得平淡无奇。1894年爱德华失去新南威尔士殖民地议会议员的席位。八年后，在夏天的热浪中孤独地死在一家酒店里，时年四十九岁。哥哥阿尔弗雷德在十九世纪九十年代的经济萧条中，家财散尽。生命的最后几年里，周游英国和美国，向人们介绍父亲的真实情况，朗诵他的作品，表演他的戏剧。兄弟俩的海外冒险构成了《狄更斯男孩》的主要框架。

托马斯·肯尼利的《狄更斯男孩》最成功之处或许在于他以苍劲有力的笔触描绘出一百多年前澳大利亚内陆"硬邦邦的风景，奇怪而原始的美"：辽阔的天空让人陶醉在它的无边无际之中；巨大的羊群从天边滚滚而来，宛如"灰白色的传说"。那是一种难以言传的意境，一种让人心灵震颤的美！在表现这种"硬邦邦的风景，奇怪而原始的美"的时候，肯尼利用生动形象的语言一次又一次诠释了那个"灰白色的传说"，再现了澳大利亚牧羊人同样"奇怪而原始"的生活场景："他手里拿着一把刀，朝羔羊弯下腰来。一刀割下它的阴茎，然后嘴对着伤口，龇开烟草熏黄的牙齿吸出一个睾丸和一团黏液，吐在地上。然后又弯下腰吸出第二个睾丸，吐了出来。他对着我微笑，嘴唇上沾满了黏液和血迹。'你可以让你父亲写写这个故事，'他对我说，眨了眨眼睛。"狄更斯当然没有机会去写这样的故事，但是同样高产而且享有国际盛誉的托马斯·肯尼利却把那种苍凉的、甚至野蛮的美表现得酣畅淋漓。

在这本书中，肯尼利还塑造了善良、正直的牧场主邦尼兄弟，聪明勇敢的原住民小伙子燕迪，原住民充满神秘色彩的"祭司"般的人物卡尔泰，慈悲为怀的"苦行僧"比利时神父查利斯。这些一百多年前的人物无一不以其人性的光辉照亮那条黑暗的时间隧道。这部小说一个非常突出的优点是，肯尼利浓墨重彩、翔实生动地描绘了澳大利亚原住民的风土人情、宗教信仰、生活方式。讲述了十九世纪澳大利亚牧羊业许多鲜为人知的知识和故事。一幅幅奇异、瑰丽的画面让人过目难忘。

托马斯·肯尼利是一位富有正义感和人道主义情怀的作家。他通过爱德华的眼睛，让今天的人们窥见白人种族主义者对原住民残酷屠杀的场景。他借爱德华之口，愤怒声讨了白人种族主义者令人发指的罪行。面对屠杀巴拉库恩原住民的罪魁祸首——昆士兰骑警副警长贝尔夏尔，他写道："我指天发誓：'你是个卑鄙可耻的小人，邦尼先生和我一定要看着你被毁灭！'"

历史的长河已经又奔流了一百多年，但波峰浪谷间不时沉渣泛起，白澳政策和种族主义的幽灵依然在那块土地游走。已经年近九旬的杰出的作家托马斯·肯尼利深知他所向往的平等自由的世界还有漫漫长路要走。被强烈的责任感和使命感驱使着，他负重前行，依然用手中的笔为人类正义的事业而战。值得一提的是，肯尼利对中国人民怀有深厚的感情。作为澳大利亚政府澳中理事会奠基人之一，他早在1979年就访问中国，参与创办了英文版《中国日报》，并作为首批外国访问团成员参观了兵马俑。在过去的几十年里，他多次访问中国，为推动中澳两国在学术及其他领域的交流做出很大贡献，毫不隐讳地袒露自己对中国人民友好的情怀。祝愿我们的朋友托马斯·肯尼利早日完成新作，让世界各地的读者继续享受他创造的精神盛宴。

李尧

2022年9月19日，北京

1

漫长的海上航行在当时似乎充满了小事故，等到结束时，就变成模糊的记忆。我乘坐苏塞克斯号去澳大利亚的旅途中，酒吧里一位先生说，倘若离开非洲海岸，只有轮船失事才能免于旅途中的单调乏味之苦。但离开开普敦，一路颠簸穿过印度洋和澳大利亚海域到达目的地时，一直都是狂风大作。

那时我虽然只有十六岁，到达墨尔本后，就知道这是一个不同凡响的地方，可以毫不费力地写信给妈妈、乔治娜姨妈和"老板"①描述一番。这座漂亮的城市建立在维多利亚腹地盛产的黄金创造的财富之上——不像曼彻斯特、利物浦、诺丁汉或者诸如此类的城市——不是从某个沉闷的中世纪村庄或者令人讨厌的煤矿发展而来的。它是一座充满活力的英国城市，距离母国一万五千英里。

在这样的地方，你会发现一种特殊的英国人。我的澳大利亚"导师"乔治·鲁斯登是个具有英国特色的、学究气十足的墨尔本人。他小时候跟随身为牧师的父亲来到澳大利亚，在这个国家考察过，还赶着牲畜穿越辽阔的土地。作为维多利亚议会的书记员，在这个蓬勃发展的自治殖民地议会决定议事程序时，他有最后的发言权。

---

① 老板（guvnor）："老板"是这本小说里儿子对父亲狄更斯的称谓。

许多年前,鲁斯登和我父亲在伦敦认识。我觉得他是托利党①人,当然不是那种喜欢和我父亲结交的人。他不像"老板"那样容易受人摆布,不喜欢穿时髦的背心,也不会成为贫民窟指手画脚的批评者,或者纤道上言之凿凿、喧闹争吵的人。他是学者,也喜欢玩台球。而"老板"对打台球却毫无兴趣。

鲁斯登先生为殖民地做了许多事情,包括为墨尔本大学建了一座莎士比亚雕像。他把大英帝国看成一种大不列颠联邦。南方的墨尔本和北方的伦敦、爱丁堡遥相呼应。鲁斯登是那种下定决心要将这种"呼应"继续下去的人。

但他答应父亲照顾好我。从打把我和哥哥阿尔弗雷德一起从码头接到他位于墨尔本布赖顿的家,鲁斯登先生就严肃认真地承担起这份责任。

有阿尔弗雷德陪伴真好。他坐在鲁斯登先生的书桌旁边,鲁斯登对我说话的时候,不时朝我挤挤眼睛。现在阿尔弗雷德已经是个人物了,不像我十二岁时那样,这家伙因为青春期作祟,总是阴沉着个脸。阿尔弗雷德一直管理着一座名叫柯诺布尔的牧羊场。这个牧场在内陆深处。他在那儿待了很长时间,风吹日晒,已是满脸沧桑。他的新岗位在科罗纳。牧场方圆几千英亩,每年需要给十万只羊剪毛。我已经注意到,在澳大利亚,拥有一座几万英亩大的牧场已经不是什么令人震惊的事情了。面对浩瀚无垠的土地,谁都得强迫自己平静下来。阿尔弗雷德给父亲写信说,他在柯诺布尔快乐得像个国王。现在打算经营另外一座规模和柯诺布尔一样大的牧场。这座牧场在新南威尔士的科罗纳。"你是按字母表的顺序找牧场的吗?"

---

① 托利党(Tory):英国政党,产生于十七世纪末。十九世纪中叶演变为英国保守党。

我问他,声音里有一点也许只有我自己能听到的颤抖。我希望像他那样,成为我要去的那座大牧羊场快乐的国王。那座牧场叫埃利·埃尔瓦,占地五百平方英里,有二十英里紧邻马兰比季河①。

鲁斯登先生说:"不要被平等主义的原则所诱惑。不要让那些在大牧羊场干活儿的人把你当成熟人。一旦出现这种苗头,立即坚决遏止。在这不同的星空下,你必须保持英国绅士的身份,并且保持与这一崇高职务相应的矜持。"他说这番话时,阿尔弗雷德又向我眨了眨眼睛。

"我会记住的,先生。"我诚恳地说,像个小学生一样规规矩矩。

"毫无疑问,在丛林里的一个牧羊场是很孤独的,"鲁斯登继续说,"许多好人都被引诱去和粗野人为伍。其实和附近牧场主健壮、漂亮的女儿结婚,这个问题就迎刃而解了。不过你还太小,如果你想按自己的意愿做个牧场主,就必须和你的手下保持距离。有些人喜欢恶作剧,看你喝醉了,就会用当地女人勾引你,明白吗?"

我点了点头。作为家里十个孩子中最小的一个,我看得出,即使天性快乐的人也会觉得他这番话可乐,因为年长的人觉得所有霸凌行为都很好笑。

"我希望这个建议不会让你反感,"鲁斯登说,"你现在已经长大成人了。"

"长大成人了。"阿尔弗雷德说,似乎为了证实鲁斯登的话。他抽着雪茄,沉着、镇定,像苏格拉底。

"当然,也不要染上喝酒的坏毛病。"

看到我摸不着头脑,阿尔弗雷德说:"鲁斯登先生的意思是不

---

① 马兰比季河(Murrumbidgee):澳大利亚新南威尔士州的一条大河。

要喝烈酒。朗姆酒或白兰地,这种酒谁喝多了都得醉。"

"尤其在工作日刚开始的时候,"鲁斯登告诉我,"牧场管理员、铁匠和别的牧工总会给你酒喝,因为这是丛林的礼节。如果因为纠缠不休,你喝了一个人的酒,就不能拒绝另一个人,否则就会惹他生气。因为殖民地的人对这种事情非常敏感。如果你从一开始就以礼貌拒绝而闻名,那么就不会得罪任何人了。"

"好主意。"阿尔弗雷德说,又对我眨了眨眼。

从某种意义上讲,我很高兴他这么做,但也有点困惑不解。阿尔弗雷德似乎暗示我,适当的时候应该喝点酒。但我怎么知道什么时候合适,什么时候不合适呢?我要努力熟悉这个国家的风土人情、清规戒律,并在无尽的未来恪守下去。

我想父亲一定认为,我在一个牧场,阿尔弗雷德在另外一个牧场,我俩就算是"近邻"了。现在我见到了阿尔弗雷德,母亲高贵的气质、父亲端正的五官在他脸上显露无遗,我希望这是真的。

鲁斯登终于不再喋喋不休地告诉我丛林里的"注意事项"了,邀请我和阿尔弗雷德到阳台上喝茶。他没结婚,只能自己动手去准备茶点。我终于有机会问阿尔弗雷德,他对鲁斯登这番说教有什么看法。

"哦,他说得没错。但你不经风雨,不见世面,就成不了男子汉。"阿尔弗雷德说。他那时髦的小胡子颤动着,充满信心。"我得说,加入赛马俱乐部,让你的马也上场比赛。加入板球俱乐部,大伙儿都会帮助你。偶尔去去教堂,在镇上的酒吧和牧场主一起喝点小酒。如果你为社会做了点贡献,人们就会支持你。"

哥哥"言简意赅"的规劝我爱听。

"Plornishmaroontigoonter!"他突然压低嗓门儿,用父亲给我起的绰号(通常简称 Plorn)神神秘秘地说,"最重要的一点,在澳大利亚被视为运动员和可爱的小伙子很重要。"

在父亲发明的绰号的阴影之下,从前的耻辱又复活了。父亲拥有众多读者,不仅在大英帝国,而且在美国、法国和俄罗斯,到处都有。但我从来没有读过他的任何一部小说,也没读过任何人的小说,甚至连威尔基·柯林斯①的《月亮宝石》也没读过。有人告诉我,这本书一旦开始读,就绝对放不下。我没有对任何人说过这件事,但觉得必须在离开英国之前向"老板"坦白,告诉他,到了澳大利亚之后,我要尽快阅读他的作品,欣赏他伟大的想象力。

请注意,我是个精明的孩子,能把对于父亲撰写的那些故事的感觉拼凑到一起。我知道《我们共同的朋友》②里有一个船夫的女儿,名叫莉齐·希考特,一个世界一流的女孩儿。这是我离开前,"老板"写的最后一本书里的人物。(他对我说,因为忙于阅读,没有时间再写一本新书了。)我知道这本书里的故事和断头台有很多关系,人们发了疯似的喜欢它。所以,必要时,我可以在陌生人面前假装至少读过他的一些书。

然而,我觉得在"老板"面前装模作样很不光彩,是对他的侮辱。我很想向他坦白心中的羞愧,可我先是在罗切斯特③上学,后来又到赛伦塞斯特农业学院待了好长时间。等我回家的时候,他又

---

① 威尔基·柯林斯(Wilkie Collins,1824—1889):英国小说家,剧作家,短篇小说作家。他最著名的作品是《白衣女人》和《月亮宝石》。
② 《我们共同的朋友》(*Our Mutual Friend*,1864-1865):是英国伟大的现实主义小说家狄更斯最后一部长篇小说,这部小说用巨大的垃圾堆来作为英国社会的象征。象征手法的更多使用和对于小说结构的注意是狄更斯后期小说的特点,表示了狄更斯在小说艺术上的发展。
③ 罗切斯特市(Rochester):英国东南部一城市。

经常离开盖德山①,要么到剧院举办朗读会,要么因为健康的缘故到法国休养,从来没有机会告诉他。我不知道要不要告诉乔吉②姨妈,让她替我说情,可是没有勇气。

在我去海厄姆③赶火车之前,我决定坦白,请求"老板"原谅。

离开盖德山那所可爱而又明亮的房子的那天,我和乔吉姨妈以及也住在那里的姐姐玛米告别。玛米是个文静、亲切、多愁善感的女人。查塔姆一位名叫林奇的旅少校④正在向她求爱。他很快就会发现,玛米骨子里比他想象的刚强得多。玛米泪流满面地告诉我,她已经和太多的兄弟说再见了。十多年前,她送沃尔特去了印度。当时,她哭着对他说,弟弟的远行给她带来难以言喻的痛苦。她说,沃尔特从打离开家乡再也没有回来。时过境迁,此时此刻,她似乎没有必要把这一切告诉我,但哭诉时依然满怀悲痛的心情。她又说,四年前她送弗兰克去孟加拉当骑警。他就这样离家远走高飞实在让人难以忍受。后来西德尼去海军当兵,紧接着阿尔弗雷德启程前往澳大利亚。而现在,我作为这个家庭最后、自然也是最小的孩子,又要远行。最后一次骨肉分离,玛米的痛苦更是无法忍受。

我在"老板"和哥哥亨利的陪同下去了海厄姆车站。我们在那儿办理了托运手续,将大部分行李托运到普利茅斯之后,三个人便

---

① 盖德山(Gad's Hill):查尔斯·狄更斯的乡村故居。这座房子建于1780年,是为罗切斯特市前市长托马斯·斯蒂芬斯(Thomas Stephens)建造的。1856年,狄更斯将其买下。
② 乔吉(Georgie):乔治安娜的昵称。
③ 海厄姆(Higham):英国东南部城市。查尔斯·狄更斯在查塔姆(Chatham)度过童年生活,成年之后生活在海厄姆附近的盖德山庄。
④ 旅少校(brigade major):英国军队中的旅参谋长。由具有少校军衔的军官担任,不过也有上尉担任。

坐火车去了帕丁顿。我们经常坐火车在这条铁路线上穿行,但这一次激动的心情与以往不同。因为这很可能是我最后一次到帕丁顿了。这已成的定局使得沿途一草一木都引起我极大的关注。亨利十九岁了,我们兄弟六个虽然个个仪表堂堂,但他是最英俊的一个。他也非常聪明,在布伦完成学业后,去了温布尔顿①的布莱肯伯里军事学校。人们公认那是一所很好的学校,毕业后可以到军队服役,或者到印度当个公务员。但亨利不想与这两种命运有任何交集。他想成为一名律师,而且不像我和其他兄弟一样,亨利把自己未来的成功视为理所当然的事情。

"老板"为"H"——也就是我们所说的亨利——将在新年去剑桥大学读书而骄傲。这所学校和牛津大学一样,以前都没有和狄更斯的后代有任何干系。

去帕丁顿的路上,我哭了。或许因为担心没法把不曾读过父亲著作的事儿告诉他。亨利和父亲没有因为我的眼泪而责备我,而是紧紧搂着我的肩膀。亨利说:"普洛恩,你很快就会发财,发了财就能回家了。很快就又要在盖德山为海厄姆板球队打球了。"

这是哥哥对我最暖心的安慰。亨利一直陪我到普利茅斯上船,然而,我并不需要他用打板球的快乐安慰我。我觉得没读过父亲的作品,就好像一丝不挂,无法走进那蛮荒之地。我无法相信,快要离别的时候,竟如此粗心大意,没能事先跟他提起这件事情。

到了帕丁顿,我们向港口联运列车走去。父亲在大门口停了下来。虽然他头戴运动帽,身穿漂亮的彩色缎子背心,但看上去又累又瘦,好像最近一直没吃饱似的。他脸上布满皱纹,黑色的卷发和

---

① 温布尔顿(Wimbledon):位于伦敦附近,是著名的国际网球比赛地。

胡须都很稀疏，还夹杂着一缕缕灰色。但他立足于世的天赋，占有一席之地的能力，仍然完好无损。他到法国过了一段清静的日子，在那儿不像在英国那么出名，时常被人打搅。但回来之后，似乎更加焦躁不安了。周末聚会在盖德山照常举行，所有忠实的朋友都应邀而来，大律师勒·内夫·福斯特、画家奥古斯都·艾格①都在其中。伟大的悲剧作家麦克雷迪和他年轻的妻子也是常常光顾的座上客。

但是，自从今年春天，"老板"到美国举行朗读会回来之后跛了腿，便不再像以前那样长时间散步。是的，我现在明白了，他的生活并不平静。他还是经常不在家。盖德山没有客人的时候，他就大谈别人对他的指控。我讨厌他提到养妈妈要花多少钱。他甚至扬言要去澳大利亚举行朗读会。约翰·福斯特对他说："别傻了，狄更斯，那儿的人会杀了你（福斯特是北方人，常常把 you 说成 thee）。"但我希望"老板"会来，阿尔弗雷德和我可以保护他，给他当向导。

现在我必须告诉他我的阅读情况。只有忏悔才能使我鼓起勇气走向新世界。离联运列车不远的时候，我们在栅栏前面停下。

"旅行家！""老板"说，"殖民者！丛林之王！"他向我张开双臂时，眼里含着泪水，但我却只是和他握了握手。亨利踌躇着，似乎在研究行李员手推车上的东西，以便让"老板"和我说几句"私房话"。我想说："对不起，我没有读过你的书。但我会的，等我学会如何理解你写在书里的那一段段话的时候。"

我知道他是出了名的谦虚谨慎，不骄不躁。反正不管怎么说，

---

① 奥古斯都·艾格（Augustus Egg，1816—1863）：维多利亚时代的著名艺术家，以描绘了维多利亚时代的一个中产阶级家庭解体的现代三联画《过去和现在》（1858）闻名于世。

都不是那种目空一切的人。但我觉得,即使这样,如果我说出这番话,也会无地自容。我开不了口,不住地流汗。

"你需要的东西都有了吗?"他问。

"都有了,爸爸。"

"在城里穿的漂亮衣服和在牧羊场里干活儿穿的衣服都有吗?"

"都有了。"我说,可还是不能告诉他没读过他的书的事儿,"爸爸,真对不起,你花那么多钱,给我买好苏塞克斯号客舱的票。"

他伸出手握住我的手吻了一下:"别傻了,普洛恩。我还能怎么做呢?"

"我不是个好学生。"

"你或许不是好学生,但你可以是个好人。"

告诉他,告诉他!仿佛有一道命令在我脑海里闪过。我哭了起来,不管站台上是否有人看。我要走了,一个年仅十六岁的孩子。

"我最亲爱的孩子,""老板"说,好像刚想起来似的,从口袋里掏出一封信,"给你,我最亲爱的Plornishgenter!你做事必须专心致志、全力以赴,普洛恩。就这样吧。你拥有所有的天赋,就缺这点精神。"

我纳闷,如果我读了你的一本书,如果理解了书里的全部内容……那算专心致志、全力以赴吗?

我和亨利一起上了去普利茅斯的火车。他说:"振作起来,老伙计。我毫不怀疑澳大利亚是个好去处。等你回来就发大财了。你读过《大卫·科波菲尔》吗?"

"当然读过。"我含着眼泪说。

"那就对了!《远大前程》呢?"

"读过。"我撒了个谎。

"哦,流放犯马戈韦奇①,被取消了在英国生活的资格,把他在殖民地赚下的财产给了书中主人公皮普②。你有没有注意到皮普和普洛恩有多么相似?我认为这本书是老爷子专门为你写的。"

他的说法,让我止住了眼泪。

"如果马戈韦奇都能在澳大利亚发财。"亨利说,"像你这样一个身强力壮、行动自由、基础良好的小伙子一定能比他赚更多的钱。"

我们穿过联运列车,向"老板"最后挥了挥手。他眼里满含泪水。但我知道,惠灵顿大街杂志社里繁忙的工作很快就会给他以慰藉。

"我最亲爱的普洛恩。"他在信中写道。

"今天,我写这封信给你,是因为我一直惦记着你的离去……毋庸讳言,我深深地爱着你。和你分开,我心里非常、非常难过……你将尝试最适合你的生活,这是我唯一的安慰和真诚的信念。我相信那块土地的自由和野性比在书房或办公室里做任何实验都更适合你。如果没有受过良好的训练,你就无法从事其他合适的职业。

"到目前为止,你一直需要的是坚定不移的、永恒的目标。因此,我劝你无论做什么,一定要下决心,做到最好。我第一次赚到一碗饭的时候,还不到你现在的年纪……从那以后,我再也没有松懈过。"

"老板"的信鼓励我永远不要卑鄙地利用别人,永远不要手里有点权就颐指气使,对人苛刻。

"你的兄弟们一个一个远走高飞了。就像我现在给你写信一样,我总是这样嘱咐他们。并且恳求他们用这本书(《新约全书》)指导自己的一言一行……因为粗陋的《旧约全书》问题很多,要把人们

---

① 马戈韦奇(Magwitch):小说《远大前程》的人物。
② 皮普(Pip):小说《远大前程》的主人公。

的诠释和发明放在一边。

"你要记住,在家里,你从来没有对宗教仪式或毫无意义的礼节感到厌倦。"

最后,他让我像他一样做夜间祷告。他写道:"希望你在以后的生活中能够说,你有一个善良的父亲。履行你的职责是表达对他的爱意、使他快乐的最好的方式。"

结果,我在埃里·埃尔瓦总共只待了十二个小时。直到现在,那个地方给我的记忆仍然充满痛苦。坐火车一路向北之后,我向西沿着长长的墨累河,来到一个名叫莫亚马①的小镇。在那儿买了一大堆东西:火枪、书、丛林里用的马鞍、衣服、工具、行囊,用运货马车拉到埃里·埃尔瓦。之后,乘四轮大马车向北行驶,直到它停下来,不再向前。我便骑上栗色马库茨继续赶路。库茨是一匹漂亮的母马,脑门儿上有一块白斑。是我听从阿尔弗雷德的建议,在墨尔本把它买了下来,并以"老板"的朋友库茨小姐的名字给它命名的。

库茨耐力特别强。卖马的人对我说,因为它有瓦勒马②的血统。它解释说,瓦勒马是新南威尔士产的马。这种马是纯种马"大熔炉"熔炼出来的。阿拉伯马,好望角的荷兰马,东帝汶小马,和小佩尔什马③或克莱兹代尔马④交配出来的,所以特别强壮。

我遇到一个赶牲口的小伙子,他的出现打断了我对马儿的种种

---

① 莫亚马(Moama):澳大利亚新南威尔士南部城镇,与维多利亚的埃丘卡镇(Echuca)隔河相望。那条河就是著名的墨累河(Murray River)。
② 瓦勒马(Waler):是一种澳大利亚品种的马,由十九世纪带到澳大利亚殖民地的马发展而来。名字来自它们在新南威尔士的早期繁殖地。
③ 佩尔什马(Percheron):产于法国的重型挽马。
④ 克莱兹代尔马(Clydesdale):源于苏格兰的强健的挽马。

想法。小伙子长了一张灯笼脸,和蔼可亲,和我一起涉水过了几条小溪和潟湖。他告诉我,殖民地的人管这种地方叫死水洼地。据这位赶牲口的人说,每年这个时候,这里都涨满了水。

一天早上,我骑马来到埃利·埃尔瓦牧羊场,看到一幢幢漂亮的老式房屋,还有赶羊人住的棚屋、铁匠铺、厨房和马车房,小溪边的一溜树木旁边是黑人的营地。在我看来,每座房子派什么用场都一望而知,这一点倒很让我喜欢。一位红褐色脸膛、看不出多大年纪的经理欢迎我。他口音很重,一望而知出生在这里,或者已经在这里生活很久了。他说他叫麦高,还说我最好和一个叫布里顿的人待在庄园里别出去乱跑。他告诉我——我认为没有必要——如果他让布里顿在赶羊人住的那几幢棚屋周围瞎转悠,半数人会拿他玩儿,而他自己浑然不觉。

他告诉我吃晚饭的时间,因为他妻子不在家,所以我不必穿正式或半正式的衣服。一个赶羊人的妻子——麦高的管家,带我去了我的卧室。一个舒适的房间,有一张床,一张桌子和一扇通向阳台的落地窗。

暮色渐浓,我在忧郁和悲凉中换了靴子,系好领带,穿上夹克去吃晚饭。餐厅里,另一个头发、胡子和皮肤都是姜黄色的年轻人站在餐桌旁的椅子后面。他显然就是麦高先前提到的布里顿,比我大两岁左右。

不一会儿,麦高穿着马靴,只穿一件衬衫就走了进来,这也算他作为管理人员的特权。他看上去心不在焉,手里拿着一页剪报,报纸上没有图片只有密密麻麻的文字。他把报纸放在盘子旁边,又看了一会儿,才抬头看着我问道:"见过阿奇·布里顿了吗?"

我和布里顿都说见过了。麦高点点头,在他的位子上坐下,继续看报纸。

"新水坝的情况怎么样了?"他头也不抬,问布里顿。

布里顿说:"大伙儿干得都很卖力。"他说话带约克郡口音,"挖土方的中国人个个像老虎。"

"我雇他们之前,就听说这些人很优秀,"麦高喃喃地说,一双眼睛依然盯着报纸,"大坝的根基我要挖七英尺深,你觉得他们干得了这活儿吗?"

"据我看,麦高先生,没问题。"布里顿说。他说话随随便便,好像在家里一样,这让我有点高兴。

麦高黝黑的皮肤像皮革一样坚硬,透过眼角的皱纹望着我。"我觉得布里顿有点被你吓着了,狄更斯。你是一个极好的证据,证明这个世界存在着一个这样伟大的人。"

"我只是个很普通的人。"我说。我早就习惯了人们介绍我的时候先提父亲的大名。

"我得说,我还真被你吓到了!"布里顿说,"谁不会呢?"

"哦,"我再次向他们保证,"我可没我父亲的天赋。"

"他是个什么样的父亲呢?"布里顿问道。他是个好人,只是想听听我那流芳百世的老爹的奇闻逸事。

"我们过去常常在花园里玩耍,打板球。学校里的男孩子来玩的时候,起初都小心翼翼,战战兢兢。可是玩了不到一个小时,他们就会说:'天哪,狄更斯,你们家老爷子真了不起。没错儿!'"

这正是布里顿想听的,他笑了,仿佛终于放下心来——天堂里的上帝和花园里吸引男孩子们的查尔斯·狄更斯这两个标志表明地球上一切正常。连麦高也觉得很好玩。

"你们还打板球?"布里顿问。

"是的。好心人告诉我，我是个全能型选手，中阶击球手和中等速度的投球手。"

布里顿对我说："我们牧场有个球队。下个星期六要和波拉巴比的球队比赛。"

我觉得事情正朝有利于我的方向发展。过去的两年里，只要我在家，海厄姆的板球队就会让我为他们击球。我的击球数据比我估计的要好。

"我看到一则令人惊讶的新闻报道。"麦高说，他看着我，手指轻轻敲了敲放在盘子旁边的剪报。

这时，赶羊人的妻子和一个黑人小女孩端着盘子走了进来。麦高不得不把他的"读报有感"先咽到肚子里，等会儿再说。

给我们三个人端上汤之后，那女人说："麦高先生，饭菜都准备好了，可以上了吗？"他回答说："太可以了，谢谢，莫莉。"莫莉和那个黑女孩儿连忙退下。

"是的，"麦高说，又拍了拍报纸，"我想，你们家出了点事。你妈妈和你爸爸的事儿，是吗？我本来不想提，可是……哦，在这儿呢。你爸爸自个儿都说了。"

"我父母几年前就分居了，"我满脸通红，说，"是媒体添油加醋。"我补充道。通常，我指责报纸时，人们都很识相，点点头，随声附和，说："可不是吗，我们都知道新闻媒体那点事儿，不是吗？"然后，赶紧转移话题。可是麦高没完没了。

"这是《阿格斯日报》上的一篇文章，"他说，"不过是转载《纽约论坛报》的。文章引用了你爸爸的话：'狄更斯夫人和我在一起生活了很多年。几乎所有熟悉我们的人都知道，我和她无论在性格还是气质方面都格格不入。'"

麦高又抬起他那双蜥蜴一样的黑眼睛望着我,说:"你觉得这真是他写的吗?'格格不入'?是不是有人瞎编的?"

"我想,要是现在,他就不会这样说了,"我回答道,"但是,你知道,那时谣言四起。"我很鄙视自己为"老板"辩护,好像他是被冤枉似的,"我当时虽然只有六岁,但也知道人们太小题大做了。"

麦高慢慢地把目光移回到报纸上,又读了起来。"'我想,两个人——即使都是好人——结合在一起的时候,真正做到彼此了解,还是十分困难。'"

"太夸张了。"我说,好像这样说就捞到一根救命的稻草,或者好像麦高会因为可怜我而不再喋喋不休。

可他还是咬住不放。

"可是他们说,这是你爸爸亲口说的。难道是他们搞错了吗?"

"不,但你必须明白……他写这些文字的时候,情况非常不好……人们对我乔吉姨妈很刻薄。我不知道……我告诉过你,那时候我还是个孩子,麦高先生。"

"我是说,我们都知道婚姻中的麻烦,"他窃笑着继续说,"你无法通过婚姻了解一个人,只能通过维持婚姻来了解他。但如果真像你爸说的那么糟,他当初为什么要娶你妈呢?"

我还没来得及回答,他就继续读了下去。"多年来,狄更斯夫人一直对我说,对她而言,最好是离开这儿,一个人过。她对我越来越疏远,导致精神失常,而在这样的情况下,还得生孩子。除此之外,她觉得不适合作为妻子,和我一起过日子。所以最好分手,走得越远越好。我一贯的态度是:必须首先考虑孩子们的利益,忍受我们自己的不幸,并且斗争到底。恐怕,'表面上'还得是一家人。"

布里顿有点尴尬,不好意思看我,假装全神贯注地看墙上的骏马图案。

"麦高先生……"我神情严肃,就在这时,管家和那个姑娘端着烤羊肉和蔬菜走了进来,打断了我要说的话。

布里顿趁机和我聊起我来澳大利亚时坐的那艘船。我尽量礼貌周全地讲述我乘坐苏塞克斯号帆船在大海航行的经历。提到船舱很好,还说起我的朋友威廉·登普斯特。我们俩一路同行,可惜不能经常见到他,因为他去了西澳大利亚。

女人和那个女孩上菜上饭的时候,我和布里顿聊海上的旅程,还聊起许多人担心蒸汽船会被引擎火花点燃的事情。

女人们离开之后,我们开始吃饭,麦高也开始专心一意地享用晚餐。可是过了一会儿,他又低下头看报纸上的报道。

"爱德华,"他说,"我相信你愿意讨论这些问题。不会因为感情脆弱而回避吧?"

"不会,"我说,不知道除此之外还能说什么,"可是……"

"那这又是怎么回事呢?"他打断我的话,继续念道,"'在很多情况下,除了狄更斯夫人的妹妹乔治娜·贺加斯之外,没有谁能阻止我们分开……'"

"我的乔吉姨妈。"我说,有点筋疲力尽,希望能提醒这位先生,他是在议论一个活生生的人。可是没用。

"你父亲把她亲姐姐送走了,她为什么还要留下来?"

"为了我们,"我大声说,"完全是为我们。"

可是那个混蛋继续念:"'从十五岁起,她就全身心地投入到我们这个家和孩子们身上。她是他们的玩伴、老师、朋友、保护人、顾问、伙伴。我以男子汉大丈夫的气概与胸怀对待我的妻子狄更斯太太。关于她,我只想说:古怪的性格使得所有的孩子都投入别人的怀抱,实际上是她妹妹的怀抱。我不知道——无法想象——要不是这位姨妈,孩子们会变成什么样子。姨妈和他们一起长大,他们忠诚于她,她为他们牺牲了自己的青春和生命中最美好的时光。'"

我知道"老板"曾经给报纸写过一封信,但从未听人这么冷酷无情地读过。

他又抬起眼睛凝视着我。"我以男子汉大丈夫的气概与胸怀对待我的妻子狄更斯太太?"他皱着眉头问。

"你要明白,麦高先生,"我警告说,"他是被一帮恶人激怒的。你应该明白,他当时正在回应最恶毒的谣言。"但是"老板"难道没有意识到,报纸为了增加发行量会重新刊登他的信吗?

"'我希望,凡是读过这封信的人,都不会那么冷漠,那么全无公平公正之心,错误地理解我们的分离。我的几个年纪大的孩子完全理解这一点,都认为这是不可避免的。'"

麦高装模作样地深吸了一口气:"让我看看这段儿,爱德华。让人困惑不解。他先是为你的姨妈辩护,然后又提到另一个'纯洁无瑕的年轻姑娘'。她和你的姐妹们一样天真无邪。可是一些恶人散布关于她的谣言。我得说,殖民地的读者会非常困惑。"

我不打算告诉他,这个"纯洁无瑕的年轻姑娘"是特南[①]小姐,"老板"曾试图帮助她发展演艺事业。她经常去盖德山玩,不过板球打得很差。

晚餐在我面前冷却,但血管里仿佛沸腾着熔化的钢水。我提到

---

① 奈莉·特南(Nelly Ternan):据传是陪伴了狄更斯十三年,直到他去世的情人。托莱尔·托马琳(Claire Tomalin)在她的小说《看不见的女人》(*The Invisible Woman*)中披露了这一段逸闻。

的"一些恶人"是指萨克雷①的女儿米妮和安妮,小时候,她们和我都是朋友。萨克雷先生常到盖德山打板球。他和我父亲还会编点小戏剧,让我们这些小屁孩儿扮演剧中的角色。后来,在我六岁那年的一天,"老板"把我们都叫到一起,告诉我们,以前的朋友萨克雷一家散布了恶毒的谣言,背叛了我们。那一年,一切都变了,妈妈带着大哥查尔斯回了娘家。也是这一年,"老板"好像一下子变老了。

"你知道这个'纯洁无瑕的年轻姑娘'是谁吗?"麦高问,那口气颇有点霸凌的味道。

"你不是个绅士,麦高先生。"我说,声音仿佛卡在嗓子眼儿里,那是一种比愤怒更强烈、比惶恐更灼人的感情。我真想杀了他。

"我是个该死的绅士,你知道的,"麦高坚持道,"可我毕竟是在引用你不朽的父亲的话呀。得了吧,狄更斯,别这样。要想在丛林中成功,就得厚脸皮。"

"去你的,麦高先生。我不会待在你的屋檐下,也不会屈尊为你工作。"

"明天早上你的感觉就不一样了。听着,喝一杯,讲和吧。"

"你该庆幸,我不求荣誉。"我愤怒地说。

"此话怎讲?"

"如果我求荣誉,就会为捍卫荣誉和你决斗!"

---

① 萨克雷(William Makepeace Thackeray,1811—1863):十九世纪英国小说家。他以讽刺作品闻名,《名利场》(Vanity Fair)是他的代表作。在这部作品中,作者以圆熟泼辣的手笔,淋漓尽致地描绘了一幅十九世纪英国贵族资产阶级上层骄奢淫逸、钩心斗角的生活图景,无情地揭露了封建贵族荒淫无耻、腐朽堕落的本质和资产阶级追名逐利、尔虞我诈的虚伪面目。

麦高转过头，看着满脸通红的布里顿。布里顿坐在那儿，目瞪口呆地看着我们。"捍卫荣誉？你能相信这个家伙吗？"

"我父亲是个绅士，麦高先生，而你是个举止粗野的人。"

我起身离开桌子，刚走到走廊，他就气冲冲地在我身后喊了起来："这些废话明天再说。你该知道，我们他妈的都是人。我，你，你不朽的父亲。"

羞耻吞噬着我的心——为"老板"、妈妈、乔吉姨妈、我自己，为整个呼吸着的世界感到羞耻。我要么离开麦高，要么杀了他。

2

回到房间，我把已经拿出来的几件东西又装进马鞍包和手提箱，拿起剃须用具，离开小屋，向那幢房子的前门走去。

穿过门厅，走进茫茫夜色的时候，我听见麦高喊道："不过来和我们一起喝一杯吗，狄更斯？"我走到赶羊人的宿舍，请一个家伙给我的母马备鞍子。马备好之后，那人问我去哪儿。我告诉他，这不关他的事。他对此的反应就好像"民主"要求一个人必须把自己的行踪告诉任何一位询问者。

"我要走了。"我对他说。

"今天晚上？"

"马上，"我说，"越快越好。"

"你的马鞍真漂亮，"他把我最好的澳大利亚马鞍放在库茨背上时说，"不过要小心兔子洞。"

"帮我打开大门，好吗？"我问他，"非常感谢。"

他照我的话做了。我翻身上马,一溜小跑出了大门,羞愧和愤怒像满天繁星在我心头闪烁。黑暗很快就把我吞没。仿佛为了寻求安慰,我让可怜的库茨飞奔起来。如果纵马驰骋时一命归西,对我而言至少是一种解脱。我所经历的一切,心中燃烧的怒火,将一切正常的东西排除在外。

旅程漫长。在去一个叫丹尼利昆①的小镇的路上,我只能在简陋的木板房里歇歇脚。然后一路向南,途经堤坝旁边宽阔的壕沟和迷宫般的死水洼。墨累河从那里流过,也是我去墨尔本的必经之路。那时,我已经心气平和下来,很高兴以此向可恶的麦高表示抗议。经过三天的旅行,到达墨尔本,在野蛮人俱乐部②租了一个房间。狄更斯的大名和鲁斯登先生的担保使我有资格入住。然后,穿上一套漂亮的西装,来到位于伯克街③的那座砂岩建造的宏伟的议会大厦,走进鲁斯登先生的办公室。但是站在他面前的一霎,我发现他简直把我当成一个不可救药的坏孩子。

"我无法掩饰对你放弃这么好的职位而感到的失望。"他说,"我实在搞不明白,你为什么连一声招呼都不和我或者你哥哥打,就不

---

① 丹尼利昆(Deniliquin):新南威尔士州里韦纳(Riverina)地区靠近维多利亚边境的一个城镇,距离首府悉尼西南约七百二十五公里,墨尔本以北二百八十五公里。
② 野蛮人俱乐部(Savage Club):成立于1857年,是伦敦的一个绅士俱乐部。这里应该是墨尔本一座与之同名、档次相同的俱乐部。
③ 伯克街(Bourke Street):墨尔本最著名的街道之一,历史上被认为是墨尔本的"第二大街",是墨尔本的娱乐中心,许多剧院、电影院的所在地,也是一个主要的零售购物区。伯克街是以新南威尔士州州长(也是墨尔本州长)的理查德·伯克爵士的名字命名的。

辞而别了？"

"请不要告诉我父亲，鲁斯登先生。"

"他一定希望我把你的情况告诉他。"他说。我觉得鲁斯登的信会和先前那几所学校对我表示不满意的告状信一起出现在"老板"面前，让他苦恼，让他相信我是个一事无成的家伙。但在这件事上，错在那个难以理喻的麦高。

"你还有什么好说的吗？"鲁斯登厉声责问。

我说，我知道鲁斯登先生为我在埃利·埃尔瓦找个地方费了很大劲儿。但我只能对他说，麦高不是个绅士，因为我觉得不能把麦高的所作所为以及他说的那些话告诉态度严厉的鲁斯登先生，我不能和他提乔吉姨妈、妈妈和那个爱尔兰女孩的事。倒不是说我不愿意。而是我不能重复那些用心恶毒的话。在我看来，这会让我陷入耻辱的深渊。

为何感到耻辱？我无法告诉鲁斯登为什么我认为麦高"不是绅士"，以后我也无法告诉阿尔弗雷德为什么这样看待他。那天晚上我写信给他的时候，只能用"不是个绅士"这种说法。

我现在必须每天都向鲁斯登汇报思想，但可以看出，他已经得出结论，我不适合澳大利亚的生活。我本希望他会把麦高是个无赖的消息散布出去。不过，事与愿违，如果他真的散布了什么，也只能是指责我是个不懂世事的黄毛小子。但我不是什么黄毛小子。我骑着可怜的库茨在黑暗中，在丛林里，沿红土路狂奔，向天地昭示我是怎样一个人。所以，虽然我在殖民时期是个新手，但我并没有因此而失去适应殖民地生活的资格。

我住在墨尔本"野蛮人俱乐部"，在那里度过一段与伦敦那家俱乐部毫不相干的舒适时光。墙上挂着几位"老板"的朋友的照片或画像。他们从画框里看着我——扮演夏洛克①的麦克里迪,"老疯子"沃尔特·萨维奇·兰道②。爸爸和福斯特先生经常到巴斯去拜访他,为被送上断头台的查理一世举杯祝酒,背诵兰道先生写的打油诗。那些诗句爸爸经常当笑话教我们念。

世人皆知乔治一世很卑鄙,
乔治二世更卑鄙。
谁人听说乔治三世是个好东西?
等到四世呱呱坠地,
(谢谢上帝!)乔治时代已成过去。

在俱乐部作壁上观的还有体态丰满的布莱辛顿女士。这位女士和她的伙伴(至少可以这么称呼)奥赛伯爵③一起招摇过市,堪称"自由女神"。伯爵则是阿尔弗雷德的教父之一。最糟糕的是,我的教父,爱德华·布尔沃·利顿④也在其中。他为爱而结婚。后来,妻子写了一本讽刺他的小说,称他为伪君子,他居然就那么忍了。然而,他是一位政治家和伟大的作家,我很荣幸以他的名字命名。

在这里,他们当中的任何一个人都帮不了我。任何一个人都不知道麦高其人,也不会让他闭嘴。没有人建议他们放弃化学和拉丁

---

① 夏洛克(Shylock):莎士比亚名剧《威尼斯商人》中的人物。
② 沃尔特·萨维奇·兰道(Walter Savage Landor,1775—1864):英国作家、诗人。他最著名的作品是散文《想象的对话》和诗歌《罗斯·艾尔默》。
③ 奥赛伯爵(Count d'Orsay):法国-奥赛伯爵是法国贵族的爵位头衔,以奥赛的名字命名。
④ 爱德华·布尔沃·利顿(Edward Bulwer-Lytton,1803—1873):第一代利顿男爵,英国小说家、诗人、剧作家和政治家。

语，到赛伦塞斯特①为农民子弟开办的农业学校学习半年。在德文郡大街、塔维斯托克庄园②或者盖德山，我们的教父教母们有血有肉的面孔，在墨尔本那些模糊的照片上，成了一种责难。

3

和鲁斯登见面几天后的一个晚上，他来到"野蛮人俱乐部"，告诉我，再给我一个机会，让我在丛林里安顿下来，不过是最后一次。他说话有气无力，听起来人很疲倦，似乎对我没有什么信心。我知道我必须离开墨尔本到内陆，并且在那儿待下去。他说他在一个叫蒙巴的牧场给我找了个工作，那地方离埃利·埃尔瓦很远，在它的北面。鲁斯登告诉我，我需要搭乘一艘汽船，沿着一条名叫达令的河逆流而上。幸运的是，因为去年冬天雨水丰沛，达令河里还有足够的水，直到我到达一个名叫威尔坎尼亚的小镇。然后，我得到某个农牧场物资供应代理公司③"报到"。这家公司每个月都要运送一

---

① 赛伦塞斯特（Cirencester）：英格兰科茨沃尔德地区最大的城镇，英国皇家农业大学所在地。这所大学成立于1840年，是英语国家中最古老的农业学院。
② 塔维斯托克庄园（Tavistock House）：查尔斯·狄更斯和他的家人在1851年至1860年在伦敦的家。在塔维斯托克庄园，狄更斯写了《荒凉山庄》《艰难时代》《小杜丽》和《双城记》。他还在那里上演业余戏剧，这在约翰·福斯特的《查尔斯·狄更斯的一生》中有所描述。
③ 农牧场物资供应代理公司（stock and station agency）：早期澳大利亚、新西兰为农牧业社区提供服务的代理公司。他们在涉及牲畜、羊毛、化肥、农村财产、设备和商品的交易中为农民和牧场主提供咨询和代理。实际上，他们是牧民的银行家。

车粮食到蒙巴。"最好的一点是,"鲁斯登说,"你会碰到一个好人做你的导师,邦尼先生。还有那个店主,年轻的苏托,是个受过教育的殖民地居民——请代我向他致意。"

虽然他也说过麦高是个好人,但这些话还是让我有了新的抱负。"老板"说我缺的就是勤奋努力,我现在就奋斗一把,让他刮目相看,大吃一惊。我会像麦克里迪、兰道、利顿和布莱辛顿夫人一样,用不懈的努力减轻父亲的焦虑。总有一天,我会回到他身边——丹尼尔从熔炉里出来了!一个勤奋的人,一个熟悉《艰难时世》[①]《马丁·查兹威特》和父亲其他所有作品的人。

我又乘火车北上,到了一个叫亚勒旺加[②]的小镇,然后搭一艘渡船,沿墨累河一直漂流到达令河。我在"伊丽莎·简号"上有一个小舱房。船身很窄,这样就不太可能碰到水下的障碍物,损坏赤桉木做的船身。渡船的船长伯吉斯是个傲慢的家伙,干瘪的脸,声音低沉。他吹嘘"伊丽莎·简号"装载着的运往内地的东西,像一个永不疲倦的牧师,背诵"教义"[③]或"祈祷文"那样背诵着船上装载的货物。"我们的船尾和货舱里装载着文明社会需要的一切,"他声称,"羊毛包、肥皂、煤油、烙铁、布料,有的是订货,有的是我采购的商品。窗帘、雪利酒、文具、已经锯好成型的木材、铁丝、糖、蜡烛、土豆、陶器、书籍、玻璃器皿和红葡萄酒。"

----

① 《艰难时世》(*Hard Times*):狄更斯创作于1854年的重要小说。
② 亚勒旺加(Yarra-wonga):澳大利亚地名。
③ "教义"(Credo):拉丁语的意思是"我相信",是宗教信仰的声明。这个术语特指在弥撒中使用的《尼西亚-君士坦丁纲领》(*Nicene-Constantinopolitan Creed*)。

说到最后，我甚至觉得他会说："为了这些礼物和其他礼物，让我们感谢上帝！"

前甲板上，还有三个和我同船旅行的人。星空下，他们睡在丛林人常常背着的行囊里。行囊看起来很舒适，他们称之为铺盖卷儿。渡船沿着墨累河漂流向前，旅途漫长而闲适。早饭后，我在前甲板上来回踱步——还没有到达令河。这时三个人中的一个走过来，操着澳大利亚本地人的口音说："打扰一下，狄更斯先生。"他那张脸上露出半是惊讶、半是好笑的表情，黑胡子很快就会长得像把铁铲。

我想起鲁斯登的警告——不要和陌生人搞得太近，当心落入陷阱。我皱起眉头，淡淡地说："什么事？"

"没什么事，"那人说，"我也要去蒙巴。"

我很惊讶，也很高兴。他看起来像个可靠的"伴游"，然而，我还是尽量像鲁斯登希望的那样满脸严肃。"是吗？"我冷冷地说。

他目光闪闪，还是一副很快乐的样子，不像英国工人在这种情况下会很识相地打"退堂鼓"。

"我叫汤姆·拉金，"他说，"我去给邦尼先生当铁匠。他写信给我，让我找个名叫狄更斯的先生，向他问好。还说我也得从威尔坎尼亚①坐车去蒙巴牧场。情况就是这样。"

"有你做伴我很高兴，拉金先生。"我故意装出一副居高临下的样子。

"邦尼兄弟都是正经人，"他乐呵呵地说，"你知道，我和布罗德里布先生一起在穆尔邦长大。我父母离开爱尔兰后，为他干了很

---

① 威尔坎尼亚（Wilcannia）：澳大利亚地名。

多年。上个月我去沃加沃加①结婚，对妻子说：'是时候看看达令河以外的世界了，亲爱的。'她很乐意。一个威尔士女孩，船长的女儿。她秋天就到蒙巴。"

"祝贺你。"我大着胆子说。但我不能让他看出初次见面就喜欢他。在我的印象中，我第一眼看到就喜欢的人太多了。渡船在途中经常停下来。有时候，我们会到伐木营地。皮肤黝黑的伐木工人已经把木材堆放在河边。有时候伯吉斯船长需要烧锅炉用的木材，但有的时候，他会买些没有深加工过的木材。在这些营地里，常常会有一个穿粗布衣服的、看不出多大年纪的女人带着几个小顽童。走进营地时，你可以看到那些衣衫褴褛的小家伙生怕被船上的乘客看到，像兔子一样跑进丛林。我注意到拉金被他们逗得直乐，仿佛想起自己的童年。

渡船在大一点的城镇停留时，伯吉斯船长经常和商人们凑在一起谈天说地。前甲板上的三个家伙上岸生火，煮茶，喝朗姆酒，聊天。厨师和乘务员捕捞河鳕鱼。如果是白天，头等舱的一位乘客——德塞利夫人会上岸溜达溜达。她家住威尔坎尼亚西边什么地方，伯吉斯对她恭恭敬敬，好像她是一位丛林里的公爵夫人。德塞利夫人上岸的时候，怕被太阳晒，又怕被蚊虫叮咬，总是把脸遮得严严实实。有时候，她也会"社交拜访"。当伯吉斯船长宣布我是那位伟大的"叙述者"的小儿子时，德塞利夫人的反应非常友善。但我看出，她是想先看看我在她的国家能不能待下去，然后才肯费心劳神和我套近乎。她拿腔拿调问了我几个问题。或许因为我的回答平淡无奇，她对我失去了兴趣，说："我想伯吉斯船长一定是在跟我开玩笑。"

----

① 沃加沃加（Wagga）：澳大利亚新南威尔士州的一个城市。沃加沃加是澳大利亚最大的内陆城市，是澳大利亚重要的农业、军事和交通枢纽，位于澳大利亚最大的两个城市悉尼和墨尔本之间。

到达温特沃斯镇，进入达林河时，"伊丽莎·简号"狭窄的船身便显示出它的优越性。河岸很高，厚厚的红土上生长着大片大片的赤桉。渡船停靠在河岸，卸下货物。这当儿，我爬上河岸，向土肥水美的草原走去，看到一大片露出地面的红色岩石。

我们在一座叫默奇森山的牧场停下来的时候，牧场监工上船来看望德塞利夫人。船长把我介绍给他之后，他大声说："天哪，我们这个国家一下子来了这么多狄更斯。科罗纳就有一个！三周前我在普拉玛卡牧场的赛马场见过他。我得说，他带来几匹非常棒的马。"

他带我走到赤桉树林外面，像个读者一样说："你亲爱的老爸好久没写书了，是吗？我想，最后一本是《我们共同的朋友》，一定是三年前的事了。"

"四年。"我纠正他，"他做巡回读书会，你知道，还有表演……可把他累坏了。"

"我当然喜欢丽兹·汉克丝这个角色，她是河的女儿，但我还是忍不住欣赏那个寻财的女孩儿。她叫什么名字来着？"

"啊，是的。"我傻乎乎地说，假装在父亲创作的大量作品中搜寻那个名字。其实我对他的作品，就像对俄罗斯的河流一样并不熟悉。但是突然间，谢天谢地，我好像想起那个名字，脱口而出：小艾米丽·辟果提①。

"我想你搞错了，小狄更斯，"他对我说，"那是《大卫·科波菲尔》里的人物，到澳大利亚之后被毁了的女人。等一下，我想起来了。威尔福，贝拉·威尔福②"。

"我想，你是对的。"我小心翼翼地说。

---

① 小艾米丽·辟果提（Little Em'ly Peggotty）：《大卫·科波菲尔》中的一个人物。
② 贝拉·威尔福（Bella Wilfer）：《我们共同的朋友》中的人物。

我以前不得不和更加苛刻的英国人玩这个游戏,忍受这样的质疑。就好像作为一个伟大的讲故事的人,父亲作品里的每一个字都应该像遗产一样在我的血管里流淌。

我们现在已经来到河岸边的开阔地。太阳高高升起,阳光下每一处风景都赏心悦目。一望无际的平原在我们面前伸展开来,绿茵茵的草地在微风中发出金属般的响声,宛如层层波浪向西奔流而去,无边无际。远处青山如黛,平原上许多石英石依稀可见。

"你觉得这地方怎么样,年轻的狄更斯先生?"

"很喜欢。"我对他说。

"这是默奇森山牧场。我们在这里放牧。"

"羊在哪儿呢?"

"就在那儿,相信我。羊毛在长,羊羔也在长。这片草原一望无际,可以说地广羊稀,羊儿常常在草丛中走失。我们必须及时找到,把它们拢到一起。但你,狄更斯,凭你从父亲那儿继承的禀赋,可以成为'达林王国'第一位伟大的诗人。你也许能使威尔坎尼亚在世人的眼里璀璨夺目。"他笑着说,"在普拉玛卡的赛马场上,我也向你哥哥提过同样的建议。但他认为我在开玩笑。"

我心里想,不,阿尔弗雷德不会以为你在开玩笑。不过就像阿尔弗雷德一样,我现在也拒绝了他的这个主意。"我是个不懂音乐的人,"我对他说,"我打板球比写诗更出彩。"

"哦,好呀!"他说。谢天谢地,谈到板球这个话题。殖民地的人对板球的热爱不亚于赛马。

太阳当空,我向西看。一块富裕的土地。水草肥美得足以把羊群和人群藏起来。

船到达威尔坎尼亚的时候,我发现这里似乎是一个繁忙的城镇,据说镇子里大约有三四百口人。不过这种"繁忙"也可能是因为我们的到来引起的。许多人被吸引到河岸边高高的堤坝上。当戴着面纱、神情严肃的德塞利夫人上岸时,跳板上一阵骚动。两名头戴白色头盔,身穿蓝色外套、白色裤子,脚蹬高筒马靴的警察等在舷梯旁边,她经过时举手敬礼,一位天主教牧师和一位英国国教牧师脱下了帽子。

"你知道德塞利夫人要去哪儿吗?"我问拉金,"我是说,她家在哪儿?"

"内塔里牧场。德塞利夫妇是达林河沿岸的传奇人物。她和丈夫,还有几个女儿生活在一起。你知道,在这一带,这种事难得一见。在新南威尔士殖民地,牧场主很少让如花似玉的女儿在凄风苦雨中长大。狄更斯先生,他们的千金小姐通常宁愿待在城市里,靠老头儿的羊毛支票过安逸的生活。"

"'老头儿'是指'父亲'吗?"

"完全正确。"拉金说。

德塞利夫人登上四轮马车。看着她的背影,我怀着一种新的世俗之心想,女人真是个谜。如果你把两个小伙子放在渡船同一个交谊厅里,除非其中一个因为羞怯腼腆,或者不敢和陌生人说话对另外一个敬而远之,在我们经历的这段旅程结束时,肯定会成为好朋友。而我和德塞利夫人一直形同路人。于我而言,和她同船旅行,唯一的好处是,她不是我父亲作品的忠实读者,所以不会用那些与文学有关的话题为难我。

几个人高马大的年轻的土著人在码头那边等着帮"伊丽莎·简号"卸货。其中两个人穿着背心,腰里缠块布,但大多数人都袒胸露背，看上去肌肉发达。树荫下，有两个裹着头巾的阿富汗人，他们牵着一长串骆驼，准备把伯吉斯的货物运往偏远的内地。

汤姆·拉金建议道："狄更斯先生，如果你愿意的话，我们今天早上就出发，在今晚宿营前走四十英里。你觉得怎么样？"

这些人常常让你大吃一惊。就拿这个人说吧，他在某种意义上讲，是"仆人"。可是"仆人"却用这种口气和"主人"说话："你觉得怎么样？"不过听说这是这个国家的习俗，我懂得入乡随俗的道理，没有试图单枪匹马去改变人家的习惯。

"我得先到农牧场物资供应代理公司'报到'，弗雷梅尔家。他们有一辆马车要去蒙巴。"

"好啊，我们可以跟着马车走。"他乐呵呵地说，铁铲似的胡子里满是笑意。

"你笑什么呢，拉金？"我问。

"唔，我只是觉得好玩儿。仅仅因为你是大作家狄更斯的儿子，人们就兴师动众用车接你。并不是说你自己没有能力。他们专门准备了马车，只是为了确保你将来会去看望他们。今晚他们就会吹嘘和他们的好朋友——年轻的狄更斯多么熟悉，还要预测在你身上会发生什么大事。这也不是没有理由。我也认为你一定会做得很好。"

"谢谢你。"我说，感激之情涌上心头，虽然有点怪怪的。

拉金说："我只是给你提个醒，他们会让你在镇子里待上一两天，好拿你炫耀炫耀。不过……你也许更希望我们现在就出发。"

我又说了一遍，得先去弗雷梅尔的公司。拉金点点头说："那也好办。你去农牧场物资供应代理公司的时候，我去忏悔我的罪过，因为神父在这儿。然后你去那个酒馆找我，就在商务酒店。"

我从未听过一个天主教徒如此坦率地、漫不经心地说起自己信奉的宗教,还有近乎野蛮的要求。"我去忏悔我的罪过。"然后,立马到商务酒店喝一杯。我感到拉金和我之间有一道无形的屏障。"老板"痛恨教宗主义①,认为教宗主义是一切进步的敌人。

这个小镇的建筑物看起来都是用厚厚的砂岩建造而成的。砂岩是驱除炎热的首屈一指的建筑材料。镇里有两座砂岩教堂,代表着我和拉金全然不同的信仰。同样由砂岩建成的商务酒店提供住宿。高高的白花桉树浓荫蔽日,树荫下三个货栈一字排开。有人告诉我,前面不远是邮局。

我那几件行李已经堆放在用厚重的木材搭建的码头上。我走上岸,和伯吉斯船长告别。许多人因为他的船又回到这里,喝彩叫好。我和他们擦肩而过的时候,那些正和他说话的人都转过脸眯着眼睛看我。他们的衣服足够时髦,而且我知道,这些从遥远的某个地方——"真正的澳大利亚"——来镇上的牧场主,不管家里欠多少债,也总要把自己打扮得体体面面,像个大富豪。他们看见我头戴崭新的帽子,身穿夹克衫和斜纹布裤子,上下打量着,一言不发,让人觉得他们有点羞涩,不好意思。也可能是德塞利夫人式的沉默——在我为他们的国家"奉献自己",成为永久居民之前,不愿了解我。

刚走了几步,我发现一名骑警站在我身边,向我敬礼。"狄更斯先生,"他用一种柔和委婉、不那么咄咄逼人的爱尔兰口音说,"有什么需要我帮助的事吗?"

我告诉他,我要去农牧场物资供应代理公司。他朝货栈那面闪着微光的热浪指了指。"哦,弗雷梅尔家,"他说,"你去那儿有事

---

① 教宗主义(papalism):教皇皇权至上主义。

儿吗？我送你去，狄更斯先生。我的朋友可以照看你的行李，不会被人偷走。"

不一会儿，我们就来到弗雷梅尔物资供应代理公司。只见店门上装饰着绉纱花彩。橱窗上写着："弗雷梅尔物资供应代理公司热烈欢迎伟大的查尔斯·狄更斯之子，爱德华·布尔沃·利顿·狄更斯先生来到达林河未来的都市——威尔坎尼亚。"

爱尔兰警察行了个礼，离我而去。他说一旦货物从船上转移到仓库，他就得严格看管了，因为黑人，也就是我在码头看到的土著人"天生就是小偷"，需要"用鹰一样的眼睛盯着他们"。

我走过通常那种遮阴蔽日的游廊，走进公司，经过一块公告牌。牌子上写着出售马匹、马具和各种各样器具的广告，还有即将拍卖母羊和羊羔的信息。其中一条特别吸引我的眼球："某牧场预售二百九十只美利奴羊和边区莱斯特公羊①，可用于进一步繁殖发展！"这则广告让我觉得某人似乎已经破产了。我站在公司长长的柜台边，被挂在办公室四周的节日绉纱花彩吓了一跳。

这时，一个穿着考究的西装，打着涡纹领带，鼻梁上架副眼镜的男人走到我面前。他好像有一种气场，让人觉得此人处于权力的巅峰，他也意识到自己的能力。他个子很高，棕色头发油光铮亮。除了那双警惕的眼睛之外，脸上的主要特征就是不成比例的厚嘴唇。那嘴唇实在是太肥大了。我相信，无论他上的是殖民地学校还是英国学校，都会被同学们戏称为"青蛙王子"。一个相貌出众的女人站在他身边，估计是他的妻子。她的外表吸引了我心灵深处那个生

---

① 边区莱斯特羊：羊的一个优良品种，最初是在苏格兰和英格兰之间的边境地区，通过英格兰莱斯特羊和切维奥羊杂交发展起来的。在苏格兰、澳大利亚和新西兰大量繁殖。

机勃发的男子汉。她比丈夫高一点，白色长裙皱皱巴巴，乌黑的秀发有点凌乱。但你看不出她这样不修边幅是刻意为之，还是因为对这种场合毫无兴趣，才造成这样一种"艺术效果"。

"我的妻子，狄更斯先生。"那人说。

那位女士把戴着花边手套的手伸到我面前时，我像一位真正的男子汉风度十足地握了握。

"我妻子是法国人，先生，我喜欢叫她弗雷梅尔夫人。"他说，两栖动物似的厚嘴唇弯出一个大大的微笑。

"很荣幸认识你，夫人。"我对她说，"我父亲热爱你们的国家。他和拉马丁总统[①]很熟。"

"法国也爱你的父亲，"她说，"即使皇帝也喜欢他。而对于那些和我一样不喜欢皇帝的人来说，你父亲也是我们崇敬的人。维克多·雨果被流放时，你父亲是他的朋友！"

弗雷梅尔夫人提到雨果给我留下深刻的印象。"老板"曾经说过，他最喜欢的法国人是雨果，尽管雨果的妻子似乎想在早饭里下毒，把那个可怜人毒死。再看看弗雷梅尔，他好像不曾有过一个熟悉雨果，并且在威尔坎尼亚这样的地方对法国皇帝发表意见的妻子。

她似乎还想说点什么，但话到嘴边又咽到肚里，让丈夫控制局面。

"我知道你旅途劳累，一路辛苦，"弗雷梅尔先生说，"很荣幸在你重回内地时接待你。我向你保证，我能从威尔坎尼亚和其他地

---

① 拉马丁总统（President Lamartine，1790—1869）：法国作家、诗人和政治家，为法兰西第二共和国的建立和三色旗的延续做出重要贡献。1848年二月革命后为临时政府实际上的首脑。他从1848年2月24日至5月11日出任外交部长。1848年12月10日的总统选举中败于拿破仑三世。

方召集一批优秀的绅士。他们很乐意招待你并为你选择我们的定居点作为目的地而喝彩。我相信你的生日就要到了……"

哦,天哪!我思索着如何说话,才能在威尔坎尼亚的创始人们面前表现出自己的睿智。

"先生,"我连忙说,语气之坚定连我自己也感到吃惊,"您真是太好了,以后也许有机会和大家相聚。但眼下,我必须尽快去牧场,一心一意放我的羊。"

弗雷梅尔的厚嘴唇颤动着,扭曲了满脸笑容,看起来有点不悦。

"哦,"他加重语气说,"如果你能在我这儿待几天,我将不胜感激。毕竟,我可以告诉你许多有关这个行业的事。"

他的妻子笑了起来。"弗雷梅尔和别的男人不一样,"她温情脉脉地提醒我,"他头脑清醒,不像他妻子那样,有时候毫无意义地自作多情。"

我连忙说:"不行,我必须尽快去蒙巴。鲁斯登先生希望我赶快去那儿。他提到一辆马车……"

"没错儿,等你准备好了,马车随时可以出发。"弗雷梅尔先生说着朝后边的库房喊了一声,"莫瑞斯!这孩子上哪儿去了?莫瑞——斯!"

一个年轻人匆匆走进办公室。我瞥了一眼,觉得他一定是弗雷梅尔先生的儿子,因为他的嘴唇和弗雷梅尔先生的嘴唇一模一样,所幸还不足以破坏他的相貌。

"这是我的外甥。"弗雷梅尔告诉我。

年轻人面带真诚的微笑,伸出手说:"莫瑞斯·麦卡登。"他大概二十岁,除了嘴唇之外,小伙子和舅舅唯一的相似之处就是他也把头发梳理得油光铮亮。

"狄更斯先生，"他对我说，"你什么时候准备好了，我就赶着补给车到蒙巴去。"

我向这个表现得更为友善的人求助。"你舅舅慷慨热情，愿意款待我几天。但我们的赞助人鲁斯登先生坚持要我马上去那儿。而且还有一个铁匠和我同去，他叫拉金。"

"哦，"弗雷梅尔先生说，"这个拉金也许已经准备好了，可是对莫瑞斯来说未免太匆忙了。"

"哦，不。"莫瑞斯几乎故意这样说。他好像很乐意打乱舅舅的计划，"马车差不多准备好了。我的行李也已经收拾停当，换上到丛林里穿的衣服就可以出发。"

弗雷梅尔现在真生气了，我也一肚子火儿。

"弗雷梅尔先生，证明我适合牧场生活的唯一办法就是尽快开始过这种生活。"我尽可能心平气和地说，"当然这也是我父亲的愿望。"

"那好吧。"弗雷梅尔说，做了个鬼脸。他一心想成为我在这个镇子里的导师，现在只好打消这个念头。

"好吧。"莫瑞斯兴致勃勃走上前，"我在哪儿见您和这个拉金呢，狄更斯先生？"

"拉金和我在商务酒店。"我回答道。

弗雷梅尔先生把注意力转向商品目录时，弗雷梅尔夫人对我莞尔一笑，然后又对外甥笑了笑，说："你们俩一定要当心中暑，还要防着点蛇。在行囊上坐下来之前，先踢几脚，看里面会不会藏着毒蛇。"

"我舅妈快被蛇弄疯了。"莫瑞斯深情地说。

我本人对这位漂亮的弗雷梅尔夫人也生出几分迷恋。她的法国口音，她关于蛇的建议都让人很难忘记或忽视。对于几乎没有听说过毒蛇的英国人来说，"蛇"这个词在任何情况下都有很大的吸引力。

"致命的毒蛇。"她颤抖着说，"大班蛇①。你们都是我亲爱的孩子。"

"我十九岁了。"莫瑞斯·麦卡登告诉舅妈。

"没错儿，"她坚持说，"大男孩儿。"

"我只需要二十分钟，狄更斯先生。"莫瑞斯说，瞥了一眼舅舅。弗雷梅尔先生依然一脸冷漠。

4

我到商务酒店的时候，拉金正和几个人亲切友好地聊天，面前放着一品脱深棕色啤酒，只喝了四分之一。我向他打个手势，告诉他我们要走了。

等莫瑞斯的时候，我很想问问他和牧师见面的情况。因为认为某种做法粗俗野蛮，并不意味着没有好奇心。不过眼下我努力让自己不要刨根问底，只是告诉他，那个代理人愿意接待我，但我已经放弃了威尔坎尼亚，转而选择立刻启程去蒙巴。

于是我们排成一列，迤逦而行。我骑着库茨，汤姆·拉金骑着一匹壮实的、皮毛蓬乱的骟马。我管它叫沃勒②，因为它是在新南威

---

① 大班蛇（Taipan）：澳大利亚特有的一种体形庞大、移动迅速、有剧毒的毒蛇。
② 沃勒（Waler）：澳洲马。一种澳大利亚用于坐骑的马，是由十九世纪被带到澳大利亚殖民地的马发展而来的。这个名字来源于它们在新南威尔士殖民地的早期繁殖起源地，最初被称为新南沃勒（New South Walers）。

尔士偏远的高地饲养的。我知道印度军队专门派人来澳大利亚给他们的骑兵买沃勒马,而且多多益善。

我很想知道哥哥沃尔特在印度第四十二高地兵团服役时是否骑过沃勒马。他在那里参加过一场战斗,最终打败坎普尔①的叛军,解救了勒克瑙②。这个可怜的家伙有一天中暑病倒,还得了 smart fever——一种大脑被感染的疾病,被送到山区避暑之地疗养。沃尔特未满十八岁就获得一枚带搭扣的"平叛奖章",从少尉晋升为中尉,还获得一笔奖金。"老板"一直为这个儿子而自豪。

小时候,我和沃尔特一点儿也不亲近。在他眼里,我是"讨厌的普兰卡斯特"或"普兰卡巴纳斯特"。但在他离家的前两天晚上,他来到塔维斯托克宅邸我的房间,说:"普兰卡斯特,我一直对你很冷淡。"他哭了起来,扭歪了一张脸,就像个孩子。这让我手足无措。

"我不想去。就因为我通过了东印度公司的考试,就非得去?"他摇了摇头,继续说,"小弟弟,小弟弟,如果我能留下,我们俩可以成为好朋友。"

"让凯蒂和'老板'谈谈!"我建议道。因为我知道大姐有资格对父亲提出要求,而且有能力让父亲三思而后行。但是在这件事情上,倘若沃尔特真的让凯蒂出马,她也未必能赢。

---

① 坎普尔(Cawnpore)是印度面积第五大、人口第十的大城市。1857 年五月,这里爆发了反抗英国殖民统治与争取民族独立的印度民族大起义。最终遭到大英帝国的残酷镇压。

② 勒克瑙(Lucknow):印度北方邦的首府,人口居第八的印度城市。勒克瑙一直被认为是一个多元文化的城市,在十八世纪和十九世纪作为北印度文化和艺术中心而繁荣发展。

可怜的、可怜的沃尔特，已经预料到将来会发生什么事情！

莫瑞斯·麦卡登穿着格子衬衫、斜纹布裤子和普鲁士靴子，坐在马车车辕和四匹驾车的马的缰绳旁边。我们出发了，大家都沉默着，走了两条街，来到黑土地的边缘，有几个中国人在那儿种南瓜。再往前走，就到了这块古老的西部土地上的红土和黄色的草地上。阳光强烈，但没有强烈到使人痴呆的程度，而是以一种诚实的方式照耀大地，没有蒸汽，没有雾霭，一碧万里。我猜，如果这里是美国，人们会把它叫作草原。草丛中闪闪发光的岩石让人想到黄金，但通常只是石英石。远处连绵逶迤的山岭与其说是一道道屏障，不如说是对无边无际的允诺。

我们默不作声地走了很长一段路——大约十五英里，拉金大声说："大概两点多了吧。"

眼前出现一个让人神清气爽的湖。碧水涟涟，只是湖心有一抹黄泥，周围都是嶙峋怪石。石头相连，勾勒出湖的形状，记录了湖面的涨落，发出蓝色、黄色、棕色和白色的光芒。拉金在湖边翻身下马。我也下了马。

莫瑞斯吆喝着，让拉车的马停下来，把它们拴在看上去很容易折断的灌木丛上。

"你的马会跑掉吗？"我问他。

"你不知道格雷维尔①可以把缰绳纠缠得多么结实。"他对我说，

---

① 格雷维尔（grevillea）：原产于热带雨林的灌木，常见于澳大利亚、新几内亚、新喀里多尼亚、印度尼西亚和苏拉威西岛。以查尔斯·弗朗西斯·格雷维尔的名字命名。这种植物从五十厘米以下的匍匐灌木到三十五米高的树木都有。常见的名字包括格雷维尔、蜘蛛花、银桦树等。

一副无所不知的样子。

就在那时，我们开始像旅伴一样交谈起来。我在路上了解了莫瑞斯和汤姆·拉金的许多情况。而当我们头枕行囊，仰面朝天躺在草地上，陶醉于万里晴空的浩瀚与深邃时，他们自然而然也了解了我的一些情况。我们就像乘坐着木筏，在茫茫大海航行的游子。到目前为止，在每一个岔路口，莫瑞斯和汤姆·拉金的意见都一致，两个人都同意朝这边走，而不是那边。至于我，则可能成为倒霉的英国旅行者之一，暴尸荒野（因为口渴，后来才知道澳大利亚人说到这件事情只用动词），还会成为一个"警世故事"①。

头一顿午餐不错，硬面饼子、羊肉、红茶。下午，拉金和我让莫瑞斯的马车沿着那条通往草原深处的道路，在前面走。牧草被炽热的阳光烘烤得像干草一样在微风中窸窣作响。每逢剪羊毛的季节，公共马车把剪羊毛工人送到蒙巴牧场，久而久之碾压出这条长路。我们骑着马跟在马车后面，汤姆·拉金又教给我生长在这块土地上的花草树木的知识。他指给我看平原上稀疏的金合欢树，告诉我永远不要砍倒它们，因为在干旱的时候，金合欢树枝是很好的饲料。

他还指给我看一种叫滨藜的浅青色灌木。他说绵羊很喜欢这种

---

① 这一段的原文是：I might have been one of those hapless British travellers who perished（of thirst, for I would learn that in Australia they used only the verb）and I might have become a cautionary tale. 作者的意思是，在澳大利亚，一个人如果死在丛林或者草原，只能是因为炎热和饥渴，因为那里没有吃人的豺狼虎豹、鳄鱼毒蛇。这是谁都知道的常识。有鉴于此，说到这种事情，他们只说"死"这个动词，而不说"因饥渴而死"。英国旅游者却不懂得必须携带足够的水。"警世故事"的缘由是：十九世纪的英国，父母经常告诉孩子们不能做愚蠢的事，如玩火柴造成的严重后果。他们还编了许多类似的故事出版发行，这种故事被称作"警世故事"。

灌木，还一本正经地对我说，真是太幸运了，这种从亚当时代起就生长着的灌木成了绵羊赖以生存的饲料！

他指给我看银叶相思树。这种树有点像滨藜，但是远非赏心悦目。苹果木和玫瑰花丛也是如此，名不副实，一点也不像它们的名字那么漂亮。

最重要的是，他指给我看一片橙黄色的、高高的袋鼠草，嘴里说："好极了，狄更斯先生。好极了！"然后，他似乎违反了礼节，"好极了！普洛恩。对于羊和牛，这可是好玩意儿，就像鱼子酱。但它会因干旱而枯死。"然后指了指黄色的草丛，说，"星菊①。这玩意儿生命力极强。"

傍晚时分，他又向我介绍了一丛一丛的洋槐草。这种草的球茎呈绿灰色。还有鸸鹋草。那是一种羽毛状浅黄绿色的草。拉金十分肯定地说，这种草比洋槐草和星菊生长期更长。他毫不怀疑，在这里发展羊毛产业完全是天意。这样优质的牧草从远古时代起就在这块土地生长，一直是袋鼠的美食。直到不列颠人靠它们生产出世界上最好的羊毛。

他如数家珍般告诉我目光所及的花草树木、飞禽走兽的名字，直到我云里雾里，彻底糊涂。他知道的东西多得惊人，仿佛把什么都当作食物，尝了一遍。

暮色渐浓，我们看到了蒙巴牧场的第一道围栏。围栏向西北和东南方向延伸。

"有四十五英里长。"莫瑞斯有点上气不接下气地说。那通向远方的围栏，宛如世界奇迹——由许多吨铁丝、许多吨硬木树桩建成，

---

① 星菊（Mitchell grass）：澳大利亚特有的多年生草本植物，通常被称为米切尔草。

当然还有可以流成河的人的汗水。

晚上，吃完拉金做的炖羊肉后，两位朋友向我讲述了他们的出身、经历。至于我的来龙去脉，他们理所当然地认为已经烂熟于心。

汤姆·拉金先介绍了他的情况："我的父母是爱尔兰来的流放犯，但他们充满爱心，值得尊敬。我的父亲因为房东欺人太甚，一怒之下破门而入，找那个家伙理论而被流放。如果他在这里，一定会证明自己根本就没有犯罪。我亲爱的母亲因为在利默里克①偷了几尺布被送到这里。她是个好女人，但不幸死于难产。父亲也在几年后因忧郁而去世。狄更斯先生，我不敢说和酒无关，因为人的灵魂在长期监禁和前往澳大利亚的旅程中都打下深深的烙印，养成嗜好。"

我听着他的讲述，好像有这样的父母很正常。

莫瑞斯的故事更悲惨。他的父母都是艺术家，他们的婚姻是灵魂的交融。他们一起云游四方，画画，探险。莫瑞斯的父亲被选为皇家艺术学院的准会员，迟早会成为正式会员。莫瑞斯的父母一起在皇家艺术家协会展出过作品。莫瑞斯说："你们家的一个朋友——一个非常慷慨的人，名叫克拉克森·斯坦菲尔德②的画家曾经帮助过他们。狄更斯，我想，你父亲给他写了一本小说。"

我记得克拉克森·斯坦菲尔德这个名字。虽然他已经是个老人了——可能比我父亲大二十岁——但举手投足却像个年轻人。我小时候，他到塔维斯托克宅邸来游戏作乐的时候，一望而知他喜欢孩

---

① 利默里克（Limerick）：爱尔兰的一个城市，位于中西部地区，明斯特省的一部分。

② 克拉克森·斯坦菲尔德（Clarkson Stanfield，1793—1867）：英国著名的航海画家。人们常称他为威廉·克拉克森·斯坦菲尔德。

子。(后来才知道,他失去好几个孩子。)他为爸爸的戏画幕布。"老板"说他虽然是个天主教徒,但生活很简朴,一点也不虚伪。为了取乐,他模仿别人念他名字时结结巴巴的样子。他还开玩笑,管自己叫克拉克菲尔德·斯坦森和菲尔德斯坦·特兰森姆。接着,他又告诉我们,拿破仑时代他是怎样被抓壮丁,抓到海军的。他知道那个故事会使我们着迷。他想得没错儿。

这么说,这个人也是莫瑞斯父母的赞助人了。而我们正在遥远的威坎尼亚,在这个已知世界的边缘谈论并不遥远的旧事。

不幸的是,三年前,莫瑞斯的父母死于圣哥达山口①一场巨大的雪崩。接下来便是那种人们耳熟能详的故事:莫瑞斯的父亲生前把财产、一应商务往来都交给了伦敦一位律师打理。他以为这是一个连命都可以托付的律师。可惜这个人不仅不配得到这种信任,甚至连起码的诚实都做不到。

"就像小说里的孩子一样,我一无所有。"莫瑞斯说,"父亲的朋友们凑到一起,给我母亲在威坎尼亚的弟弟写信。不久以后,我收到舅妈寄来的一封热烈欢迎的信。信中说,她和舅舅都认为我应该去新南威尔士殖民地和他们一起生活。我父母的朋友们为我筹集了一笔坐头等舱的钱,但我坐的是二等舱,所以还剩了一点钱。唉,不管怎么说……我们认识了。汤姆和我都是孤儿,而你,狄更斯,谢天谢地……父母双全。"

尽管查尔斯·狄更斯和凯瑟琳·狄更斯离得如此之远,想要拥有他们并不容易,而且即使在英国,母亲住在她父母家,父亲云游

---

① 圣哥达山口(St Gotthard Pass):瑞士南部勒蓬廷阿尔卑斯山脉(Lepontine Alps)山口,是中欧与意大利之间一条重要的公路和铁路通道。山口长二十六公里,海拔两千一百零八米。

四方，同时见一面也非易事。

最后，我甚至没有检查一下行囊里有没有毒蛇，就把它打开，在上面躺下，很快就在这个凉爽的草原之夜，进入梦乡。

拂晓时分，我们穿过黏土湖。拉金告诉我，过去土著人在那里生火，黏土湖的表面变得像釉面砖一样光滑。

"说起当地的土著人，蒙巴的邦尼先生总是赞不绝口。"莫瑞斯说，"我舅舅说，邦尼简直被他们迷住了。我想他是他们的学生。"

远处有火堆冒出来的烟。"就是他们。"莫瑞斯说。我们的路就是朝那个方向走的。当天晚些时候，我看到那些宛如远古时代的人在他们的土地上走来走去。这些人又高又瘦，就像码头上搬运东西的土著人。他们穿着破旧的夹克（毫无疑问是邦尼家的人送给他们的），腰间缠着布。妇女穿着传教所发的长袍，但有的人祖露乳房，包括一位正给婴儿喂奶的妇女。

我们任慢慢走着，离那群人越来越近。一位老妇人走过来，仔细打量着这几位不速之客。阳光下，她的头顶仿佛有一个光环。"那是什么？"我问，"她头上。"

原来那是石膏做的头盔。丈夫死后，寡妇们就用它包住自己的头。石膏头盔让我第一次对黑人产生了迷恋。不知怎的，我突然想起妈妈。她不是寡妇，我也不希望她成为寡妇。但自从她回到娘家已经十年了。她应该戴什么样的头盔？

她声称，想和父母住在一起。嫁给爸爸时，他只是一个速记员兼三流作家，离开他时，他已然成了一个神。一种冲动告诉我，如果她头上戴着一顶闪闪发光的头盔，它就会为她说话，为她辩护，帮助她进入她所希望的由普通男女而不是神组成的社会。

那一刻，我突然有一种强烈的愿望，希望妈妈能像眼前这个黑人寡妇一样为她在蒙巴大围栏里的艰难,扯开嗓门儿,用颤抖的声音诉苦。和"老板"说的相反,母亲离开她那帮吵吵闹闹、不服管教的孩子和半人半神的丈夫之后,住进了父母的房子,后来又搬到她自己在格洛斯特①新月街一座整洁的小房子。她把老大查理也带走了。搬走之前,让我们大家都知道她爱我们。她轻轻地哭着,不像这个寡妇那样大喊大叫。乔吉姨妈,她的亲妹妹,跟爸爸和我们住在一起。乔吉姨妈如果成了寡妇,一定会像这个黑女人那样大放悲声。但母亲只是那么温柔地索取我们的爱。也许我们搬到肯特郡的乡下后,她应该到盖德山来,和戴石膏头盔的老妇人一样,坐在门前的台阶上号啕大哭。

掠过心头的悲凉没有持续多久。傍晚时分,我们穿过最后一扇大门,走进一座庄园。庄园有一条很深的走廊,和麦高那座难以描绘的宅院很像。但这里不是蒙巴的全部。蒙巴就像一个小村庄,"村庄"里有一个挺大的商店,一溜停放牛车的车棚,一个铸造厂,一个锯木厂,几间供赶牲口的人和木匠居住的小屋,还有几个马厩和一个巨大的剪羊毛的棚子。棚子周围有专门供羊走的道路,临时圈养牲畜的圈和场院。拉金说,一旦开始剪羊毛,这里就会成为一家羊毛工厂。

拉金和我打开门,让莫瑞斯先把马车赶进去,我们俩骑马跟在后面。我现在很紧张,不知道邦尼兄弟和苏托②先生是否会亲切地、迫不及待地问一些有关"老板"的问题。我知道,要想举止得体,

---

① 格洛斯特(Gloucester):英国西南部的一个城市,靠近威尔士边界,坐落在塞文河(River Severn)上。
② 威廉·亨利·苏托(William Henry Suttor,1805—1877),澳大利亚牧民和政治家。其父是乔治·苏托(George Suttor,1774—1859):澳大利亚拓荒者。

就要恰如其分地表现出一定程度的冷漠，对他们敬而远之，直到让这些人感觉到我和他们目标一致——做个"羊毛之王"。

来到马厩之后，汤姆·拉金把马鞍从直冒热气的马背上取下来。他一直没有问我那些烦人的问题，这让我心里很是温暖。他说："狄更斯先生……普洛恩，如果你有机会能感谢一下苏托先生，我会很高兴的。因为就在有些人想把我们这些天主教流放犯的孩子们关进监狱的时候，是他们父子挺身而出救了我们。想想看，我是在母亲服刑时，以罪犯和奴隶的身份生下我的。而现在我们都是有价值的自由人，每个人都享有公民权。"

"如果是这样的话，汤姆，你应该自己跟他说呀。"我说。

"没错儿，但是如果从你，一位伟人的儿子口里说出这番话，对于他那将是多么了不起的礼物啊！再说，他伶牙俐齿，如果我告诉他，他有一大堆话等着我呢，我可说不过他。"

这时候，一个英俊的、皮肤黝黑、神情忧郁的小伙子——也许和我年龄相仿——伸出一双手，把马鞍从我手上接过来，放到一个架子上。然后转过身来，一双清澈明亮的大眼睛看着我，说："老板，让我把它刷洗干净。"

"好好的，库茨。"我临走前对母马耳语道，"好好的，库茨。"

我把沉重的马鞍袋扛在肩上，心里明白这地方不会有"门房"帮你搬行李。

我们卸马鞍的时候，一个穿着衬衣的高个子男人从储藏室里走了出来。

"呼——啦——"他向我们走来，声音洪亮地说，"弗雷梅尔家的孩子们。你好，莫瑞斯，"然后转向我，"我是威利·苏托。你是哪位，孩子？"

"爱德华·布尔沃·利顿·狄更斯，先生。"我回答说，"十六岁，还差五天。"

"哦，主啊！"他大声说，"你还没到庄园去吗？"

"还没有呢，先生。我想向莫瑞斯正式道别，他一路上很照顾我。"

"哦，你真懂事。不过吃晚饭的时候，你会见到他的，还有我。今晚是邦尼兄弟的狂欢之夜！"他说话抑扬顿挫，澳大利亚口音，发出来的元音就像蒙巴的风景一样"平平展展"。不像我，一个"新来的英国移民"，一个"普米①"——澳大利亚人对新来者略带轻蔑的称呼。

"天哪，我们都发过誓，不和你提起你父亲，因为你一定讨厌别人一见面就拿你父亲当话题。但我不得不说，小狄更斯，你是最接近这位伟大天才的人，这真让人震惊！他是照耀我这种粗人的教化者！在最遥远的茅屋里，他让我们流下高贵的眼泪，唤起我们从未意识到自己拥有的感情。天哪，你是他的亲骨肉。你能来，我们非常高兴，但也有点不安。哦，够了，我已经违背了誓言，今晚我要好好表现。你应该去见弗雷德里克·邦尼先生。他急着见你，一直在走廊里踱步，紧张地喝茶。如果你一直在这儿待着，莫瑞斯会让你帮他卸车呢！"

然后，苏托那双炯炯有神的眼睛转向莫瑞斯，说道："估计你已经提出这个问题了……"

"没有……没有，没有机会……"莫瑞斯垂下目光回答。

"哦，好吧，由你决定，老伙计！"威利轻声说，言语之间不

---

① 普米（Pommy）：澳大利亚俚语，意思是"英国佬"，缩写自 pomegranate，石榴。据说因英国移民不适应澳大利亚气候，脸被晒得如红石榴而得名。

无歉疚。

他们俩都看着我。我说:"和我们一起来的铁匠汤姆·拉金,是一个天主教流放犯的儿子。他请我向你转达他的谢意。"

"我年轻的时候,很激进。"威利说。在我眼里,他似乎仍然是一个充满活力的年轻人。

然后我说,如果他们不介意,我就到庄园去作自我介绍。我对莫瑞斯说,要去他的马车上取提箱时,苏托连忙说:"不,不。我去找个小伙子给你送去。还有马鞍袋。这至少是我们能做的事!"

我朝庄园走去,突然感到一阵紧张。蒙巴最后一次考验等待着我,那就是邦尼兄弟是否会像麦高一样,表现出某种程度的恶意。主屋背对小溪边的一排树木,有点儿像城堡,两边是厢房,厢房中间是游廊。整幢房子矗立在几棵稀疏的金合欢树中间,一切流于自然,没有任何矫揉造作,也没有装饰着玫瑰花架子的花园。

游廊离地面很近,我走过去的时候,耳边传来一阵靴子的响声。一个结实的小个子男人出现在台阶上。他胡子修剪得整整齐齐,身穿西装,头戴白色遮阳帽。

"啊,"他停下脚步说,"旅途愉快吧,狄更斯先生?"

我对他说,很愉快,把功劳归于莫瑞斯和蒙巴的新铁匠。

"应该的,"他说,"欢迎来到蒙巴。一定觉得很不习惯吧,不过如果你在这儿待上一段时间,就如鱼得水了。跟我来,小狄更斯。"

他不像苏托那么健谈,但显然出生在英国,浑厚悦耳的声音带着一种英格兰中部地区的口音。他还很年轻,长了一张娃娃脸。带我去了我的卧室(有点像麦高牧场那间),建议我先洗个澡,还告诉我浴室在哪儿。

"如果你需要什么，一定要告诉我。"他很真诚地说，然后吸了口气，补充道，"我们很自豪你能来这里，与我们同甘苦共命运。"

他走开的时候，我心里想，在英国，他是怎样做这些仆人们做的事情——怎样把客人领进房间，告诉人家浴室在哪儿，又是怎样主动提出要帮忙。身为作家父亲的儿子，我对这个人的"新版本"很感兴趣：主人和仆人融为一体——这是我们所处的环境要求的组合。"老板"总是强调他的祖父母都是仆人。祖母伊丽莎白是布兰福德夫人的女仆，祖父威廉·狄更斯是克鲁勋爵的老男仆，后来成了贴身仆人。"老板"声称，狄更斯家的人在那个年代也只能干这活儿。他说，我们现在成了上流社会的人，纯属偶然，仅仅因为他会写作。必须在仆人和侍者、搬运工和船夫身上看到人性的另外一面。

过了一会儿，我正想喝茶，一个看起来面容憔悴的男人端着茶走到门口。"我叫考特尼，狄更斯先生，"他懒洋洋地说，"估计七点差一刻晚餐就上桌了。你看可以吗？狄更斯先生。"

我告诉他，太可以了。

他转身要走的时候，摇了摇头，咯咯咯地笑了起来。"小内尔①，"他好像突然记起什么，"小内尔。简直无法相信。惊讶得我这双眼睛都要掉出来了！一个人在书里死了，但却永远活在读者心里。"

---

① 小内尔（Little Nell）：狄更斯1840—1841年出版的长篇小说《老古玩店》(Old Curiosity Shop)中的人物。小说主人公吐伦特为使还不满十四岁的外孙女在他身后能过上幸福生活，竭力想发财致富，不料却落入高利贷暴发户丹尼尔·奎尔普的魔爪。奎尔普这个贪得无厌的吸血鬼，利用高利贷不仅夺走了老古玩店的全部财产，还想占有美丽的小内尔。祖孙二人被迫逃离伦敦，过着四处乞讨的生活。最后，身心俱受损伤的小内尔，因精神过度疲劳而死。《老古玩店》被誉为"维多利亚时期的忧伤"。

这是一个面容憔悴的厨师，读过父亲写的一本书，我却从来没有打开过这本书。他显然没有和别人约定过不在我面前提我的父亲。

5

我在浴缸底部留下一层细细的红色尘土。此刻,我已经进入"荒原仆人"的新角色。我把红色尘土冲掉,把浴缸刷洗干净,然后穿上有点皱皱巴巴但很摩登的晨礼服。即使人们露出会心的微笑,心里想:"瞧这个新来乍到的客人。"我也觉得无所谓。为了表示对其他用餐者的尊敬,还是应该穿得正式一点。这时候,餐厅里传来一阵男人们聊天儿的声音,我迈着坚定的步子走了进去。

莫瑞斯穿着干净的衬衫、斜纹布裤子、擦得锃亮的靴子,忙乎着倒雪利酒,还有白兰地加水,作为开胃酒。苏托,就像我们在商店里看到时那样,穿着一件帆布夹克,没打领带,正在喝白兰地。在方圆两千多平方英里的土地上放羊也是一种"贵族的义务"①。蒙巴的老板——邦尼兄弟穿着弗雷德里克·邦尼在游廊上经常穿的那种西装。

爱德华·邦尼先生比他弟弟年长些,健壮些,似乎也更讲求实际。他说话简洁明了,有点斯塔福德郡②口音。他们的父亲是牧师,

---

① 贵族的义务（Noblesse oblige）：法语短语,字面意思是"贵族义务"。它的意思是：贵族超越了单纯的权利,并要求具有这种地位的人履行社会责任,特别是领导角色。《牛津英语辞典》是这样定义的：这个词"意味着高贵的祖先约束于可敬的行为；特权伴随着责任。"

② 斯塔福德郡（Staffordshire）：英国英格兰郡名。

曾在那里办过一所文法学校。叔叔来到澳大利亚,白手起家靠养羊发了大财,回到英国之后,把租赁权传给两个侄子。两个家伙看起来都很成功。我想成为他们那样的人。我认为,能像他们那样拥有二十万只羊是一件了不起的事情。

那一刻,餐厅里的人都对我表示热烈欢迎。大伙儿七嘴八舌问我迄今为止在殖民地的经历。然后我们坐下,喝了一碗考特尼端上来的浓浓的牛肉汤。考特尼的绰号是"小猪"。这个绰号显然是影射他除了吱吱叫两声之外很少说话。他守着沉默,就像牧场巡修围栏的工人守着他们的房屋一样,从不轻易向人透露秘密,也不为自己的厨艺辩解或邀功。对于一个有着如此有趣的绰号的人,除了夸他非常能干之外,我没有什么可说的了。喝完汤,他给我们端来蒙巴风味儿的烤羊腿。老邦尼亲自动手,切成块,分给大家。这当儿,弗雷德里克给我讲我们在蒙巴所做的和将要做的种种"怪事"。

"你的英国家人无法理解你将在这里经历的一切。虽然我们这儿的人对这块土地上发生的事情都心知肚明,但这些事情远远超过在杂志和期刊上发表文章介绍殖民地情况的人的认知——即使他们用心良苦,尽了最大的努力。那儿,东边,起初有个大水坑,现在正在干涸,但一场秋雨就又能使我们得到救赎。它实际上是一条河道,帕鲁河。我得说,是河床,因为它更喜欢在地下流动。首先,这就是件怪事。"

桌子旁边的人都表示赞同。

威利·苏托说:"没有人能像弗雷德里克那样生动地描述这个国家。他肯定是个作家……"

弗雷德里克不好意思地笑了笑:"我只是做了些关于人种学的

笔记,只是个影子作家。"

"他是研究帕鲁和达令河土著人的权威。"爱德华不无骄傲地说,"他天性如此。"

"我附议!"威利喊道,"他天性如此。对于这个'议案',你有什么话要说吗,莫瑞斯?"

"眼下还没什么好说的,苏托先生。"莫瑞斯说,几乎是在警告,"该说的时候我会说的,谢谢您。"

"对不起,"威利说,然后转向弗雷德里克,"那好吧,弗雷德,如果你愿意,给我们讲讲你那著名的关于羊的思考吧。"

"没错儿,我经常问大家,谁讲过羊的故事?"弗雷德里克说,"狗,尤其是牧羊犬的故事,多了去了。关于马的故事或许更多。公牛有故事,小母牛也有。至于小牛犊……然后是猪,尤其是小猪。而绵羊——我们蒙巴的主要牲畜——除了伊阿宋从金羊克律索马罗斯身上找到金羊毛①的故事之外,没有任何充满人情味儿的故事。可惜我们的羊群里没有金羊。除了伊阿宋的故事,都是绵羊饲养指南。我哥哥是个优秀的饲养员,但他从来没有因为一只羊而对诗歌产生过兴趣。甚至是一只公羊。然而……它们是我们的主食,是我们梦想中的宝贝。"

我想,他是一位饲养绵羊、生产羊毛的哲学家,但他的话还没有讲完。

---

① 在希腊神话中,金羊毛是稀世珍宝,王权的象征。它在英雄伊阿宋和他的阿尔戈勇士的故事中出现。为了让伊阿宋能够登上色萨利的爱俄克斯王位,阿尔戈勇士奉珀利阿斯之命出发去寻找金羊毛。在美狄亚的帮助下,他们获得了金羊毛。这个故事非常古老,在荷马时代(公元前八世纪)就很流行。它以各种形式存在,其中的细节各不相同。

"有时在靠近海岸的牧场,你会遇到一只没有妈妈的羊羔。牧场的孩子们用奶瓶喂它。孩子对我们来说是稀有的'奢侈品'。到目前为止,澳大利亚最富有的人是'绵羊之王',这是一个我们可望而不可即的角色,尽管我们也拥有一座辽阔的牧场。而这位'绵羊之王'除了以跟踪和繁殖为目的,把公羊列在'存货簿'上之外,从来不会如数家珍般计算他有多少羊。而当干旱来临时……宰杀和煮熟成吨成吨的羊可能比剪羊毛更有利可图。可事实是,在殖民地,没有足够的嘴巴来吃我们饲养的成千上万只绵羊。"

他这一番宏论似乎还是一个悬而未决的议题,关于"绵羊提案"的其他各方都看着我,好像我手里拿着解决问题的方案。

"所以,我们养美利奴羊就是为了羊毛。"爱德华说,"它们可以生产世界上最好的羊毛。无论是母羊、公羊还是山羊每年都要剪一次毛。一个优秀的剪羊毛工人每剪一只羊需要五分钟。这是我们的金羊毛,我们寻求的回报。伦敦的羊毛价格还算高。"

"有趣的是,"弗雷德里克插嘴道,"我们应该养西班牙美利奴羊。西班牙美利奴羊是最适合在这个国家生产羊毛的品种。英国的羊,虽然个头大,但羊毛粗,如果分等论级,毛的质量和西班牙美利奴羊差远了——美利奴羊应该是'优等',如果有这样一个术语的话。"①

威利喊道:"为真理而讲真话,就要分等论级,就要分等论级!'优等',很合适!"

---

① 澳大利亚曾经引进过许多不同品种的绵羊。其中英国的绵羊个头大,用来食肉比用来产毛更好。而且英国羊不适合澳大利亚炎热的地区。现在,这些羊的羊毛主要用于织地毯而不是做衣服,因毛太粗了。西班牙"美利奴"羊早在1797年就被引进到澳大利亚,与英国绵羊杂交,产生了澳大利亚的美利奴羊,非常有名。这种羊能忍受炎热干燥的环境,毛最好,肉不太好吃。如果分等论级,属优等。

"……美利奴虽然个头不大,但羊毛极好,利润更大,在英国的纺织厂里特别受欢迎!"

他们开始讨论美利奴羊是如何来到这里——蒙巴辽阔的牧场。作为牧场的历史学家,威利·苏托尔说,农夫乔治①——乔治三世,对美利奴羊很感兴趣,在他头脑清醒、精神正常的时候,通过西班牙大使为他的皇家植物园——裘园买了几只美利奴母羊,大使夫人则换回两匹她一直想要的奶油色马。但是怎样才能得到美利奴公羊呢?

"哦,这个我知道,"莫瑞斯连忙说,"英国间谍把公羊从西班牙偷运到汉堡,然后用船运往英国。"

威利点了点头,说:"请注意,这是蔑视……蔑视西班牙国王!"

"我想那个故事可能源于一本爱情小说。"爱德华说,"首先,撒克逊人没有美利奴羊,而美国人在佛蒙特州有美利奴羊的'亲戚'。"

"啊,"威利抗议道,"让我们听听那些骗人的故事吧,爱德华!"

然后,弗雷德里克继续讲他的故事:新南威尔士驻军有一个名叫约翰·麦克阿瑟的军官,因为在一场决斗中伤害了他的上司,被送回英格兰。裘园皇家畜群出售美利奴公羊时,他买了几只。逃脱因决斗应受的惩罚后,他把这几只公羊带回澳大利亚。翻越悉尼郊外的蓝山之后……嗯,就出现这样一种现象,美利奴羊毛在澳大

---

① 农夫乔治(Farmer George):即乔治三世——乔治·威廉·弗雷德里克(1738—1820)。他是大不列颠和爱尔兰的国王,从1760年10月25日直到1801年1月1日这两个国家合并,之后他是大不列颠和爱尔兰联合王国的国王,直到他去世。而"乔治"则有"农夫""土地工人"的含义,这个词来源于古代法语和拉丁语,意思是"工作"和"大地",故后人称他为"农夫乔治"。

利亚腹地比黄金还值钱。至少有时候是这样。实际上,这是一种常态。除了……除了干旱肆虐的时候。

"但是,一块大陆和一个品种的绵羊什么时候举行了一场'黄金婚礼'呢?"充满诗情的威利·苏托问道,"还有……而且……这个品种的绵羊和英国大型羊毛工厂之间又是什么时候联姻的呢?人们常常说到天使唱诗班。美利奴羊和澳洲大陆、英国羊毛工厂合奏的乐曲就像天使唱诗班的和声一样和谐悦耳。"

"说得好,威利!"弗雷德里克表示同意。

这些人为我描绘的那道风景,让我的心胸突然变得开阔,视野更加宽广。我觉得自己已经进入羊毛界,好希望成为他们中的一员。

威利承认:"并不是说我没有遇到过问题。我现在是蒙巴的店主。平心而论,我们的回报十分丰厚——虽然每年结算一次,但巨额支票滚滚而来。有时我们的开销……哦,狄更斯先生,你来的时候看到前面的围栏了。修建围栏也是宏伟的'事业'……那开销相当于建造法老金字塔或索尔兹伯里大教堂①的费用。现在,我在几百平方英里的土地上给自己的牧场建围栏,需要现金。所以我到这里开一家商店,当店主。甚至向著名的邦尼兄弟索要高价……"

"我的天哪,这个家伙就是这么做的,"爱德华哈哈大笑着说,"收费就像……就像这里的人说的……一头受伤的公牛!"

围坐在桌子周围的人都表示赞同,都很开心。

"我只是把莫瑞斯那个贪心的舅舅弗雷梅尔强加给我的费用转

---

① 索尔兹伯里大教堂(Salisbury Cathedral):正式名称为圣母玛利亚大教堂,是英国索尔兹伯里的圣公会教堂,也是早期英国建筑的主要范例之一。从1220年到1258年,教堂的主体只用了三十八年就完成了。这座教堂拥有英国最高的教堂尖顶(123米/404英尺)。

嫁给他罢了。"威利说。

"而他,"莫瑞斯面带微笑说,"会告诉你,他只是把贪婪的轮渡船长和从博干来的赶牛人那里收取的费用转嫁出去罢了。"

"不管怎么说,我得有我的围栏,"威利笑眯眯地说,"我还需要猎狗的神枪手保护我的羊不受本地疯狗的伤害。"

"先生,"我对弗雷德里克说,"鲁斯登先生告诉我,您和当地人很熟。"

"谁能真正了解他们呢,狄更斯先生?"他反问道。

"叫我普洛恩,先生。我父亲和家人都这么叫我。"

"好吧。"弗雷德里克说,然后停顿了一下。所有人,也许除了莫瑞斯,都盯着我,仿佛正在适应这个陌生的标签,直到弗雷德里克继续说下去。

"不管怎么说,土著人都是我的研究对象。沿这条河生活的人叫帕坎吉人。他们之中的许多人都是我的好朋友。有些人给我们赶羊。他们是非常可靠的牲口赶运人。虽然直到二十五年前才见过马,但他们很擅长骑马。他们和动物交流的能力让你瞠目结舌。是的,普洛恩,可以说我是帕坎吉人狂热的爱好者。"

"没错儿,弗雷德会用湿版[①]给他们拍照。"爱德华说,似乎对弟弟先前表现出来的热情不以为然。

"那一定很难,邦尼先生。"我插嘴说。

"可不是吗,湿版摄影很麻烦,费心劳神,"弗雷德里克说,"不过,他们对摄影器材都不害怕。听说非洲人和印第安人对照相机都

[①] 湿版(wet plate photographs):一种早期的照相方法,由弗雷德里克·斯科特·阿彻发明。十九世纪五十年代被引入,取代了银版照相法。十九世纪八十年代,湿版的生产工艺又被明胶干版所取代。

满腹狐疑,但帕坎吉人不是那样。"

"那是因为他们信任你。"爱德华说,显然是一种恭维。

"我让他们别动的时候,他们就会紧绷着,一动不动,不管持续多长时间——可能有四十秒吧,直到相机捕捉到他们的图像。没错儿。我希望他们认为我和哥哥对他们都没有恶意。"

"不管怎么说,你绝无恶意,弗雷德。"威利说,好像他对这一段历史了如指掌,"你就像他们中的一员。"

弗雷德里克笑了,好像听了威利的评论很是高兴,说道:"不,他们的开放是一种礼貌。"

"他们已经给你'施洗',让你加入了他们的部落。"爱德华坚持自己的看法,话语之间不无批评之意。

"我再说一遍,是出于礼貌。但有一点值得我们欢迎——他们在帕鲁河流域生活了好久好久,对周围的水源了如指掌。"

"啊,你可真没人心,先生!"威利·苏托假装生气地说,"我们又回到了起点。水和羊等于生长在卵石间的饲料,饲料等于羊毛。弗雷德·邦尼,就是这样!"

"不全是。"弗雷德里克笑着说。他们彼此都是好朋友,知道什么时候该插科打诨,"没错儿,我喜欢黑人,我必须承认。因为他们忠诚正直。"

"记住,普洛恩!"威利告诫我,"有的人把土著居民看作恶毒的害虫。这可不是'邦尼福音'。"

"我可不希望这样。"弗雷德里克说,强忍着没打呵欠。

已经十点了,我惊讶地注意到,谁也没有提到我父亲。

聚会散场时,莫瑞斯问我愿不愿意睡觉前散散步。我觉得这个主意太棒了,于是莫瑞斯告诉威利——他住在他的店里——说他晚一会儿回去睡觉。我们俩很快就走进一片被各种营火点缀的黑暗之中。黑人营地周围，传来土著女人刺耳的叫声。走到沿小溪一字排开的篝火堆旁边，那声音听得更加清晰。偶尔会有女人的笑骂，听起来和欧洲女人在同样情况下的表现截然不同。我特别想弄清楚她们这样嬉笑怒骂是什么意思。经过赶羊人的营火时，我看见几个刚离开餐桌的人手里拿着小酒杯——朗姆酒和红茶为他们的夜晚增添了光彩。蒙巴的新铁匠大脸盘，大胡子，也在其中。

月光如水，照耀着柔软如滑石粉的尘土，莫瑞斯说："我们的东道主都被羊毛迷住了。"

"他们说起来都头头是道。"我表示同意。

"我可不像他们那样，愿意把自己的一生献给羊毛事业。我喜欢墨尔本，喜欢悉尼，至少从书本上读到的情况让我喜欢。阿德莱德似乎太殖民化了。恐怕我天生就是个都市人。你会因此看不起我吗，普洛恩？"

我一直生活在城市里。事实上，我此前的生活中最接近乡村生活的地方也就是罗切斯特和梅德韦河附近，还有父亲送我上的一所农业学校。"对我来说，这一切……"我一边说一边大手一挥，做了个"包罗万象"的手势，"对我来说，这一切都让我大开眼界。这里的人都非常有趣。"

莫瑞斯笑了，"谢天谢地，他们没有大谈杂交育种和边区莱斯特公羊的好处！他们没有告诉你的是——尽管威利开了个头——和伦敦或墨尔本任何一个商人一样，他们的敬畏、惊讶和充满诗意的幻想也没有逃脱散发着铜臭的金钱的残酷'入侵'。可以肯定的是，就连邦尼兄弟也欠了别人的债，不管是银行，证券公司还是牧场经纪人。甚至欠我舅舅的钱。城里那些穿西装的人连萨福克丘陵羊或多塞特羊^①谁在他们的靴子上拉屎,都分不清。可是到头来为羊毛生意大唱赞歌的却是他们。"

"如果不在你舅舅那儿干,你会怎么办呢?"我问道。

他停顿了一下,然后说:"你瞧,狄更斯……普洛恩……我一路上都在想这个问题。这就是为什么我亲自来送货,而不像平常那样,把蒙巴的货物订单交给车夫带过来就是了。事实是,我渴望写作,至少想当个新闻记者。我愿意为殖民地任何一个城市思想开放的杂志撰稿。我在政治上倾向于自由派——我舅舅称之为激进派。我以朱文塔斯^②的笔名写过一些反映当地生活的文章。我不想麻烦你去看我写的那些文章。但是……我也有一本小说。都写好了,虽然只有四分之一左右拿得出手。你要是能看一看,我将不胜荣幸。倘若你觉得还不错的话,我也许会大着胆子把它寄到你父亲主编的文学周刊《一年四季》^③。假如能在出版过柯林斯的《白衣女人》和你父亲的《信号员》^④的同一本杂志上发表,那将是多么美妙的事啊!"

我想起威尔基·柯林斯。他长了一张精灵般的脸,浓密的胡须。他是父亲神交已久的朋友,谈天说地漫无边际,两个人还总在一起创作戏剧作品。我停顿了一下,像平常一样,心里有点慌乱,不知道说什么好。莫瑞斯高看了我,认为我不乏父亲对文学作品的鉴赏力。实际上我并没有这方面的经验。阿尔弗雷德和我的阅读能力是

---

① 萨福克丘陵羊或多塞特羊(Suffolk Downs or Dorset):萨福克丘陵羊是一种引入澳大利亚的英国绵羊,多塞特羊是另一种引入澳大利亚的英国绵羊。
② 朱文塔斯(Juventas):罗马神话中的青春女神。
③ 《一年四季》(All the Year Round):狄更斯主编的文学周刊,1859年4月30日,创刊号出版,开始连载《双城记》,至11月26日登完。
④ 《信号员》(The Signalman):狄更斯1866年出版的短篇小说。

出了名的差，更不用说写作了——尽管我们还能写写信。我正在琢磨该告诉他什么，突然发现，这个可以信心十足地把一辆马车赶到偏远牧场的年轻人正在哭泣。

"对不起。我想离开我舅舅……不过我不应该这么想。"他稍稍克制了一下情绪，"事情没那么简单。我不喜欢牲畜和牧场的生意。你要是愿意，稍等一下，普洛恩。"

他跑到店里，很快又跑了回来，手里拿着一捆用红带子扎着的纸。他把那些纸交给我，就像放弃了什么神圣的东西一样，眼里含着泪水，满脸恳求的神情。

"你拿着我的灵魂。"他对我说。

我手握着那些纸，有一种想要放下的冲动——把它们还回去。但谁能归还一个人的灵魂呢？

6

我在羊毛行业接受教育的第二天是安息日[①]，邦尼兄弟是牧师的儿子，他们庆祝这个节日，但并不狂热。赶羊人住的棚屋之间，篝火熊熊燃烧，爱德华·邦尼站在篝火旁朗读了《公祷书》[②]中简短的

---

① 安息日（Sabbath）：犹太教定为星期六，基督教定为星期日。
② 《公祷书》（*Book of Common Prayer*）：英国圣公会使用的祈祷书的简称，原著出版于1549年，爱德华六世统治时期，是与罗马决裂后英国宗教改革的产物。1549年出版的这本书是第一本包含完整的日常和主日敬拜形式的英文祈祷书。它包括晨祷、晚祷、连祷和圣餐，以及洗礼、坚信礼、结婚和葬礼仪式祈祷的内容。

祷告。这当儿,我注意到刚到这儿的时候,从我手里牵走库茨的那个土著围栏巡修工。小路前面一点点,五位天主教徒包括汤姆·拉金在内聚在一起背诵《玫瑰经》①。

在这片广阔的土地上,除了土著妇女之外,都是男人。这对我来说倒很合适。那时我快十七岁了,情窦初开,心中肯定也渴望一个未来的挚爱,一个飘飘渺渺的女人,但并不急于见到一个活生生的妙龄女郎。我已经认定,真实的女人对初生牛犊的我无疑是一种挑战。无论她们像妈妈那样毫无怨言、忍辱负重,还是像乔吉姨妈那样坚定顽强,具有压倒一切的能力,还是像聪明的姐姐凯特那样天性快乐而又大胆不羁。爸爸给凯蒂取了个绰号叫"路西法盒子"②,因为她脾气大,点火就着。可她嫁给了威尔基·柯林斯的弟弟查理,一个看起来毫无激情,怎么也不会"点火"的家伙。

仪式继续进行着,想起莫瑞斯塞给我的那些稿子,心里很烦。他没来做礼拜,倒是件好事。过不了多久他就要回城里去了,但愿他不会再来找我,让我对他的小说发表什么意见——我没法儿帮他实现他的远大抱负。我打算让他把书稿寄到《一年四季》我大哥查理那里。这样一来,"老板"就有看到稿子的可能,因为他在惠灵顿大街杂志社的楼里有一套公寓,每星期都会在那儿住几天。但是,他很可能忙于创作更著名的作品,而不去过问莫瑞斯的作品,除非它非常好。倘若那样,可就给我长脸了。

我强迫自己回到现实之中,环顾四周做礼拜的人。一个个被太

---

① 《玫瑰经》(*Rosary*):拉丁文 rosarium,意思是"玫瑰花冠"或"玫瑰花环"。最广为人知的是多明尼加玫瑰经,用以回忆耶稣和玛利亚的生活事件。

② 路西法盒子(Lucifer Box):是马克·加蒂斯创造的一个虚构人物。"lucifer box"和"match box"(火柴盒)是同一个意思,lucifer 是火柴过去的叫法。

阳晒得皮肤黝黑，只能通过头发和胡子的颜色来判断他们的年龄。有些人明天会带着他们的卡尔比牧羊犬出发，花一周的时间在大牧场的边界巡逻。远的就像从伦敦的布洛涅①。

在这辽阔的半沙漠牧场，居住着孤独的"守望者"。在那真正无边无际的牧场，会有两个人住在棚屋里，照看畜群，监测野兔，提防凶猛的野狗入侵，还要观察水井和围栏以及牧场可能出现的其他状况。拜访这些人显然很重要，因为与世隔绝有时候会让他们变得非常古怪。

礼拜仪式和早茶结束后，弗雷德里克·邦尼问我愿不愿意和他一起去帕坎吉营地，帮他拿摄影器材。

燕迪是来做礼拜的一个土著男子，年纪不大，一双眼睛深沉忧郁。我们到那儿的时候，他正在弗雷德里克·邦尼存放摄影器材的房间旁边等候。

弗雷德里克介绍我们俩认识之后，非常随意地用帕坎吉语与他交谈，仿佛是做日常口语练习。弗雷德里克和我走进那间挂着黑窗帘的屋子，燕迪在屋外阴凉处等着。房间里的光线刚好能让我们看到对方。

"我现在自己做底板，"他对我说，"这让我感到极大的满足。他们说在美国，已经有现成的干底板。但是如果你自己亲手做的话，就觉得更接近最终出现在底板上的图像。我得花几分钟时间做准备。"

---

① 布洛涅（Boulogne）：法国北部的一个城市。英吉利海峡上的一个旅游海岸，是法国第五十九大城市，也是该国最大的渔港。布洛涅是在罗马占领法国期间建立的，用于贸易和征服英国。

"你要是把燕迪拍出来，会是一幅好照片。"我建议道。

他热情地微笑着，仿佛我在恭维他的一位亲戚："是的。不过他很容易分心。我总是让他和年纪大一些的男人一起出去，因为他喜欢想入非非。他是个不错的骑手，也是一位艺术家。我给了他一本《墨尔本画报》和几支铅笔，他拿着就走。自个儿琢磨，素描画得非常精准，明暗关系处理得也很好。我花钱买他的画，这样一来，他就可以为年长的人买烟草，从而成为个人物……"

弗雷德里克走到一扇窗户前，把黑色窗帘拉得严严实实，不让一丝光线照射进来，房间里立刻变得又热又暗。他戴上布手套，擦干净一块玻璃，往上面倒了一些棕色的化学物质，判断了数量，然后把玻璃上多余的化学物质倒回瓶子里，有条不紊，轻车熟路。

化学物质在玻璃上变干时，他对我说："这种棕色液体是胶棉胶。"然后，他把玻璃放进一个碟子里。碟子里已经盛满了另一种液体，他喃喃着说那是"硝酸银"。

我看着弗雷德里克继续"变魔术"。他解释说："放的时间不能太久，必须尽快出去拍照。如果底板放得太久，效果就不好了。"

"你是怎么学会的，邦尼先生？"我问。

"求你了，别这么叫我。既然我叫你普洛恩，你就应该叫我弗雷德。"

"你确定吗，先生？"

"当然确定。我们这儿，就这规矩。不过，邦尼先生也好，弗雷德也罢，我还得回答你的问题。我是从使用手册、反复试验和许多次失败中学到这点儿本事的。而且，我必须承认，一位来自悉尼的旅行摄影师来到这里拍摄农庄、牧场。他给了我许多指导。要不然，永远不会碰到一个老师。"

他等了几分钟，用胳膊腕子上隐隐约约看得见的手表计算时间。我寻思，如果我这时候说话，或许会妨碍他的"炼金术"。最后他说时间到了。他取出玻璃底板，把我带到一个长方形木头盒子跟前，把底板锁在那个避光的盒子里。然后走到照相机前，把盒子塞进一个狭槽里。"现在安全了。"他边说边拉开窗帘，然后用一块黑布把自己和照相机一起蒙了起来。我还没来得及习惯他这个小精灵模样的姿势，他就从黑布下面钻出来，让我拿三脚架。然后把燕迪叫进屋，搬走相机盒。燕迪把盒子抱起来，脸上挂着明朗的笑容，但似乎又有几分不安。

"我相信，燕迪，你是个画家！"我对他说。

"说'素描师'。"邦尼先生低声对我说。

"你画素描，燕迪。"

燕迪的笑容更加灿烂了，"没错儿。我是个优秀的素描师，先生。"

"帕坎吉人不会在定冠词或不定冠词或时态上浪费太多时间。"弗雷德里克对我说，"他们很聪明。"

"我想看看你的作品。"我对燕迪说，与其说是真的想看，不如说是想和他有所交往。

我们三个人按照弗雷德漫不经心定下的团结友爱的调子出发，踏上这次摄影之旅。我吸入古老的尘埃——一种深沉、阴郁的气味，夹杂着桉树特有的辛辣。

当地人的房子是用坚硬的树干和杂乱的树枝搭成的。坐在门前四个年长的土著妇女看见我们，连忙起身帮助弗雷德安装相机。几个大小伙子正踢着一个用兽皮制作的皮球玩，看见来人，都围拢过来看热闹。留着满脸灰胡子的老头也凑到我们身边。"拍照片，邦尼先生？"其中一个叫道。那几个年长的女人高兴得尖叫起来。

"卡尔泰,我能把你介绍给这位年轻的狄更斯先生吗?"弗雷德对一个大胡子老头说。

那人伸出一只红褐色大手。我深知弗雷德希望我们这些"蒙巴公民"能以平等之精神对待土著人,便和他握了握手。

"我这点儿关于黑人的知识都是卡尔泰先生教的。"

弗雷德帮助燕迪把照相机放到三脚架上时,帕坎吉人很快就各就各位。在那浩瀚无际的荒原,盯着相机镜头的"黑眼圈",尽管弗雷德还在前后左右地移动,找合适的位置拍照。他先用黑布蒙住三脚架上的照相机,然后脑袋钻到黑布下面。我就站在他身后不远的地方。

过了一会儿,他探出脑袋,让大家靠得更近一些。"肩并肩,没错。"他说,"贝蒂,离旺加近点。"又用他们的语言嘱咐了一番。他是一位一丝不苟的摄影师,即使在伦敦,面对一群大人物,也莫过于此了。

有一会儿,他停下手头的活儿,询问一对他不认识的男女来自何方。这两个人出现在底版上,一副雄赳赳气昂昂的样子。原来他们是一对表兄妹,来自北面一个叫布达的牧场。

"他们喜欢互相拜访。"他告诉我。

黑布蒙头,弗雷德又钻出钻进好几次,调镜头,对焦距,然后大声喊道:"准备好了吗?"

帕坎吉人大声说,准备好了!然后弗雷德取下镜头上的盖子。那群人随着他的手势都一动不动地站在那里,板着脸,大气也不敢喘。就连棚屋后面的沙漠木麻黄树[①]也似乎屏住呼吸,等待着,让阳光把他们的形象刻在弗雷德的玻璃板上。我虽然没有必要像他们

---

① 沙漠木麻黄(Desert Oak):原产于澳大利亚东北部、北部及太平洋岛屿近海沙滩和沙丘上的乔木,生长缓慢。

那样屏声敛息，但还是不由自主屏住了呼吸。当弗雷德终于把镜头盖再扣到镜头上时，我开始觉得这也是个考验。

"太感谢你们了。"他朝那些哈哈大笑着的、骄傲的帕坎吉人大声说。

到了下午，莫瑞斯·麦卡登已经把他那几匹健壮的马都准备停当，要赶着马车回威尔坎尼亚了。这将是孤独之旅，但是和邦尼兄弟告别时，他没有表现出胆怯。离开之前，他问我是否愿意陪他回商店。我们俩快走到马跟前时，威利·苏托从商店后面他的住处里出来，向莫瑞斯告别。

"普洛恩，"莫瑞斯匆匆忙忙地对我说，"请原谅我昨晚把书稿塞给你。"

有那么一会儿，我还以为他是想把那捆书稿要回来呢。遗憾的是，他没有这样做，他说："我等你对我正写的这本书发表意见呢。"

我告诉他，能得到他的信任，畅诉心怀，我深感荣幸。也会妥善保管好他的书稿。

"我盼望听到你的评价呢。"他回答说。

我想说——差点儿说——"莫瑞斯，我不过是个学生罢了。而且不是个聪明的学生。"然而，我不想在这辽阔的原野称自己是个学生。对任何一个人来说这样的描述都不会有什么好结果。

威利和我看着莫瑞斯驾着马车走了，一个年轻的赶羊人为他打开宅院的大门。

"我相信他在舅舅的公司里不开心。他很有头脑。不过干牧场经纪人这个行当，没头脑更好。"

"他该怎么办呢？"我问。

"哦,他是为他舅妈而来的。她很喜欢他。他也不会把她单独留给淡而无味的弗雷梅尔先生。"

"请原谅我问长问短,可汤姆·拉金对您的感激之情让我产生了浓厚的兴趣。"我说。

"啊,"他回答说,"这要特别感谢我的父亲。他小时候在一个爱尔兰流放犯那里接受教育,那是在殖民地天主教解放①之前。后来,他在新南威尔士立法机构中一直为爱尔兰人的权利仗义执言,并被视为天主教徒的代言人。至于我,我也缺乏宗教的热情。我父亲有些很好的爱尔兰佃户,我小时候和他们的孩子混在一起。就像弗雷德和帕坎吉人。如果你和一两个爱尔兰人关系密切,对他们的面孔如此熟悉,你就很难去追随那种群体的仇恨了。"

"但是宗教呢,苏托先生?"我指的是天主教。

"那是一种奇怪而又疯狂的行为。令人遗憾,但不是他们的错。"

我没有多说,因为害怕在一个民主精神是进步人士标志的时代,被视为不民主。"老板"曾是一个民主主义者,一个激进的共和主义者。他有一些天主教徒朋友,但总的来说他不喜欢天主教徒。

晚餐时,弗雷德给我看了一张印在厚纸板上的照片。就是上午拍的那张。他说,光线很好,图像也很清晰。"作为'备忘录',我把他们的名字都写在照片背面,就是永久的纪念了。"

我觉得弗雷德走到哪儿,就会把光明带到哪儿。在他拍的照片上,阳光落在站在茅屋旁边的帕坎吉人的脸上。

---

① 天主教解放(Catholic emancipation):十八世纪末和十九世纪初发生在大不列颠和爱尔兰王国的一场宗教运动,包括减少和取消许多对罗马天主教徒的限制,要求放弃教皇和圣餐仪式等世俗和精神权威给罗马天主教徒带来的沉重负担。在历史上称作天主教解放。

第二天，弗雷德带我去熟悉牧场。我拜访了汤姆·拉金。他正在铁匠铺工作，研究羊毛打包机的金属卷绕装置。有两个人在帮他，其中一个拉风箱。

我在门口停下时，汤姆喊道："你好，狄更斯先生。"

"你好，汤姆。我进去会不会打搅你呀？"虽然铁匠铺炉火熊熊，我还是愿意进去。

"不会呀，先生。这是我们的荣幸。"他回答道，一边向我走来，一边在皮围裙上擦着手。

"普洛恩，"他态度诚恳地说，"但愿你不介意我在伙计们面前叫你'狄更斯先生'。只是为了和他们保持正式的关系。"

我点了点头，走上前，任凭他把我介绍给他的两个帮手。两人中年纪较大的那位似乎肺子有问题，因为他曾经当过矿工。

"你代我向苏托先生问好了吗？"

"问了。他非常感激。"

"啊，"他说，"我就知道你会的。顺便说一句，我发现我老婆到来之前，蒙巴只有一个白人女人。加万的妻子，她给赶羊人做饭。真希望我妻子不会觉得这地方太古怪。"

实际上，他是想让我在这个问题上不要胡思乱想——尽管我是个离十七岁还差几天的小伙子！我想到了孩子，这似乎是他这样一个生气蓬勃的人的"自然产物"。那么谁会是接生婆呢？加万太太？还是帕坎吉女人？

参观完铁匠铺后，威利·苏托带我去见赶牛车的车夫——一个名叫皮格特的先生。他在牧场是个颇有名气的人物。帕鲁河流出许多条小溪，皮格特先生在其中一条旁边的草场上养着十八头公牛。

今天，这位赶牛车的人在两英里外。威利和我一起骑马去看他和他的公牛。他正准备把一车原木运到什么地方。

我听到过不少关于赶牛车人的故事，那些故事都让我觉得，我将看到一个野蛮、孤独、骂骂咧咧的家伙，挥舞着鞭子对他的牛吆五喝六。听人们说，碰上下雨，为了让公牛把陷在泥沼中重载的大车拖出来，他们会在牛肚子下面点火。可是埃德加·皮格特完全是另一个模样的人。他把长长的鞭子斜扛在肩上，虽然吆喝着那几头拉车的牛，说："一会儿见。我要把挽具套在这几个家伙身上！"但他的鞭子一动也不动。

原木一旦装好，埃德加立刻显示出，他就是殖民地居民称之为"丛林律师"的那种人。他和我讨论运费问题，告诉我，他之所以来邦尼家干活儿，是因为自己干很不合算。跑运输每吨每一百英里赚四英镑，这对他来说毫无意义，所以一直很穷。他告诉我，遇到洪水，满车的货物就得在河岸滞留好几个星期，"狄更斯先生，结果每一百英里所得的款项和支出相等。或者更确切地说，对我来说，分文未得。要是碰到干旱，车队的牛都可能渴死。我认识一个科巴①人，有三支车队，但牛都在同一个干旱无雨的季节死在同一条路上。可是给邦尼家干，情况就好多了。如果我的车队遇到灭顶之灾，邦尼先生会给我时间和资金东山再起。"

我注意到，人们喜欢谈论这个国家特有的灾难。一想到可能仅仅因为运气不好而倍感凄凉，就会产生一种有悖常理、不无阴郁的喜悦。英国各县车队的牛马不会死于干渴。不过话说回来，如果不是环境这么险恶的话，邦尼兄弟获得如此巨大的成功也就不会震撼

---

① 科巴（Cobar）：澳大利亚新南威尔士州中西部的一个小镇，位于首府悉尼西北七百一十二公里处。

人心了。但即使成功也是以一种许多人不会羡慕的形式出现。你不可能把他们的辉煌告诉俱乐部里的朋友,因为一千英里之内压根儿就没有俱乐部。你仍然生活在没有女人的辽阔的荒原——如果土著妇女不计其内的话。

回到庄园后,弗雷德说,明天早上他和燕迪想带我一起骑马去八十英里外的乌洛利围场,看望围栏巡修工,问我愿不愿意。"那两个家伙很值得一看呢!"他神秘兮兮地对我说。

不管看到的将是多么无聊的东西,这次旅行的前景都让我激动不已。在这个地球上,我再也不想去别的地方旅行了。

7

第二天早晨,天还没有大亮,我给库茨备上马鞍,把它牵到食槽旁,然后和燕迪、弗雷德一起去赶羊人的厨房喝红茶,吃丹普①——一种硬面饼子。他们在饼子上面浇上金黄色的糖浆——普通农民吃饭时经常用来佐餐的甘蔗糖浆。吃饱喝足,准备就绪之后,庄园周围沙漠木麻黄的树枝上,喜鹊——一种澳大利亚的大喜鹊——叽叽喳喳地叫个不停。弗雷德告诉我,两天后,几个赶羊人会顺着我们走的这条路,把羊群集中到乌洛利,然后赶到蒙巴去"筛选"。

在三条棕色牧羊犬的陪伴下,我们牵着马走到庄园大院的门口,

---

① 丹普(damper):是一种传统的、具有标志性的澳大利亚苏打面包,为流浪汉、车夫、牧人和其他旅行者准备的食物。最初由牧民开发,在篝火上烘烤。他们在偏远地区旅行几周或几个月,全靠这种面包为生。

然后翻身上马，放开缰绳。马儿一路小跑，蹄声嘚嘚，穿过麦克弗森山围场。事实证明，我们要横跨将近三十英里长满滨藜、金合欢、豹纹树①的原野。在这块红土地上，我被那独特的自然景观深深吸引，觉得自己仿佛找到了用武之地，很有点英雄气概。那一片荒原坑坑洼洼，我们仿佛深陷在灌木丛中，树冠只有马镫那么高。只是偶尔，看到羊群宛如一朵朵灰白的云，在灌木丛中飘来飘去。

我们在那块压根儿就没有路的崎岖不平的荒野上走着，好长时间谁也没有说话。几只黄色小雀在弗雷德周围飞舞，啄食他手心里的谷物。这就是黑人管他叫"黄鸟"的原因，因为他很喜欢吸引和驯服那些小鸟。

我们在一个碧水涟涟，四周环绕着砾石的小湖旁边停下，喝茶，吃硬面饼子。这便是午餐。有弗雷德和燕迪做伴，我觉得自己像一个勇敢探索的人。在这里，有没有"用武之地"，能不能派上用场，已经不再是困扰我的问题。茫茫荒野，除了努力工作别无选择。正如弗雷德说的那样，蒙巴相当于两个德比郡再加上两个斯塔福德郡那么大。

我们策马前行，傍晚时分来到乌洛利围场大门口。第一眼看到的是围栏巡修工的奇思妙想。水井上面搭着一个脚手架，架子上面吊着一个水桶。小屋是用坚硬的原木建造的，乍看杂乱无章，走近了才发现设计得很精巧。小屋周围堆放着乡村常见的废弃物和工具。一个鞍形轨，一个磨刀器，几个打了孔的桶，一堆木头。还有一个马棚，里面有两匹马，由此可见围栏巡修工还在家里。

---

① 豹纹树（leopard tree）：该树种通常被称为巴西铁木或美洲豹树，产于巴西和玻利维亚。其木材经常被用来制作电子贝斯和吉他的指板。木材也可用于地板、高档家具和手枪握把。

弗雷德说："你要见到的这两位先生是斯台普斯和达内尔。达内尔年轻，文质彬彬。斯台普斯是个老兵。他能给你讲讲因克曼战役①的真实故事。"

围场里的几条狗看见有人来了，互相追逐着跑过来，把我们团团围住，好像我们是羊。一个长着大胡子的男人抽着烟斗走了出来，身后是一个稍瘦的男人，头发看起来不再浓密。两个人眼巴巴地看着我们走近。我想一定很少有人走进他们的世界。在狗的"煽动"之下，粉红色凤头鹦鹉和灰色凤头鹦鹉像逃亡者一样张开翅膀，嘎嘎嘎地尖叫着。我们在围栏旁边勒住缰绳，翻身下马，拴好马。这当儿，那两个人还一动不动站在原地，似乎在评判我们的行为举止。

"燕迪，你这个黑家伙，"抽烟斗的大胡子男人叫道，"你和你的上帝处得怎么样呀？"

"很好呀，斯台普斯先生，"燕迪尖声尖气地回答道，"你他妈的怎么样？"

"我很好，你这个没礼貌的亚当的孩子。"

"我想我们都是那个亚当的孩子，斯台普斯先生。"

"啊，你的心肠真好，燕迪，你这个黑鬼。"

"谢谢，斯台普斯先生。"

"可是告诉我，我那该死的可怜的灵魂在哪儿，燕迪？"

---

① 因克曼战役（Battle of Inkerman）：一百六十年前爆发的克里米亚战争的一部分。1854 年 11 月 5 日爆发。三万俄军以密集队形向一万六千名英法联军发起进攻，却在来福枪的密集扫射下，成片倒下。被炮火打散后，俄军队伍重新集结，联军损失仅三千人，俄军却阵亡一万以上。因克曼战役结束后，战局陷入僵持。1854 年 11 月 14 日，一场暴风雪袭击了克里米亚，英法联军二十七艘舰船在暴风雪里沉没。拿破仑三世命令天文台拟订方案，以避免未来再次遭受此类灾难。这就是历史上有名的因克曼战役。

"在树上坐着呢,"燕迪指着一棵大树对他说,"正和上帝争论呢!"

"啊,没错儿。上帝怎么说?"

燕迪伸出胳膊比画了一下,好像天空揭示了一切,"我可以帮你画素描。素描你。"

"你这个混蛋,"斯台普斯说,"这就是让一个混蛋登门拜访的后果。啊,邦尼先生?我说这话可不包括你呀,先生。"

"很高兴听你这么说。"弗雷德说。

"邦尼先生。"年轻一点的人打招呼说。

"你好,达内尔。家里来信了吗?"

我注意到这些殖民者都把英国称之为"家",而且要用大写字母特别强调一下。

达内尔结结巴巴地说:"上……上……上帝保佑,邦尼先生。没……没人会从英国给我写信。殖民地也没……没人知道我。如果一个人想节省邮费,这倒是最……最好的安排。"

"我还以为你在等家信呢……"

"我……我无信可等,先生。"

"羊群怎么样?"

斯台普斯说:"成千上万,先生,数不胜数。井里有足够的水,水坝里也有水,围栏整整齐齐,状态良好。羊羔已经准备好倒场了。先生,请您发发善心,别让我们在这儿天天疑虑重重,胡思乱想,心里空空落落了。你带来阿德莱德的报纸了吗?"

"带来了。阿德莱德、墨尔本和悉尼的报纸都有。"弗雷德回答说。

"噢,老天开眼,"老兵喊道,"跟上帝交谈固然好,但你明白,必须有个话题。"

"我给你个话题,斯台普斯下士。除了因克曼战役之前,沙皇军队的狂妄自大……"

"哦,亲爱的主耶稣,我从来没有遇到过比他们更坚信自己必胜的人!"

"没错儿,不过现在,还是让我来介绍一下伟大的查尔斯·狄更斯最小的孩子,他是来跟我们学习做羊毛生意的。"弗雷德指着我说,"这位是爱德华·狄更斯。"

两个巡修围栏的工人都目瞪口呆地看着我。四下无人,他们这样惊诧不已无伤大雅。

"写《大卫·科波菲尔》的查尔斯·狄更斯?"斯台普斯问。

"写……写《小杜丽》①的那……那个人?"达内尔问,显示出自己是一个更"与时俱进"的读者。

"正是那位伟大的奇才,"弗雷德里克说,就像我刚到的那天晚上那样,他尽量克制自己不要过分慷慨激昂,"人道主义的旗手,讲故事的大师,所有说英语的人最敬爱的朋友!狄更斯!此刻站在我身边的就是他的儿子,爱德华·狄更斯!"

"这……这太让人难以置信了!"达内尔叫道,用手捂住耳朵,好像他到乌洛利围场,就是为了不让自己听到这类消息。

"求你了,"我喊道,"我只是我。"

可是似乎没有人在意我的乞求。

"哦,"弗雷德说,"谁也逃不过名声的重压。如果你现在雄心勃勃,就想象一下,你的名字是莎士……比亚。谁都为这个名字而祝贺你,不为别的!更不要说,你父亲是我们这个时代的天才!但

---

① 《小杜丽》(*Little Dorrit*):查尔斯·狄更斯创作的一部长篇小说,发表于1855年12月—1857年6月。

爱德华·狄更斯先生来这里并不是想在殖民地享受荣华富贵。他选择来蒙巴和我们一起工作,他就是我们的狄更斯先生!"

斯台普斯说:"这真是荒原里的奇迹。"

面对这种毫无来由、热情洋溢的恭维,我只好退缩了。

弗雷德觉察到我的不安,回答说:"他只是作为蒙巴一位赶牲口的绅士和我们一起工作的。"

"那……那么……"达内尔说,"这间茅屋里我的位置是你的了,狄更斯先生。"

"这么说,我们就用不着不知所措了?"斯台普斯问弗雷德。

"如果你真的那样,爱德华会吓坏的。你们设身处地为他想想。"

"不,我还是不能。"斯台普斯表示。

"那就想象你也出身名门,把你想象成威廉·梅克皮斯·萨克雷的孩子!"

达内尔说:"在我们的语言编年史上,现在没有,将来也不会再有可以与查尔斯·狄更斯相比美的人了。因此,你必须给我们留下一段表示敬畏的时间。"

"丹迪,这只是你自己的看法。我可是吓坏了。"斯台普斯说着,向我行了个军礼。

"明天是他十七岁生日。"弗雷德对他们说,"我想不出还有谁比你们俩更合适的人来和他分享这个美好的日子,也想不出还有别的什么地方比这儿更合适给他过生日了。"

"祝贺你。"斯台普斯对我说。

"啊,才十六岁,还是个黄毛小子!"

"他是一个伟……伟大的人的……儿子,"达内尔说,"不是我一些叔叔眼里那种了……了不起的人。狄更斯是一个真正伟大的人,他对所有民族的神话、寓言和真理都充满热情。那可是真了不起,士兵。"

"天哪,丹迪,你说得没错儿。"斯台普斯咧嘴笑着说,"我们为你高兴,年轻的狄更斯先生。"

"给我们吃点什么?"弗雷德问。从旁边做饭的小棚子里,已经散发出烤肉的香味。

"今晚吃……吃兔子,"达内尔说,"换……换换口味,不吃羊肉。"

"我给你们带来一些上等的朗姆酒,庆祝'王权消失'。"弗雷德对他们说。

"哦,你真是个好主人,先生,"斯台普斯说,"有你这样的人掌权,永远不会有工会,也不会有人造反了。"

"老兵,你不再组织罢工,我深感荣幸。愿这宁静比朗姆酒更持久。"

做晚饭的时候,大伙儿——包括我和燕迪——都坐在原木做的长凳上,用金属杯子喝茶、朗姆酒和水。没人强求,自己想喝什么就喝什么。白天的炎热已经融入大地,那几只牧羊犬卧在周围,好像在保护我们。

"燕迪,你得给我们这几个好伙伴画个素描。"邦尼先生说。

燕迪没有画,看起来一副闷闷不乐的样子。

"你考试考得怎么样,年轻的狄更斯先生?"达内尔问,他不时站起来,把金合欢树的树枝加到棚屋外面的火堆里,"我猜是优等。拔尖儿的。"

我喝多了朗姆酒,说的全是实话。"不是拔尖儿的。达内尔先生。"

"丹……迪,叫我丹迪。"他说。

"丹迪,"我犹犹豫豫地说,"你叫我普洛恩好了。我的父亲就这么叫我。"

"普……洛恩。"

斯台普斯继续口口声声叫我狄更斯先生的时候,我也没法儿非得让丹迪叫我普洛恩。鲁斯登先生警告过我,如果和他们关系走得太近,他们就不把你放在眼里了。他还说:"别喝烈酒。"可这时候,我正仰脖,把一杯酒倒到肚子里。虽然是因为弗雷德为我祝福,提议干杯才这样干的。我想这就是人们在殖民地"误入歧途"的原因——"指导方针"模糊不清。丹迪和斯台普斯就是最好的例证。

"我不是个有天赋的学生,"我老老实实承认,"我哥哥亨利很优秀。他要上剑桥大学了"

"啊!"达内尔听了,略带点嘲讽地说,"我有个叔叔是剑……剑桥大学毕业的。可是你……真不敢相信你和我一样,有同样的问题。"

我很高兴在乌洛利围场找到一位可以坦率承认自己学业失败的知音。在这里,失败的刺痛是温和的,那种痛苦被明媚的阳光,被远离尘世的落寞,必须承认还有烈酒的醇香冲淡了。

"我在离我们家不远的罗切斯特①上学,拉丁语和化学不及格。这所学校的水平不如伊顿公学高。"我说,很坦然,不藏不掖,"我大哥查理上的是伊顿公学,但父亲认为那个学校对我来说太难了。"

"哦——不,普洛恩。我被送到哈……哈罗公学。没什么太难一说。是……是太野蛮了。"

"你的查理大哥现在干什么,普洛恩先生?"斯台普斯问。

---

① 罗切斯特(Rochester):英国东南部一城市。

我没有提及查理在中国冒险的经历，他曾经试图从香港出口茶叶到英国，但很快就破产了。印刷生意也失败了。我只说他有五个年幼的孩子，现在帮我父亲编辑出版《一年四季》。

"那是一本很有名的杂志。"弗雷德若有所思地低声说。

"我们小屋里就有两本《一年四季》，普洛恩先生。"斯台普斯说。

我父亲真是声名远播，影响太大啦！沙漠木麻黄树上成群的鸟儿正叽叽喳喳召开那天最后一次会议，而狄更斯却坐在乌洛利围场中心的茅屋前喝酒！

在我喝第二杯朗姆酒加水的时候，丹迪把晚餐端进小屋，招呼我们进屋吃饭。我从门楣下经过时，看到上面钉着一张手写的纸条。

再给我空心树，面包皮和自由，这地方对我来说已经足够了……

马口铁面的桌子上挂着一盏风灯，洒下一片亮光。桌子上摆着几个铁盘，一堆刀叉不配套，新烤的硬面饼子热乎乎的，散发着一股香气。几杯红茶，中间是一锅热气腾腾的兔肉。弗雷德从《公祷书》里随便挑了几句，做完饭前祷告，丹迪把肉盛到盘子里，传给大家。

我们尽情享受从很细的兔子骨头上撕下来的肉，丹迪又回到考试的话题上来。

"让我告诉你，普……普洛恩。哈罗公学的考试实在是太多了，印度公务员考试、陆军院校入学考试、格林威治海军考试、到外……外国和殖民地的考试，五花八门，数不胜数。我在这些考试中都没有及格。我的几个舅舅听了都特别高兴，告诉我妈妈，她一定做错了什么……嫁……嫁给我的……我的……父亲，生下这么个笨蛋。"

他放下心头的怨气，喝了几口茶。

"那么，丹迪，"弗雷德说，"你在这儿就高枕无忧了。巡修围栏用不着考试。"

丹迪感激地笑了，也许笑过了头，"除非你丢了太……太多的羊。"

"哦，"斯台普斯说，"这家伙可真勤快。夜里一听到野狗的叫声，就拿起枪跨上马，去打野狗。"

"它们一次就能咬死三十头羊，咬断羊的脖子。不是为了吃，就是为了祸……祸害你。"

"你打死过野狗吗？"

"打死过两只，"丹迪吹嘘道，"就在它们作恶的时候，我朝它们叫喊的地方开了两枪。"

燕迪听到这儿，站起身来，开始唱帕坎吉人的"劝导歌"，然后离开桌子。

等他走到听不见的地方，弗雷德解释说："只有帕坎吉人，才有权利杀野狗。所以燕迪走开了。"

士兵斯台普斯说："在高地部落，如果有人杀错了动物，他们就会要他的命。"

"哦，"弗雷德说，"帕坎吉人比那复杂多了。他们好多做法和我们不同。"

两个围栏巡修工坚持让我和弗雷德睡他们的床。不管怎么说，那还算张床，铁皮上面铺着报纸和羊毛做的垫子，下面用几根原木支撑着。丹迪和斯台普斯说，他们在我俩之间打地铺。

我沐浴的时候，看到燕迪在屋外几码远的地方铺了几条毯子。

斯台普斯躺在地铺上读报纸。我听着听着就睡着了。我听到他念的最后一句话是："旺加拉塔①一位名叫乔德的先生声称，在服用达顿医生的药丸后，排出一条六英尺长的绦虫。让人大跌眼镜。"

我被一阵犬吠声、马嘶声和靴子来回走动的声音惊醒。抬头一看，丹迪正端着一小杯红茶站在我身旁。"硬……硬面饼子和糖浆在桌子上放着呢。"他说。

从敞开的房门，我看到弗雷德的杂色母马已经备好鞍子，他正和斯台普斯商量事儿。我一边喝着滚烫的茶，一边想，必须让自己振作起来，专心工作。然后穿上靴子，到他们的厕所去小便。厕所很简单，麻布帘子围着一个蹲坑，仅此而已。不过帘子只挡着三面，西边还是一览无余。斯台普斯和达内尔甘愿意冒在这个方向暴露隐私的危险。

弗雷德有一张牧场的地图。他说，他、丹迪和我沿一条叫迈尔斯小溪的河道向西北方向勘察。与此同时，斯台普斯和燕迪沿一串名为米里亚帕的水坑向西南方向骑行，寻找走失的羊群，并对周围的环境进一步评估，了解牧场和围栏的情况。

"等我们回来，"弗雷德对我说，"别的赶羊人就已经从蒙巴出发了，明天我们在这儿集合。"

我吃了一肚子硬面饼子，胃还有点胀，跨上马背——燕迪已经帮我解开库茨的马绊，备好马鞍。丹迪对这片辽阔的土地十分熟悉，他骑着一匹精瘦的骟马走在前面，英姿飒爽。我心想，在这片风景

---

① 旺加拉塔（Wangaratta）：位于澳大利亚维多利亚东北部的城市，距离墨尔本约二百三十公里。

之中，他考试不会有不及格的时候。我也不会。我骑着马跟在弗雷德后面，离他那匹小母马珍妮滚圆的屁股一臂之遥，三条满怀渴望的澳大利亚卡尔比牧羊犬跟在身后。我们沿着那条小溪，一路向前。河道上面有许多水坑，水坑周围生长着红桉树和一种叫作库拉巴的灰绿色澳洲胶树。我在墨尔本和渡船上听到过几首澳大利亚歌曲。歌中唱道，<u>丛林人宁愿死在库拉巴的树荫下面</u>。

两只黄鸟在弗雷德的身影旁边上下翻飞。他在鸟儿叽叽喳喳的叫声中把他掌握的关于牧场的知识讲给我听，告诉我一些关于羊毛或羊的事情。羊毛和羊在他们这儿是同义词。他解释说，美利奴羊进入"发情期"（一个我以前从未听说过的术语）的时间要比多塞特羊和萨福克羊晚。我们需要阉割大围场里的春羔（阉割这个词对于一个正在度过十六岁最后一天的年轻的英国人来说，暂时也是一道难题。后来，我在蒙巴庄园的一本《新英语词典》里找到了这个词的确切含义，心里还是有些尴尬。）

小路旁边有一条很宽的裂口，周围是灌木丛和泥质岩石。"人们管它叫菲德尔幽谷。"弗雷德对我说，"燕迪的叔叔卡尔泰告诉我，即使小溪干了，它也永远不会干涸。也就是说，你至少可以在这儿挖几下，就能找到水。"

他从口袋里掏出一把谷子，放在手心上，两只小黄雀飞了过来，落在他的衣袖上，吃完就又展翅高飞了。

"斯台普斯还在跟上帝说话吗？"弗雷德对丹迪喊道。

"只要腰上的旧伤复发,疼痛难忍,就会说上几句。"丹迪回答道。

"你还为他担心吗？"

"不……不担心。斯台普斯和上……上帝都是无害的老古董。"

"他对上帝都说些什么？"

"还在……在……谈论他的妹夫在塞瓦斯托波尔①被砍头的事。当然最主要的话题还是,为什么外科医生在他腰上的伤口使用苛性钠。他对神说,'你儿子受了伤。''你没有在他的伤口上洒银丹②。你把它留给了第十轻骑兵旅。'反正诸如此类的废话。"

"真奇怪。"弗雷德·邦尼说。

再往前走,小溪对岸突然出现一片开阔地,上千只羊尽收眼底。那是一块乱石丛生但草木繁茂的牧场。"flock"这个英文单词实在难以形容这么多的羊,只有"mob"可以传达一二③。三条狗已经汪汪地叫了半天,听到丹迪和弗雷德吹了一声口哨,允许它们"冲锋陷阵"时,立刻兴奋激动起来。不过即便如此,一开始接近羊群时,它们还是有所收敛。就好像哨声中一种警告:不要惊吓羊羔。

"跟我到左边去,狄更斯先生。"弗雷德一边喊一边骑马去归拢羊群,马蹄踏在水坑里溅起朵朵水花。

我从来没有想过,几个人三条狗就能把这样一支羊群大军包围起来,从东南方向赶到小屋这边。这一切都归功于那三条狗,听到我的两个伙伴的哨声之后,他们表现出来的喜悦和斗志让你大饱眼福。我听不出这些哨声有什么区别,但弗雷德和丹迪能让狗儿顺时针或逆时针跑,能让它们前进或者后退,慢步小跑或者奋力追赶。

中午休息的时候,哨声传来指示,让狗把羊群看护好,我们开始吃硬面饼子、羊肉,煮茶。下午四点,我们把羊群赶到井边喝水。半小时后,天地之间,仿佛有一条白色的线在涌动,那是帕坎吉骑

---

① 塞瓦斯托波尔(Sevastopol):是一座位于黑海克里米亚半岛西南部的城市。
② 银丹(lunar caustic):硝酸银。
③ Flock 的意思是"一群羊,一群鸟"。mob 也是"一群"的意思,但在澳大利亚指数量更大的"鸟群、兽群",有一种威慑力的群体。

士赶着巨大的羊群从东面向我们这边移动。在如此遥远的距离,我没有别的想法,只有老天给予我的好心情,把这些骑士看作自己的兄弟。

我迫不及待地想回到蒙巴,写信给鲁斯登先生,请他把我的消息告诉父亲:邦尼兄弟是绅士,普洛恩·狄更斯已经得到他们的信任,开始工作了。

8

那天晚上,帕坎吉牧人和赶牲口的白人和我们一起围坐在一大堆篝火旁边,喝了很多的朗姆酒。为了这次聚会,汤姆·拉金放下铁匠的营生,高高兴兴地"变成"一个赶牲口的牧工。他朝一根圆木走过来,在我和丹迪旁边坐下。

"普洛恩·狄更斯先生,到现在为止你觉得这活儿怎么样?我这样问是不是很无礼?"他问道。那时,我刚喝了第一杯朗姆酒加水,他的问题让我想到天然的丛林美食比伦敦那种折磨人的生活方式更值得赞赏。

"我愿意永远快乐地做这份工作。"我说。

让我们俩都吃惊的是,我突然哭了起来,尽管那是最温暖、最快乐的眼泪。如果我在埃利·埃尔瓦碰到的麦高是最粗鲁的殖民者,我觉得在辽阔的蒙巴,我遇到了最优秀的男人。汤姆·拉金把手放在我的肩膀上,感激的泪水夺眶而出。

我回过神来,把汤姆介绍给丹迪。我还不能完全实践"丛林民主",只能称他为达内尔先生,因为我认为丹迪就是个绅士。

可是丹迪知道这里的规矩,而且认为考试不及格使他与我的"礼貌"失之交臂,伸出手说:"我叫丹迪,汤姆,你刚来蒙巴,对吧?"

"是,我以前在马兰比吉①给布罗德里布干活儿。我们全家从来到这个国家起就一直给布罗德里布家打工。我结婚了,是第一个打破这里生存模式的人。"

"自从六年前,我……我……和哥哥爱德华先生乘同一条船来到这个国家,我……我就一直在邦尼家干活儿。被人家当作黄毛小子小看。"

"这可不是小看你的意思,"好心的拉金说,"只是开玩笑。"

"不管怎么说,我还是觉得自己做一个巡修围栏的工人最合适。在这个大……大得没边没沿的大牧场。"

"那个叫布罗德里布的家伙待你们怎么样?"我问汤姆,不知道他像麦高,还是像弗雷德里克·邦尼。

"哦,"拉金说,"我得告诉你们,我的父亲和母亲都是流放犯。布罗德里布在悉尼南面的阿尔卑斯山②时,他们被指派给他。在那个地方,布罗德里布没法要求治安官来管教他的囚犯,囚犯也不能指望治安官来保护他们免受主人严厉的惩罚。因此,大家都必须互相尊重,做同样的事情,过同样的日子。布罗德里布先生有处理这件事的天赋。他自己的父亲就是范迪门地一位颇有教养的流放犯。他是因为什么造反的事儿,似乎是因为一本小册子,被流放到那儿的。我们的布罗德里布先生善解人意。我父亲认为他很诚实,是个好人。"

不管一个罪犯有没有资格宣布另外一个人诚实,拉金对此深信

----

① 马兰比吉(Murrumbidgee):是澳大利亚新南威尔士州的一条河。
② 阿尔卑斯山(Alps)澳洲大陆最高山脉。位于澳大利亚东南角,为大分水岭(东部高原)之一部,跨维多利亚和新南威尔士上两州。

不疑。

"在这儿骑马容易多了。"拉金接着说,"在那儿,阿尔卑斯山的高山之巅,地势陡峭,到处都是松动的岩石和袋熊的洞穴。我们过去常常在夏天把牛羊赶到高山牧场,也就是佩里舍山谷①。我的父亲、布罗德里布先生和其他人多次赶着牛羊穿过菲利普山口到达墨尔本。有时羊被埋在雪里,挖出来才能继续赶路。"

"这样的事情,"丹迪说,"太……太他妈的久远了。"

"我父母获得自由后就搬走了。等布罗德里布搬到马兰比吉之后,他们又回去给他干活儿。"

"那个地方很平……平坦。"丹迪很肯定地说。

"没错儿,"拉金说,"但是丹迪,你知道吗?我们在阿尔卑斯山的时候,发现天一下雪,美利奴羊就不知道如何觅食。它们以前从来没有见过雪。所以布罗德里布先生必须养萨福克羊,尽管和美利奴羊相比,它们产的羊毛很少。"

"你是一个真正的殖民地人,"丹迪说,"一肚子学问。"

那天晚上,我们都没到丹迪和斯台普斯的小屋睡觉,而是在荒野露宿。

第二天拂晓时分开始集合。我又一次被人们的吵闹声和马儿并不悦耳的嘶鸣声惊醒。拿起放在已经熄灭的火堆上的硬面饼子,咬了几口,端起一个小杯子喝了几杯红茶。燕迪给我的库茨备上马鞍,弗雷德·邦尼的小黄鸟正轻快地喝着他手心里的水。

燕迪拿着他画的一张速写走到我面前,说:"这是我的家园。"

---

① 佩里舍山谷(Perisher Valley):澳大利亚新南威尔士州雪山的一条山谷,人烟稀少,现在被辟为滑雪度假村,位于雪河郡。

他把蒙巴的原野描绘成巨大的漩涡，连绵起伏的山岭变成流动的浪涛，给人留下深刻的印象，非常新奇。我说："燕迪，你真想送给我吗？"

"是的。这里虽然不是你的家园，但是你也可以看到她的美。"

我纳闷，燕迪是这样看他的家园吗？大地好像一条巨大的缎带。

"我要把它挂在我的房间里。"我说。

"好呀，"他淡淡地说，"狄更斯先生，今天可要骑马走好长的路呢。"

弗雷德一声令下，赶羊人叫喊着，狗的主人吹出刺耳的口哨，骑手们向南北两个方向纵马疾驰，把羊群围起来，往前赶。没有人对我发号施令，我骑着马和弗雷德拉开一段距离。他吹了一声口哨，他那条狗在我身后绕来绕去，弗雷德喊道："挡住你右后方那些掉队的羊，狄更斯先生！"

我骑着马向右后方跑去，不知道应该怎样吆喝那群羊，便捏着嗓子，发出可笑的、女高音般的叫声。不过，不管怎么说，弗雷德的狗正在完成这个任务，它飞快地跑着，吠叫着，把大约五百只掉队的母羊和羊羔赶回到"大部队"聚集的地方。

我感到很欣慰，尽管也会嘟嘟囔囔抱怨几声，但我成功地完成了第一个任务，跟在那群羊后面，吸了满肚子澳大利亚古老的尘土。偶尔也会接到命令，纵马驰骋，切断离群羔羊的退路。每一次都感觉到自己掌握了更多的东西。

一大群羊成功抵达蒙巴牧场，那是我初来乍到时田园牧歌的延续，连风儿都在快乐地歌唱。威利·苏托从店里出来迎接我们。我们把那群在宽阔的、尘土飞扬的围场里啃食牧草的羊留在身后，把马牵回到马场和马厩。

"作为一个在英国长大的孩子,狄更斯先生马骑得很好。"拉金大声说,许多人欢呼起来。

这种赞美我听了虽然很受用,但也不无陌生之感。他们有所不知的是,我在温布尔顿中学读书时是个"差生",后来在罗切斯特的剑桥文法学校,也被冠之以同样的头衔。在那里,我总让可怜的索耶博士失望。再后来在塞伦塞斯特农业学院,才有了一点起色。所以,这种欢呼喝彩对我而言,怎么能不感到陌生呢?

"他还不习惯用骑鞍呢。"一个充满善意的声音补充道,"等他习惯了,你们就给这个奇才让路吧!"

"没错儿!"另一个人喊道,引来更多的喝彩。

太阳快下山时,燕迪把马鞍从我的母马背上取下,然后把它放开。在黄昏紫罗兰色的尘埃中,威利·苏托走在我身旁,低声问道:"莫瑞斯·麦卡登给过你一些他的作品吗,普洛恩?"

我一下子没想起来谁是莫瑞斯·麦卡登。

"弗雷梅尔——物资供应代理公司老板的外甥。"威利提醒我。

"哦,是的。"我说。

"恕我直言,不要读那些玩意儿。"

"哦?"

"不合适。如果他写的那些东西流传开来……有人可能受伤。求你了。"

"好的。"我表示同意。不过鉴于最近赢得的尊重,我隐隐约约觉得,什么书我都不应该拒之门外。

那天晚上我什么都没看。这一天太紧张了,似乎把其他所有的日子都浓缩到这二十四小时了。我很快便沉沉入睡。

第一个晴朗、炎热的早晨，弗雷德告诉一个赶羊人，教我如何在一只公羊羔的左耳朵上剪一个 W 形的记号。我们站在一个和羊圈围栏一样高的木头吊架旁边，其他人在旁边院子里仿佛不停涌动的羊的海洋中吃力地走来走去。

"所有母羊都有不同的字母标记。"赶羊人带着浓重的乡下人的口音告诉我，可能是兰开夏郡①的口音，"这是邦尼先生的方法。用这个方法，你一眼就能看出它们的年龄。去年下的羊羔我们在右耳朵上给它剪个 V，明白了吗？狄更斯先生。旁边院子里的人要是看到没有记号的羊，他们就会把羊抱起来给你看。你把羊仰面朝天放到木架子上，在它们耳朵上打个 W。我叫你的时候，你就到架子这头来，抓住小家伙的腿。"

第一只羔羊抱给我们的时候，我把它背朝下放在木头架子的皮兜子里，用剪刀在它的耳朵上做了标记，然后把剪刀放在桌子旁边一个窄条板凳上，走过去抓住它的腿。

"抓紧，狄更斯先生。别心慈手软！"赶羊人告诉我。

他手里拿着一把刀，朝羔羊弯下腰来。一刀割下公羊的阴茎，然后嘴对着伤口，龇开烟草熏黄的牙齿吸出一个睾丸和一团黏液，吐在地上。然后又弯下腰吸出第二个睾丸，吐了出来。他对着我微笑，嘴唇上沾满了黏液和血迹。"你可以让你父亲写写这个故事。"他眨了眨眼睛，对我说道。

之后，要给所有其他羊做标记——如果是公羊羔的话阉割——都是用刀。他最初用牙齿咬掉睾丸好像只是必须进行的开场仪式。就这样，来回交接，做标记，如果有必要的话，阉割。我们这边的

---

① 兰开夏郡（Lancashire）：英格兰西北部的一个郡。

院子里已经挤满了羊,我的胳膊累得酸疼。做标记,交接,阉割,一切都在有条不紊地进行着。

中间休息的时候,我和丹迪一起坐在树荫下喝红茶——广袤的牧羊之乡的甘露。丹迪和我们一起骑马回到庄园,只留下斯台普斯一个人守着围场那间小屋。我觉得丹迪是一个可以信赖的人。

我说:"尽管羔羊被血淋淋地阉割,但我觉得自己找到了地球上唯一能让我生活得惬意的地方。"

丹迪回答说:"那些赶羊人都冷……冷酷无情。"

我纳闷,世界上的事情不就是这样吗?头脑冷静、不动感情似乎和这个地方融为一体,相得益彰。

"我得说,这太……太令人震惊了,你的'老板'居然是文学大师。"他压低了声音说。

这一次,在一群浑身落满尘土、魂不守舍的羊儿之中,听到这话,我一点儿也没有退缩。

我非常坦诚地对他说:"别人或许会感到震惊,我们这些狄更斯家的孩子可没有这种感觉。"

"如果你是马太①,马可和路加②的孩子,我也不会多么惊讶。我不是说你不是个文明人。但是……真的让人觉得很奇怪!"

"可是对我们来说并不奇怪,"我对他说,"因为我们从小就是在那个家里长大的。"

"但是有个父亲整天在家,不停地编……编故事……而且是那……么好听的故事……"

"哦,他和大多数人一样,经常不在家。他在杂志社有个办公室。"

---

① 马太(Matthew):耶稣十二门徒之一。
② 路加(Luke):基督教早期信徒之一。

查理加入他的团队之前，父亲就觉得有必要住在那里，保持杂志正常运转。他的房间在顶楼，是威尔斯精心布置的，这样我们这些孩子就不会打搅他了。"他在盖德山的花园里有一座瑞士风格的小木屋，"我对丹迪说，"就在我们家那块儿。"

"瑞士风格的小木屋？"丹迪被那想象中的风景吸引住了，结结巴巴地问。

"是的。"我自己也沉迷于往事的回忆，"是法国戏剧家查理·费切特送给他的。他就在铁路路基那边的遛马场里把它'拼'了起来。"

"但……但是，你可以和他说话。他用天使的声音和你说话。"

"没错儿，"我承认，"但是我们从小就听他说话，压根儿就不知道他有什么特别之处。"

"你一定是个聪……聪明的家伙，不像你说的那么笨。"

"我真的挺笨。他把我打发到这儿就是因为我不聪明。"

"但是，你或任何别人怎么敢……敢在这样一个神的面前张……张嘴说话呢？我会目瞪口呆的，狄更斯。目瞪口呆！"

"小说家也是普通人。"我向他保证，"'老板'喜欢整洁。我们每个人都有一个挂帽子和外套的木头钉子，如果不穿不戴，就得挂在那个木钉上，要不然……"

"要不然，"丹迪问，"就惩罚？"

"不会惩罚。他只是不高兴。他对图书室也很挑剔。我们都害怕他在我们的房间里找到丢失的哪本儿书。"

"他会不高……高兴吗？"丹迪问道。

"'老板'说出来的话可能会很尖刻。他也讨厌凌乱的储藏室，尤其讨厌马具室里乱扔着的板球袋——我们管设备间叫马具室。我们总是要确保护垫、门柱①和三柱门上的横木不会挂在外面。有一次他说我哥哥弗兰克的袋子看起来像掏空了内脏的马,然后狠狠地打了他一耳光!"

丹迪听得很出神。

"他们都是普通人,"我继续说,很想让他听了开心,"就拿威尔基·柯林斯说吧,也是个普普通通的家伙,喜欢喝酒,喜欢和女孩子调情。还有我的教父,布尔沃·利顿。"

"《庞贝末日》②的作者?"丹迪迫不及待、上气不接下气地问,仿佛在说一篇神圣的经文。

"是的。他是个非常聪明的、天才的作家。父亲曾经对我说:'利顿是语言大师,还是政坛明星,普洛恩,你也可以成为这两个领域的佼佼者,因为我们的朋友利顿就是这两个领域的权威。不过我希望你的耳朵比他好。'利顿勋爵,我的教父,是个聋子。"

我们花了两天时间给羊羔做标记,阉割公羊,把它们从母羊中挑出来。

---

① 门柱(stumps):板球运动中的一个术语,有三个意思:三柱门的一部分,让击球手退场的方式以及一天比赛的结束。
② 《庞贝末日》(*The Last Days of Pompeii*):1834年爱德华·布尔沃-利顿男爵写的一部小说。小说的灵感来自俄国画家卡尔·布里乌洛夫的油画《庞贝的最后一天》。布尔沃-利顿曾在米兰看过这幅画。这部历史小说以公元一世纪古罗马的庞贝城为背景,叙述了一位双目失明的卖花女奴尼狄亚帮助相爱着的格劳科斯和伊俄涅战胜邪恶和灾难的动人故事。盲女尼狄亚多次挫败奴隶主阿尔巴克斯企图把伊俄涅占为己有的阴谋诡计,并把格劳科斯从竞技场中救出。火山爆发时,又带领他们脱险,但她却怀着对格劳科斯深挚的爱投海自尽。小说用人物对比了一世纪罗马的颓废文化与古老文化和未来趋势,出版后好评如潮。

9

那天晚上，把羊"伺弄"完之后，我终于打开莫瑞斯·麦卡登那包用厚实的硬纸板包裹着手稿。因为威利·苏托不厌其烦地提醒我不要看这份稿子，我反倒好奇心大发，迫不及待地想看个究竟。

我把稿子放在桌子上。题目是"我想象中的舅妈"，笔迹很潦草，下面还划了两道下划线。再往下是："第一章 主人公告别父母"。

哦，天哪，我想，有多少故事都是这样开门见山呢？我一定在几十本小说中读过同样的开头，并且往往只是读了第一段就扔到一边，跑到花园里绕着花坛打板球去了。

而莫瑞斯稚嫩的笔迹倒很对我的胃口。我看不了印刷体，那给人一种高深莫测的感觉。现在开了头，竟然一发而不可收，这让我有点吃惊。

> 我想我的父母十分相爱，也深深地爱着我，把我当作他们爱情的结晶。母亲和父亲并不富有，但是足够时尚。那些想少花十英镑就得到一张肖像画的人，不找皇家美术学院的正式成员，而是找我的父母为他们画像。他们都看好我父母，相信他们迟早会成为皇家美术学院的一员。那时候，画像上就会写上那两个妙不可言的字母 RA[①]。

这一段话，言语间不无青涩但也给人新鲜之感，我不由得继续

[①] RA：皇家美术学院（Royal Academy）的缩写。

读下去。

母亲不得不屈从于艺术世界的现实,但经常开玩笑说,被排除在学院派之外的女画家受雇于这样一种人:他们希望得到画技高明的画家的作品,却不愿意多花钱,就找女画家给他们画。不管他们处于事业巅峰,还是人生低谷。父母就奔波于这些人之间,靠给人家画像谋生,过他们想要的生活。他们渴望秋天去意大利画风景画。他们热爱那个美丽的山口之国,伟大的圣哥达①,辛普伦②。他们会花时间从安德马特③崎岖的山路蜿蜒而上,在漫长的旅途中写生,画魔鬼桥④。为了同样的目的在山顶逗留,然后下到颤音谷,在提契诺⑤住宿,他们打算在那里把素描变成成熟的作品。

我觉得我已经开始以读者的身份阅读这个故事。也许对我而言,是在恰当的时候,听到一个恰当的故事。由于无法解释的原因,我

---

① 圣哥达(St Gotthard):位于苏黎世东南阿尔卑斯山脉。那里有世界上最长的隧道。
② 辛普伦(Simplon):是阿尔卑斯山脉一个地区的名字。那里有著名的辛普伦山口。
③ 安德马特(Andermatt):是瑞士乌里州的一个自治市,位于乌塞伦河谷(Urseren)。
④ 魔鬼桥(Devil's Bridge):用于数十座古代桥梁的术语。这些桥主要发现于欧洲,大多是石砌拱桥,代表着一项重大的技术成就。每个魔鬼桥都有一个与魔鬼相关的神话或民间故事。当地传说经常错误地将这些桥归于罗马时代,但事实上,它们中有许多是中世纪建造的(公元 1000 年至 1600 年之间)。
⑤ 提契诺(Ticino):位于瑞士南部,是瑞士意大利语区。

仿佛被另外一个人的父母带走了。就像一个孤零零的孩子从自家走出来，暂时跟一个朋友的父母待在一起，觉得他们很有趣一样。

父母出去画画儿期间，我还是伦敦北部一所文法学校的学生，和退休的舅舅尤斯塔斯·弗雷梅尔牧师以及他年轻的第二任妻子利维尼娅·弗雷梅尔一起住在马里波恩。利维尼娅是一对儿形容枯槁的老夫妻二十岁的女儿，活泼可爱。她父亲也是一位牧师。我大约十岁时，有一次在他们家住，我就在脑子里问自己：尤斯塔斯舅舅和利维尼娅舅妈之间的关系，跟舅舅和他喜欢的外甥女之间的关系有什么相同之处呢？在什么意义上又全然不同呢？我知道并不一样。因为有时候，利维尼娅舅妈说"一场暴风雨就在眼前"之类的蠢话时，我看到尤斯塔斯舅舅脸上露出一种讥讽的神情。而倘若舅舅发现外甥女出了这样的错误，虽然也会取笑她，但不会嗤之以鼻。只有丈夫才会有那样的表情。这样一想，我似乎明白了什么。他们之间的关系是一种更深刻的个人情感。妻子说话文理不通……

"文理不通"（Solecism），走廊一个架子上放着一本字典。我从那本字典里查到这个词的解释："名词，意思是语法错误，源自希腊语 soloikos，指说话不正确。"

我继续阅读。

……是对丈夫的惩罚。我想，那是因为，正如牧师在婚礼上所说，他们是一体的。因此，妻子的错误被认为是丈夫的错误。

我知道他想要表达的意思——我在父亲的脸上也看到过那种因关系密切而表现出来的失望，那是对我的母亲和她的儿子们的失望。但我从未用麦卡登用的这个聪明的术语——"文理不通"来看待这件事情。父亲和母亲是一体的，她的迟钝刺痛了他。

我知道有一层窗户纸，只是不愿捅破。尤斯塔斯舅舅和利维尼娅——有时候我的玩伴——躲在那层纸后面，过他们真实的生活。一种永远无法对我详述的生活。在他们的山顶之上，那本该是圣洁的。但是尤斯塔斯舅舅长相丑陋、大腹便便、满口黄牙，浑身散发着烟草的臭味和真正的圣洁、高贵、神秘，和某种形式的"转换"实在不搭界。

我又一次理解了他的这种说法。"老板"和妈妈分开后，我百思不得其解，甚至排斥父亲和母亲同为一体，分担忧愁、共享尊严的想法。

父亲告诉我，有一次他们从意大利回来的时候，山口的雪仍然很厚，马车沿着一条小路前进，小路两旁是比马车还高的白墙。这个季节——春天即将过去，旅行者处于最大的危险之中。然而，在我十三岁那年的秋天，他们在回家的路上遭遇了一场灾难。整整一个夏天，他们都在提契诺画画儿、喝酒。要他们命的、巨大的雪块稳坐在山口的岩架之上，怀抱着从悬崖峭壁上滚落下来的碎石和圆形巨石。白天，阳光温暖了它们，夜晚又和冰雪冻结在一起。

我知道接下去会发生什么。莫瑞斯变成可怜的孤儿。莫瑞斯有一种天赋，能让我感觉到那近在眼前的灾难。有人说过，阅读的快乐之一是那种让你迫不及待地读下去的感觉。在这个陌生人的作品中，我发现确实如此。

岩架上的冰、雪、泥石从天而降，变成许多巨大的抛射物，沿着山谷向山口蜿蜒曲折的道路滚滚而来，淹没了我父母乘坐的马车，把它推下悬崖，落到谷底。泥石流不分青红皂白地席卷了那块土地，冲过农舍，吞噬了牛群，就像吞噬了我的父母一样。"真是幸运！"尤斯塔斯舅舅和利维尼娅舅妈的朋友对我说，"你的父母同时被冰雪和泥石的洪流卷走，没来得及为彼此哀悼。"虔诚的人们愿意把一切荣耀都归功于上帝。父母在一瞬间被泥石流卷走，后来只能通过身上残留的衣服碎片辨认他们的身份。

那段时间，人们对我说了那么多愚蠢而又亲切的话，但只有年轻的舅妈利维尼娅是我唯一的安慰。那些几乎不认识我父母的人向我保证，他们俩相依为命，不会选择单独一个人活下去的。现在轮到我来继承他们的聪明才智，成为一名画家了。各大报纸都发表了对我父母赞美的文章，利维尼娅舅妈读给我听，还着重强调了一些她认为能给我带来特别安慰的话。她还告诉我一些别的需要实实在在处理的事情——律师已经通知舅舅，我父亲的遗嘱将被推迟执行，因为有一些对遗产的索赔需要登记、核实。"不过你也知道，"她对我说，"你的父母既不是有钱人，也不是天生的节俭之人。"她已经跟尤斯塔斯舅舅谈过了，他和她一样坚决不让我离开学校。

坐在软垫凳子上看讣告的时候,她紧紧搂着我。我感觉到了她箍在身上的鲸须①,感觉到她心脏有力的跳动,感觉到,她是一个女人。如果不是看这样一份充满纪念意义的讣文,如果不是为了把文中的字字句句植入我的心中,她不会让我这样紧紧地贴着她的双乳。她拥抱我的时候,我感到了她的热情,感到自己内心深处也在回应,青春的热血在奔涌。一种混杂着喜悦、热情和羞愧的惶恐淹没我的心。我知道我还会再去寻求这种激情。

尽管疲惫不堪,我还是继续读着莫瑞斯的手稿。书中描述了他小时候被舅妈拥抱时的那种兴奋。我想知道,小时候乔吉姨妈是否也曾把我抱得那么紧?因为大家都认为我是一个乖巧的小宝宝,一个可爱的孩子。乔吉姨妈是个很独立的女人。从某种意义上讲,她身上有一种生为人母者不具备的特质,没有一根牵动母亲与儿女之间联系的强有力的"绳索"。她很温柔,眼中流露出一种梦幻般的柔情,但也有我母亲所不具备的处理家务事的能力。我五岁的时候,她已经三十岁了,比起年轻的利维尼娅姨妈成熟得多。不管怎么说,关于乔吉姨妈、乳房和女性怜悯的问题都让我感到不舒服,于是我避开这个话题。入睡之前,那个看不见的利维尼娅,在我心中激起一丝渴望,梦中看见她的身影。莫瑞斯的手稿滑落到房间的地板上。

早上,穿过走廊向餐厅走去时,我听到邦尼兄弟正大声说话。走近时,无意中听到弗雷德神秘兮兮地说:"亲爱的爱德华,我当

---

① 鲸须(whalebone casings):几种鲸上腭的角质薄片,旧时用以支撑衣服。

然不是因为相信他有什么'道德问题',才把他带走的。"

"是的,但你是个狡猾的人,弗雷德。"爱德华回答,"你带他去画素描。带他去赶拢羊群。让他和你一起去给土著人拍照。"

我还以为他们是在议论我,但是提到"素描",显然是指燕迪。

"我没有批评你的偏爱,爱德华。但你应该知道那些老年人之所以推迟给他举行'成人礼',是因为你对他的热情。他们不是傻瓜。"

"简直像英国俱乐部的成员一样心胸狭窄。"爱德华说,比他平常遇到麻烦时表现得直率多了。

弗雷德·邦尼什么也没说,我就走了进去。争吵过后,兄弟俩似乎都还带着情绪,尽管爱德华以一种异乎寻常的关注凝视着我。

早餐时,弗雷德对我说:"我想让你替我分担一件一年一度的工作,普洛恩——板球。"

我满脸微笑,点了点头。"板球"这个词对我来说极具魅力,因为它是狄更斯家族的游戏。

"复活节期间我们在内塔里牧场和他们的人比赛板球。那之前的周六,我们会在这里举行一场练习赛。赶羊人和其他人的对决将作为内塔里比赛的预演。既然你已经有了赶拢羊群的经验,我想让你来组织这场练习赛。牧人中有不少打板球的好手。你给那些能打球的围栏巡修工发个便条,让他们参加比赛。不要落掉黑人。他们当中有些人很有天赋,这表明亚当可能在伊甸园玩过板球。"

我看着他们俩,高兴得满脸微笑。因为对我来说,没有比这更好的任务了。从那以后,我过的每一天都充满了民主气氛:收集选手名字,让所有候选人都知道——有时候让围栏巡修工发出通知——他们有资格参加在自家牧场举行的一场十八人一队的比赛,从中选拔出十一人参加蒙巴代表队。

弗雷德让我查看牧场记事簿里往年板球比赛的记分卡。我发现去年圣诞节前，威尔坎尼亚队以微弱优势击败蒙巴队。但圣诞节和新年期间，蒙巴队大比分击败伯克队。我还发现，对阵内塔利的比赛是为了争夺德塞利奖杯。这让我怀疑这场赛事是不是和德塞利夫人有关。我是在去威尔坎尼亚的船上遇到她的。

我去见威利·苏托。他在每一场有记录的比赛中都打过三柱门。在弗雷德看来，他在决赛中几乎可以保证占有一席之地。把这个消息告诉威利·苏托这样一个性格坚定、已是壮年的人，那种感觉就像殖民地人做什么威猛之事，一种男子汉之间的交锋，而我以前从未接受过这样的锻炼。一想到澳大利亚会使我成为一个堂堂正正的男子汉，我对无意之中听到的邦尼兄弟谈话的猜测便烟消云散。

谈论了一会儿板球的事之后，威利悄声说："我担心在我提醒你之前，你就看过莫瑞斯写的那些废话了。他是个非常古怪、心绪不稳的年轻人，不过一离开他舅舅就好了。"

我撒了个谎，向威利保证，在他提醒之前或之后，都没有读莫瑞斯写的那些东西，当然，我也不想再去读它。

"如果他把这篇文章投给一家英国杂志，他会出丑的。"威利说，"我有点生这个小伙子的气，他好像想让你把稿子推荐给《一年四季》。我相信如果你这么做了，你会陷入令人憎恶的境地。如果它被发表，那就更令人憎恶了。我并不认为莫瑞斯会想到这样的后果。但是，他是一个多么天真无知的人啊！"

我不想问威利这话是什么意思，因为不想再谈这个话题，怕他发现我已经开始读了。不过，还是大着胆子说："他告诉我，是关于舅妈的故事。"

威利会心地笑了一会儿，然后对我说："可以这么说。我想说服他去悉尼或墨尔本，离开威尔坎尼亚和他舅舅的公司。但他觉得自己是舅妈的圣骑士——就好像达令河是骑士们的聚集地一样。"

现在，我比以往任何时候都更想读莫瑞斯·麦卡登手稿的精彩段落了。

"我们或许会在内塔里的板球赛上见到那位舅舅和莫瑞斯，"威利接着说，"可是跟舅舅谈话是不可能的。他根本没有内在的活力。"

出于谨慎，我没有问弗雷梅尔先生缺少什么样的'内在的活力'，而是把话题转到为燕迪那张素描配一个画框上。我在威利的店里找到一个很合适的画框，这样就可以把燕迪送的那幅画挂在我房间的墙上了。

我猜想身强力壮、膀大腰圆的铁匠拉金会是个速度很快的板球投球手，或者是个精力充沛的棒球好手，或者两者都是。我觉得应该代表邦尼先生亲自去邀请他参加选拔赛。

拉金愉快地接受了我的邀请，还推心置腹地对我说："普洛恩，我妻子正在从丹尼利昆来这儿的路上。等她来了之后，你能不能哪天晚上赏光和我们一起吃顿家常便饭？"

我在蒙巴经历的一切，似乎使我更加相信，蒙巴在很大程度上鼓励了我，为我创造了"用武之地"，让我找到了"老板"说的我内心深处缺少的那枚"指南针"。拉金——一个流放犯的儿子——邀请我与他们共进晚餐，和我父亲毫无关系。而且按照拉金错误的殖民观念，他称我为普洛恩，是在顺从我的意愿。

"拉金，"我对他说，"谢谢你，我一定会安排某个夜晚和你们一起吃饭。我会从苏托先生的店里带雪利酒来。"

"我妻子是个威尔士姑娘。她到过秘鲁，然后坐她父亲的羊毛船回来，"汤姆骄傲地说，"她是个经验丰富的女人。如果我知道她在像我这样粗鲁的丛林人身上看到了什么，我就会感到震惊……"

但是在我看来，他并不粗鲁，而是一个胸怀宽广的殖民地居民。也许在一个满怀热情的老师教导下，在丛林某个鬼地方接受过教育。他从这种教育中得到的好处比我从学校中学到的东西还要多。

"我对她说，"汤姆接着说，"这个国家广袤的大地、连绵逶迤的山岭就像波涛汹涌、浩渺无际的太平洋。而这块土地只是被上帝叫停的一座岛屿，就像一幅图画。"

第二天，我把一整天的时间都花在组织这场板球比赛上了。我做了一个表格，列出蒙巴过去与其他牧场以及伯克镇、劳斯和威尔坎尼亚镇的比赛中，球员平均击球数和投球率。我知道，必须在组织预选赛的过程中表现良好，向大家证明我的选择是正确的，从而接受澳大利亚板球的洗礼。

我发现，在以往的比赛中，获胜的是老兵——丹迪的室友，斯台普斯。他是一个旋转投球手，即使在受伤的情况下，每场比赛都能稳稳地投三到四个三柱门。我得问问邦尼先生，能不能给士兵送个信让他来参加比赛，或者，作为一个优秀的选手，他是否已经心中有数，肯定会按时来参加比赛。

那天晚上吃饭时，爱德华似乎喝了不少白兰地，满脸通红。弗雷德兴致勃勃地和我聊我就这场预选赛所做的"研究报告"，但爱德华似乎闷闷不乐，比我先一步离开餐桌。

我终于沿着走廊朝自己的房间走去时，爱德华突然从他的办公室里走了出来。事情再一次清楚地表明,弗雷德里克·邦尼是个兴趣广泛、事必躬亲的好兄弟、好经理,爱德华则是办公室的负责人,掌管着订货簿和分类账簿。此刻,他站在我面前,好像要故意伤害我似的。

我心里一惊,但很快就镇定下来。他粗暴地抓住我,两只手搂着我的脖子,使劲儿吻我的嘴,尽管有点偏离。

我目瞪口呆,挣脱他,往后退了几步。我看起来一定是吓坏了,惊呆了,他把手举到脑壳上,就像舞台上那种吓得发疯的人一样。

"哦,耶稣基督,狄更斯!你没有那种癖性。没有,当然没有。"他嘟囔着,哭了起来。

"我正在失去我心爱的男孩。实际上,我从一开始就没有得到过他,"他接着说,"这是弟弟告诉我的。天哪,这让我抓狂。如果可以,我会和他一起逃走。也许去一个更友善的地方。美国、西印度群岛①……"

我猜他是在说燕迪,觉得他很恶心。

"请告诉我,你原谅我了?"他恳求道,"不会告诉你父亲?"

"如果只有这一次,就不会。"我回答道。

"但愿我能把这三十秒发生的事情抹掉。"他喃喃地说。

"邦尼先生。"我说,同情和怜悯使我怒气全消,不知怎的,我觉得他在我面前这样低声下气显得很不体面,让我心里很不舒服,"只有天知地知,你知我知。谁说我们不能忘记最后一分钟发生的事情呢?"

---

① 西印度群岛(West Indies):位于加勒比海和大西洋之间,包括安的列斯群岛和巴哈马群岛。

他久久地凝视着我,充满悲伤地问道:"你愿意原谅我吗,狄更斯?"

"没问题,邦尼先生。只要以后不再发生这种事情就行。"

他向我保证绝不再犯。"普洛恩,"他对我说,"亲爱的孩子。真是虎父无犬子——我指的是你父亲。"

"他警告过我可能会受到这种攻击。"我说。

"哦,天哪,"爱德华说,"如果他听说我这样粗俗鲁莽,我会无地自容。"

"绝对不会,绝对不会,"我坚持着,"让我走吧,邦尼先生。"

"好的,好的,当然,亲爱的孩子。"他说,脊背紧贴着墙让我过去。

我又满脸通红。"明天早上,我们见面的时候,"我喃喃着说,"希望站在我面前的你,还是我的老板。"

我头也没回,继续往前走。

10

回到房间,坐在书桌前,为了宽慰自己,当然也是为了驱散爱德华·邦尼对男人的强烈欲望在我心头笼罩的阴影,我拿出莫瑞斯·麦卡登的手稿。

每隔一段时间,我就请利维尼娅舅妈再给我念一遍讣告,但总是在尤斯塔斯舅舅不在家的时候。每逢听到那庄严的讣文字字句句像钟声一样在我父母完美的爱情和破碎的身体上回响时,我就感到一种柔和、温暖的兴奋。"英国失去了一位杰出的风景画家，和皇家美术学院未来的成员……她描绘的大海使我们用一种清新的、女性的目光看到表现这个世界通用的方式……他曾经为许多让人仰望的大人物画像，包括墨尔本勋爵①和叶芝夫人……她更受欢迎的肖像画中，当数格莱斯主教和她精心描绘的赛马骑师查理·布朗德……但她呼声最高、吸引观众最多的则是在英国艺术家协会的画廊首次展出的埃塞克斯②沼泽的油画，和她在达德利③展出的阿尔卑斯山的油画……"我不是把那令人敬畏的溢美之词，当作出于礼貌的、合乎语法的美篇欣赏，而是当作奔腾的血液温暖的律动聆听。那感觉和我靠在年轻的舅妈肚子上、大腿上或乳房上的感觉一致。我很高兴地相信，这篇讣文对她也起到了某种温暖和安慰的作用。我相信，她需要某种形式的安慰，因为她那温热的血液不知怎么被我舅舅召唤去安慰他那又老又冷的血液。

秋天一个沉闷的星期四上午，尤斯塔斯叔叔据说正在兰贝

---

① 墨尔本勋爵（Lord Melbourne）：威廉·兰姆，第二代墨尔本子爵，通常被称为墨尔本勋爵（Lord Melbourne, 1779—1848），英国辉格党政治家，曾任内政大臣（1830—1834）和首相（1834，1835-1841）。他最为人所知的是，在十八岁至二十一岁的维多利亚女王（Queen Victoria）的政治生涯中，给予了她成功的指导。历史学家认为，墨尔本作为总理的地位并不高，因为没有重大的国外战争或国内问题需要处理，但"他善良，诚实，不自私"。

② 埃塞克斯（Essex）：英格兰的一个郡，位于伦敦东北部，北面与萨福克郡和剑桥郡接壤，西面是赫特福德郡，南面是泰晤士河河口的肯特郡，西南是伦敦郡。埃塞克斯位于前英格兰埃塞克斯王国的东部。除了农村地区，还有著名的沼泽地。

③ 达德利（Dudley）：英格兰西米德兰兹郡的一个大城市，位于伍尔弗汉普顿东南六英里，伯明翰西北八英里。旅游景点包括达德利动物园、达德利城堡、黑人乡村生活博物馆和历史集市。

斯①参加《圣经》翻译委员会的会议,而我却在马里波恩的家里,和利维尼娅舅妈一起读那份韵律感很强的讣文。这时,客厅的门突然打开。尤斯塔斯舅舅的手下吉尔弗约尔出现在门口,但他立刻后退几步,露出身后的尤斯塔斯舅舅。他一脸忧伤,可怜巴巴的大嘴巴和同样可怜巴巴的目光,看上去真叫人害怕。我没有用错形容词。眼前的景象仿佛要让他晕倒。这次他不是一个愤怒的神,而是一个容易受伤的神,因此在很多方面难以视而不见。我想站起来安抚这个痛苦、困惑的男人,但没能站起来,而是仰面朝天倒在搁脚凳旁的垫子上,刚才我和利维尼娅舅妈正坐在那里读讣文。吉尔弗约尔没有尤斯塔斯叔叔那种优雅的外表。他跌跌撞撞地走过来,弯下腰,用两只手抓住我夹克的翻领,把我提溜起来。

"别伤害他,"尤斯塔斯舅舅大声说,声音中不无沮丧,"他是压伤的芦苇,将残的灯火②。别把他伤着了!"

"可他是个下流坯,先生,"吉尔弗约尔抱怨道,"应该挨揍。"

"看在基督的分上,"尤斯塔斯舅舅尖叫道,"放开他,出去!"

吉尔弗约尔出去之后,尤斯塔斯舅舅走到利维尼娅舅妈跟前。因为失望,连气都喘不过来,脸涨得通红。"你自己镇定下来,

---

① 兰贝斯(Lambeth):英国伦敦市中心的一个区,位于伦敦兰贝斯区,位于查令十字街东南一英里处。
② 压伤的芦苇,将残的灯火:引自《圣经》新约"压伤的芦苇,他不折断。将残的灯火,他不熄灭","A bruised reed He will not break, And smoking flax He will not quench"。这句引自《圣经》里的话意思是说:许多人在情感或身体受伤后可以在宗教中找到安慰和力量。尤斯塔斯舅舅这么说的言外之意是:"孩子受伤了——救救他——别伤害他。"

老婆。把衣服整理好。站起身来。"

利维尼娅舅妈把散落在沙发和地板上的几份讣告捡起来,整理了一下衣服,又拢了拢头发。她镇定自若地做这一切的时候,舅舅转过身。

"回你的房间去,先生!我会让吉尔弗约尔把你锁在屋子里,再决定如何处置你。"

他变得声色俱厉,我很想知道他会如何快速处理我这个"压伤的芦苇,将残的灯火"。

整整一天,我饥肠辘辘。吉尔弗约尔负责看管我。他举手投足都让我觉得,他随时会把舅舅仁慈的禁令丢到脑后,把我打个屁滚尿流。后来,我被送到刘易斯①一所学费很便宜的学校,在那里住了两年,假期也不能回家。每个圣诞节,大部分时间都是一个人度过的。直到晚上校长庞德先生邀请我和他的妻子、一脸厌恶的儿子和四个心地善良但态度冷淡的女儿共进圣诞晚餐。我觉得自己一直在,而且正在因为一种天真无知的迷恋而受到惩罚。我所做的不过是屈从于一种魔力。倘若小说中的主人公被这种魔力折磨,著名作家就会大书特书,热情讴歌。我无法像文学作品中那些伟大的男人对女主角满怀柔情,倾诉衷肠,冲淡对舅舅和舅妈的愧疚,便开始质疑这种倾诉的意义。

让我从萨克雷和他的亨利·埃斯蒙德②说起。后者是不幸

---

① 刘易斯(Lewes):英格兰东南部城市。
② 亨利·埃斯蒙德(Henry Esmond):萨克雷的小说《亨利·埃斯蒙德》的主人公。《亨利·埃斯蒙德》是一部历史小说,创作于1852年,以十八世纪初英国对外战争和保王党的复辟活动为背景,出版后,其影响经久不衰。

的詹姆斯二世党人,天主教徒,斯图亚特王朝的支持者,但和别人一样,他对爱情的妄想和疯狂的热情毫无"免疫力"。萨克雷这样描写了埃斯蒙德对比阿特丽克斯的感情:"的确如此——一双明亮的眼睛,看上几眼就足以征服一个男人,奴役他,让他激动得难以自持,甚至忘记自己。那双明眸让他眼花缭乱,过去的一切顿时变得模糊。他如此珍爱那双眼睛,情愿献出一生,去拥有它们。"

萨克雷比其他人走得更远。他敢用"饥渴""欲火""燃烧"这样的词。这样的描写比当代任何其他小说家的描写都更贴切。但把这三个非常生动的词从笼子里放出来之后,他很快就又把它们抓回来,锁到笼子里。

斯本罗先生的女儿朵拉像孩子一样天真无邪,或者头脑简单?查尔斯·狄更斯这样描述大卫·科波菲尔与朵拉邂逅相逢时的感觉:"对我来说,她不是一个女孩,而是下凡的仙女,一个精灵①,我不知道她是什么……瞬间被爱的深渊吞没了。即使走到悬崖边缘,也不会停下脚步。不会低头看,也不会回头看。可惜还没来得及对她说一句话,就慌慌张张地走了……她曼妙的身材,美丽的脸庞,优雅多变的举止,那么妩媚!"

平淡无奇、老套乏味的是爱德华·布尔沃-利顿男爵在令人难忘的(并非因为爱的呼唤)《庞贝末日》中的描述。主人公格劳科斯形容舞女伊俄涅时,是这样说的:"犹如系着维纳斯腰带的维斯塔贞女……"格劳科斯看到她之后爱慕之情跃然纸上:"那光彩夺目的、山林水泽的仙女般的美,几个月来一

---

① 精灵(Sylph):也称希尔菲德(sylphid),是神话中的空中精灵。

直在他记忆的水面上闪烁。"

还可以举出许多例子。通过和利维尼娅舅妈的交往，我认识到，对于男人而言，一个可爱的女人的存在是一种无法言传的体验。描绘心爱的女人，有时候颇有"理屈词穷"，而又"语不惊人死不休"之感——女神，美如天仙，仙子，精灵，天使——所有这些词汇都无法洞悉女人的神秘，实际上常常逃避这种神秘。

莫瑞斯是一个多么优秀的作家啊！我心里想，生平第一次对一位作者下了这样的结论。我没有资格去评判别人的作品，但是出于某些我无法言传的原因，这个故事迷住了我。

一位伟大的作家道出真情，打破了陈词滥调和矫揉造作的束缚。威廉·布莱克① 提出问题关键之所在，回答得真诚朴实，一语中的：

"男人对女人何所求？/欲望满足后的面容。/女人对男人何所求？/满足欲望后的面容。"②

这就是说，从对方的脸上，甚至从对方的身体，看到欲望

---

① 威廉·布莱克（William Blake，1757—1827）：英国画家、诗人和版画家，被认为是浪漫主义时代诗歌和视觉艺术的重要人物。

② 引自威廉·布莱克的诗："What is it men in women do require?/The lineaments of Gratified Desire./ What is it women do in men require?/The lineaments of Gratified Desire."一位评论家这样评价这首诗："……布莱克攻击压制的力量，尤其是制度性的宗教如何压制欲望。（布莱克断言）欲望的满足起到了宗教所伴装的作用：使人的视觉，发现无限。而且……布莱克……并没有强调男性和女性之间的区别，也没有给两性分配明显不同的角色……男人和女人有相同的欲望。"

满足后的愉悦。读到这里,我立刻明白这是毋庸置疑、朴实无华的真理。而这也正是吉尔弗约尔想惩罚我的原因。他从我的脸上看出利维尼娅舅妈渴望亲近的蛛丝马迹。答案是,在吉尔弗约尔和女人的交往中,他从来没有这样的经历,他是个畜生,压根儿就看不出诗人所说的那种面容。因此,为了让利维尼娅舅妈修长的四肢、美丽的玉体再被冷血的尤斯塔斯舅舅冷冰冰地抓到怀里,他就想惩罚我。因为我幼稚的脸上竟然闪烁着诗人说的那种面容的影子。

在曼彻斯特住了两年后,我收到了尤斯塔斯舅舅的弟弟阿莫斯·弗雷梅尔的来信。这位弟弟比较世俗。他们认为我已经完成学业,他和他的妻子欢迎我到新南威尔士州一个偏远地区,在他的公司里给我一份工作。

我愿意签署这个被放逐的"协议",去一个难以想象的地方,在一群难以想象的人中间生活。我知道,就像不列颠尼亚[①]把罪犯送到澳大利亚一样,尤斯塔斯舅舅把我送到与英格兰正相反的南半球深处,就是为了牢牢地抓住利维尼娅舅妈。

作为布莱克的"精神之子",我想对散文世界的大师们说,我们不可能崇拜自己还没有理解透彻的东西。我们崇拜的只能是那些被宣称完美的、没有欺骗的东西,灵与肉都完整地呈现在面前的女人。从茫然和庸俗中解脱出来,从冠之以神秘和神圣的孩童般天真无邪的遐想中解脱出来,从即使最好的作家创造的抚慰人心但最终毫无价值的意象中解脱出来。

---

① 不列颠尼亚(Britannia):英国的拟人化称呼,以头戴钢盔手持盾牌及三叉戟的女子为象征。

接下来的几天里,我脑海里一直盘桓着莫瑞斯·麦卡登那些不甚明晰但却十分真实的想法,同时对他质疑我的"老板"的天才的极限不由得生出几分怨恨。

板球预选赛终于在辽阔的蒙巴牧场开始了。我从庄园走出来,看到一群帕坎吉部族的人站在庄园外面一座临时搭建的帐篷两边。击球前,球员可以在那儿换上护腿罩。石罐里冰镇着姜汁啤酒。走近帐篷,我看见几个体格健壮、留着胡子的帕坎吉人排成一行,站在为球员准备的椅子后面。一个拿着硬木棒,另外两个拿着宽刃短矛。在场的人没有谁觉得他们手持武器是想和谁打斗——只不过是以狩猎为生的人心不在焉地带着工具,万一碰到肉质鲜美的有袋动物,派点用场罢了。女人们穿着长袍坐在他们前面。一位老妇人戴着一顶石膏做的寡妇帽①。几个光屁股小孩儿只穿件衬衫,在女人们中间跑来跑去。

比赛场地在辽阔的牧场上,用小旗标出。那天采用十八人制比赛。我知道弗雷德对即将开始的赛事了如指掌,对谁应该加入哪个队,胸有成竹。他告诉我,一支球队打三个小时,或者直到所有人都出局,然后另一支球队接着上场。

比赛开始前,弗雷德对参赛者说:"你们要表现出最高的水平,因为将来参赛的选手完全根据大家今天的表现挑选。"

爱德华·邦尼坐在离弗雷德不远的地方,他是记分员兼裁判员。看到他,我满怀期待,并十分高兴地承认,自从那次出人意料的"攻

---

① 寡妇帽(widow's cap of gypsum):在新南威尔士州的一些原住民部落,女人在丈夫去世后会戴上表示悼念的帽子,大约一年。这种帽子是由一种石膏制成的,厚二至五厘米,重二至七公斤。

击",他一直规规矩矩,行为举止堪称楷模。定居地的两个白人妇女也来观看比赛——赶羊人的妻子加万夫人和拉金夫人。后者是汤姆的妻子,刚从威尔士来。走近之后,我发现她脸圆圆的,一双明亮的黑眼睛,一头乌黑的头发,五官分明,鼻如玉葱。

我的队先上场比赛,我很快就发现在那个场地上追一个得四分的球要跑老远老远。从这个意义上说,仿佛在天上比赛,你打了一个能得四分的"天球",然后跑啊跑,直到找到球为止。当然,不管跑多远只能得四分①。有几件事也出人意料。丹迪作为板球运动员技术实在太差,但他的室友斯台普斯虽然看起来懒懒散散、昏昏欲睡,实际上是个技艺高超、颇有点神秘色彩的投球手。他投出的球会在蒙巴坚硬的土地上向一个意想不到的方向弹起来。谁能料到他有这种天赋,或许板球就是一种"谁能想得到"的运动!

燕迪像一个持不同意见的学生一样冷眼旁观,轮到他投球时,他做了一个非常漂亮的手臂齐肩,环绕一周的动作。正如我所希望的,拉金是个膀大腰圆、非常优秀的前锋,新婚宴尔的妻子见证了他的成功。

我听到围栏巡修工大胡子西德尼·基奥对斯台普斯——那天晚上他们俩住一间小屋——说:"士兵,今天晚上别他妈的跟上帝说话了,让可怜的上帝消停一会儿吧。你能做到吗?"

上帝可能需要离开他的孩子们休息一下——这种古怪而又亵渎神明的说法激发了我的想象力。我很高兴斯台普斯的朋友们能指出他喜欢公开与上帝交谈的癖好,就像别的以色列人向摩西②提到上

---

① 根据板球比赛规则,击球手如果将球直接击出界外,得六分。打在界内得四分。作者这样描述是为了说草原上的板球场大得无边无沿。

② 摩西(Moses):《圣经》故事中犹太人古代的领袖。

帝一样。

不管怎么说，不接球的时候，斯台普斯继续展示他的绝技，手背投球，球从腿的一侧，朝意想不到的方向飞去。他让四个人出局，又让另外四个人把球推送给守门员和接球手。宛如"神来之笔"的经验丝毫没有损害他聪明、狡猾的投球。每次击球时，这个与上帝交谈的人都会露出沉思的神情，轻轻地抚摸着他旧日的伤口。

帕坎吉部族的球员手臂齐肩投球，样子凶狠。他站在三柱门前一动不动，把球闪电雷霆般投向击球手——目标球员，击球手上下奔突，左右躲闪，应对飞来之物，有时只是为了避开三柱门[①]，躲避不及就得出局。土著人最喜欢的就是球把三柱门打倒，尤其是他们自己人的三柱门被打倒。如果一个帕坎吉人直接命中另一个帕坎吉人的三柱门，立刻欢声雷动。但他们和我一样，也喜欢斯台普斯的绝技。

午饭时，弗雷德建议拉金和我挑选那些更勇猛、更精准的投球手，对他们进行新式、现代的手臂投球训练，我们照做了。

回到球场后，轮到我们队击球了。起初，对方的投球手打得很疯狂，但都是坏球。我们这边的赶羊人和帕坎吉击选手也都发疯似的挥舞着球棒。如果他们能碰到球，但无法用球棒防守自己的三柱门，就会把球打向天空。如何阻挡、轻推的基本技能他们都不具备，跑动得分也不是他们的长项。对两个队的击球手来说，幸运的是，接球手的动作都很笨。轮到我击球的时候，投球手们已经拉长了战线。我迫不及待地想至少重现我在肯特郡海厄姆十一人队时出色的表现，

---

① 击球手触碰到门柱（Hit wicket）就要出局。

尽最大努力把我的技艺展示在大家面前。打到中场，汤姆·拉金接住我击出去的球之前，我已经得了三十七分。这个成绩相当不错。

11

比赛结束后，弗雷德和我讨论了应该由谁组成球队，对阵内塔利。卡尔泰一直十分关注我们，我几乎认为他可以成为候补队员。黄昏时分，我们就做出决定。球队由下列人员组成：弗雷德里克·邦尼（队长）、汤姆·拉金、蒙巴·阿尔菲、威利·苏托、士兵斯台普斯、爱德华·狄更斯、蒙巴·乔治（我发现他的真名是瓦纳卡·威勒彭格里）、燕迪（邦尼向我透露了他的真实姓名：沃塔伊·库恩贝拉），一个名叫乔治·哈布里奇的赶羊人，坚忍不拔的围栏巡修工西德尼·基奥西，另一位巡修工乔·斯迈勒斯，以及车夫的助手兼车匠布莱恩·克利里。像过去一样，爱德华·邦尼将成为第十二人[①]和裁判。

尽管板球比赛和随后的娱乐活动让我精疲力竭，回到自己的房间之后，我还是立刻拿起莫瑞斯的书稿，迫不及待地读了起来。

我把欧洲抛在脑后，也许永远抛在了脑后，希望在澳大利亚找到一个更诚实的世界。漫长的旅程，旅程中发生的种种，比如跨越赤道，以及同行的乘客喋喋不休地谈论"新世界"，都不可避免地让我生出这样的希望。

---

① 第十二人：在板球比赛中，双方都可以有一名替补队员，叫作"第十二人"，但他不能投球，也不能击球，只能守球。

三个月的旅程把我带到了墨尔本——大英帝国的"黄金荣耀"。从那里，经过一番折腾，来到达令河航运的起点——威尔坎尼亚。在地球上任何一个地方，新来乍到的人都要努力让自己扮演好与这个欧洲附属国相称的角色：警官是荷枪实弹的武装人员；像马里森那样的律师，办公室坐落在一条尘土飞扬、赤桉浓荫覆盖的大街上。在关于土地这类问题上，他是不朽的法学家。"王子诸侯们"都在河那边，他们领地的主权摇摇欲坠。但是在威尔坎尼亚，谁是拥有真正权力的人？谁是任何智者和王子都不敢侮辱或轻视的人？谁是别人提起来一定要冠之以尊称——"尊敬的""勤奋的""地位优越的"人？除了弗雷梅尔——一个物资供应代理公司老板、澳大利亚蛮荒之地的神还会有谁呢？

那么，想象一下——一个身强力壮、真诚老实的英国人在默奇森山辽阔的牧场上养羊。除了生产优质羊毛，他还为自己和家人用夯实的黏土建造了一个网球场，周围围着高高的铁丝围栏，文明的标志赫然耸立在白草萋萋的荒原。他的目的是，别的朋友和他们的家人从蒙巴、图拉尔、默蒂或扬坎尼亚来看他时，能来一场网球友谊赛。想象一下，周末野餐时，庄园不仅款待其他牧场的头头脑脑，甚至还款待物资供应代理公司老板弗雷梅尔先生。

弗雷梅尔先生没有打网球的历史，但他相信公民的尊严会在某种程度上让他底气十足。可是弗雷梅尔撞上网球场的铁丝网时，诚实的牧场主竟笑出声来。物资供应代理公司老板认为他受到了侮辱。周一早上，他平平安安回到小镇，那儿的人都不知道他网球打得那么可笑。他给老史密斯——一个地产经纪人巨头写了一封信。原来那位邀请他打网球的牧场主至今仍有一些可控债务在他手上。他还写信给英国、苏格兰和澳大利亚银行。几封信内容都一样，声称他最近访问了那座大牧场，发现牧场主不善经营，牧场管理很不健全。可悲的是，几家银行听信了来自弗雷梅尔的"可靠情报"，要求牧场主立即偿还债务，大牧场的资金链因此而断裂。

我和舅舅在一起的日子里，经常看到在那偏远、艰苦的牧区，他不仅这样对待那位和他打网球的人，就连那些稍有不敬，甚至压根儿就没有对他怀轻蔑之意的人，他也绝不留情。拍卖他们的牧场、租赁权、羊群时，他又会装出一副同情心十足，忍痛降低代理费的样子。这是我注意到的一点。他不但会嘴上说一套特别专横的话，背地里还会写拆台诋毁的信。他还特别会表演，倘若银行和代理机构的要求让人无法容忍时，他便背地里站在客户的立场上，言之凿凿，信誓旦旦，说出一番令人信服的话，以至于人们会骑马跑到较大的城镇说："至少弗雷梅尔支持我。"

就是这个人，为了偿还来澳大利亚的旅费，我给他干了五年活儿，只管吃住，没有工钱。然而，显示他暴虐的不仅仅是在偏远丛林网球场上发生的那件事情。最重要的是他对我那位法国舅妈马丽碧儿的统治。她是一个商人的女儿。他作为一个旅行推销员去布洛涅的英国商店时，第一次碰到她。

在威尔坎尼亚里德街那幢房子里，在他的桌子旁，我发现舅舅把夫妻之爱看作是一种权力的行使。如果说他曾因为见到马丽碧儿舅妈而心醉神迷、心神不宁的话，现在也很少表现出来，就像他哥哥对利维妮娅舅妈那样。

男人最渴望女人的是什么？我问。答案似乎是：对于得到满足的权力的反响，以及管控能力投射的影子。

正如威廉·布莱克所说的那样："身着黑袍的牧师在巡视/用荆棘捆绑着我的快乐和欲望。"

我被这些段落迷住了。因为莫瑞斯·麦卡登通过两个舅妈看到许多人对与我们年龄相仿的女孩的迷恋。不过舅妈身上有一些特别性感迷人的东西，尤其是被"滥用"了的舅妈。我为乔吉姨妈感到内疚，她既不值得同情，也不值得拯救，当然更不值得渴望。然而，我却被莫瑞斯和他的舅妈的故事吸引，甚至脱离了生动活泼的文字本身。我几乎相信从中学到了对自己有利的东西。

我还参加了南部牧场的秋季集训，比如凯尔库萨、塔兰德拉，还有威尔士和西麦克弗森山。塔兰德拉是达令河岸边一座十分美丽的牧场——我开始慢慢地关心起邦尼的租赁权，好像我也拥有那块土地的所有权似的。夜晚，皎洁的月光在牧场小溪两岸大树的树干和岸边淤积得很深的泥土上创造出迷人的光影效果。弗雷德对我说："普洛恩，你接受的教育是不是告诉你，把《旧约》和基督教历史的年龄加起来，就能算出地球的年龄？就像虔诚的信徒说的那样，也许六千年。"

"我听过《圣经》里的说法。但是父亲告诉过很多人，地球的构造表明，从某些岩石的成分看，要古老得多。"

"啊，"邦尼边说边开始喂他那只不离左右的黄雀，"你父亲总是那个思想先进的人。这个……"他指着深深的河岸和镜面似的河水，"所有这一切看起来都有比六千年更长的历史了，你说呢？"

这个观点当然很容易被人接受。因为地球似乎如此古老，植物的平衡显示大自然的智慧。

"据说是泥盆纪①的。这集水区,这河沟,都已经有四亿年的历史。真让人肃然起敬啊,普洛恩。对吗? 肃然起敬!"

"没错儿,太让人肃然起敬了,邦尼先生。"我表示完全赞同他的意见。

有几个巡修围栏的工人住在帕鲁河边的小屋里。有的一间小屋住两个人,有的住一个人。有的是习惯了孤独的苏格兰高地人。你以为他们是用古老的盖尔语②欢迎你到他们家做客,过了一会儿,才意识到他们是在说英语。还有一些人来自城市,在遥远的牧场找到他们的世外桃源,结束了生活中所有的喧嚣和繁华。他们用刊登着故事的报纸糊住小屋木板上的缝隙。早晨或者晚上手里拿着煎锅做饭的时候,会停下来看上两眼。我们遇到过一位来自西部③名叫阿纳拉拉的人,他是蒙巴大牧场东南边界巡修围栏的工人。给客人们端上硬面饼子吃的时候,会停下来大声读糊在墙上的广告。

有一天,我听见他念道:"征婚启事:未婚女子,人到中年,温柔贤淑,私人财产充裕,独守空房,希望与节操高尚、信仰基督教、性格温顺、富有同情心的未婚男子或鳏夫为伴。地址:伦敦西区格罗夫纳街八十三号亨利小姐。"

然后他摇了摇头,好像同情、理解亨利小姐的渴望,说:"世界就是这样,我的朋友们。世界就是这样。"

---

① 泥盆纪(Devonian):泥盆纪时代是指三亿六千万年至四亿六百万年前,也就是古生代中叶。可另分为三个时期:前泥盆纪,中泥盆纪和泥盆纪晚期。
② 盖尔语(Gaelic):盖尔语包括苏格兰的盖尔语和爱尔兰盖尔语。苏格兰盖尔语是苏格兰最古老的语言,公元三世纪前后首先出现于苏格兰。五世纪罗马结束对英国统治后,盖尔语已成为苏格兰大多数人使用的语言。从十九世纪起,盖尔语逐渐被排斥出苏格兰学校教育和公众生活领域。
③ 西部(West Country):此处指英格兰西南部诸郡。

我们把羊拢到一起,在围栏里给它们做了标记,从南边赶了过来。我现在用的是澳大利亚马鞍。母狗卡尔珀尼亚将产下一窝牧羊犬幼崽。我变成了一个地地道道的殖民地绅士!

晚上回到庄园,还有点精神头的时候,我被莫瑞斯危险的处境所吸引,继续读他的故事。

  马丽碧儿舅妈对舅舅阿莫斯·弗雷梅尔很尊敬。她经常对我说,自己是个不谙世事的人,他的智慧和手段让她一次又一次地避免了错误地解读这个世界。她似乎完全相信自己的好运气,有他替她事事把关,才避免做出不少愚蠢的错误的判断。她就是这样一个女人——对于阿莫斯舅舅在她身上表现出来的轻蔑,已经有了一个完整的认知。他的无端嘲笑和种种限制让她心灰意冷。他不准她对土著居民做任何善事,也讨厌她对饥肠辘辘、面带淤青的爱尔兰妇女微笑。但我敢肯定,是她说服他对我——他的外甥——表现出一点善意的。他对我说:"马丽碧儿会给所有住在防洪堤上棚屋里的流动工人家庭提供食物,可那些家伙把工资都浪费在丛林里的小酒馆。但你舅妈不问青红皂白,不管是非曲直,一律给他们送吃送喝。"

  "他说的没错儿,"马丽碧儿说,"遇到你聪明的舅舅之前,我不曾歧视任何人。"

  起初,我接受了这个"定理"。因为这两个人似乎都把它视为婚姻的核心,而且深信不疑。不过,随着我对他们观察得越来越深入,我开始相信,马丽碧儿舅妈最真实的本性比我舅舅更令人钦佩。因为他经常参加什么委员会会议或者办什么事请，晚上不在家，我就把舅妈拉到一边，对她说阿莫斯舅舅指责她幼稚可笑毫无道理。她应该按照自己慷慨大方的天性办事，根本没有必要担心别人觉得她是一个愚蠢的女人。

我这样安慰、鼓励她的时候，常常不由自主地握住她的手腕。她的手腕结实，有浅窝，很圆润，一点儿也不像一个不能按照自己好恶做事的女人。继续讨论这些问题时，因为与利维尼娅舅妈的亲密关系而熟悉的那种感情又渐渐升温。但利维尼娅舅妈还是个妙龄女子，而我劝她不要那么感激丈夫的这个女人早已韶华不再。从她的行为动作、举手投足看，她不像利维尼娅舅妈那么年轻无知。

有一天晚上，我对她说："你总说自己头脑简单。其实你这样说只是为了让自己相信丈夫是出于对你的善意。但内心深处，面对上帝，你真的认为自己应该受到这样的欺侮吗？你真的相信没有他，你就会犯一个又一个错误吗？"

有一天，经过一番劝说，我那可爱的法国舅妈抓住我的胳膊，"哦，莫瑞斯，如果你是对的，那意味着什么？"因为她的亲切、宽阔的肩膀和美丽，我变得肆无忌惮了。"这意味着他时时处处都不把你放在眼里，都想控制你。你得擦亮眼睛，舅妈，看清他的真面目。他不是什么了不起的人。他是个小人。"

我在威尔坎尼亚的舅妈面前比在利维尼娅面前更坦率，更不拘束。我感觉到，马丽碧儿更能意识到肉体之间亲密接触的可能性，而且不知怎的——也许从我亲吻她手腕的举动中——意识到，我并不赞同那种道貌岸然的、假正经的说法：肉体比灵魂更低下。威廉·布莱克声称："灵与肉是一体的。"因为如果不是一体，灵魂就属于上帝，身体就属于魔鬼，布莱克不相信这一点。"人的肉体和灵魂没有区别。"他说。

莫瑞斯承认，他已经到了想要占有一个女人的年龄，从身体到灵魂。但他宣称，灵与肉是一体的。如果不能拥有肉体，就不能真正占有灵魂。这个想法让我的肩膀和大腿感到刺痛。我想知道，一般人，包括我自己在内，会在对这些问题一无所知的情况下找一个女孩结婚吗？我不知道，也不想细想。"老板"和妈妈刚在一起的那些年是不是也这样想过妈妈？不管怎么说，我开始怀疑莫瑞斯想得太多了。他认为，舅妈幼稚得像个孩子，所以相信阿莫斯舅舅的世界观，因此必须把她从那位舅舅手中解救出来。我继续读下去。

许多个夜晚，阿莫斯舅舅都去参加委员会会议，比如威尔坎尼亚赛马会的会议。会议期间，他们制订计划，通过相关的项目、各项议案，以及如何靠赛马装满钱包的办法。没有人比赛马会委员们更喜欢谈论马。在这样的会议上，他们喝着高贵饮料①，提名组建下属委员会，让委员们制定参赛骑手体重标准和让步赛②的规则。他还是英国国教委员会的成员，该委员会的会议是严肃的，但其中一些成员至少会溜到商务酒店去喝高贵饮料或者热情洋溢地举杯祝酒。有一天晚上，他们在达令河堤岸上召开了一次委员会。会议之后，我决定跟踪他。令我吃惊的是，一位马车夫在那儿开了一个小酒馆，把他面无表情的年轻妻子卖给了舅舅。我一直跟着那个"世俗智慧的楷模"——舅妈良好判断力的源泉——摸到那座树枝和帆布搭建的棚屋。

有一天，我安慰她、和她争论时，忍不住想吻她的手腕。

---

① 高贵饮料（nobbler）：一种蒸馏酒或啤酒。
② 让步赛（handicap）：赛马比赛中一个项目的名称。

就在我吻她的时候，她的另一只手像祝福一样，放在我的后脑勺上。如果我想就此打住，恰逢其时。因为那正是现代小说家停下笔墨的地方。或者不管怎么说，抚摸后脑勺的手据说应该是纯洁少女和未来新娘的手。在我那个年代的作品中，还没有一个能对我或舅妈有示范作用的楷模。然而，我知道一定有很多像我们这样的情人，虽然是婚外情，但却满怀婚姻具有的同样坚定的信念和那种无可逃避的感觉。

狄更斯、萨克雷、布尔沃－利顿或威尔基·柯林斯，这些被认为极具活力和现代气息的人，会给我们怎样的启迪和指导？美丽的舅妈和我在顺从的妻子和堕落的女人这一等式中处于什么位置？说舅妈堕落了，无论在语言上还是道德上都是一种亵渎。那么，在我们这种情况之下，作为一种"特权"，看到一个极度饥渴的女人不把自己暴露给世人，而是暴露给情人，使他和她自己都得到满足，快乐又在哪里呢？女人绚丽的内在和男人狂热的外表又在哪里？

眼下，"内在"和"外表"这两个词带着一种难以察觉、无可名状的痛苦躲避着我。这些术语，查阅蒙巴庄园的字典是没有用的。

男人哭泣着服从，女人却以高尚的情怀接受①？一部小说

---

① 男人哭泣着服从，女人却以高尚的情怀接受（the weeping submission of the man and the sublime acceptance of the woman）：按照基督教教义，男人应该服从上帝的意志，而女人应该服从丈夫。下文汉姆跳进大海救人，因为他认为这是上帝的旨意，但想到这也可能意味着丧命，内心深处不由得哭泣。女人接受男人的选择以及上帝的要求。如果这样做了，就会受到赞扬。

如何表现其洋溢着的热情？如果没有这些，它们又意味着什么？《大卫·科波菲尔》中的汉姆，那个身体壮实、精力充沛的造船工人在狂风暴雨中纵身跳进大海去救人，不幸被汹涌的波涛吞没。他之所以这样做，从某种意义上讲是因为失去了他的女人，失去了那种独特的、极端的快乐——我现在和舅妈一起发现的快乐。

我不再读莫瑞斯·麦卡登的"自白"，以及他对我的"老板"和他的朋友们创作的文学作品的评论。萨克雷算不上朋友。

后来，躺在床上，我想，"老板"对那位爱尔兰女演员就是这种感觉吗？

我们和内塔利板球比赛的日子终于到了，大家迫不及待地出发，开始了横穿草原，到内塔利庄园的"越野之旅"。邦尼兄弟率领我们这支由马车和骑手组成的蒙巴代表队。他们哥俩生了点气，爱德华先生劝弟弟不要带他那套摄影器材。威利·苏托骑着一匹健壮的沃勒公马，和他们那辆双轮马车并排而行。环顾四周，我觉得我们宛如平原上的蒙巴游牧部落，准备攻打内塔利。我就是这样解读的：骑士的旅程！

我骑着母马，在拉金家的马车旁边走着。汤姆和他的妻子并排坐在马车的座位上。车里大概有十四个帕坎吉妇女。年轻女人怀里抱着用毯子包裹着的婴儿。还有两个戴着白色石膏头盔的老妇人。寡居没能压抑她们出门旅行和去看板球比赛的愿望。也许像莫瑞斯·麦卡登的手稿中写的那样，男人怀着一种强烈的感情渴望她们。但她们似乎很容易就能在白色石膏头盔下承受失去男人的痛苦。

有一会儿,我们在平缓的山丘、金合欢树、豹纹树和高低不平的草地之间行走。这让我有机会和格蕾丝·拉金交谈。没说两句,她就开始夸汤姆:"父亲有一次对我说,你可能得费点劲儿才能在那些粗野的殖民者中找到一个绅士。但是一旦找到,你就会发现,一个真正的男人,他的风度不是建立在循规蹈矩、彬彬有礼的基础之上,而是建立在阳刚之气和坚定的信念之上。"

在我看来,新婚宴尔的拉金夫妇相互之间那种满足的状态,比莫瑞斯·麦卡登"自白"中所表现的热情和争论更有人情味,更值得拥有。令人难以置信的是,无论白天还是夜晚,莫瑞斯在小说中希望看到的那种让人销魂的亲密,竟然发生在汤姆和拉金太太之间。拉金太太显然接受了她父亲的看法,知道是什么造就了澳大利亚本土的绅士。

接着,她很随意地谈到我父亲的作品,表达了她的敬意,并且以一种不会让我局促不安的方式把我也捎带进去。她特别喜欢小内尔,但也喜欢《双城记》中法国人的残忍。这一点我倒很少从其他读者嘴里听到。我支支吾吾,哼哼哈哈,让人觉得似乎对这本书很熟悉。她特别提到加斯帕德[①]如何在夜里爬上埃佛蒙德侯爵马车的底盘,刺杀了残暴的侯爵。小时候,我在兰心大剧院,看到过舞台上重现的这个场景。

我从汤姆那里听说过拉金夫人早年生活的一些情况,知道她父亲是一位威尔士船长,便问:"你的童年是在海上度过的吗?"

"没错儿,从十二岁到十六岁,我一直在海上漂泊。那时候,我经常梦想在陆地上生活。每次上岸,大海就失去了对我的控制。"

---

① 加斯帕德(Gaspard):加斯帕德和埃佛蒙德侯爵(Marquis St Evremonde)都是《双城记》中的人物。

"不过,那似乎是一个美妙的梦,"我说,"和父亲一起横渡大洋。你一定是那艘船的女主人。"

"除了那些粗鲁的水手,统共也没几个人。我对待客之道知之甚少。我必须告诉你,狄更斯先生,我对现在的生活非常满意,我喜欢行走在这块古老而安宁的土地上。"

这时候,威利·苏托也凑到我们身边,问拉金太太是否见过汤姆刑满释放的父母。

"遗憾的是,"她说,"我父亲和我决定投资德尼利昆①的时候,汤姆的父母已经去世了。"

汤姆·拉金看着我,脸上隐隐约约挂着一丝得意的微笑,仿佛所有古老的历史和锁链都没有给他留下任何污点。

"事实上,"拉金太太宣布,"汤姆是在父母还是服刑的犯人时出生的。但如果他们和他一样的话,我就知道他们是高尚的人,不管王国政府给他们定了什么罪名。"

我由此得知,她是在痛楚还没有出现之前就把它解决掉了。听说,在澳大利亚,上流社会的人不会和流放犯的孩子结婚,甚至交朋友。然而,她爱上的不仅是流放犯的孩子,而且是比英格兰流放犯还要低一级的爱尔兰流放犯的孩子。就连我那公正的"老板"对爱尔兰人也从来没有宽容过,当然,除了奈莉·特南和她的家人。我钦佩性格坚定刚毅的拉金太太。她让我们知道,她不仅把爱尔兰流放犯的孩子放在心上,而且认为他具有土生土长的高贵气质。

我们的队伍停了一小会儿。这当儿,我穿上最好的外套。到达内塔利庄园和它周边一个小村庄时,太阳还高高地挂在天空。内塔

---

① 德尼利昆(Deniliquin):在当地被称为"Deni",是新南威尔士州滨海沿岸地区靠近维多利亚州边界的一个小镇。

利的赶羊人和围栏巡修工骑着马跑过来，大声叫喊着欢迎我们。这群人里有白人也有黑人。弗雷德告诉我，黑人是蒙巴帕坎吉人的亲戚。远远望去，庄园的阳台上人影影绰绰，德塞利夫人可能就在中间。不过如果确实是这样的话，这个时辰她还没有戴面纱。我们走近庄园时，其他女士和先生已经走了出来，隔着花园的花坛，站在栏杆那面看着我们。

威利·苏托骑马走到我身边，喃喃地说："祝你好运，普洛恩，你可能会受到一种令人敬畏的礼遇。在丛林里，这种礼遇只为来访的英国王子保留。"

"但愿别为我保留，先生。"我对他说，满脸惊慌的样子，那样子惹得他哈哈大笑。

"别担心。今晚有人请我吃饭，虽然我是个穷牧人。我会留意任何一个喋喋不休、刨根问底的家伙。我得说，普洛恩，大伙儿为你说了一大箩筐话，都说，你不愿意借父亲的光，希望在别人眼里你就是你。"

他夸大了我的美德。我只是担心自己会被误认为特别聪明的人。

12

邦尼两兄弟——爱德华作为领队打头，然后是弗雷德，接下去是我，一起登上内塔利庄园主楼的楼梯。我这时才意识到，我们这支队伍中，只有我们三个人有幸下榻于此。内塔利的主人阿尔弗雷德·德塞利走上前来迎接我们。他是一个整洁、结实的中等身材的人，蓄着小胡子，眼睛里透着幽默。

阿尔弗雷德的妻子比他高一点，赫然耸立在他身后，对我说："在渡轮上，我以为你只是个孩子，而且很快就会离开这里。现在，我向你真诚道歉，我们的对手邦尼队的队长。"她气色很好，皮肤白皙，下巴和脖子上几乎没有皱纹。我现在才意识到，她得多么小心翼翼才能避开炽热阳光无情的摧残，营造出英国式的昏暗，保护自己的皮肤依然娇嫩细腻。

"你以为查尔斯·狄更斯的儿子在条件艰苦的邦尼家活不下去吗？"弗雷德眨巴着眼睛问。

她笑了，笑声悦耳，"在我眼里，你可能只是墨尔本或阿德莱德的一个小学生。你为什么不把自己收拾得讲究点儿呢？"

弗雷德·邦尼说："哦，小狄更斯不靠家族的影响，不靠父亲的名望，德塞利太太。他像殖民地的人应该做的那样，一切都靠自己。"

"都是些故作伤感的废话，弗雷德，"她说着又笑了起来，然后转过身来对我说，"嗯，我们很荣幸，先生。的确，此时此刻，我们可能是整个澳大利亚大陆最荣幸的人家！因为你是人类历史上最伟大的作家的儿子，是每个英国人都会自豪地称他为朋友或叔叔的人的儿子。哦，儿子，既然如此……"她话音儿刚落，大家都哈哈大笑起来。

"狄更斯，你能来寒舍，我们深感荣幸。"德塞利先生眼角布满皱纹，乐呵呵地笑着说，俨然一个对妻子有点古怪的脾性颇为欣赏的好丈夫。

"我丈夫想堵住我这张能说会道的嘴。不过，不管怎么说，我支持他的提议，狄更斯先生。"

"没错儿，"德塞利先生说，"有一位王子，维多利亚女王的儿子，刚刚到西澳大利亚,还要去新南威尔士。不出几个星期,他就会像幽灵一样,出没在东殖民地。当然,绝不会在内塔利附近现身。"

"说真的,也不会到蒙巴。"爱德华·邦尼说,像往常一样腼腆地笑着。

"不过倘若我们可以在你和他之间选择,我们会选择你。"阿尔弗雷德·德塞利继续说道,"一个是诚实的英国小伙子,而另一个是浪荡公子。"

"别说了。"德塞利太太说。

"德塞利先生是共和党人。"弗雷德向我解释道。

"我父亲也是,"我说,"虽然他不主张暴力推翻一个政权。"

大家似乎都觉得这句话是无价之宝,我听到德塞利家那几个站在阳台上的孩子都围拢过来。

他们很快就把我介绍给德塞利家两个相当清秀的女儿。这两个姑娘看上去都不像她们的母亲那样费尽心机保持皮肤娇嫩,对她们来说,无须与太阳抗争。大女儿叫布兰奇,看上去很健壮,像个骑马的年轻女子。小的那个大概十六岁,皮肤和她父亲一样晒得黝黑,眼睛里也闪烁着同样的幽默、风趣,只是不无警惕,更矜持一些。她的名字叫康妮。

大伙儿似乎都松了一口气,因为我丝毫没有文人学士的派头,也没有高人一等的表现。我听见德塞利家大女儿压低嗓门儿对她身边那个高个子年轻人说:"他看起来很普通,没什么特别。"但我从他们充满期待的脸上看出,这些人都想从我身上得到一点启迪,从而有所提高。父亲就经常在朋友聚会的时候营造出这样一种氛围,连陌生人也能从他身上感知到什么,但我没有这种天赋。

"我们的其他客人也已经到了,并且已经安顿下来休息了,"德塞利太太说，"你认识弗雷梅尔一家吗？"

邦尼兄弟说当然认识。"他们都支持我们的球队，"德塞利说，"还有这两位先生——布罗厄姆和马里森。"

我心里的喜悦一落千丈，因为这两个人看起来很适合打板球，更有可能成为德塞利家这两个可爱的女孩儿的追求者。

"我们试图在这儿组建一支白人球队，"德塞利说。他似乎觉得这是他的一个怪癖，一种执念。"一支真正的'十一人绅士队'。到目前为止，在澳大利亚丛林，这是相当大的成就！我不像邦尼兄弟那样喜欢黑人。我慷慨大方地给他们口粮，但不像他们那样，把黑人当兄弟一样对待。"

"没错儿，他们是我还没有被宠坏的兄弟。"弗雷德语气肯定地说，"他们可能有一些对我们而言具有挑战性的习惯，但他们的习惯形成得比我们还早，所以我不做评判。说到忠诚……没有他们，我们无法经营蒙巴大牧场。"

"包括那些戴白色头盔的老太太吗？"德塞利先生问道。

"随你怎么想。"弗雷德回答道。

德塞利太太又笑了起来，这是那种能引起别人发笑的笑声，"德塞利先生，万一你有个三长两短，别指望我戴上石膏做的帽子。"

德塞利先生说："我在坟墓里头就知道你是不会干这种事儿的，除非你发现它对皮肤有好处。"

过了一会儿，一个殖民地的女仆把我领进我的房间，用一种古怪的口音，结结巴巴地说："我……我能给你弄……弄水……你要洗澡吗，先生？"听明白她说的话之后，我很感激，长途跋涉之后能洗个澡自然是十分惬意的事情。洗澡之前，我觉得必须跟威利·苏托谈谈，把我知道那份手稿都写了什么的事告诉他，尽管心里明白，一定会很尴尬。于是我穿着骑马时穿的那套衣服去找他。我知道他住在内塔利商店老板那幢房子里,就挑了一幢最像他在蒙巴住的那幢房子——木瓦盖顶、宽阔的游廊、没有铺地板,中间是一间黑魆魆的、住人的小屋。

我看见威利正和仓库管理员坐在游廊喝红茶。他把我介绍给他的朋友。我跟那人打了个招呼,表现出很高兴的样子,然后问能不能和威利说说话。

"你在这儿说就行,普洛恩。"他对我说。

"弗雷梅尔夫妇来了,真没想到他们会来。"

"哦,天哪,"威利说,"那个弗雷梅尔把大家都骗了。连德塞利也没放过。"

内塔利那位商店老板听了哈哈大笑,说道:"毫无疑问,你供奉的那个上帝,威利,很可能欠他的钱,或者欠长老的钱。"

威利很有礼貌地请老板原谅,说他要和我趁黄昏出去走走,讨论一下这件事对我们球队会不会有什么影响。我们走了一小段路。

"这么说,你是读过疯子莫瑞斯的手稿了?"威利问,态度很温和。

尽管我为自己沉湎于莫瑞斯的故事而羞愧得汗流满面,但老老实实承认确实读过。

"我知道你会的。我想——思之再三——没有什么比告诉一个人不要读一份文件或一本书更能激发他好奇心的事情了!"

我很感激他把这件事处理得这么轻松。

"那么,你现在知道他承认和他的舅妈弗雷梅尔太太关系暧昧了吧?虽然这也可能是他文学创作的想象力。我倒真希望如此。"

我一定面色苍白,只见他摇了摇头说:"我觉得必须跟他谈谈,避免那家人出事。他现在只能和舅舅待在一起,但澳大利亚有很多地方,可以让他消失得无影无踪,比如塔斯马尼亚岛,或者昆士兰。我的天,他也可以赚够了钱,到加利福尼亚或者新西兰,甚至漂洋过海到秘鲁。"

他完全是以一种男人与男人之间对话的方式和我说这番话的,我觉得我也应该以同样的方式来回答。"我可以告诉他,我已经读过他写的东西,"我说,"估计我父亲和威尔斯先生很难在《一年四季》上发表。"

"那太好了。"威利说,他似乎很高兴我在保护威尔坎尼亚这家人的婚姻这件事上成了他的同谋,"我相信他写的是事实。一种病态的东西!我是说,他讲的这些事情我们并非闻所未闻。"

我没有告诉他,莫瑞斯的作品使我的感官运转起来,无论好坏,扩大了我的视野。但是就好像我不仅是《一年四季》的读者,而且是《季刊评论》《弗雷泽日报》《潘趣》和《伦敦报》的读者一样,我说:"我看不出任何一本杂志报纸倘若发表这篇文章对莫瑞斯有什么好处。我想,许多读者看了会感到震惊。"

"可不是,"威利说,"没有人想让你这个年纪的男孩读这种东西。但我不得不说莫瑞斯写得很天真。我会建议他毁掉它。就像我说的,它造成的破坏……太严重了,尤其对弗雷梅尔太太。我知道,弗雷梅尔是个报复心很重的家伙,他不会对他的妻子、莫瑞斯或我们任何人放任不管。"

我一本正经地点了点头,威利笑了,说:"除此之外,弗雷梅尔还是个很潇洒的击球手,他当然会为内塔利效力。所以我们害怕他,有两个原因。"

我俩的谈话到此结束,威利回去喝红茶,我泡了个热水澡。

那天晚上，餐厅里灯火辉煌。这得归功于英国人在地球上任何一个角落重塑英国的天赋。餐桌四周坐着很多人，包括威利·苏托，穿着他最好的、但略显破旧的夹克。我很高兴地发现自己坐在德塞利家两个美丽的女儿中间，莫瑞斯坐在布兰奇旁边。他花了很多时间吸引她，似乎发自内心想和她交流，没有高谈阔论，只是和她讨论布莱克的诗句对他的启发。我跟年轻的康斯坦丝·德塞利和马里森聊天儿。马里森是威尔坎尼亚一家律师事务所的见习律师。康斯坦丝在阿德莱德学习速记，她告诉我："狄更斯先生，你现在一定知道，虽然因为住在内塔利使我们名义上成为新南威尔士殖民地的公民，但实际上我们离维多利亚和南澳大利亚更近。"

马里森表示同意，说道："没错儿，在悉尼政府修建一条通往威尔坎尼亚的铁路之前，我们只能去墨尔本或阿德莱德。"

"你们能像美国各州那样各自为政吗？"我问，"这地方，肯定不会造成流血事件吧？"

他们俩都认为这只是一句俏皮话，于是在餐桌上重复了一遍。德塞利先生和邦尼两兄弟都夸奖我提醒他们和平分离这个绝妙的想法。

"各自为政很容易，"威利·苏托插嘴道，"会引起流血冲突的是，我们的首都应该是伯尔克堡还是威尔坎尼亚！"

大家对他的话鼓掌欢迎，以此为基础的流血被认为是值得的。

我看了一眼康妮——康斯坦丝·德塞利。她满脸笑容，身穿酒红色连衣裙，腰间系一条黑色饰带，不过并无哀悼之意。她是一个愉快、开朗、懂事、沉着的姑娘——而且也很漂亮。我纳闷，她身上也潜藏着欲望之火吗？在她简朴和高贵的外表下面，这是多么不可思议……

她父亲站起来开始讲话时，我为自己心里这些想法而脸红。

"我是应妻子的要求站起来讲话的，"他说，"她似乎相信当今日耳曼的巴滕贝格家族是大不列颠最合适的统治者。相比之下，我为斯图亚特王朝在卡洛登①的失败而悲伤。"

桌子周围的人们装模作样，发出一阵故弄玄虚的呻吟声，男人们拿起纯银刀叉，敲打德塞利家的刻花玻璃杯，假装不赞成他的说法，但希望他继续讲下去。

"巴滕贝格家族有个阿尔弗雷德王子②，据说是女王的儿子，现在正在访问澳大利亚殖民地。他已经在西澳大利亚打过板球，我可以自豪地说，他的葛拉蒂号③板球队在那里被诚实的定居者打败了！"

嘘声，欢呼声，敲打杯盘的声音。我望着对面的莫瑞斯，看到

----

① 卡洛登（Culloden）：发生著名的卡洛登战役（Battle of Culloden），又称德拉莫西沼地之战（Battle of Drummossie Moor）的地方。1746年詹姆斯党叛乱的最后的决定性的一战。

② 阿尔弗雷德王子：阿尔弗雷德·恩斯特·阿尔伯特（Alfred Ernest Albert，1844年8月6日—1900年7月30日）。1893年8月22日至1900年7月30日期间的萨克森-科堡-哥达公爵。他是英国维多利亚女王与阿尔伯特亲王的第四个孩子，第二个儿子。在1866年5月24日维多利亚女王的生日庆典上，阿尔弗雷德王子被封为爱丁堡公爵、阿尔斯特伯爵和肯特伯爵。1867年1月24日，身为爱丁堡公爵的阿尔弗雷德乘坐葛拉蒂号从普利茅斯启航，开始环球旅行，作为第一位访问澳大利亚的王室成员，阿尔弗雷德王子受到热烈的欢迎。他在澳大利亚停留了近五个月，在此期间，访问了阿德莱德、墨尔本、悉尼、布里斯班和塔斯马尼亚。

③ 葛拉蒂号（HMS Galatea）：英国皇家海军八艘舰艇的名字。Galatea是一个古希腊名字，意思是"乳白色的女人"。

他全神贯注地听着,就像一个不为他舅舅的罪孽所困扰的人。他的舅妈坐在桌子那头似乎有点不知所措,但还是勇敢地笑了。不知怎的,我心里突然升出对她的同情。

"因此,这个挥霍无度的日耳曼人的儿子,过惯了花天酒地的生活,将在澳大利亚殖民地尽情吃喝玩乐……"

"别故弄玄虚,多宾!"人们喊道,"可耻!""这么一个浪荡公子!""我们当中的一个芬尼亚运动成员①!""把这个詹姆斯二世党人扔进塔楼里!"

"先生们,别开玩笑了,"德塞利先生坚持道,"我代表我支持大不列颠和北爱尔兰联合的妻子,为这位王子,爱丁堡公爵的健康干杯。"

各位先生站起来时,都把椅子往后挪了挪,然后把女士们的椅子拉了出来,让她们一起举杯祝酒。

"致阿尔弗雷德王子殿下,"德塞利先生说,他对背井离乡的斯图亚特家族的爱突然溢满心头,"愿他的澳大利亚之旅把我们团结起来……"

"提高羊毛价格。"弗雷德·邦尼插话道。

大伙儿都喝了酒,七嘴八舌,大声嚷嚷着表示赞同,刚想坐下,德塞利先生又继续说道:"女士们,先生们,祝酒还没有结束。请允许我以更大的热情为查尔斯·狄更斯干杯,他是当代伟大的文学大师,他的天才是建立在人类丰富的想象力和普通英国人不可抑制的才能之上,而不是源于血统遗传。今天晚上,我们很荣幸地请到大师的儿子。所以请接受我的祝福:洞察人心的伟大作家查尔斯·狄

---

① 芬尼亚运动成员(Fenian):指十九世纪爱尔兰争取民族独立的反英运动成员。

更斯先生,以及他的儿子,爱德华·狄更斯先生。他的到来,让寒舍蓬荜生辉!"

一张张容光焕发的脸转向我,都举起酒杯,就连弗雷梅尔先生也不例外,他那有限的热情和善良我现在已经领教了。

"我就讲这么多。"德塞利先生对大家说,我松了一口气。

大伙儿坐下来之后,康斯坦丝·德塞利面带微笑,不无试探地对我说:"我在你父亲的小说中看到大卫·科波菲尔学习速记时,非常高兴。这让我觉得自己很重要,很聪明。你有什么能让自己觉得很聪明的东西吗?狄更斯先生。"

我停了一下,说:"马。我觉得我很擅长骑马。我当然有一匹非常棒的小母马。"

"在这样一个国家,会骑马是一件很不错的事情。"她回答道,似乎觉得很好笑。

我想,她是个非常迷人的年轻女人,但是不知怎的,我似乎并不想马上和她建立一种新关系,此时此刻沉甸甸压在心头的是想和莫瑞斯说话。

"你板球打得怎么样?"她问。

"我是得分好手,"我说,"实际上,我很擅长计算击球率。这是我唯一感兴趣的数学。"

她又笑了,"你是个击球好手吗?"

我很想和她说说我在"海厄姆十一人队"的出色表现,但最终只是淡淡地说:"哦,明天你就看到了,不是吗?"

她还真的很有兴趣。

女人们到另外一个房间休息的时候,我不无遗憾地看着康妮离开。男人们留下来,继续聊天儿。

"你和你妻子的关系很理性,德塞利!"我听到弗雷梅尔先生用低沉的声音说。

"理性吗?"德塞利先生笑着说,"为什么这么说,亲爱的朋友?"

"理性似乎战胜了你的怪癖,"弗雷梅尔说,"如果可以这么说的话。在我看来,你这两个方面不相上下,势均力敌。而你和你的夫人了解彼此的想法,以及彼此的——如果可以用这个词的话——怪癖。我认为这样的结合十分罕见。"

弗雷梅尔似乎在呼吁屋子里的人支持他的观点,我们中的几个人,包括威利·苏托和邦尼兄弟,哼了一声,这让他很满意。

"你对今天晚上另一位闪亮登场的人有什么看法,弗雷梅尔先生?"威利·苏托问道。

"哦,我已经有幸见过年轻的狄更斯先生了。我觉得没有必要对他再做什么评价。因为他不知道应该如何接受我的邀请,到威尔坎尼亚雅典娜俱乐部①和公众见个面。"弗雷梅尔回答道,转过脸对我怒目而视。那目光仿佛能穿透我,显露出我和他第一次见面时,未曾领教的凶狠。就好像他答应把我当作贡品祭献给雅典娜俱乐部,而我却违背了他的诺言。我觉得屋子里的人都已经从弗雷梅尔先生那里得知我曾经断然拒绝他的邀请,欠着他的人情。

弗雷德·邦尼拿弗雷梅尔的话开了个玩笑,他说:"年轻的狄更斯显然迫不及待地想去蒙巴的邦尼兄弟那里,看看羊毛业的辉煌。"

---

① 雅典娜俱乐部(Athenaeum Society):这个名字来源于1824年在伦敦成立的私人会员俱乐部,是一个对科学、工程、文学、艺术感兴趣的男性和女性的社交俱乐部。第一个俱乐部变得非常有名后,其他类似的俱乐部也在大英帝国的不同地区建立起来。在墨尔本有一个相当古老的雅典娜俱乐部。威尔坎尼亚虽然是一个很小的地方但也会有这样一个俱乐部。只要成为付费会员,就可以参加俱乐部的活动。

"弗雷梅尔，你准备好参加明天内塔利的比赛了吗？"威利·苏托问道。

"准备好了，我外甥和我都参加。"弗雷梅尔没好气地回答，然后稍稍缓和了一下口气，说道，"就我的情况而言，戴护膝的时间可能比占击球线用的时间还长。"

在我看来，他之所以这样说，是因为他知道在座的人都是打球的高手，他必须表现得自己不在他们之下。大伙儿都七嘴八舌说他太过谦虚。他会把球打得在牧场团团转，会让蒙巴队猝不及防。

大家三三两两开始聊天儿的时候，我走到莫瑞斯跟前，问道："莫瑞斯，我过一会儿能和你谈谈你的文章或故事吗？也许在阳台上？"

他的眼睛一亮，"你喜欢这种风格吗，狄更斯？"

"毫无疑问，你的语言、风格都很优美。"我真诚地对他说。

"但是，你不喜欢这个故事？"

"这个问题以后再谈。"我说。

"能听到你的建议，我将感激不尽，普洛恩。"他低声说。不知怎的，我有点可怜他。他把自己内心深处最隐秘的思想都向我和盘托出，而我不是一个能够理解这些思想的人。

后来，我们也凑到女人堆里闲聊，但是我一心想着该对莫瑞斯说些什么，在她们面前表现得不尽如人意。再后来，我去找他。围场里，茫茫夜色下，两堆篝火熊熊燃烧，篝火旁边人影绰绰，充满磁性的笑声在夜空回荡。我从他们身边经过时，看到赶羊人在一堆篝火旁庆祝伙伴们在这里欢聚。我们牧场的帕坎吉人和这儿的帕坎吉人围坐在另外一堆篝火旁边。

我看见游廊的阴影下布兰奇·德塞利正和一个年轻人拥抱在一起。那家伙叫布鲁厄姆。那天晚上，他告诉我，他的叔叔布鲁厄姆勋爵认识我父亲。他还说:"我叔叔和你父亲狄更斯一样,是个可怕的民主党人、激进分子。"

我说,听父亲说起过一个他称之为"布鲁法姆"的朋友,但我从来没有在盖德山见过这位先生。他笑了起来,但毫无恶意——他挽起我的手,使劲握了握,在如此如此遥远的地方,庆祝我们与英国的"历史渊源"。

那对恋人一看见我就分开了。倘若你碰到这事儿,会怎么办?道歉还是走自己的路?反正我假装没看见,继续往前走。但已经摧毁了他们的伊甸园,两个人离开游廊,回到屋里。

不一会儿,莫瑞斯朝这边走了过来,说:"狄更斯?普洛恩?你在吗?普洛恩!"

"在这儿呢。"我在天竺葵丛中喊道。

他匆匆走下台阶,离我如此之近,雪利酒的味道扑面而来。

"这么说,你读过了?"他问。

"是的。"我说,仿佛我每天都和手稿打交道。

我停顿了一下,仍然不知道该如何回答他,过了一会儿才说:"嗯,就作品本身而言,它确实是一种极好的写作形式。但是假如你侵害了我父亲——《一年四季》的创始人、《弗雷泽杂志》[①]的主要撰稿人,以及萨克雷先生的利益,我就不知道,这两位先生有什么理由会出版这部小说。"

"为什么?他们不是很乐意接受批评吗?这些人都是伟人,因此,我想,他们都有伟大的心灵。"

[①] 《弗雷泽杂志》(*Fraser's Magazine*):全名《弗雷泽城镇与乡村杂志》是1830年至1882年在伦敦出版的一份综合性文学杂志,最初在政治上采取了强硬的保守党路线。由休·弗雷泽和威廉·马金在1830年创办,一直流传到1882年。

"是的，"我承认，"可是你难道不明白，他们和今晚在座的任何一个人一样，都是普普通通的人。比方说，跟你舅舅一样，都是人。"

"我无法相信他们会那么肮脏！"他咬牙切齿地说。

"他们是诚实的人，但也有其局限性。我不知道你作品中哪些是凭想象力写的，哪些不是，但我无法想象你舅妈或舅舅会因这部作品出版，得到什么好处。"

"我的目标是让英国同胞获得自由，就像威廉·布莱克曾经试图做的那样。我知道习惯于被奴役的人们会在多大程度上抵制自由。但这是我的缪斯① 女神逼我做的。"

我停顿了一下，不知道该如何回答，过了一会儿才说："原谅我，莫瑞斯，但我不能把你的稿子给我的父亲。事实上，如果我把别人给我的东西都转给父亲的话，我就没时间过自己的日子了。"

莫瑞斯显得十分沮丧，"你是个正派的人，普洛恩。我理解你的难处。可是这样的作品一定会引起轰动。你认为，你父亲肯定？"

"如果他出版了这本书……就像无缘无故跳进一个坑里一样。"

"我认为他有一种更勇敢的品质，"莫瑞斯说，"他胸怀广阔，慷慨大度，充满善意。难道他希望英国作家继续用不真实的、可笑的、刻板的语言来表达男女之爱吗？"

"莫瑞斯，他只是一个作家，只能做他力所能及的事。"我说，这时我突然想到一个异乎寻常的好主意，"也许倘若他和其他作家用那么炽热的语言描写爱情时，成年读者会浮想联翩，知道他们在暗示什么。而作家努力保持作品的诗意，就是为了年轻人不会因为

---

① 缪斯（Muse）：古希腊神话中掌管艺术或科学的九位女神之一。

看了他们的作品堕落。"

"都是老生常谈，普洛恩，"莫瑞斯说，态度温和但不无绝望，"没有什么比无知更让人堕落的了。"

"哦，你的文章写得确实挺巧妙——我得说，你有叙述的才能，"我说，"我的评论只是个人的意见，并不意味着它不能在其他地方发表。"

"好吧，"莫瑞斯叹了口气说，仿佛只能接受他被拒绝，"我很失望。"

"你不必失望。你写得那么好。只是主题……"

于是，他只能无奈放弃，让自己的情绪稳定下来，不再想失败，而是想迟到的光荣。他改变话题，说道："哦……你明天打球吗，狄更斯？"

我很高兴谈话又回到板球比赛，回答说："估计我得既投球，又击球。打第二或第三个三柱门。就看队长弗雷德·邦尼如何安排了。"

"我也参加比赛，但现在我觉得已经被排除在世界上最重要的球队之外了。不过，普洛恩，我会尽力把你打败。"

"我相信我能抵挡住你的攻击，但是如果你成功了，我将在离开球场的时候为你鼓掌。"

终于说完稿件的事情之后，我头晕目眩。我知道，威利·苏托会在适当的时候和他谈论人生，这才是他真正需要听的。

回到房间，不由得想起康斯坦丝·德塞利夸耀她和大卫·科波菲尔一样，学过速记。真好呀，我心里想。然后，几乎就在那一刻，下意识地想到，明天在我的肩膀上，会笼罩着玫瑰色的光环——板球的荣誉。

13

吃早餐的时候,几位年长的球员都说前一天晚上大吃大喝,纵情享乐很可能影响今天在球场上的发挥。我希望如此,特别希望弗雷梅尔被汤姆·拉金或斯台普斯这样的围栏巡修工以一记零分淘汰出局。他们永远不需要靠板球带来荣耀,所以也就没有什么可失去的。不过,我已经知道,板球根本就算不上什么惩罚工具,它既可以愚弄好人,也可以愚弄坏人。

康斯坦丝抬起头来看着身穿白色运动衣的我,褐色眼睛闪闪发光,说:"祝你好运,狄更斯先生,但也别太走运。"

我想,天黑了在游廊爱抚她一定很美好。但她毕竟只是个十五六岁的姑娘,还很年轻,意识不到对于我这样的年轻男子有多大的吸引力,所以一副漫不经心的样子。

就在我和康斯坦丝短暂交谈的时候,我看见弗莱梅尔太太用犀利的目光盯着我俩,好像在欣赏我们之间的什么东西,也许是康斯坦丝的天真。你可以从她的表情中看出怀疑和善意。幸运的是,这意味着她早已结束了一如康斯坦丝的纯情烂漫,而这种行为只会鼓励痴迷于她的外甥。

弗雷德·邦尼向我走来,腰间系着一条红腰带,头上戴着一顶红帽子,手里还拿着几顶同样的帽子和腰带。他把这些东西递给我,说:"啊,我英勇的副队长。你能把这些东西分发给我们的队员吗,有的人已经聚集在庄园大门外了。十分钟后,德塞利先生和我掷硬币,决定谁先发球。我相信他的手下已经划好场地了。你觉得我们队应该让谁先投球？"

我意识到康斯坦丝不会错误地解读我们的谈话，便尽量装出一副副官给将军出谋献策的样子，说道："我知道，邦尼先生，你打球的经历很辉煌，如果你从一边投球，铁匠拉金从另外一边投球，那将是很合适的。然后也许是斯台普斯和苏托先生。"

弗雷德笑着对康斯坦丝说："这位狄更斯先生是研究这类事情的学者。"我的澳洲监护人第一次在同一个句子中把"学者"这个词和我的名字连到一起，让我喜出望外。

"不过，你必须有一个接球的回合，普洛恩。我还得让你打第三个三柱门。我希望这对你合适。"他放低声音继续说，"我们有的击球员技术很差，所以如果他们被判出局，我希望你能稳住整个局面。"

我在海厄姆队担任过第一击手，但我明白约定俗成的规矩——一位绅士来到一个新球队时，总是要姿态低一点，把自己的位置往后放。

早晨明媚的阳光下，人们已经用旗子标出板球场的界限。球场周围人头攒动，就像乡村集市。我猜想人群中所有的工匠和商人都会花一整天的时间观看和喝酒，同时参与到球场中心上演的"戏剧"中。两个牧场的帕坎吉人在周围转来转去，好像他们从一开始就习惯了英国人对板球的热情。我把红帽子和红腰带分发给燕迪、汤姆·拉金、斯台普斯、威利·苏托和别的球员。不一会儿，弗雷德·邦尼和德塞利先生穿着耀眼的白衬衫，系着不同颜色的腰带——内塔利队系蓝色腰带——出场。裁判员向空中扔了一枚弗罗林[①]硬币。德塞利先生猜中，赢得这场比赛的击球权，他的球队球员和绅

---

① 弗罗林（florin）：英国旧时价值两先令的硬币，相当于现在的 10 便士。

士们都欢呼起来。为了球队的利益,他说:"我们先击球,然后你们这些家伙就可以在午餐时喝很多啤酒,下午得不了几分,我们内塔利就能大获全胜!"

球场上,我看到布兰奇的情郎布罗厄姆先生。黝黑的皮肤,脸像天使的脸一样透明而空无愿望。他看起来也像一个称职的板球运动员。

现在,两支球队相见,握手,到场的男女观众济济一堂,前所未有。

"允许圆臂击球①吗?"弗雷德·邦尼大声问德塞利先生,要他先说清此事。

"我的上帝,弗雷德。我们不是美国人。"德塞利回答说。

"没错儿,我得说我有一个非常灵巧的圆臂击球手——燕迪。既然如此,那就劳驾别惯着我们,网开一面了,阿尔弗雷德。"

"很好,我们就假装现在是乔治王朝时代②吧。"德塞利说,大家都笑了起来。

"绝不留情!加油!"弗雷德·邦尼为我们的球队出征大声喊道,所有戴红帽子的人都欢呼起来。内塔利的商店老板和爱德华·邦尼在裁判员的位置站好,然后弗雷德·邦尼在场地周围布置了我们的防守位置,把我和一个叫蒙巴·阿尔菲的本地人安排在戴着护膝和手套的三柱门守门员布莱恩·克利里旁边的防守位置。我们为两位开场击球手——年轻的见习律师马里森和布罗厄姆——鼓掌,因为

---

① 圆臂击球(round-arm bowling):在板球运动中,圆臂击球是十九世纪初引入的一种方式。使用圆臂动作,投球手的手臂在投球的地方与身体呈九十度角展开。

② 乔治王朝时代(Georgian times):指英国乔治一世至四世时代(1714—1830)。

他们已经进入球门区。两个人看起来都是知识渊博、颇为时髦的击球手。

弗雷德·邦尼以一组礼貌而毫无威慑力的投球开始了比赛。布罗厄姆接住其中一个，球一直滚到边界。马里森成绩也差不多，得了三分。拉金从另一端开始击球。他的前两个球打得很狂野，第三个球呼啸而过，与球棒"擦肩而过"。然后拉金的最后一个球斜击在马里森球棒外侧。我成功地接住那个球，动作轻盈，轻盈得甚至不知道已经接住。

全场观众都陶醉在我和蒙巴队的出色表演之中。

燕迪沉着镇定，抡圆胳膊，将球精准地打到对方击球手身上。白人击球手大发雷霆。在没有对击球手造成威胁的情况下，燕迪两次打倒三柱门，第二次把莫瑞斯打下场。莫瑞斯向场外走去时，一个队员喊道："你应该朝那个黑人投球，莫瑞斯。不过弗雷德·邦尼不会给你机会。"

人群中爆发出一阵笑声，虽然是充满善意的笑声。

最后，弗雷德喊道："我得把你撤下来，燕迪，因为你圆臂击球太棒了。"

弗雷梅尔先生为内塔利队的成功做出很大贡献，已经年过半百的他向站在场地周围观看比赛的人们——当然包括他的妻子——风度十足地举起球棒。令人高兴的是，后来，汤姆·拉金快速投球赢了他两分，因为弗雷梅尔几乎不会对这个和蔼可亲的人造成什么伤害。

弗雷德·邦尼说该我从北边投球，斯台普斯从南边投球了。我很快就成功把默奇森山牧场的监工打出局了。"士兵"出场投球时，一望而知他在投球技巧上很有天赋,他打了一个人们称之为"错球"①的变向曲线球,因为如果仔细观察投球手的手臂,就以为他打错了方向。他投了一次球,打了一个三柱门,又朝新来的击球手投了一个球,动作干净利落。

威尔坎尼亚国立学校的老师布拉泽顿向三柱门走去,想和斯台普斯一决高低。他摆好姿势,用球棒击打了几下地面。我们看见斯台普斯在三柱门前跑了几步,突然停下,双手抱在胸前,好像被什么东西击打疼痛难忍,对着万里无云的天空喊道:"万能的耶和华。我与你的儿子合而为一,身上带着永远的伤。耶和华啊,我求告你,求你保护你的仆人,直到最后,因为没有人愿意……"

威尔坎尼亚苏格兰国家银行经理是他旁边的击球手,他说:"来吧,老伙计,你不能在这儿跟上帝说话。这是板球比赛。"

"很好。我他妈的最好还是打球吧。"

他一边跑一边投球,那个球几乎处于不可打的状态,看起来好像要向击球手的腿弹去,但却转向越位,擦着球棒飞过去,直指球门。

这时候,丹迪从人群中跑到球场上,结结巴巴地向两名裁判道了歉,然后走到斯台普斯跟前,喊道:"这……这是在捉弄你吗,老……老家伙?"

斯台普斯告诉他:"有时候,这种事情就他妈的毫无原因地发生了。"

就在这时,我们看到蒙巴的红腰带被斯台普斯的血浸透了,丹迪·达内尔喊道:"他的——伤口!伤口绽开了!"

他们很快就准备好一辆双轮单座马车,内塔利一个没参加比赛

---

① 错球(wrong'un):也叫googl——变向曲线球,是一种右臂右腿旋转投球的投球方式。被通俗地描述为一个错误的"un"。

的绅士赶着马车带丹迪和斯台普斯去威尔坎尼亚看外科医生。幸运的是距离不太远，就在东边，离这儿只有十五英里。

汤姆·拉金接住了内塔利队的最后一个球，他们午饭前打出一百三十七分。

吃三明治和喝冰镇啤酒的时候，康斯坦丝·德塞利走过来，对我的投球和接球技术很巧妙地说了几句恭维的话。她说："狄更斯先生，你看起来是个知道自己在做什么的人。"

弗雷德·邦尼俯下身来对我说："真让人惊讶。作为一个围栏巡修工，'士兵'一天到晚上马，下马，修理栅栏，有时甚至几天都见不到丹迪。可是恰巧今天，和几十个人一起比赛的时候，他的伤口绽开了。在我看来，斯台普斯对神有某种不满。但他应该为今天的事心怀感激。"

14

这天下午，正如弗雷德和我希望的那样，我们队大获全胜。在两个牧场帕坎吉人的热情支持下，蒙巴轻轻松松击败了内塔利，只丢了四个三柱门。比赛结束时，土著人乔治和我一起击球，在当地妇女的一片尖叫声中，他只打了一个四分，一个六分。

那天晚上有一个不太正式的晚宴，大伙儿都非常愉快。第二天早上，我们要去威尔坎尼亚教堂。回蒙巴之前在商务酒店道别。离开之前，我们打算去乡村医院看看斯台普斯，希望能把他接回去。弗雷德·邦尼对我说："'士兵'再也不能待在那个与世隔绝的地方了。从现在起，他必须住在牧场总部附近。"

我很高兴能有机会和长了一双漂亮的棕色大眼睛的康斯坦丝聊了几次，虽然有点平淡，不尽如人意。我脑子里一直在想，威利·苏托有没有和莫瑞斯谈过书稿的问题，所以注意力有点分散。

忙活了一天，睡着之前，我的四肢有一种慵懒的感觉，回想起我和弗雷梅尔太太的谈话，不知什么原因，这唤起了我对母亲的记忆。

母亲写的信总是那么亲切，温暖人心，丝毫没有"老板"那种忧虑。她总是叫我"我亲爱的男孩"。我觉得即使我门门功课不及格，她也会继续写这样充满母爱的信。她在最后一封信中说，我远走他乡，她很难过，唯一的安慰是哥哥西德尼从海军休假回来了。她说得那么明白，好像西德尼在外国港口疯狂购物、疯狂玩牌并没有坏了他的名声。我在妈妈无私的爱中睡着了。我还突然想起，有一天乔吉姨妈给我梳头后有点夸张地对我说："你就是那个妈妈因为失去小朵拉而不得不用来安慰自己的小宝宝。"

我坐在威尔坎尼亚圣詹姆斯圣公会教堂的"小堡垒"里，看到莫瑞斯和弗雷梅尔夫妇走到他们专用的长椅跟前，站着迎接大卫·拉特利奇牧师的到来。他长着一张苦行僧的雕刻般的脸。弗雷德告诉我，拉特利奇把身体健康的妻子带到威尔坎尼亚，但她在昆士兰北部的热带地区逗留期间不幸感染，死于热病。

在举行进堂式的时候，我很想知道弗雷梅尔太太是否像布洛涅的法国仆人一样是天主教徒，以及弗雷梅尔先生是否说服她相信了英国国教仪式的优越性。他们三个人聚精会神，仿佛都为莫瑞斯讲述的罪恶忏悔。

"光荣诵"结束之后，拉特利奇走上讲坛，用锐利的目光打量我们,然后吟诵道:"最亲爱的基督弟兄们,在这个阳光明媚的早晨,整个基督教世界,整个帝国受命于天,照顾、治理我们这个种族。虔诚如你们的人仰望圣坛,仰望基督存在的象征,仿佛要看看他们是否仍然是上帝的宠儿,仿佛坚信从北海到南冰洋,从北极边缘到塔斯马尼亚最南端的遗迹,圣殿里,普世圣徒共融。上帝给了我们这个辽阔无垠的国家,它刚从不懂得珍惜的土著人手中解放出来,而我们怀着感激之情接受了它,并希望从中得到最好的东西。今天,坐在英国教堂长椅上的英国工人,用我们给他们的东西制作纺织品和服装。他们的精神与你们同在。今天,聚集在这里忠诚的兄弟姐妹不止一两百人。我们是一个军团!

"基督的血拯救了这个国家——这个离英国人常去的地方如此遥远的蛮荒之地,就像拯救了不列颠的田野、森林和村庄,拯救了加尔各答①和整个国家。在上帝的心中,威尔坎尼亚与耶路撒冷一样处于中心位置,我们必须努力奋斗,保持公平正义。"

他继续滔滔不绝地说下去。过了一会儿,停顿了一下,仿佛还想说些什么似的。但他似乎觉得已经说得够多了,于是走下圣坛,准备做奉献祷告。他认为英国教会能把我们所有人都团结起来,奇怪的是,我们居然因为他的愿景而得到安慰。

拉特利奇牧师和他对于距离的诠释让我浮想联翩。我想起朵拉。我知道那是一件让人心痛的事情。乔吉姨妈和妈妈去马尔文水疗中心疗养去了,因为妈妈病了。她脸色苍白,需要休息和水疗,只好把朵拉留给别人照料。朵拉六个月大。我的两个姐姐玛米和凯特很宠爱她,带她到花园里散步,指给她看花和鸟,让她开始接受幼儿

---

① 加尔各答(Calcutta):是印度最大的城市,也是东方的商业名城之一,现为西孟加拉邦首府。

教育。还有我的"老板"——乔吉姨妈说,他是"中了魔法的魔法师"——也视她如掌上明珠,可是那天,他正好到城里去演讲,小朵拉晚上开始抽搐……真是无法形容,一切都发生得那么快——一阵剧烈的颤抖,生命就停止了。父亲和两个朋友——其中之一是《潘趣》杂志的大马克·莱蒙——整夜守着死去的女婴,而最糟糕的事情还在后面,那就是如何把母亲接回家告诉她这个噩耗。他说,他没法儿做这件事情。他敢肯定,这会置她于死地,或者让她发疯。他派他的泰恩赛德①朋友福斯特先生去接她和乔吉姨妈,但只告诉他们孩子病了。直到妈妈和乔吉姨妈两姐妹回到家中,才知道朵拉已经在楼上死了。

我是一个充满忧伤但也能给人慰藉的孩子。"他们爱你,因为你安慰了他们。"我经常听到这样的话,久而久之这个想法就印在我脑海里了。显然我没费力气就成功了。魔法师本人,也就是"老板",又中了魔法,给我起了个绰号——"普洛恩尼什马隆蒂古特先生",还有其他各种各样的"变种",这是小孩子能够拥有的最好的绰号。他带我去布洛涅度假,还把我向朋友们炫耀一番。我微笑着说了几句话,那些英国流亡者听了都很着迷。没有什么能难倒我的事情。可是人家试着让我做加法,试着让我解释为什么在任何情况下 A 加 B 都等于 X 时,麻烦就来了。

然而,正如我常常告诉自己的那样,在威尔坎尼亚,不会有人因为代数太差而指责我。我现在所在的这个国家,只要板球打得好,就可以让一个年轻人摆脱很多烦恼。

在教堂墓地,威利·苏托找到我,"我给了他五十英镑,帮助

----

① 泰恩赛德(Tyneside):位于英格兰东北部,是英国第七大城市。泰恩赛德人,或者说话带泰恩赛德口音的人也叫 Geordie。

他离开这个国家。我只能资助他这么多了，普洛恩。你还能有什么办法帮帮他吗？"

"我能省出二十五英镑给他。"我很坦率地说。那一刻特别想帮助莫瑞斯。

"但愿我们能一起救救那个可怜的孩子。"威利·苏托说，"问题是，他认为他是在为我们所有人'开疆破土'呢。我对他说：'你知道这是威尔坎尼亚吗？这是羊的国度，不是奇迹。'但是他有一种错觉，以为他可以打破这里人们的生存模式。"

"拉特里奇牧师似乎是个好人，"我对威利说，"我们是不是应该请他和莫瑞斯谈谈？"

"天哪，普洛恩，你真是个勇敢的人。可是怎么才能让他出面呢？"

我也没什么好主意。也许可以让莫瑞斯把他写的"忏悔录"给这个好人看看。我们没有再说什么，只把拉特利奇牧师当作一个"选项"，以备不时之需。

仪式结束后，我和邦迪兄弟准备了各种用品，最后一次到乡村小医院，看望斯台普斯。我们到那儿的时候，丹迪已经在病房里了，两个人坐在一起抽烟，若有所思，就像平常晚上在遥远的牧场他们住的那间茅屋门口一样。那位工作认真的年轻医生走了进来。他是苏格兰人，对我们解释说，斯台普斯的旧伤口裂开之前，就感觉到肚子一侧有移位或者移动的感觉。这是因为肚子深处的伤口裂开，然后一层层绽开，直到旧伤口表面出现了病变。现在他把伤口里里外外都缝好了，运气好的话，很快就会痊愈。他补充说，他已经对斯台普斯说过了，他不适合干围栏巡修工的活儿了，又问聚精会神听他讲解的邦尼兄弟，牧场总部有没有适合斯台普斯的工作可做。

爱德华·邦迪说，活儿有的是。斯台普斯或许可以保管牧场的账本儿，做做办公室工作。

斯台普斯清了清嗓子，说："我不能把丹迪一个人留下。他应付不了。"

"我当……当然能，'士兵'，我宁愿一……一个人安安静静待……待着。我能！"

"唉，真是活见鬼！"斯台普斯叹了一口气，"谁能想到一个人会变得这么没用。"

大伙儿好一阵安慰劝说，然后把斯台普斯扶到双轮马车上，和我们赢得的德塞利奖杯坐到一起。给他盖好毯子之后，马车便驶上通往蒙巴的大道。对我来说，这条路就像从海厄姆到盖德山的那条路一样熟悉。黄昏时分，弗雷德打了几只野鸭和黑白凤头鹦鹉。燕迪开膛剥肚，动作十分灵巧，不一会儿就做成一顿丰盛的晚餐。坐下来吃饭时，我问丹迪："没有斯台普斯的陪伴，你真的受得了吗？"

他想了一会儿才说："我不想再碰……碰到什么人，不想再和别……别人一起住在我的茅屋里。一个人更好。"

吃完炖肉，我们骑着马向一片黑暗走去，直到午夜过后才到达蒙巴。赢得这次板球比赛，大家仍然兴奋不已。

15

有一天，我把羊赶拢到围场之后，看见一辆从科巴来的牛车。车上有阿尔弗雷德的一封信。

科罗纳牧场,经由新南威尔士殖民地梅宁迪[①]

1869年4月3日

亲爱的普洛恩:

我收到我的朋友布兰奇·德塞利的一封信,我是在默奇森山赛马会上认识她的。她对你作为男子汉和板球运动员都赞不绝口。通过她,我知道你们打败了内塔利牧场。这胜利一定来之不易,因为他们的球队是由来自阿德莱德和墨尔本文法学校的板球运动员组成的。有时候,还会有伊顿公学或拉格比公学出身的人。德塞利显然忽视了弗雷德·邦尼不曾忽视的板球天才的来源——黑人。他们板球打得十分凶狠,也许有些细微的地方不够精准,但在板球比赛中非常有用。我这里有个叫米尔帕林卡·萨姆的小伙子,我教过他举手过肩投球。他是一个出色的快速投球手。我有个在银行工作的熟人被萨姆打得一败涂地,他警告我说,让一个土著人对白人这么嚣张是完全错误的。

不管怎么说,我把布兰奇对你热情洋溢的赞美告诉了"老板",只是让他知道一下。我希望如果你遇到这种难得一遇的机会——什么人赞扬我,你也会告诉父亲。

最近,我们这儿来了一支南澳大利亚考察探险队。你认为他们打算征服东部殖民地吗?哦,撇开玩笑话不谈,他们非常惊讶地发现,管理科罗纳牧场的人居然是伟大作家狄更斯的儿子。对他们来说,就好像无意中发现了一只之前没有编号归类的树袋熊。于是,我们俩都很熟悉的问题出现了:老板的书你

[①] 梅宁迪(Menindee):澳大利亚新南威尔士州最西部的一个小镇,位于达令河畔的达令郡中部,经常被拼成"Menindie"(美宁代)。

最喜欢哪本呀？你写过书吗？还准备写吗？我声称自己不是做学问的人，以此证明为什么不会成为作家时，他们说："可是就连你母亲也是作家啊！"他们指的是妈妈曾经整理过一本过去时代的、很珍贵的烹饪书。但是仁慈的上帝有令在先，大作家的孩子不能继承父亲的天赋——否则，我们就该创立一座制造作家的工厂了。让我告诉你，那是发疯。作为从事科学研究和启蒙教育的人，南澳大利亚考察探险队的人们接受了我的观点。

我想很快就能收到"老板"、乔吉姨妈和妈妈的信了。姐妹们也一直和我保持通信联系。邮件每两周来一次。你一定要给我写信。

如果你在那里快乐，亲爱的普洛恩，我为你由衷高兴。愿我们都幸福，勇敢面对我们的殖民地命运。给"老板"一个惊喜。

我用我不常用的言语和你对话。我们现在生活在这里，可能一辈子都得待在这里。

爱你的哥哥　阿尔弗雷德·丁尼生·奥赛·狄更斯

真是太棒了！我想，如果父亲能对人们说："普洛恩已经懂得努力了。"那该多好呀！

冬天来了，整个牧场都仿佛安静下来。我和赶牛车的皮戈特一起去给那些住在小屋里的围栏巡修工送补给。因为现在接近或者已经进入母羊"发情期"，邦尼兄弟让我们到了那一座座遥远的围场之后，尽可能准确地估计一下母羊产羔的数量。鉴于羊是这个地区财富金字塔的基础，正确地把握育羔过程非常重要。

除了丹迪，我还遇到很多别的住在小棚屋里的巡修工。和英国牧羊人不同，这里的人并非清一色的牧民出身。我发现，住在同一间棚屋里的两个人通常背景大不相同。牧师的儿子和来自利物浦驳船工人家庭的小伙子同住一间小屋的情况并不少见。事实上，就是这样背景的两个人管理着相邻的佩里和清泉大围场。我无法想象面对如此的孤独，我会怎么办。我注意到，这些年轻人经常提起他们的家庭，想让你知道，他们来自多么遥远的地方。

弗雷德·邦尼有时候带我去帕坎吉人营地坐下来观察和他交谈的人。他头戴太阳帽，身穿帆布裤，竖着衣领，系一条领巾，到达营地时，一边大声问候，一边大步流星从棚屋间走过，更像是他们的朋友，而不是来访的什么大人物。人们坐在用茅草和树枝搭建的小窝棚门口。起初我对这种窝棚满腹狐疑，总觉得这不是人住的地方，但邦尼先生说服了我。经他指点，我才弄清楚那窝棚设计得多么精巧耐用。女人们——无论老少——都放下烟斗，带着一种突如其来的兴奋和欢乐，向他大声打招呼。有些人会站起身来，但那些用染了颜色的草编袋子的女人，因为两条腿就是她们的"织布架"，只能坐在那里，咧着嘴对这个小个子男人笑，还会尖叫几声。

男人们见到他总是很高兴。有时我们看到爱德华也在那儿，和老人们坐在一起。爱德华看见弟弟来了，常常起身离开。我感觉到，那些老人并没有因为他的离去而有什么不快或者遗憾。

相比之下，在这个国家的任何地方，任何情况下，我从来没有见过任何一个人像弗雷德这样，受到土著人发自内心的欢迎和真诚的问候。我也从来没有见过谁比他更关心他们，更虔诚，更坚信他应该知道他们所有的秘密。

"人们把他们当作介乎于令人讨厌的动物群和鬼魂之间的什么东西,处于生命边缘潜在的、危害极大的生物,"他抱怨道,"而我们,普洛恩,是幽灵。他们认为我们白人只是暂时的幻影。"这些话我永远不会忘记。

有的东西乍看毫无意义,但他却告诉我其中的含义。有一次,我们看到一位老人头上戴着一顶用某种树的树皮和另一种树的叶子做成的帽子。帽子用一根绳子绑在头上。他告诉我,老头用这种办法治疗头痛病。女人身边,触手可及的地方,放着一块块挺宽、挺平的石英玄武岩石头。她们把草铺在上面,把草籽碾压出来。年轻人穿着牧场的工作服站在那儿,准备干活,嘴里嚼着从金合欢树上弄来的甜甜的树脂。我后来发现,他们这种习惯和梅德韦[①]人吃路旁赤杨树的树脂没有两样。

弗雷德告诉我帕坎吉人名字真实而又含蓄的含义。燕迪的哥哥蒙巴·乔治的真名是瓦纳卡·威尔潘格瑞。这个名字的意思是蜥蜴。蜥蜴不仅是人们喜爱的图腾和食物,这个名字还有一层含义——寒冷的夜晚,蜥蜴在洞穴里过冬。一个名叫普尔南甲·诺拉的女人有一个真实的名字,意思是河床上寻找食物的鸭子。帕坎吉人都是自己编一个名字,比如他们出生的地方加一个英国名字,这样一来使用时就很方便。

我知道弗雷德·邦尼的帕坎吉名字意思是"他肩膀上的黄色小鸟"。等有朝一日我们俩成了相互平等的朋友,我就给他起个绰号——"黄鸟"。

有两个中年男人每次来拜访弗雷德,如果看到有别人跟他打招

---

① 梅德韦(Medway):英格兰东南部的一个城市。

呼，就暂时回避。直到过一会儿，等别人走了，他们才走过来和弗雷德一起席地而坐。这两个人是弗雷德了解帕坎吉人生活的主要"线人"——警察丹尼（因为他曾经和警察一起工作）和庞德里·迪克。

冬天，没多少活儿，日子比较轻松。有一天，我收到威利·苏托的便条，上面写着："亲爱的普洛恩，我这儿有一封从科巴寄给你的信。还有一些关于我们共同朋友的消息，请原谅我这么说。"

我到的时候，看到商店的游廊上堆满了刚送来的烟草、铁丝网、肥皂和漂白剂。威利把每一种商品的数量记到库存账簿，一个年轻的帕坎吉人正把货物堆放起来。

看到我，他喊了一声"等一会儿"，然后在皮围裙上擦了擦手，走进商店，小心翼翼地拿出一封信，捏着信封一角走出来，带着毫不掩饰的敬畏之情问道："我手里拿着的这封信真是出自伟大作家之手的吗？"我从来没有见过他怀着如此真挚的崇敬之情说话。

"让我看看，"我一边说，一边凑过去从他肩膀上面望了过去，不想立刻扫他的兴，"哦，对不起，信封上的C·狄更斯是我哥哥查理（Charley），不是我父亲。"

"不过这关系已经够近的了。"威利说，把信递给我之前，最后一次在空中轻轻地挥了挥。

"你说的'共同的朋友'呢？你是说莫瑞斯吗？"我问，"你现在需要我答应给他的那笔钱吗？"

威利做了个鬼脸，"他说他不走，声称舅妈需要他保护，尽管事实恰恰相反。但我说服不了他。也许我们该给威尔坎尼亚的牧师写封信。不过……还是让我考虑考虑该怎么办，普洛恩。"

莫瑞斯关于欲望得到满足后那副样子的观点——引自威廉·布

莱克——又一次占据了我的心。对我来说,这仍然是一个全新的想法——即使在日常生活中,在平凡的事情中,男人也在女人身上寻找这一点,更值得注意的是,女人也在男人身上寻找这一点。

我很高兴查理能抽时间给我写信,因为他正忙着结婚,我猜想他会像莫瑞斯说的那样,全神贯注于新婚的喜悦之中。

我以流亡者应有的迫不及待的心情打开信。

我的普洛恩:

我希望你在那个遥远的、传说中的殖民地心满意足。你抵挡住当地人的攻击了吗?我相信你像一朵鲜花正在绽放。我想告诉你——如果你还没有听说的话——我现在已经被授予杂志副主编的头衔,但也会陪"老板"外出活动,有时候晚上还要为他的朗诵会做宣传。我几乎就要变成一个"文人"了,我正在接受训练,代替可怜的副主编威尔斯,他从马上摔下来伤得很重。能得到这个职位,我心存感激。我有五张嘴要喂呀,贝西怀上了第六个。我准备结婚,普洛恩。没有婚姻,我会失去方向。

我认为父亲的演技已经有了长足进步,但他还是表现出想要扮演《雾都孤儿》中谋杀南希的比尔·赛克斯的愿望。最近我带孩子们去看他时,他正在花园里大发雷霆,似乎在演比尔·赛克斯。因为对他来说,朗读剧本的时候,仅仅比比画画加几个有表现力的手势远远不够——他到现在还只是个悲剧演员。我们朝他走过去时,他正用假声低声说:"比尔,你为什么那样看着我?"然后用男低音说,"你知道,你这个魔鬼!"我问过他,为什么非要演这个角色不可?自然有劝说之意。但他不为所动,坚持自己的想法,尽管大家都认为这样一意孤行,对他来说太累了。年纪大了之后,他还是一如既往喜欢给孩子起名字——他给我四个孩子都取了绰号,但他不喜欢他们叫他爷爷,而是叫他"尊者"(Venerables。是的,复数)。我不知道他这复数从何而来,除非他认为自己是三位一体①。

那天晚些时候,他为我表演了整场戏,包括杀手比尔·赛克斯的逃跑。他对那个恶棍和每一个受害者的表演都十分投入。这是我听过或看过的最美妙的表演,我说:"太棒了!不在剧院里表演实在是太可惜了。"

他笑着说:"大伙儿都这么说。尤其是斯蒂尔博士。"斯蒂尔竟然写信告诉我这件事,还提醒我今年秋天不能错过每一场演出。所以你看,我变成一个忠诚的儿子了!说到忠诚,乔吉姨妈还一如既往,尽心尽力,很高兴看到她现在和我们脾气暴躁的妹妹凯蒂相处得很好。当然,她和玛米关系一直很亲密。

至于母亲……

查理在伊顿公学读书的时候,拉丁语和希腊语学得很好。从那以后,他就一直管爸爸叫父亲,管妈妈叫母亲。

至于母亲,我经常去看她。她继续勇敢地承受着与狄更斯家分离、与孩子们分离的痛苦。事实上,如果这个领域有奖牌的话,她一定是赢家。凯蒂经常去看她,甚至告诉她应该更伤心更生气才对。母亲拒绝这样做,就像她拒绝贺加斯姥姥对我

---

① 三位一体(Holy Trinity):基督教圣父、圣子、圣灵三位一体。

们父母之间感情破裂感到愤怒一样。我认为能和母亲在一起待待是好事。不过，有时候也不得不对父亲解释，我爱他，但母亲也需要陪伴。这可能是我一生中做过的最好的一件事，除了和贝西结婚——尽管父亲不喜欢贝西家里的人，这事儿你知道。但无论如何，我发现母亲非常清楚，她只剩下尊严了，如果她开始指责"老板"，那她就连尊严也没有了。实际上，她和贝西家的人相处得很好，还经常和埃文斯太太一起吃饭。

父亲是个很理智的人，但他确实倾向于把世界一分为二，他和母亲分属于这个世界的两边。只有我、贝西和我们的孩子被允许穿梭于这两个世界，因为他知道这是我们立足于世的条件之一。父亲也看望英格拉姆太太……你还记得吗，那个创办《伦敦画报》的家伙的遗孀。父亲觉得那本刊物质量不佳。他对我说："英格拉姆还是个不起眼的店主时，发明了老帕尔长寿丸。如果他没有吃那么多那玩意儿，他也许就能活着过五十岁生日了。"大个子马克·莱蒙和他周围那群人表面上和他站在一起，但内心深处站在妈妈一边。

总而言之，亲爱的母亲一切都好，她惦记着你和阿尔弗雷德，并祝你们在那个地方——那个如父亲所说的"没有人能想象得到会是什么样子，除非去过那里"的地方一切顺利。他打算总有一天能去那里看你。有一天，他遇到令人讨厌的特罗洛普[①]。特罗洛普吹嘘说他把儿子送到了澳大利亚，说他打算去那里参观、演讲，还打算写一本关于那个地方的书。

我给你写这封信，最亲爱的普洛恩，主要是因为我觉得自

[①] 特罗洛普（Trollope，1815—1882）：英国作家，代表作品《巴彻斯特养老院》和《巴彻斯特大教堂》等。

己已经进入生命中最好的阶段。办这本杂志,就像回到了家,终于找到归宿。我希望发生在你身上的事情,也能让你对置身其中的地方有同样的感觉。

深爱你的哥哥 查尔斯·库利福德·博兹·狄更斯

看起来,查尔斯·库利福德·博兹·狄更斯工作也很努力。

斯台普斯和爱德华·邦尼一起在牧场办公室工作。他的言谈举止都流露出一种我现在才明白的忧郁和悲伤。正如爱德华向威尔坎尼亚的医生承诺的那样,斯台普斯回来之后,就开始管理牧场的账簿,研究何时何地、向辽阔的牧场投放多少头公羊的问题,同时管理围栏巡修工工资账目。我不知道这是不是邦尼兄弟特意为他设计安排的这件工作,但斯台普斯能写会算,也是不争的事实。

不管怎么说,我在初冬的一天到办公室去拜访他。那天寒气逼人,整个大地都是精雕细刻出来的金色光辉。"斯台普斯先生。"我说,四处张望,假装是来找爱德华的。

他脸上露出灿烂的微笑,说道:"普洛恩先生,你看,板球治好了我的病。"

"尽管你的投球是骗人的,斯台普斯先生!而且年纪还这么大。"

"没错儿,我年纪是不小了。但是比我年纪大的板球好手多的是。那些约克郡人,他们玩到死,他们死得很开心。"

"是呀,谁能想到一个投球动作会撕开你的旧伤口?这么多年你都纵马驰骋,赶拢羊群,巡修围栏。"

"哦,在乌洛利牧场也发生过这事种儿,不过静静地躺几天,就愈合了。你知道,上帝会把它缝合起来的。如果你干正经事儿,比如赶拢羊群，伤口绽开，他就愿意把它缝合起来。可你是打板球，他就不那么愿意了。你看，这是虚空的虚空①。你就瞧好吧，普洛恩先生，我很快就会和丹迪一起回来，扛着红木树桩帮助围栏工修围栏。"

"你真的相信上帝会缝合你的伤口吗？斯台普斯先生。"

"绝对相信，普洛恩先生！我不会把丹迪一个人丢在那儿的。他太爱胡思乱想了。"

"请原谅，斯台普斯先生。你有家吗？"

查尔斯的信处处流露出家庭关系的重要，也勾起我对家人的思念。

"哦，有呀。我和我的妻子还有我们的孩子坐移民劳工船来到阿德莱德，但他们都到上帝那儿去了。在乌洛利牧场，没有多少时间总想着他们，这儿也没有多少空闲让他们走进我的心房。但如果在阿德莱德，满脑子就都是他们了。"

他翻了一页，在公羊栏里全神贯注地写下公羊的名字。

突然，他头也不抬地说："你真是太好了，普洛恩先生。不过以后最好别把我拉进蒙巴十一人板球队了。"

"少了你可真是巨大的损失。"我说。

"不会的，我们附近有个孩子就很有打板球的天赋。上帝的恩赐无所不包。"

"如果他告诉你那孩子的名字……不，我绝不能做对上帝不敬的事。"

"最好不要。"斯台普斯劝我。

---

① 虚空的虚空（Vanity of vanities）：出自《圣经·传道书》中所罗门在开篇说的话："虚空的虚空，虚空的虚空，凡事都是虚空。"

正如查理说的那样,"老板"和妈妈不再琴瑟和鸣时,我还很小。那时候,大家偶然还会拿"老板"开开并无恶意的玩笑——圣诞节后的一出戏,一次郊游,但是只剩下妈妈和"老板"在同一个屋子里的时候,他们俩冷眼相看,那样子我觉得特别讨厌。后来,木匠在塔维斯托克宅邸他们俩的卧室中间打了一道隔扇。

我模模糊糊记得,1857年圣诞节大家都回家了,除了沃尔特,他在印度。那是"老板"和妈妈在一起过的最后一个圣诞节。虽然我不明白其中的缘由,但把这一切都当作理所当然的事情接受了。对于一个只有五岁的孩子来说,似乎很正常。

妈妈搬出去的时候,为我们哭泣。虽然我对离别时都发生了什么事情一无所知,但似乎每个人都为之动容,为之动情。

妈妈走后,"老板"就像变了个人,然而这仅仅是开始。感谢上帝让我们在盖德山度过了快乐的周六和周日。那是"老板"小说创作的巅峰时期。每逢周末高朋满座,还有我们这些孩子——阿尔弗雷德、弗兰克、亨利、我、凯蒂和玛米。

妈妈离家之前,"老板"安排她去拜访一个叫特南的女人,还和她们一家人喝茶。"老板"正在帮助她们。我不知道她为什么必须去做这件事情,但我知道"老板"认为特南一家都是好演员,可是即便如此,干吗非得让母亲和她们一起喝茶,大概是为了让大家高兴,团结一心演好戏吧。我听到姐姐凯蒂告诉她不要去,但妈妈坚持要去。这事儿怪怪的。一家女演员加上我母亲,而只有她不是干那行的。这是什么意思?她闷闷不乐地回家之后,凯蒂就责备她。你干吗要去?你图个啥?唠叨个没完。

第二年春天,妈妈从塔维斯托克搬走之后,乔吉姨妈留下来和我们一起生活。她每天早上叫醒我，给我穿衣服。我觉得顺理成章，没有什么不合适。但我渐渐明白——我也不知道是怎么明白的——并不是所有的人都认为妈妈走了以后，乔吉姨妈和我们一起生活是顺理成章的事情。也许是周围的氛围感染了我，也许是从那些窃窃私语的人身上捕捉到了什么。我们的世界出现了裂痕。人们重新站队，有的人从右转到左，有的人从左转到右，我们需要弄明白谁是新朋友。后来，《家常话》①和《泰晤士报》刊登了一封信。这封信已经在《纽约时报》上刊登过了。从某种意义上讲，这封信是我们这个世界的另一条分界线。我突然明白，我以前认为友好的人现在对"老板"充满恶意。贺加斯姥姥反对他。萨克雷在加里克俱乐部②说了一些"不可原谅"的话。结果，他们不再邀请他和他的两个活泼可爱的女儿去看《第十二夜》了。那时我们总有自己的戏剧。几个朋友来劝他说萨克雷先生并没有侮辱他的意思，但"老板"不为所动。马克·莱蒙——"老板"在戏剧界的老朋友，也被他一脚踢开。还有所有为莱蒙的杂志《潘趣》撰稿的人。

父亲还坚持我们必须和他在一起，因为乔吉姨妈——妈妈的亲妹妹——没有随妈妈而去，而是留下来照顾我们。乔吉姨妈所做的一切只能用她对我们的爱来解释。如果拒绝这种牺牲，无论如何都是忘恩负义。他说，毕竟是她把我们抚养成人的，我们也都知道，

---

① 《家常话》(*Household Words*)：十九世纪五十年代由查尔斯·狄更斯创刊的英文周刊。刊名来自莎士比亚的《亨利五世》(*Henry V*) 中的一句话："Familiar in his mouth as household words."

② 加里克俱乐部（Garrick Club）：是伦敦的一个绅士俱乐部，成立于1831年。它是世界上最古老、最受尊敬和最排外的会员俱乐部之一。自创立以来，它的会员包括来自文学界的作家查尔斯·狄更斯、H·G·威尔斯、J·M·巴里、A·A·米尔恩和金斯利·艾米斯等。

妈妈在拉扯孩子方面确实差劲儿。现在，妈妈和我们疏远了——这是他用的词。五六岁的时候，我对父母还没有做过什么"比较研究"，所以接受了"老板"揭示的"事实"。我知道乔吉姨妈没有和我们"疏远"。现在，我们去看望妈妈时，他就会一本正经地嘱咐，如果碰上贺加斯姥姥或海伦姨妈，立刻离开。这两个女人不像乔吉姨妈。她们会歪曲事实。

"老板"在旅途中，或者在爱尔兰举办朗诵会时，乔吉姨妈就带我们去看妈妈。她们姐妹俩并没有疏远。妈妈含着眼泪，微笑着对我说："普洛恩，你还是我最亲的孩子。"

"是呀，"我对她说，"我没有疏远。"

"没有，绝对没有。"她向我保证，点了点头，哭了起来。我喜欢她身上那股熟悉的气味。薰衣草。还有她用过的一种散发着只有妈妈才会有的脂粉的味道。有一天，她带我去见库茨小姐。库茨小姐是她的一位很有钱的朋友，也是"老板"的朋友。虽然他不喜欢她们经常走动，但他管不了库茨小姐。

就这样，生活改变了。但还可以忍受。母亲搬走前，"老板"在盖德山买的房子非常漂亮，每逢周末都会有客人光临。父亲还是那个爱开玩笑的老样子，乔吉姨妈还是忠心耿耿。她一直都在那儿。

这就是我带到澳大利亚的关于父母分居的记忆。刚刚开始提出几个我无法回答的问题。

16

那片半是荒漠的牧场冬天很冷。早晨醒来，你会发现整个大地、每一粒尘土、每一株植物都被霜花覆盖。刺骨的风从西北吹来，为了保暖，羊长出更多的毛，人穿上更多的衣服。早上出去，倘若听到车夫说"我昨晚把衣服都套在身上也不暖和"，那真是再正常不过的事情了。

有一天，一封装在很厚的大信封里的信和两周来从科巴寄来的邮件一起送到牧场。信是写给弗雷德·邦尼的，寄信人是伦敦一家律师事务所。同时寄来的还有一封更为"壮观"的信函，信封上面印着"英皇制诰"四个大字，还饰有王冠浮凸图案。

晚上吃饭时，我听到弗雷德和爱德华·邦尼谈论这件事。弗雷德说："我收到律师事务所和上议院的询问函，指控我知道一位名叫亚历山大·达内尔的人的下落，并且要求我找到他。那封'英皇制诰'告诉我，丹迪是耶洛米德男爵四世，如果我确实像人们怀疑的那样——认识他，就转告他，上议院要召见他。"

"丹迪？"爱德华满腹怀疑，"他结结巴巴，连一句完整的话也说不出来。"

"不管是不是结巴，"弗雷德说，"我已经收到皇室的命令，没有别的办法。只能告诉他到威斯敏斯特的上议院去。"

"哦，我完蛋了！"爱德华哈哈大笑着说，"我真的要完蛋了！"

弗雷德笑了，说："律师在信里说，他们邀请他入住曼斯顿庄园，管理康沃尔①、德文郡②和格洛斯特郡③达内尔家的土地。其实这活儿比管理牧场和羊群也复杂不了多少——不管它的规模有多大——到目前为止，他一直挑着这副担子。"

---

① 康沃尔（Cornwall）：英格兰西南部一郡。
② 德文郡（Devon）：英格兰西南部一郡。
③ 格洛斯特郡（Gloucestershire）：英国英格兰西部的郡，在塞文河口的东北方。

"这么说,"爱德华说,"我们有义务告诉那个可怜的家伙?"

"是的,可怜的家伙。"

"可怜的家伙?可怜的家伙?"爱德华笑着问道。

"他选择了自己的生活。最好的办法也许应该回信告诉他们,虽然我曾经与一位名叫达内尔先生有过联系,但不知道他现在的去向。"

"但是你不能这样回答'英皇制诰',"哥哥争辩道,"这件事必须告诉他。任何收到'英皇制诰'的人都必须依法办事。"

弗雷德·邦尼又哈哈大笑起来:"我就不信他们能在蒙巴放一块砧板把我和丹迪给剁了。"

"我们必须去做这件事,弗雷德,不管你愿不愿意,也不管他愿不愿意。"爱德华眉头紧皱,坚持道。"不要咋咋呼呼,摆出一副共和党人的架势。如果他愿意,可以放弃爵位,把那个头衔让给某个堂兄表弟。但他必须先到上议院把事儿说清楚才能脱身。全能的上帝,如此显赫的爵位多少人求之不得!如果让我去上议院,我会比老鼠爬排水管还快。"

他又咯咯地笑了起来,然后说:"带上小狄更斯和你一起去,丹迪会高兴的,他还是一个很有头脑的人。"

"如果我赶着马车去,可以顺便把'士兵'也带过去。丹迪一定会犹豫不决。如果他不离开小屋,不跟我回来,我就不强迫他。"

"你可以强迫他,弗雷德。毕竟你是他的老板。"

"可怜的丹迪。"弗雷德叹了口气,"他认为这儿是他的国家,在这里生活得快快乐乐,我们却要让他'幡然醒悟'。这是一种倒退,令人厌恶。上议院除了扼杀进步的法律,还为英国做过什么?"

爱德华转过脸看着我,忘记我们俩之前的尴尬,"你没想到你的这位老板是个激进分子吧,普洛恩?"

"我父亲是个激进分子，邦尼先生。"我回答，想起他经常大声叫喊着说，上议院是"一个赋予那些'窃国大盗'权力、让他们决定其余的人靠微薄收入维持生计的机构。"

"啊，可是你父亲是个比较理性的激进分子，不像我弟弟陷得那么深！他和他的小鸟们叽叽喳喳地互相煽动。"

尽管爱德华这样说是为了表达对我的善意，但我怀疑他们俩是不是还在暗地里争吵，就像早餐时我听到的那样。我有一种感觉，如果不是兄弟，这两个人恐怕连朋友都不会做。

弗雷德决定由他、我、"士兵"和燕迪组成一队人马，前往乌洛利围场。在那里，耶洛米德准男爵的继承人巡修篱笆，照看邦尼家的羊群。马车后面放了一张床，"士兵"可以躺在上面保护他的旧伤。燕迪骑着他的马。我还骑着我那匹结实的小母马库茨，但我还需要一匹马，因为我知道在这个国家独自旅行，不能只有一匹马。我敢肯定，在澳大利亚丛林，从来没有为了这样的目的而组织过这样一支"远征队"。

我们凌晨四点出发，骑马穿过霜花覆盖的牧场。繁星点点，整个大地呈现出银色和宝蓝色。我现在有了一件羊皮外套，穿在身上暖暖和和。那个时辰野狗吠叫着仿佛发出暗号，凄厉悲凉而又充满对羊血的渴望。"士兵"坚持坐在马车座位上，他的决心表明，他认为躺在马车上专门为他架设的病床上旅行对他来说就是失败。太阳从我们的肩膀后面升起，仿佛用浓墨重彩描绘红色的大地，银色和绿色涂抹滨藜、金合欢树和一排排环绕溪流和潟湖的赤桉。阳光好像一阵风，突然把弗雷德的三四只小黄雀送到他身边。它们在马车上对他叽叽喳喳叫个不停。我们只停下来吃了一顿简便的早餐，硬面饼子，金黄色的糖浆和茶。

尽管他下定决心，"士兵"还是开始瑟瑟发抖，我们只得扶着他在车后面的床上躺下，然后弗雷德让我把母马拴在车上，我坐在马车上照顾他。燕迪骑着马，时而跑到前面，时而回到车的左边，时而转到车的右边，时而旁若无人大声歌唱。辽阔的土地下面是已经凝固的红土海洋，那是我们旅行的媒介，也是我们的希望所在。

"你觉得燕迪怎么样？"弗雷德问我。

"我觉得他还不太信任我。"我回答道。

"哦，他已经很信任你了。他那副漫不经心的样子……是土著人的特点。我见过有的妻子对几个星期没见的丈夫也都没有一点热乎劲儿。"

"说实话，我觉得他担心我会以某种方式取代他，成为你骑马的同伴和助手。"

"他一点也不担心。他相信，你看，我是他的舅舅转世。我很高兴能为他扮演好这个角色。"

我困惑不解，但什么也没说。

"你知道，他母亲的哥哥是个小个子，和我很像。我来到这里之后，就开始和黄鸟交朋友——而这正是他那位聪明的舅舅喜欢做的事。那家伙因此而出名。可惜他舅舅在鲁弗斯河被南澳大利亚的警察枪杀了。燕迪和他母亲认为他舅舅以另一种形式回来了，那就是我。所以我才请燕迪做我的助手。"

他把这样一个概念灌输到我的脑海之中，让我明白普通英国人需要一段时间才能适应这一切。接着他又补充说："谁能否认他们的看法，或者谁能说，在上帝博大的胸怀和无限的遐思中，燕迪的这个想法站不住脚呢？"

"这太奇怪了。"我说。

"是啊,太奇怪了。"弗雷德附和道。

"那么,对当地人来说,你是又回到他们身边的一个死而复生的人了?"

"是的。如果你觉得这很奇怪,那就试着向燕迪解释一下,为什么仅仅是一万五千英里之外寄来的一纸文书,就能让我们踏上搜寻可怜的丹迪的路。"

等到下午,"士兵"恢复了活力,颇有礼貌地要坐回到前面的座位上。我求之不得,因为我喜欢骑着马自由驰骋。我坐在马鞍上看到燕迪在"勘察"我们走进的这一片荒野。他射了几只鸟,还把羽毛拔得干干净净,但那天晚上没有时间煮了,我们只吃了点冷羊肉,在寒冷刺骨的荒漠之夜,继续赶路。我发现自己在做白日梦——因为康妮·德塞利而变得英勇。我想象着有一座属于自己的牧场,请她来参观,还把她介绍给我的监工——汤姆·拉金。

天大黑之后,我们才到达乌洛利。丹迪的狗狂吠着,警告野狗远离羊群,也警告我们不要靠近。月上中天,一片银辉映照水井,井口上方的辘轳宛如刻在天幕上的一幅画。水井周围是一群群羊。我现在发现,把羊赶到水边,在它们啃光周围的牧草、把草场变成荒漠之前,就赶到远处是一个很巧妙的主意。当然,不管怎么说,它们总要继续前进。这些家伙似乎天生就是跋涉在寻找营养的朝圣之旅的路上,但牧羊人或者围栏巡修工可以帮助它们做出决定。

离小屋不远时,门开了,枯黄的灯光下,晃动着一个人影。燕迪看到丹迪就叫了起来,嘴里发出一串催马奔跑的啾啾声。他在门口勒住马,似乎告诉丹迪和他一起来的还有谁。丹迪跟我们打过招呼之后，大伙儿七手八脚把"士兵"扶了进去，虽然他不想被人额外照顾。弗雷德对丹迪说，他、燕迪和我都带着行囊，我们可以在外面露营，一直睡到天亮。

"可是，什么——什么风把你们吹到这儿来了？"丹迪想知道，他怀疑这几个人结伴而来一定有什么特别的原因。

"明天再说吧，我的孩子。"弗雷德说，"把一切都留到明天早上。"

"你知道吗，士兵？"丹迪问他的老朋友。

斯台普斯不想回答这个问题，他按着肚子，好像伤口随时都会裂开。

"怎……怎么回事，士兵？"丹迪问道。

斯台普斯恳求道："看在上帝的分上，让我休息吧，丹迪。"

这话似乎奏效了，我们把马放到院子里。一夜无话——人与人，人与上帝都没有交谈。大家很快就睡觉了，横七竖八，屋里屋外都有。"士兵"暂时避免了伤口裂开的危险，丹迪依然可以暂时保持平静的心情。

一只澳大利亚鸟儿的啁啾唤来黎明，也把我从沉睡中唤醒。我做了一个乱七八糟的梦，梦见教室，梦见晦涩难懂的代数和几何公式，夹杂着拉丁语词形的变化。起床后，早餐又吃了一些硬面饼子、羊肉片，喝了一杯茶。丹迪必须确保"士兵"的盘子里有充足的食物，顾不上问长问短，满足自己的好奇心。

吃完饭，弗雷德·邦尼把我和燕迪拉到一边，让我俩把羊群赶到迈尔溪旁边那个水坑。"我把这个消息告诉丹迪之后，就去找你们。等到晚上回来，丹迪也把这事消化得差不多了。"弗雷德用帕坎吉语对燕迪说。

我们跟丹迪和斯台普斯说了再见——狗狗们兴高采烈地对着我们吠叫，发了疯似的跑前跑后想帮忙。我们开始赶拢羊群，做丹迪可能再也不会做的工作——既然他的真实身份是耶洛米德勋爵。燕迪既不是刻意为之，也无怨恨，自然而然地接管了这几条殖民地牧羊犬的指挥权。他吹了一声口哨，让牧羊犬跑到这一大群羊的两侧，然后用不同的音调吹口哨，把它们唤回到羊群后面。狗在左冲右突，拼命奔跑中获得快乐真是一大景观。拉金虽然是个铁匠，但在牧场长大，知道如何指挥、控制牧羊犬，他曾经教我各种口哨的吹法。但我相信，永远不会像燕迪那样达到炉火纯青的地步。

一切都很顺利，不到一个半小时，弗雷德·邦尼就赶上我们，和燕迪聊了一会儿。我接手指挥狗的工作。它们对我经过学习和实践的那套口哨声反应准确，真是妙不可言。

几分钟后，弗雷德骑着马跑到我身边，说："丹迪要花一天的时间来考虑这件事情。"他吟诵道："沉疴遍地，病魔肆虐，财富聚集，众生危亡……奥利弗·戈德史密斯[①]。八十年前这样，现在还是这样。但我想，还有坚持公正的人。丹迪可能就是其中之一。"

一群当地人从西边向我们这条路走来。似乎是一个大家庭。几个年轻人每人拿着两三支长矛，草编的腰带上别着工具。年轻人中间有一个头发很长、胡子浓密的老人。还有一个十岁左右的小男孩，几乎一丝不挂，手里拿着一根棍子，还有几个更小的孩子，包括几位母亲背上的婴儿，婴儿都装在袋鼠皮做的袋子里。他们都站着，只有一个年纪较大的女人，裹着一条毯子，蹲了下来。

[①] 奥利弗·戈德史密斯（Oliver Goldsmith，1728—1774）：爱尔兰诗人、作家与医生，著有《关于欧洲高雅文学现状的探讨》《世界公民》《委曲求全》等。沉疴遍地，病魔肆虐，财富聚集，众生危亡。('Ill fares the land, to hastening ills a prey, Where wealth accumulates, and men decay.)出自他的诗歌《沉疴遍地》（*Ill Fares The Land*）。

我和弗雷德停下脚步,燕迪骑着马走到那群人前面,翻身下马,什么也没说。最后,两个男人中年长的那个举起手,开始说话。

"他们是万亚瓦库人,和我们的人说同样的语言。"弗雷德说,仔细观察他们如何交谈,"这些人比较腼腆。和燕迪说话的那个人叫巴拉昆。是个纯粹主义者①,不愿意住在任何牧场。他的妻子来自更遥远的西部。估计他是在一次抢老婆的行动中从她的部落抢到她的。"就在弗雷德跟我说这番话的时候,手臂上两只小黄鸟扑扇着翅膀叽叽喳喳叫着似乎也在告诉他这些信息。

这时,那个老人走过来拉住燕迪的手,把他从人群中拉到旁边,跟他说着什么。燕迪答话时低着头,只是偶尔瞥他一眼。然后,老人满脸真诚,抓住燕迪的双肩,低下头,一直碰到燕迪的胸膛。

"拉着我的马,让狗把羊群控制住。"弗雷德边说边把缰绳递给我,然后翻身下马朝老人走去。黄鸟在他周围上下翻飞,女人们高兴得尖叫起来,似乎以前听说过这个把戏,现在终于亲眼看见一样。

老人和弗雷德打招呼时,言谈话语十分流畅。他说完之后,弗雷德非常严肃地把头靠在老人胸前,显然已经完成仪式的必要的程序。他们继续交谈,好像是为签订什么条约谈判。然后弗雷德走到那群人身边,跟大家打了个招呼,拿出一把谷子喂黄鸟,让大家开心。与此同时,弗雷德让燕迪宰了一只小母羊,血流尽之后,送给那家人。然后各走各的路,燕迪又去照料羊群,弗雷德回到我身边。

---

① 纯粹主义者(purist):这个词几乎可以用在任何领域,既可以用在自己身上也可以用在别人身上。根据上下文的不同,这个词可以是贬义的,也可以是褒义的。因为这个称谓取决于什么是"纯粹"的主观概念。根据《韦氏词典》,这个词可以追溯到1706年,被定义为"严格地、经常过分地遵守传统的人",特别是"专注于语言的纯洁性,并保护其不受外来因素的影响"。

"我向他们表示了蒙巴的热情好客,普洛恩。他们对南澳大利亚的士兵印象极其恶劣,想离开那里到北方。他们会通过谈判在去往瓦纳林①路上一个叫卡伦加帕的部族安营扎寨。"

我们骑着马并辔而行。弗雷德讲起南澳大利亚警察的所作所为和他们不断袭扰南边牧场的事:"他们曾经把那两个年轻人中的一个和他的妻子作为人质扣留了一天。家里人都以为他们被杀死了。可是,警察要求归还他们丢失的六分仪时,当地一个孩子把它送了回来。夫妇俩显然不是小偷,警察只得放人。"

他对自己说的话深信不疑,当地人的名字和动机他那么熟悉,脱口而出,再次让我觉得他是一个多么有成就的殖民地居民。

到了麦尔河,看着羊群喝水,我们就把它们留在那里。代替丹迪的"巡修工"将会按时把它们赶到东边的另一个水源。

17

我们骑着马向丹迪的小屋走去时,弗雷德似乎既担心丹迪面临的困境,又放不下刚才遇到的那群土著人一路的艰辛。离丹迪的住处不远时,我们觉得井口上方那个用来防尘的木头小棚子变得歪歪斜斜。不过那个棚子看起来太结实了,虽然里面似乎挂着什么东西,并没有倒下。

突然,燕迪勒住马,大叫起来:"坏了,邦尼先生。真的出事了,

---

① 瓦纳林(Wanaaring):是澳大利亚新南威尔士州西北部的一个村庄。位于帕鲁河畔,距离悉尼约九百八十公里。

先生。"

我定睛细看,发现是一个人吊在那个棚子的框架里。再往前走,才发现上吊自杀的人是丹迪,他脸肿胀得没有了先前的模样,脖子长得离谱。我滚下马背,冲向木棚时,看到斯台普斯躺在井边,心里一惊。弗雷德翻身下马跑到斯台普斯身边,发了疯似的摸了摸他的脖子。

"几乎没有脉搏了。"他脸色铁青,冷冷地说。

我们弯下腰,看见斯台普斯的衬衫上都是血,身边有一根长长的木棒。他一定想用这根木棒把丹迪脖子上的套索钩过来。

"快去拿点水。"弗雷德说。

我连忙向我的马跑去,燕迪骑着马在我们周围绕着大圈一边奔跑,一边用帕坎吉语叫喊着,好像念咒一般。

弗雷德喂斯台普斯水,但他喝不进去。弗雷德又打发我到马车上去拿白兰地。但白兰地和水都不能使他苏醒过来。

"解开他的夹克和衬衫。"弗雷德命令道。

看到斯台普斯的伤口,我倒吸了一口凉气。那伤口好像咧开的嘴唇,嘲笑任何想要让它闭上的想法。

弗雷德急忙跑进小屋,在什么地方找到一根缝马具用的针,把棕色麻线穿过针鼻儿,在伤口上倒了点白兰地,让我把伤口两边揪起来。我尽力合拢"咧开的嘴唇",但没用,弗雷德被迫放弃。

意识到拯救他的努力徒劳无益,泪水迷住我的眼睛,我强忍着不让眼泪流下来。弗雷德叹了口气,站起来,走到丹迪的尸体跟前,说:"怎么把可怜的丹迪弄下来?"

大伙儿很快就看清楚,丹迪煞费苦心计算绳子的长度,确保他可以挂在井口,而不会在解开脖子上的绳索之后,被抬到水井旁边。

他光着一只脚，靴子掉进了井里。如果我们把身子探到井口，去抓他来回摇摆的脚，就会像那只靴子一样掉到井里。最后，弗雷德想出一个办法，先用牧鞭把他套住，以免解开套索后尸体掉到井里，尽管这样做会在尸体上留下印记，也是一件令人遗憾的事情。

弗雷德向燕迪叫喊着，让他把马车套好赶过来。马车离井五十步远。燕迪先烧了一堆树叶，然后点燃一根树枝，在马车上挥舞着，一边念咒，一边抽打，似乎这样就能把恶魔赶走。弗雷德从车上抓起鞭子，扬起手臂，啪的一声，鞭梢缠住丹迪的小腿，绕了一圈。弗雷德示意我抓着鞭杆用力把吊在棚子下面的丹迪拉过来。我们齐心协力设法把他拉到最近的位置，然后我爬上木棚，割断绳子。弗雷德把丹迪的尸体轻轻放下，绞索还嵌在他脖子上的肉里。把"士兵"抬上马车的时候，燕迪虽然不太情愿，但也没有明显地表现出不想帮忙的意思，但抬丹迪的时候，弗雷德却没能说服他搭把手。

丹迪的尸体对弗雷德和我来说太重了，虽然人已经死了，但散发着一股尿臊味儿。燕迪又拿起冒着刺鼻青烟的树枝。我和弗雷德抬着丹迪从他身边走过，把丹迪的尸体小心翼翼放在马车后面的车底板上。弗雷德让我把马拴在马车上，和"士兵"坐在一起，随时向他报告病人的情况。那天剩下的时间直到深夜，他一直把马车赶得飞快，路上不时问我"士兵"是否还有生命迹象。我告诉他，我觉得"士兵"的生命体征正在逐渐消失。

夕阳唤起燕迪新一轮的吟诵。天黑之后，弗雷德停下马车查看"士兵"的情况。然后，跪在车底板上，说道："你先休息一会儿，普洛恩。这将是一个漫长的夜晚，再过一会儿，我可能会叫你来赶车。"

"他死了吗？"我问道。

"没死也快了。他倒下的原因可能是中风，也可能是伤口。盖上毯子，普洛恩。你做得已经很出色了。"

我太累了，根本没想过和两个死人一起睡在马车后面有多么恐惧。我盖好毯子，毫不犹豫地睡在"士兵"身边，尽管他可能正在死亡线上挣扎。

第二天一大早到达蒙巴时，"士兵"已经死了。我和弗雷德在马厩里铺了一条毯子，把他放在上面。然后拿来一桶水给他洗澡，把他身上的血洗掉。斯台普斯死后，显得瘦小纤弱。

我喝着加了糖的浓红茶，听弗雷德给爱德华讲这场悲剧，爱德华眼中含着泪水说："看在上帝的分上，别让拉特里奇牧师找理由拒绝给丹迪举行基督教葬礼。"

"可以把他们俩都埋在离这儿稍微远一点的地方，"弗雷德说，"免得黑人提心吊胆。"

"啊，这些黑人。"爱德华盯着杯子里的茶说，"我相信士兵的在天之灵会满意这样的安排。"

弗雷德点了点头："丹迪为了避免成为任何人的主人慷慨赴死，我相信他会从他身上看到某种神圣。"

"不过，这个蠢货不应该走这条路。"

"我不知道他是勇敢还是怯懦。"弗雷德若有所思地说。

"燕迪还好吗？"爱德华问。

"燕迪吓坏了，把周围的东西都用烟熏了一遍，包括那辆车。"

到目前为止，这是我听到的、最让我震惊的话。他们俩是牧师的儿子，但似乎认为燕迪祭奠死者的仪式是恰当且可接受的，没有必要按照英国国教的仪式为丹迪和"士兵"举行葬礼。

我们都满脸严肃地坐了一会儿,弗雷德说:"可怜的士兵为了救丹迪而死,或者至少想把丹迪脖子上的套索割断,把他弄下来。从某种意义上说,丹迪杀了士兵。"

"这就是为什么我相信一定有什么第一性原理[①]或造物主,"哥哥说,"因为只有那个大人物能理解人们的动机。"

很难说弗雷德是否同意哥哥这种看法。他转过脸问我:"普洛恩,你对这事儿怎么看?我希望你不会太震惊。"

"我父亲会同意你们俩的意见。"我回答道,尽管我既困惑又悲伤。不管怎么说,这似乎打消了他们的疑虑。

汤姆·拉金被派到镇上报告丹迪之死。弗雷德在信中建议,为了家族和上议院的利益,不要让验尸官介入。弗雷德向丹迪的家人和上议院讲述了这件事的来龙去脉,并没有提到成为贵族的前景迫使他们的子弟自杀。

帕坎吉人远离蒙巴的双人葬礼。我觉得这是因为他们认为自杀的鬼魂非常危险。弗雷德读了《公祷书》之后,"士兵"和丹迪按照基督教的传统被埋葬在牧场东边的树林里。那里是迈尔河和纳塔莉亚河"分道扬镳"的地方。所有这些安排都告诉我,在新南威尔士,有些事情需要用一种不同的、甚至富有想象力的方式来做。但对死者的哀悼之情是相同的,就连默奇森山牧场的人听说丹迪和"士兵"的故事之后,也骑马赶来参加葬礼。

[①] 第一性原理(First Principle):哲学与逻辑名词,是一个最基本的命题或假设,不能被省略或删除,也不能被违反,最早由亚里士多德提出。

18

丹迪和斯台普斯的葬礼结束一周后，威尔坎尼亚有史以来最大的丑闻发生了——莫瑞斯·麦卡登和他的舅妈从镇上消失了。他们失踪的事过了一两天才被发现，因为弗雷梅尔当时正在阿德莱德做农牧业物资代理业务。他们俩是骑马而不是坐马车离开威尔坎尼亚的，谁也不知道往哪个方向去了。关于他们两个人的谣言让达令河对岸的每个人，包括我，都干着急。有的人说，弗雷梅尔夫人一定穿着男人的衣服，因为吉尔贡尼亚丛林村庄旅馆的老板在一天清晨看到两个骑马的人穿过了定居点。

作为莫瑞斯手稿的读者，我被他们的故事深深吸引，很想知道这两个人是否决定去什么地方，在不受弗雷梅尔先生打扰的情况下满足彼此的欲望。

有很多牧场主都通过弗雷梅尔的代理公司贷款，现在都担心弗雷梅尔会因为自己蒙羞受辱而对社会报复。结果，赛马委员会立刻在特别召开的晚宴上投票决定授予他终身会员资格，这样他们或许就不受影响了。

蒙巴的赶羊人和牧场干活儿的工人和弗雷梅尔没有任何关系，就拿这事儿当笑料。看到弗雷梅尔的外甥让弗雷梅尔"戴了绿帽子"，他们都幸灾乐祸。至于我，对莫瑞斯逃跑的严重后果万分惊讶。

弗雷梅尔先生回到威尔坎尼亚后，镇定自若，好像什么都没发生过，"哦，你们不知道吗？"他说，"我让我外甥陪弗雷梅尔太太度假去了。"通过弗雷梅尔的代理公司向银行或者更大的借贷机构借钱的人都努力表明他们相信这个故事。至少威利·苏托从城里回来后是这么告诉我的。

莫瑞斯和他舅妈私奔大约两周后，我收到了一封信，信上写着蒙巴的地址，一望而知是莫瑞斯的笔迹，邮戳是一个叫卡吉利戈湖的小镇。上面写着：

亲爱的狄更斯先生：
保密，知名不具

你不愿意把我的文稿推荐给你父亲，我对此毫无不满之意。我相信他是最高尚的人之一，但也许——也可以理解——他并没有高尚到屈从于身为作家在小说人物之间身体相互吸引这一主题上的局限性，就像我批评他的那样。我以为，他最好能忍受这种限制，在其他方面保持自己的本色，因为他是先知。比如，《我们共同的朋友》第十章，无情地抨击了那些靠买卖股票为生的人。他对他们的斥责不亚于基督对圣殿货币兑换商的斥责！

我觉得必须告诉你，我们逃离威尔坎尼亚并不是因为你可能猜到的原因。因为除了欲望，除了那些激烈和短暂的事物之外，总有持久的忠诚和持久的怜悯。舅妈和我出于怜悯逃离了威尔坎尼亚。我们的动机可能会被误解，但你和苏托先生——请代我向他问好——会接受我们逃跑这个事实，并且认为走这一步是必要的，而且是出于你声名显赫的父亲不会否认的动机。

读了这封信，我既感动又有点困惑，便把信交给威利·苏托。威利·苏托读完之后，抬起头说："我认为我们没有义务把这件事告诉弗雷梅尔。他可以花钱请私家侦探，让他自己处理去吧！"

听了威利的话，我松了一口气。我希望自己能看明白，莫瑞斯给我写信是冒着风险的，他的消息应该更有价值，而这一点需要一位年长、睿智的人向我证实。"无论如何，"威利说，"从卡吉利戈湖出发，他们可以去任何一个地方——墨尔本、悉尼或者这两座城市之间上千个藏身之地。一旦到了悉尼或墨尔本，就可以乘船去新西兰、加利福尼亚或瓦尔帕莱索①。我们没必要把这件事告诉弗雷梅尔先生。让他见鬼去吧！"

就这样，我习惯了怀揣秘密生活，甚至养成了保守秘密的习惯。赶拢羊羔的工作还在继续。秋末和整个冬天，赛马会在各地举行。我收到哥哥阿尔弗雷德的一封信，说他带了两匹马去参加梅纳·默提牧场的比赛。问我能不能请求邦尼兄弟让我去看他。我刚向邦尼兄弟提起这件事，弗雷德就坚持我一定要去，抓住这个千载难逢的机会，让伟大的作家查尔斯的两个儿子在这个新国家的中心重逢。

19

冬天一结束，弗雷德就开始为剪羊毛的季节做准备。在剪羊毛工人到达的几个星期前，他向蒙巴大牧场几个遥远的分场发出消息，命令那里的牧羊人在规定的日期前将各自的羊群赶到指定的地点。因为要剪毛的羊有二十万头，只能一群接一群地剪，每批五千只。如果有一群羊没能在规定的时间赶过来，再在规定的时间赶走，造

---

① 瓦尔帕莱索（Valparaiso）：智利中西部港市。

成延误,弗雷德都要按合同付钱给剪羊毛的工人,并且和"董事会老板"谈判。所谓"董事会老板"是他们对剪羊毛监工的称谓。他们仿佛是站在巨大、简陋的大教堂里,站在剪羊毛架子上的大祭司。

我和另外一些人骑马去了最东北边一个叫旺库的围场,用聪明的狗把羊群赶回到蒙巴,途经三个自流湖:雅塔班吉湖、奥勒普洛克湖和皮瑞湖,然后穿过流经那里的小溪。大红袋鼠蹲在小溪边齐胸高的草丛中,睿智的目光注视着我们。

回到蒙巴,剪羊毛工人开始三三两两地来到这里,有些人步行,有些人骑马,马背上挂满了他们的家当。剪羊毛工人住在一座座很不舒适的小屋里,旁边就是很宽敞的剪羊毛棚子,这可能是方圆几百英里最大的木结构建筑。

牧场的女人们——拉金太太和加万太太,不停地煮茶,欢迎远道而来的男人们,在一张粗糙的桌子上摆满一盘盘硬面饼子、金黄色的糖浆和别的制作简单、"朴实无华"的糕点。弗雷德和一个剪羊毛承包商签下了所有剪羊毛的工人。大多数人这个季节已经在其他牧场剪过一轮。这些人的名字从他们嘴里说出来,不无音韵之感,充满抒情之意:布拉勃吉、比拉邦、吉尔古尼亚、库拉巴……

剪羊毛的架子建在高出地面的木墩上,这样一来,无论刮风下雨,都能给羊剪毛。因为下雨天,剪雨水淋湿的羊毛会让剪羊毛的人浑身湿透,很容易患风湿病。因此,羊被淋湿就意味着剪羊毛必须停止。这种情况下,还得继续给剪毛场的杂工、捡羊毛的工人、扫地的工人和监工发工资。而剪羊毛的工人,按剪的头数发工资,没羊剪,就没收入,还得为吃喝付钱。有人告诉我,发生这种情况时,工人们焦躁不安,开始谈论组建工会,采取激进的手段争取权益。

回到蒙巴的第二天,我就去看那些剪羊毛的工人。他们已经办理登记手续，在工棚里有了自己的一席之地。我问他们中的一些人，下星期天要不要去打板球，因为虽然"士兵"不在了，但我们还有一支很棒的球队。"士兵"的事大家都听说了。他们对我颇有点不屑一顾。

剪羊毛工人各就各位之前，剪羊毛棚子的地板是一个令人敬畏的地方，木板被前几年剪下来的羊毛弄得又黑又亮。剪羊毛工走进棚子，在自己的位置站好。他们大都穿着共和主义者喜欢穿的红背心，也许是为了纪念加里波第①，当然也是为了保持劳动者的尊严。外面的院子里，剪毛场的杂工大声叫喊着，盆盆罐罐敲得山响，把羊赶上滑道。第一只羊从下面的院子里爬上坡道时，老老实实躺在剪羊毛人的两腿之间。他会一口气剪掉羊肚子上的毛，扔在地上，然后再剪羊腿和脸上的毛。在极少数情况下，羊的皮肤被划伤，负责涂沥青的男孩朝受伤的羊跑过去，在伤口上涂抹用油烟、煤油和焦油混合而成的"药膏"。其余的部分，包括背部和身体两侧，都"一气呵成"剪下来，完整得就像一块羊毛地毯。

我看得出神，尤其是剪羊毛工人如何剪掉羊脖子上的毛，和皱褶里的毛更让我着迷。羊毛掉到地上的时候，专门负责捡羊毛的工人立刻跑过来，尽可能小心翼翼地把整卷羊毛举起来，放到棚子尽头的桌子上。

哪个剪羊毛的人剪什么样的羊纯粹碰运气。一般来说，老母羊

---

① 加里波第（Garibaldi，1807—1882）：意大利国家独立和统一运动的杰出领袖，军事家，民族英雄。加里波第于1833年参加青年意大利党。1834年起义失败，逃亡南美，参加巴西南部共和主义者起义和维护乌拉圭独立的战争。1860年组织红衫军发起"千人远征"，支援西西里岛起义，故有此处穿红背心以示纪念之说。

的毛最容易剪,剪羊毛的人管它们叫"玫瑰鹦鹉",而把羊毛最硬的羊叫作"臭皮匠"。

剪羊毛有固定的时间表。休息两次,每次二十分钟,喝必备的红茶。午饭时休息的时间更长,吃午餐和"茶",他们管这顿饭叫正餐。把吃的东西统称为"塔克尔"①。有一天晚上,他们邀请我在"下午茶时间"和他们一起吃"塔克尔"。漫长而又辛劳的一天,只有这样一点点乐趣。一个优秀的剪羊毛工人一天可以剪三十多只羊,被认为是冠军级别。阿尔弗雷德有次曾在喝了酒之后,抱怨做我们父亲的儿子坏处多多。但我觉得,这些热情而又有点趾高气扬的人在听说我是狄更斯的儿子之后,对我比对大多数"新朋友"更好一点。这在一定程度上是因为他们以丛林人的礼貌对待我们的父亲。在许多人眼里,我们的父亲就像一个通情达理的教皇。

求知欲让我学会不少剪羊毛的术语。我在给"老板"的信中告诉了他一些相关的知识。例如,公羊剪羊毛的时间可能是别的羊的三倍,毛的重量也会翻倍。被骗了的小公绵羊很难对付。如果剪羊毛的人不小心割了羊脖子,羊就会死,就得负责赔偿。"时间到!"的口令喊出时,那只正要被剪毛的绵羊被叫作"钟羊"。"钟羊"不会再被剪毛,因为剪毛场的杂工和负责捡毛的工人不愿意再碰它的毛,连监工也不愿意。邦尼兄弟也不能强迫人家干额外的活儿。剪得最多的人被誉为"快手"。有些"快手"获得与骑师和拳击手同样大的名声。

一天忙忙碌碌干活儿期间和快要结束的时候,地板上会留下从羊腿上剪下的一缕缕羊毛。男孩子们会把这些毛扫起来放进篮子里。一只羊剪下来的毛总是在桌子上一次性摊开,然后羊毛分级员的助

---

① 塔克尔(tucker):澳大利亚俚语,意思是"食物"。

手把边边角角、肩膀、脖子、臀部的毛剪掉，贴上"第二次剪"的标签。把羊背上的毛卷起来，放到进行最终鉴定的"专家"——羊毛分级员面前。

那年春天，来蒙巴的羊毛分级员是个衣冠楚楚的家伙，名叫威克。他说得很清楚，自己是悉尼市民，在约克郡一家大型纺织厂的澳大利亚代办处学做羊毛生意。像大多数贵族一样，他和剪羊毛工人不太熟。他说剪羊毛的人都是些喜欢喝朗姆酒的酒鬼，只要有机会，就会占便宜。我不想问他这些人是怎么占便宜的。倘若问他，无疑是对他的"崇高地位"表示怀疑。但在剪羊毛小屋的"红色共和国里"，我毫不怀疑他就是独裁者。

他在他那张桌子上做出权威性结论。有时候，会离开那张桌子，去检查分检羊毛的工人的工作，确保分检正确，不同等级的羊毛放进不同的箱子里。在他的桌子上，根据纤维的长度，这位"专家"进一步将羊毛分成一等和二等精梳产品。

邦尼兄弟规定，一等和二等精梳产品要标为 A 和 AA。稍微差一点的，可以标为一等和二等衣料，或者 B 和 BB。邦尼兄弟对羊毛分级员的眼力和工作态度确信无疑。他不会容忍那样的事情发生：因为不认真把变了色的羊毛放错箱子，结果使"一等衣料"的价格下跌。他的名声，就像王子或外交大臣的名声一样，取决于他分等论级的能力。如果"一等衣料"的羊毛可以用来制作台球布，那就是终极的考验，因为台球布需要用最好的羊毛纺织。在遥远的欧洲或英格兰北部，年复一年从事购销的代理商们知道，哪个牧场的"一等衣料"质量最好。蒙巴羊毛闻名遐迩，分级员不能坏了它的名声。

从蒙巴绵羊身上剪下的羊毛沾满了羊毛油脂，必须在蒙巴庄园后面的小溪里用肥皂和水清洗干净。然后在太阳下晒干，再打包成捆，否则邦尼兄弟就得支付数百英镑的"油脂"运输费。

1869年剪羊毛的季节使我对达令河这边邦尼兄弟的大牧场有了更多的了解。我把学到的东西全都记了下来。如果有什么东西适合我"学以致用"，那就是这些知识了。

剪完羊毛之后，高强度的工作成为过去，过了一段时间我渐渐习惯了这种变化。或许想在这条"变化"的路上帮我一把，弗雷德带我去追一种叫鸸鹋的个头很大、步态僵硬、不会飞的鸟。弗雷德对鸸鹋很有感情，除了帕坎吉人，他不允许任何人在蒙巴猎杀这种动物。我们在金合欢树林、草丛和滨藜丛中遇到一群健壮的鸸鹋。它们身高六英尺多，跑得飞快，可是只走直线，所以能让它们转向就是胜利。不过，如果它们确实改变了方向，速度还是比马都快。弗雷德让我选定一个目标，然后去追。我选择的那只鸸鹋一路狂奔，目不斜视，带着我进行了一次长达数英里的"越野骑行"，直到它终于转了一个直角。

剪羊毛那几天既繁忙又紧张，我没有时间去想迷人的姑娘康妮·德塞利提出的问题，也没有时间去想莫瑞斯和弗莱梅尔太太如何奔走在逃亡路上。现在，我很想知道弗莱梅尔太太是否能带很多钱。如果没有，莫瑞斯又该如何养活他们自己呢？假如舅舅还没有给他发过工资呢？或者说，他怎么能买得起两张船票去遥远的港口，即使是去新西兰。我有时候想起他的事就焦躁不安，更不知道自己做点什么才能帮助他。很明显，他年纪轻轻就以这样或那样的方式做出如此重大的选择，而智慧和想象力似乎为他埋下祸根。

在达令河两岸茫茫草原，只要有板球、赛马和借贷的地方，人们出于礼貌或担心，都会继续相信弗雷梅尔先生的妻子和外甥在度假。

乔吉姨妈寄来一封信，我晚了几天才收到。她在信中告诉我，"老板"的弟弟弗雷德叔叔去世了。我几乎没见过他，但我想阿尔弗雷德可能见过，因为弗雷德原本和我们是一家人。他在许多方面证明自己不配这个家是后来的事情。乔吉姨妈在信中概述了这些，她写道：

> 他认识了酒吧女招待安娜·韦勒，并且和她结婚。（我们都预料到这将是一场灾难）后来，他实际上逃离了这个国家，而没有支付她赡养费。回来后，他被逮捕，关进了马绍尔西①，就像他父亲当年一样。但他打着你亲爱的父亲的旗号做交易，攒够钱逃了出去。可怕，可怕，一个真正的男人不应该做的事情他都敢干。这个可怜的家伙只有四十八岁，肺部脓肿使他窒息。你父亲明智而宽厚地说："浪费了的生命，但上帝不允许人们对他苛刻。"

接着她又谈到了"老板"，说：

> 你父亲身体不好——他去过法国很多次，但似乎并没有得到足够的休息——再加上秋天天气很恶劣，所以他派小查理代

---

① 马绍尔西监狱（Marshalsea，1373—1842）：伦敦萨瑟克一座臭名昭著的监狱，位于泰晤士河以南。几个世纪以来，这里关押了各种各样的囚犯，包括被控海上犯罪的人，以及被控煽动叛乱的政治人物，但它最出名的，是囚禁伦敦贫穷的债务人。1824 年，狄更斯十二岁时，他的父亲因为欠了一个面包师的债而被关进这座监狱。狄更斯称之为"许多悲惨岁月里拥挤的幽灵"，只有当地议会的一块匾额能让人回忆起。"现在它已经消失了，"他写道，"没有它，世界不会变得更糟。"

表他参加在达林顿举行的葬礼,那地方本来就够糟糕的了……

我知道弗雷德叔叔小时候和我很像,但一直没有找到属于他的蒙巴,那应该是他灵魂力量的集中之地。我非常想见到阿尔弗雷德,听听他对叔叔的看法。然而,弗雷德·狄更斯叔叔经历的苦难并没有压垮我,因为我相信我已经逃脱了造成父亲许多兄弟在家庭中的失败,甚至他父亲失败的原因——缺乏勤奋。是蒙巴将我从这泥沼中解救出来。

我正要去威利·苏托的店里喝茶,汤姆·拉金披着兽色,神色庄严地向我走来。"普洛恩先生,"他说,"我妻子对我说,你一定想看看这个。我也不知道这上面都写了些什么。但愿一切都好。"他说着递给我一张报纸,按照丛林人的习惯向我打了个招呼就走了。

"向你迷人的妻子问好。"我向他喊道,他举起一只手,对我的问候表示感谢。

读完乔吉姨妈的来信,拉金送来的剪报又是满纸惆怅。

狄更斯先生宣布今年不会出版《一年四季》的圣诞版,这让英国成千上万的读者感到遗憾。不过,他的圣诞故事似乎不会缺失,包括过去最受欢迎的故事:《冬青树旅馆》《金玛丽号沉船》《某些英国囚犯的危险》《圣诞颂歌》和《出租的房子》。这些作品将在《家常话》出版。狄更斯先生在美国度过了疲惫不堪的一年,现在又在苏格兰和爱尔兰举行他广受赞誉的读书会。

这就是拉金以大国之间互换已经签订好的条约的庄严交给我的

"情报"。这条消息发表在《墨尔本阿古斯报》[①]上,转自伦敦《泰晤士报》。拉金不知道这份剪报会对我产生怎样的影响,因为他无法站在我的立场上想象。他天生风度翩翩,总算把这件事办得很好。我已经远走高飞,我想,这是第一次"老板"因为家里没有孩子,而失去写圣诞故事的冲动。就是这样,没有别的原因。因为家里一个孩子也没有了。

20

弗雷德·邦尼建议我一路骑马到科罗纳阿尔弗雷德的牧场过圣诞节时,我的第一个反应是问:"你不想让我在这儿和你们一起过节吗?"他回答说,卡尔泰想去拜访他妻子的家人,顺便了解一下弗雷德说的那些"法律或知识"。卡尔泰会和我一起去,他知道沿途所有的水坑。全程需要两天多一点的时间,酷暑时最多三天。

我决定去阿尔弗雷德的牧场过圣诞节,并且送给弗雷德和爱德华·邦尼每人一本《我们共同的朋友》作为圣诞礼物。我让威利·苏托提前订了两本书。因为《我们共同的朋友》刚出版没几年,估计他们还没有读过。这本书我自己几乎一个字也没有看过,现在送给别人,又生出平常那种自欺欺人的感觉。我知道这本书影响了才华横溢却注定失败的莫瑞斯。第一次去蒙巴的路上,他对我说:"你

[①] 《墨尔本阿古斯报》(*Melbourne Argus*):1846 年至 1957 年澳大利亚墨尔本的一份晨报。以保守派报纸而闻名,但从 1949 年开始,它采取了左倾的立场。《墨尔本阿古斯报》的主要竞争对手是戴维·赛姆(David Syme)的思想更为自由的报纸《时代报》(*The Age*)。

父亲笔下最真实的人物是贝拉·威尔弗。你知道吗？《我们共同的朋友》里的人物。她起初是个唯利是图的人，后来认识到自己贪得无厌，忏悔，自省，最终成为一个有道德的人。"

"哦，是的，哦，是的，老伙计。"我连忙说，不等他再问"为什么贝拉·威尔弗在所有印在纸上的人物中最值得钦佩"。

我给威利和拉金斯夫妇送了巧克力和烟草等非文学性质的礼物。这个季节炎热的天气对格蕾丝·拉金来说最诱人——一个女孩似乎正在成长为家庭主妇，成长为远离大海的丛林女人。圣诞节前几天，我和卡尔泰出发了。

弗雷德·邦尼给了我四基尼[①]作为礼物，还坚持让我带一匹特别结实的沃勒和我那匹库茨一起踏上漫漫长路。卡尔泰是个知识丰富的、非常聪明的旅伴。他举手投足都显示对这块显然贫瘠的土地拥有天然的所有权。他的父亲或许是祖先中第一个看到马的人——可能是探险家查尔斯·斯特尔特[②]或他的追随者骑的马——但此时此刻马背上的他潇洒自如，仿佛许久许久以前他们就已经是马的主人。

我们沿着小溪向西走，从中午到下午三点或更晚在树林中休息，然后继续前进直到暮色降临。第一个下午晚些时候，看到白色页岩山旁有几座勘探者的小屋，但没有理由在一年一度这个美好的节日去打扰他们。我们还遇到一个阿富汗人的营地，他们牵着满载货物的骆驼去驮鞍镇，彼此颇为礼貌地互致问候之后便不再有交集。没多久，平原在笔直的红土道路两边变得开阔起来。热浪蒸腾，极目

---

① 基尼（guinea）：英国旧时金币或货币单位，价值21先令，现值1.05镑。
② 查尔斯·斯特尔特（Charles Sturt, 1795—1869）：英国的澳大利亚探险家，他带领几支探险队进入澳洲大陆内部，先是从悉尼出发，后来又从阿德莱德出发。他的探险队追踪了几条向西流动的河流，确定它们都汇入了墨累河。

远眺，宛如大海透明的波浪在地平线跳动。远处有一群鸸鹋，腿好像被"波浪"淹没。

漫长的一天，到达驮鞍镇时已经很晚。我们走进一个大院子，里面有许多匹马。阿尔弗雷德让我到帕克马鞍酒店之后，再打听更多的情况。这是一家简陋的酒吧，老板原来是个剪羊毛工人，名叫罗伯特·诺维奇。罗伯特·诺维奇和他的妻子——这个女人总是用华丽的语调一字不差地重复丈夫最后几句话——并不像我原来想象得那样，在这茫茫无际、人烟稀少的草原饱受孤独之苦。因为诺维奇每周都要为从威尔坎尼亚到最遥远的殖民地蒂布巴拉①的公共马车换马。这中间有不少牧场和矿山，这样一来总有顾客来他这儿用支票兑换现金或者买酒喝。

卡尔泰在酒店后面露营——因为很多乡村酒吧老板不喜欢黑人在店里住。我走进前面的酒吧，看见罗伯特·诺维奇和一个眼睛水汪汪的老头站在一起。那人穿着一套棕色西装，装模作样，炫耀自己的身份。

"就是他！"诺维奇先生拍着吧台说，"阿尔弗雷德·狄更斯的弟弟！同样是绅士和学者，又一个狄更斯！"

"……又一个狄更斯。"诺维奇夫人重复道。

"昨天我们就以为你能到呢！店里来了不少客人，准备去芒特布朗。"

"……去芒特布朗淘传说中的黄金，是的。"

我告诉他，阿尔弗雷德让我问问他去科罗纳牧场的准确方向。他回答说："我能先请你喝杯酒吗，狄更斯先生？"

---

① 蒂布巴拉（Tibooburra）：澳大利亚新南威尔士州西北部的一个村庄，距离该州首府悉尼一千一百八十七公里。

"那就来杯香蒂啤酒吧。"我说。香蒂啤酒一半麦芽啤酒,一半柠檬水,是殖民地酒馆老板出售的最便宜的饮料。

诺维奇夫人去端酒时,我向酒吧里那个人点了点头,诺维奇先生说:"我们的常客加金先生。我们这个地区的长期租客。"

"确实是长期租客。"诺维奇太太说。

"我住在这儿,就在这个地方,"加金夸口似的对我说,"要是哪天从凳子上掉下来一命呜呼,就会被直接抬到墓地去。"

我忍不住问:"你在其他地方没有亲戚吗?"

"没有,先生,"加金先生说,"如果不是驮鞍旅馆提供一个遮风挡雨的地方……不过,请注意,我刚来西部时,还是个像你一样的男孩,就像昨天。时运不济,期望太高,鲁莽借贷,把我毁了。但我很幸运,找到了一个避风港。"

我觉得他是我见过的最可怜的人,不知怎的,觉得他甚至比丹迪·达尼尔还可怜,但什么也没说。

"这么说,你是想知道去科罗纳牧场的路吗?"诺维奇先生边说边从抽屉里拿出几张纸,开始画地图,他的妻子凑过去,仔细查看,以防出错。然后,他语速很快地说:"你从这儿往左走,离开走马车的路,一直到福勒湾交叉路口——别往左走。往左就到了梅宁迪。那条路一路上连一个水坑也没有。往右走,到尤里奥伊。"

他没有把嘴里说的那个 Your-irr-owy 拼写出来,我就糊涂了。

"到了那个岔路口一定注意,你要走的那条路边儿,"他告诉我,"立着一根木桩。木桩上面挂着一个空糖浆罐子。"

"木桩上面挂着一个空糖浆罐子。"诺维奇太太附和着。

诺维奇先生看到我还是一头雾水,就说:"好了,叫你那个黑人同伴进来吧。"

我去找卡尔泰，他已经生了一堆火。见我招呼他，站起身来，跟我走了进去。诺维奇给他讲了一遍，还把他画的地图给了我。

卡尔泰说："我认识那条路。我知道科罗纳。"

诺维奇先生笑着说："没错儿，你这个黑家伙。你在那儿有亲戚，是吗？"

卡尔泰点点头，一言不发，转身离开。诺维奇坚持让我喝他递过来的啤酒，因为正值圣诞节期，而且他对阿尔弗雷德评价很高。他还建议我给卡尔泰买一瓶波尔图葡萄酒——"黑美人"。

"那不是违法吗，诺维奇先生？"我问。受弗雷德·邦尼的看法以及美国人用烈酒削弱印第安人意志的故事影响，心里很矛盾。我告诉自己，波尔图不像白兰地、朗姆酒或威士忌那样危险，不会让一个高尚的种族衰落。

"我想这样会让你结交一个朋友，狄更斯先生，"诺维奇说，"我的生意不是要把黑人变成醉鬼。但我认识跟你一起来的这个家伙，他很爱喝酒。来，别客气。"他把一瓶贴着黑色标签的雪利酒放在桌子上。"你自己不要喝。我有更好的东西给你……"

"更好的东西给狄更斯家的孩子。"诺维奇夫人附和道。

诺维奇先生又问我想喝点什么，我点了啤酒，坐下来喝。

"如我所说，我们当然很荣幸，年轻的狄更斯。加金先生是最早来我们这儿开拓的老前辈之一。你是哪一年来的，加金先生？"

"我是1840年冬天在福勒溪定居的，"老人回答道，"那时候，袋鼠草比我的马还高。"

"那时候，他们还往来运犯人呢。"诺维奇先生不无敬畏地说。

"没错儿，"加金先生表示同意，"但不是送到我在的那个地方。那时候，我在南澳大利亚，是一个年轻的地质学家。我以为我成功了。因为砂岩、白云石和石英都显示那地方可能有铁、铜、银、金。那时我在阿德莱德有老婆陪伴，她还没有对我失去耐心。"

"你找到那些宝藏了吗，加金先生？"我一边呷着啤酒一边问道，纳闷为什么长辈们把它当作生活的必需品。

"矿石并不难发现，小狄更斯先生。哦，我可以告诉你，我站在悬崖边对上帝唱歌。我在姜汁饼干色的岩石中发现了氯化银。"

"姜汁饼干，"诺维奇太太说，"我偏爱姜汁饼干。"

"小狄更斯先生，我只要有足够的资金、有许多骆驼把矿石粉碎机、提炼设备、熔炉运进巴里尔山脉，就能成为澳大利亚的克罗伊斯①。现在，我需要的仍然是资金和一条通往威尔坎尼亚的铁路。近三十年来，我一直大声疾呼，游说总督和政客，先是在南澳大利亚，然后在悉尼。悉尼政客们的想象力在达令河上消失了，年轻的先生。他们脑子里的地图不包括这块广袤的土地。他们简直就是犯罪。总而言之，他们讨厌我，我成了他们避之唯恐不及的眼中钉。这一切让我心里非常难过，年轻朋友，我不可能与他们为伍。"

诺维奇夫人重复了他关于"脑子里的地图"的观点，"伯尔克堡也不在上面。"她补充道。

加金先生眼里似乎充满了泪水，喝完剩下的白兰地，把杯子递给诺维奇，让诺维奇再斟满。诺维奇一边拿着一瓶白兰往他的杯子里倒，一边对我说："你知道，小狄更斯先生，加金先生是一个超前的人，是那些没有远见的人辜负了他。辽阔大地到处都是丰富的矿藏，总有一天，荒原之上会建起一座座城市。其中一座应该叫加金。"

....

① 克罗伊斯（Croesus，公元前595—公元前547）：吕底亚的国王，大富豪。克罗伊斯以他的财富而闻名，在历史上已经成了一个神话人物。

"加金,"诺维奇太太喃喃着说,"我很荣幸能住在一个叫加金的小镇上。"

"我最后的日子就这样在驮鞍旅馆度过了。"加金一言以蔽之。

"你说过你有家……"

"我有个漂亮的女儿,嫁给了南澳最高法院的彼得·布莱特法官。他们一片孝心,供养我,让我衣食无忧。我告诉你这些,并非出于骄傲。我这个人已经骄傲不起来了……"

加金先生突然拿起手杖,放在吧台上,缓慢庄重地说:"在这个最可怕的地方,最可怕的孤独中,希望渺茫,雄心熄灭,死神咔嗒咔嗒地敲响房门,沉思仿佛困在一座被瘟疫包围的城镇里,他又一次感觉到生活的失败……"

他又用手杖敲了敲吧台,说道:"谁也不能说我不了解我的《马丁·查兹勒维特》!"

"《查兹勒维特》,"诺维奇夫人又惊又喜地大声说,她大概已经习惯了加金先生的朗诵了,"《查兹勒维特》描写了美国人的生活。"

加金先生颇为夸张地用手杖指着我说:"先生,你的父亲!你的父亲真棒!"

如果父亲知道在澳大利亚最偏远的村庄、牧场都有人知道,并且热爱他的作品,他一定感到很荣幸。

"在驮鞍,告诉你父亲。在驮鞍,先生!"加金喝了一口白兰地,然后若有所思地说,"我出生在伦敦,他妈的死在驮鞍。这回你懂了吧。"

"哦,"我满怀同情地说,"你必须明白,我父亲更愿意写被殖民地救赎的人们的故事。"

他们听了之后,陷入沉思。

虽然诺维奇要留我吃饭，住宿，但我还是离开他的旅店，打开行囊，吃自己带的硬面饼子、羊肉。我更喜欢在跟着我四处"流浪"的睡袋里睡觉，不喜欢殖民地小旅馆里摇摇晃晃的床。卡尔泰正在篝火上咕嘟咕嘟地煮茶。我对他说："卡尔泰，我希望我做的没错儿。诺维奇先生建议，现在是圣诞节，我可以给你买瓶波特酒。谢谢你一路陪伴。和你在一起我觉得很安全。这瓶酒只是一件小礼物。"

篝火照耀下，看不出多大年纪的卡尔泰目光深沉地凝视着我。他跪在火堆旁边，但没有伸出手来。我把酒瓶放在他的膝盖旁。他说："谢谢你，狄更斯先生。"然后把那瓶雪利酒挪到他那边的火堆旁。吃过晚饭，他还没碰瓶子。我跑到小溪里洗了个澡，准备睡觉。钻进睡袋之前，卡尔泰递给我一块树胶，对我说："狄更斯先生，你嚼着这玩意儿，就能做个好梦。"

"真的吗？"我傻乎乎地问。

"你需要这个家伙帮你做个好梦。"当地人管什么都叫"家伙"，好像每一样东西都有灵魂。我礼貌周全地收下那一团棕色树胶。

我突然感到一阵深深的忧郁，也许卡尔泰预料到我今天晚上难以成眠，才给我这玩意儿的。加金看起来是个悲剧性的人物，即使他对我父亲的作品一无所知。我说："一路奔波，我是真累了。今天用不着，但我会留着，到需要的时候再用。"

"把它留在你身边，"卡尔泰恳切地说，"它是个好家伙。你带着这家伙旅行很轻松。有了它，你就能看见死人，他们会像朋友一样和你说话。"

渐渐减弱的火光一定映照出我的忧伤。卡尔泰哈哈大笑着说："在你与你太太相识之前，就会在梦中与她相见。你能在梦中和所有人交朋友。你就会非常快乐。"

"好吧,"我说,举起那块树胶,证明我已经把它放在心上了,"如果我睡不着觉,肯定会嚼它的。"

他点点头,然后唱起歌。在那单调的歌声中,我很快就睡着了。

我在睡梦中突然惊醒,以为有一只猫头鹰或者一只青蛙爬到脸上,盯着我看,算时间,不可能已是深夜。我确信嘴里有一股羽毛的味道,但清醒之后,那种味道就消失了,取而代之的是压在心头的沉重,让我难以成眠。我想到阿尔弗雷德,感到害怕。究其原因,却浑然不知。我仿佛是从母亲胸口冒出来的一个血红色的、可憎的东西,不甘心为了变成一个孩子和成人而辛苦、努力。而一看到阿尔弗雷德,我就又变得像个孩子一样,无法平息心中的怒火。我是为了过圣诞节,为了友爱才去找哥哥的,但我觉得自己正在走近一口毒井,或者是自己带着毒走向一口井,而不是以任何方式进行一种充满友爱的活动。

"……如果睡不着的话。"临睡前卡尔泰说的关于树胶的话在我耳边回荡,可是此刻,他鼾声大作,显然早已在睡梦之中。

我掰下一小块树胶和烟灰的"混合物",一种浓浓的蔬菜的甜味在鼻翼缭绕。我慢慢地咀嚼着,所有的怨恨都从身上流淌出来,脑子里那些不好的念头也消失殆尽。我感到一种巨大的解脱,满天繁星的排列和撞击心头的冲动都被逆转了,浩瀚星空变得亲切起来。我想,这个"家伙"是比波尔图葡萄酒更好的解药!

我开始天马行空地想象,仿佛此刻正置身于一个宽敞的房间里,熟练地拉着小提琴,康斯坦丝·德塞利用她自己的乐器——好像是大提琴,在我身边演奏。我在音乐的声浪中对她说:"我从来不知道我喜欢你。我以为你是个很普通的女孩。"康妮觉得这话很有趣,但并没有停止演奏。

之后,我看到"士兵"斯台普斯站在内塔利板球场的击球线上,手里拿着一个板球,鲜血在腰间红色的"蒙巴十一人队"绶带上汩汩流出,闪闪发光。弗雷梅尔先生站在球场那头的击球线上,一副垂头丧气的样子。似乎是我们的音乐把他逼到绝境。

然后,母亲出现在中场防守的位置。她和康斯坦丝都被眼前的场景逗乐了,就像两个女人合谋取笑男人一样。妈妈拉起"士兵"的手。斯台普斯把球扔到地上,两条胳膊伸向她丰满的身体,说:"注意你的裙子,狄更斯太太。"

"我要把它送给那些女演员。"母亲像个女孩一样嗲声嗲气地说。

康斯坦丝和我几乎要消失。我们在一长串华丽的装饰音中融为一体。"真可惜你不会速记。"康斯坦丝嘟囔着。她似乎认为会速记至关重要,这样一来我们就可以进一步交流。

"我会学的。"我向她保证。

狡猾的弗雷梅尔先生站在击球线上喊道:"没人给我发球!"不知怎的,我觉得这是我听过的最搞笑的事情,我在音乐的声浪中大笑不止。

还有别的梦境,但模模糊糊,并不清晰。我知道我是在康斯坦丝脸上寻找某种迹象。等我醒来的时候,我和同龄男孩并无两样。然而,尽管回到了一个更友善的世界,我还是对那个努力与康斯坦丝·德塞利一起创作一首歌曲并分享速记法梦想的自己有点鄙视。

为了抵御夜晚的恶魔,我把剩下的树胶用纸包好放进了口袋。

"平安夜,卡尔泰。"黎明醒来时,我大声说。

我们出发的时候,天已经非常热了。纵马前行在辽阔的草原,太阳像一个重物压在肩上。不再胡思乱想,只想着黄昏前到达科罗纳。

21

科罗纳牧场的庄园没有蒙巴那么大。从山顶放眼望去，它坐落在一条被河水拦腰斩断的山谷里，显得很漂亮。庄园里的房子是用山上的石头建造的，石头上似乎有石英闪闪发光，有人说，可能是银。庄园外面有一口井，背靠砂岩小丘。我们走近时，帕坎吉孩子们从小溪边的灌木丛中跑出来迎接我们，两个穿着衬衫和帆布裤子的老人走过来直盯盯地看着我们。如果他们是卡尔泰的亲戚，看不出一点点打招呼的意思。几个年轻的赶羊人在自家牧场燃起篝火。我能分辨出他们当中谁是来自英国某座城市（伦敦、利物浦、伯明翰），也能看出谁的目的是想学成一位合格的牧场主。因为我干活儿的时候穿的工作服和他们身上的衣服一模一样，都是从英国买的。

阿尔弗雷德从商店游廊的阴影下走了出来。卡尔泰在一群亲戚——包括尖叫的女人和矜持的老人——簇拥下从我身边走开。我对他说了声"圣诞快乐"。

我刚下马，阿尔弗雷德就已经跑到我身边，大声说："圣诞快乐，小弟弟。"他搂着我的肩膀，酒气扑鼻，可能是白兰地。我以前就知道，他很喜欢喝烈酒。

"我的好好先生汤姆·查德，这里的店主，一直跟我举杯祝酒呢，他知道在耶稣诞生前夕让我误入歧途是多么容易。尤其小弟弟要和我团聚的时候！"阿尔弗雷德乐呵呵地说，纯朴与真情溢于言表。

店主从一片阴凉下走出来，站在稍远的地方，和颜悦色地笑着。

"查德先生，狄更斯先生，反过来说也一样。"阿尔弗雷德说，"你变成一位丛林旅行者了,普洛恩。我得告诉你,"他接着说,"今晚有个篝火晚会。在殖民地,我们点燃篝火来庆祝炎热。只有这样才能让上帝知道我们还在这里。"

"你这是在讲神学呀,狄更斯。"汤姆·查德说,并无不悦。

"一定是季节到了,"阿尔弗雷德说,"温度计里的水银都沸腾了,所以今天一定是殖民地的圣诞节!"然后他像平常那样十分顽皮地吹了一声口哨——他一向是个无忧无虑的人。尽管学问做得一塌糊涂,但他仍然昂首挺胸,自信满满,高高地扬着下巴,一副不屈不挠的样子。

"你是和那个名叫卡尔泰的黑人一起来的吗?"他问。

"是的。"

"我必须跟他谈谈。墨菲特河那边出了点问题。谢谢邦尼兄弟派他过来。"

直到此刻我才知道,卡尔泰的来访对阿尔弗雷德还有一层意义。阿尔弗雷德又打了一声口哨,一个土著小男孩正和他的朋友们跑着玩儿,听到哨声,向我们走来。

哥哥让他把我的马鞍袋拿给杰拉蒂夫人,让她放到我的房间里,然后给我的母马卸下马鞍,牵着它去饮水。

我"赦免"了自己,从哥哥身边走开,跟着男孩穿过前面杂乱无章的花园,来到后面的宅第。我已经开始绞尽脑汁寻找借口,逃脱这个节日之夜的"狂欢",因为从哥哥昂首挺胸的样子,凭童年时代对他的了解,可以看出他想热热闹闹过这个圣诞节。男孩领我走过一道顶棚很低的长廊,撩起门口挂着的一块湿漉漉的粗麻布门帘,走进昏暗凉爽的门厅。

杰拉蒂夫人正在房子后面扫地。她身强力壮,年纪不大,皮肤黝黑，看上去像吉普赛人。她穿着一件黄色长裙，脚上穿着靴子，没有穿长筒袜。

和平常一样，我见了陌生人就局促不安。"我是狄更斯先生的弟弟。"我说，迟疑不决地微笑着。

"我想，你一定想喝点茶。"她带着浓重的殖民地口音回答道。

我对她说，那太好了。

"你想在客厅喝，还是想在厨房喝？"她问。

"厨房吧，杰拉蒂夫人。"我回答，因为我突然渴望有一个像母亲一样的女人陪伴。

"没问题，狄更斯先生，"她告诉我，"马上就好。你就跟我走吧。"

她领我走进那幢房子，先把我送到我的房间。屋子里面黑洞洞的，木头屋顶很低，屋檐很宽，压花铁皮天花板下，光溜溜的墙上只有一张照片。照片上是一匹正在参加南澳大利亚越野障碍赛的骏马。一定是一位热爱赛马的人钉上去的。

用水罐和水盆洗完澡之后，我换上一件新衬衫，穿过房子后面几间小屋，来到厨房。和蒙巴一样，厨房也是独立的。

杰拉蒂夫人已经摆好一张小桌，一壶茶，一个瓷杯，用小桌巾盖着的一块甜馅饼。我正要倒茶时，她走了过来，用一块布擦了擦手，要亲自为我倒茶。她一边倒一边说："能为另外一个儿子倒茶，当然求之不得……"

我以为她是指"老板"的儿子，但她却说："……厨房和餐厅伟大的先知玛丽亚·克拉特巴克夫人。"

我有一会儿困惑不解，后来才想起妈妈写的那本破旧的烹饪手册。我曾看到乔吉姨妈偶尔皱着眉头偷看那本书，就像那些寻找答案的女人。

"我相信，"杰拉蒂夫人说，"那是你母亲狄更斯夫人的笔名。"

"没错儿。"我说。她年轻时候，写了《我们晚餐吃什么？》。我想，那时候我还没有出生。"人们都说那本书是一位名叫玛丽亚·克拉特巴克夫人的人写的。实际上是我母亲。我母亲本人写的。"

"是的，我明白。"杰拉蒂夫人说。

"据我所知，那本书前头是我父亲，'老板'写的。"

"夫妻俩一起工作，写出一整本食谱得多开心啊。"

"是的，他们很高兴。"我毫不犹豫地说。

但我怎么知道呢？那时候我还没有出生。是朵拉的夭折让他们不开心吗？那么突然。"老板"陪她玩了一下午，还带着她在花园里转来转去。可她就在他外面讲课的时候，突然癫痫发作，撒手人寰。乔吉姨妈说，"老板"回家之后，整整一个晚上抱着那具小小的尸体不放。

我决定在杰拉蒂夫人身上打个赌，她不会装模作样。读过什么书，没读过什么书都毫不掩饰。我问她："我父亲的作品，你读的多吗？"

她想了想，说："读过一点儿《匹克威克外传》。可是觉得派不上用场。"

我哈哈大笑，心里顿时轻松了许多。

杰拉蒂夫人皱起眉头问："我说的话可笑吗，狄更斯先生？"

"没有。我在想，我妈妈要是知道你读了她的书一定会受宠若惊。"

"我在塔斯马尼亚的时候，一次又一次地按她的食谱做饭，因为在那儿能吃到非常新鲜的鱼。我想，现在你父亲最喜欢的一定是填牡蛎的烤羊腿……炖腰子我也能做。我在东海岸给一位女士干活儿的时候,就做过这道美食。至于这里的烤羊肉,我在里面填了一种用酱料腌制过的肉末,你哥哥很爱吃。我也做香肠,用的是田园公司为我安装的灌肠机。"

我很有礼貌地点点头,她继续津津有味地说下去。"说到鸡鸭,我们这儿也能吃到。我可以派个男孩去附近搞到几只鸭子。至于出身卑微的丛林火鸡[①],没人替它们说好话,不过我能抓到这些家伙,炒肉片或者做咖喱鸡。我还用了你妈妈如何拿野鸡当食材的菜谱。至于牛肉、羊肉、烤肉块、里脊、杂碎、羊腿,克拉特巴克夫人推荐的所有这些东西,我们这儿都不缺。"

"我们蒙巴也不缺。可惜就缺你这样的好厨师。"

皮肤黝黑的杰拉蒂夫人听了这话,脸都红了。请注意,我想,蒙巴的厨师——那个叫考特尼的老家伙,手艺一点也不差。

"你盘子里的甜馅饼,是用一种叫宽咚的沙漠水果做的。是我按照你妈妈做青梅甜馅饼的方法做的。你尝尝这个宽咚甜馅饼,我瞅着。"

我尝了一口,真不错。她看到我脸上的表情,说:"你哥哥第一次吃这甜点的时候说:'杰拉蒂夫人,宽咚真是令人惊喜的发现!'"

"我也会这么说,"我对她说着,又吃了一口,"你还有这本书吗?我是说那本烹饪书。"

"当然有!我和儿子决定来大陆寻找机会时,黑尔夫人给了我一本,还是精装的呢。我儿子和你差不多大,是个好孩子,在普拉马卡牧场当牲口赶运人。"她自豪地笑着对我说。

---

① 丛林火鸡(brush turkey):产于新几内亚和澳大利亚的几种鸡属鸟类,尤指长有黑色羽毛的巨雉。

"黑尔太太知道你要走，一定很难过。"

"哦，我提前培训了一个女孩，"杰拉蒂夫人说，"填补我的空缺。"她说着走进里屋，回来时拿着一本装帧精美的书，递给我，然后又走了。在一座与沙漠毗邻的殖民地牧场，看到母亲编写的这本棕红色皮革封面的书，我不由得哭了起来。

杰拉蒂夫人再次出现时，看到我泪流满面，抓住我的胳膊说："当然，亲爱的孩子，你一定想念妈妈。"

"我也不知道为什么会哭，"我说，"别告诉我哥哥。"

"你以为你哥哥就没哭过吗？"杰拉蒂夫人笑着说。

"我可以把这本书拿到我的房间里看一会儿吗？"我边擦眼泪边问。

她说当然可以，劝我把宽咚馅饼吃完。不用杰拉蒂夫人再催促，我几口便吃掉馅饼，谢过她，回到自己的房间，对阿尔弗雷德狂欢之夜前能让我一个人安静一会儿很是感激。可是没过多久，帮我拿包的男孩就来敲门了。

"狄更斯先生，狄更斯先生请您到他和查德先生那儿去一趟。"

"告诉他，我不舒服，一个小时后过去见他。"我回答道。

"怎么不舒服，先生？"帕坎吉小伙子问。

"就说我肚子难受，一会儿就过去。"

"好的。"男孩说，然后就离开了。

我坐在窗边的书桌旁，打开那本1852年出版的烹饪书。杰拉蒂夫人经常翻看这本书，但用得很仔细。我出生在这本书出版的那年。当全世界的女人买这本书的时候，妈妈正在给我喂奶。

这本书的扉页上写着作者是虚构的玛丽亚·克拉特巴克夫人。我之所以知道这件事的原委，是因为乔吉姨妈告诉我，这本书的序言是父亲以假想作者克拉特巴克夫人的口吻写的。通篇都是克拉特巴克夫人回忆已故但依然深爱着的乔纳斯爵士和他对食物的品味。

已故的乔纳斯·克拉特巴克爵士,除了许多别的优点外,还有一个好胃口和极强的消化能力。多亏了这些先天禀赋(虽然我比我尊敬的丈夫小几岁),我婚后才有了许多幸福时光。

乔纳斯爵士不是一个美食家,虽然他有丰富的美食经验。里士满的朋友一个月见他的次数从来没有超过一次,而他在布莱克沃尔和格林尼治①也同样是罕见的访客。当然,出于职责的考虑,他参加了大多数市政委员会的宴会(1839年他被选为市议员),偶尔也到城里某个有名的地方去参加宴会。不过,这些都是例外,他一般都是在家里吃饭。聊以自慰的是,我对他好胃口的关注赢得了他的尊重,直到最后的时刻。

我的许多女性朋友的生活经历告诉我,唉!别人的家庭关系不像我那样幸福。她们的日常生活因为缺少美味佳肴,只有冷羊肉或者咬不动的排骨而充满抱怨,渐渐地俱乐部变得比家庭更有吸引力。"城里的公务"似乎远比成家之初繁忙。吃早餐的时候没完没了地问:"晚餐吃什么?"使得早餐成为令人恐惧的时刻。而吃晚餐的时候,情况只能更糟!

为了把许多好朋友从这种家庭苦难中解救出来,我愿意向世界公布一份得到乔纳斯·克拉特巴克爵士认可的食谱。我相信,只要经常按照这份食谱烹饪,就可以轻而易举地解决最困难的问题——"晚餐吃什么?"

----

① 格林尼治(Greenwich):是位于英国英格兰大伦敦东南的格林尼治区、泰晤士河以南的城区和历史古镇。

读到这里，我觉得他写下这些文字的时候，他们一定还爱着对方，他把自己伪装成编写食谱的那个人——我的母亲。事实证明，那时候，他们和出版商布拉德伯里以及埃文斯的关系不错。父亲说，后来弗雷德·埃文斯说了许多他和妈妈分居以及乔吉姨妈的坏话。

我翻到食谱，开始读母亲笔下的文字。"腰窝上的肉是炖羊肉汤不错的部位，但首选羊脖子上的肉。用文火炖很长一段时间（三个小时或更长，如果块儿大的话），直到炖得很烂……"想到妈妈和厨师探讨这道菜的时候，我可能正在育儿室里睡觉，悲喜交集，泪水又迷住我的眼睛，足足哭了十分钟。然后合上书，还给杰拉蒂夫人，去见阿尔弗雷德。

我走进商店，看见阿尔弗雷德正和查德坐在游廊阴凉处。"他来了，查德先生，"他喊道，"给我弟弟倒朗姆酒。"

查德一双善良的黑眼睛看着我，温柔地问："孩子，你喜欢喝姜汁啤酒吗？"

我说，这一路鞍马劳顿，还口干舌燥呢。查德让我进店里，向查德夫人介绍一下自己，让她倒一杯姜汁啤酒。我按吩咐走进昏暗的商店，打了个招呼。一个身材高大、肥胖但脸色苍白的女人从商店后面的屋子里走出来。这个商店的布局和商品和威利·苏托的商店大同小异。不过，我第一眼就觉得有点不顺眼，于是说："Yairz？"[①]就像经过多次练习和自我折磨才说出这个表示肯定和感叹的词。我明知故问她是不是查德夫人，她说："我就是那位夫人。你有何贵干？"

---

① Yairz：澳大利亚俚语，意为 yeah。

"请接受我的敬意。"我连忙说,因为我知道她这么咬文嚼字,一定期待我能表示对她的敬意,便告诉她我是阿尔弗雷德·狄更斯的弟弟,她的丈夫说我可以从她这儿拿一杯姜汁啤酒。

"啊,没问题。我去给你拿,稍等。"她满口方言,然后拿着一把陶壶和一个小杯子回来,把苏打姜汁啤酒倒进杯里,泡沫四溅。

"你能不能让先生们不再喝罗姆酒和白兰地酒?"她问。

"请原谅……哦,我明白了,你是说朗姆酒,"我说,然后压低声音问道,"你为什么不让他们停下来呢?"

她说:"我能叫查德别喝,但是没法儿管德肯斯先生。他是新南威尔士和帝国牧业公司的经理!"

"他是我的哥哥,酒喝多了对身体不好。"

"那你就应该告诉他。"

"好吧。我会尽力。不过他比我大。"

"祝贺你的诞生,"她一边对我说,一边把杯子递给我,"我的意思是,祝贺你诞生在查尔斯·德肯斯家,是他的儿子。"

我有什么资格跟她争论呢?"谢谢你,"我回答道,"虽然生在谁家由不得我,查德夫人。"不过,人们总是认为我需要一定的聪明才智,才能生在狄更斯家。

她做出一副推心置腹的样子对我说:"你尽力和先生们说说。可怜的——呃,查德会很难受的。"

事实上,我哥哥喝得太多了,那天晚上我们没有再谈什么有意义的事。我们和卡尔泰聊天时,杰拉蒂夫人派人来告诉我们晚饭准备好了。阿尔弗雷德让我把他扶到桌子旁边。我们穿着衬衫坐在那里,杰拉蒂夫人给我们端上了珍珠大麦汤和烧羊肉加美味的蔬菜。这两道菜应该都是从母亲的食谱中获得灵感烹调的。我本想和阿尔弗雷德一起聊聊母亲对于杰拉蒂夫人的生活和她的烹饪技艺具有多么重要的意义，但觉得此时此刻他一定无心谈论这个话题。我还担心，在他这种状态下，提起妈妈，就不可避免谈论"老板"对她的态度。而这个话题在圣诞节这样一个喜庆的日子很可能会让我们心情忧郁。话说回来，我已经够忧郁的了。运气好的话，阿尔弗雷德明天可能不会喝那么多了。

杰拉蒂夫人给我们送来主菜后，阿尔弗雷德问我觉得她怎么样。我说，我认为她是个善良的女人，显然，是个出色的厨师，还补充说："她用宽咚做的馅饼非常棒。"

阿尔弗雷德咯咯咯地笑了起来，把我的话重复了一遍："她用宽咚做的馅饼非常棒。"

"她是个出色的厨师。"我回答道，一方面因为确实如此，另一方面我希望这能结束他拙劣可笑的模仿。

阿尔弗雷德压低嗓门儿，说："她要是别穿那双该死的靴子就好了。"然后看着眼前的饭菜，好像不知道该怎么用刀叉似的。

我沉默着，不知道该对他说什么。

"杰拉蒂夫人比我大，"他补充说，"不过你得承认，她身材不错。恐怕连朱诺①也不会嘲笑她。"

"你认为你——？"

他没有让我把话说下去，举起一只手在空中摆了摆。"我是以一个'超然物外'的旁观者的身份说这话的。"他信誓旦旦地说，话音儿刚落，就又要进入梦乡，但还是挣扎着睁开惺忪的睡眼说，"我没有让她住在这儿。这是避免婚姻的诀窍。我们或许以为我们这个

---

① 朱诺（Juno）：主神朱庇特的妻子。

地方幅员辽阔，做什么也不会被报道。但是不管天地多么广阔，流言蜚语都会找到市场，普洛恩。如果你让一个女人住在庄园，整个地区的人都会飞短流长，认为这是一种同居关系或婚姻关系。除此而外，她大部分时间都在照顾牧场那位生病的车夫克罗赫西。他是她在范迪门地认识的一个老囚犯。"他喘息了一会儿，似乎又要睡着了，但又强打精神说，"在大众舆论的影响下，一个人必须在做丈夫和做一个'感官主义者'之间做出选择。我可怜的朋友查德就是这样。你听说过他妻子和她那些折磨人的话吗？当年，他经营一座牧场时，犯了一个错误，让她住在家里。现在她永远属于他了。要谨慎，我的兄弟。谨慎。"

说完这番话之后，他确实睡着了。我叫杰拉蒂夫人给我们带路，把他扶到他的房间，脱下靴子，让他在床上躺下。

杰拉蒂夫人低声对我说："你哥哥对烈性酒有超强的耐受力。明天一早，他就会清清爽爽地过圣诞节。"

那天晚上，我感到格外孤独，难以成眠，想起卡尔泰神奇的树胶，但没有吃。真希望能回到蒙巴的家。

22

正如杰拉蒂夫人说的那样，阿尔弗雷德第二天一早就起床了，他握着我的手，一本正经地祝我节日快乐。他送给我的礼物是威尔基·柯林斯先生的小说《月亮宝石》。

让我深感欣慰的是，他没有送一本指望我能立刻读完的书。"不过，都一样，"他笑着对我说，"我觉得这本书生动活泼，足可以把你培养成一个文艺绅士呢。"他又笑了起来,"还有一件事。查德费了很大的劲儿才找到这本书,所以如果有机会,你要对他表示感谢。我会很感激你的。"

我向他保证我会的。这本书让我想起柯林斯先生总爱和乔吉姨妈开玩笑,让她和他一起私奔。而她总是回答:不。因为他会把她一个人留在家里,和狄更斯先生一起去郊游。

杰拉蒂夫人端来她新烤的面包,还有煮鸡蛋、培根和一成不变的红茶。然后祝我们节日快乐,我们也同样祝福她。阿尔弗雷德问:"你今天会和那位走了大运的克罗赫西先生一起吃圣诞晚餐吗?"

"和他还有年轻的莱文先生一起。"她回答道。

杰拉蒂夫人退下之后,阿尔弗雷德告诉我,杰拉蒂夫人去克罗赫西先生的小屋,两个人一起背诵天主教的《玫瑰经》,还在众目睽睽之下,一起在阳台上祈祷。

"赶牛人祈祷可真是难得一见的风景,"他说,"因为在泥泞的路上艰难跋涉的一群公牛会把任何圣人都变成亵渎神明的人,这一点你现在肯定已经知道了。克罗赫西服完刑,得到有条件的赦免。就像'老板'书里的亚伯·马格韦契①一样。赦免的条件是永远不能回到不列颠群岛。"

我们都嘲笑自己脑子里对于"流放"的概念。

"老伙计,你认为有朝一日我们会得到有条件的赦免吗?"他补充道,又笑了起来,但没有怨恨。

"我们有个围栏巡修工宁愿上吊也不愿回英国。"我对他说。

"是的。我听说了。很奇怪,你说呢?这件事背后一定有更深

---

① 亚伯·马格韦契(Abel Magwitch):查尔斯·狄更斯在《远大前程》中虚构的"次要人物",却是主人公匹普(Pip)命运发展的一条重要线索。

刻的原因。我的意思是说，家庭是一个奇怪的实体，你永远无法面对自己的……"

"而且他们要让他成为新的准男爵。"

"嗯，即使这样……"他又笑了。似乎昨天晚上虽然喝了许多酒对他也没有多大影响，或许因为他喝了很多茶。

早餐后，我送给他一个石南根烟斗和一个袋鼠皮烟荷包。我们觉得彼此送的节日礼物都非常得体。这时候，不知道从什么地方传来一阵好听的歌声。阿尔弗雷德说唱歌的是个年轻的英国人，头天晚上帮着生篝火。我们端着茶走到阳台上，看见科罗纳大牧场的围场里，那个年轻的赶羊人手里拿着一顶大帽子，站在昨晚篝火的余烬旁，以最纯正的男高音，唱一首悲凉的怀旧的歌。歌声在晨光下飘荡。

> 冬青树和常春藤，
> 在森林里所有的树中，
> 茁壮成长，
> 冬青树戴着王冠，
> 哦，太阳升起，
> 麋鹿奔跑。
> 风琴欢快地演奏，
> 唱诗班甜美的歌声飘荡……

突然，他不再歌唱，摇摇晃晃，走到河边一棵桉树的树荫下，似乎生了病。

"哦，可怜的家伙，"阿尔弗雷德说，然后朝那个刚才还在唱歌的赶羊人喊道,"海沃德,等你身体好了,过来见见我弟弟,喝点红茶。"

海沃德可能比我大一岁左右,但他身体不舒服时的样子显得很孩子气。他抬起头回答道:"狄更斯先生,红茶就是我的门票。"

阿尔弗雷德和我回到饭厅。海沃德不一会儿就走了进来,说:"我的食欲又恢复了。"

确保海沃德洗手之后,阿尔弗雷德说:"我很荣幸向你介绍我的弟弟,普洛恩·狄更斯,真名爱德华,虽然很少被人这样称呼。普洛恩,我向你介绍欧内斯特·海沃德。"

"圣诞快乐,"我说,"你们唱诗班的指挥一定经常表扬你。"

"我那个唱诗班指挥决不会表扬我,"他回答说,"他是我父亲。"

"欧尼是牧师家的孩子,普洛恩。"

"不过漂亮姑娘们都夸我,"欧尼说,"在德比[①]周围的酒吧,我翻唱的老歌《你不为我感到羞愧,是吗,比尔?》很出名呢!"

"'圣诞晚餐的时候你给我们唱唱这个歌好吗?"阿尔弗雷德问。

"如果我还活着,当然没问题!如果不在人世,请按照英国国教的规矩,为我举行葬礼。"

"你喜欢音乐厅吗?"我问。

他引吭高歌,仿佛是在回答:"'尽管你富亲戚非常多,也不要走开,吻我,说你并不为我感到羞愧。'"

然后他一口气喝完满满一杯茶,又给自己倒了一杯。喝了一半的时候,朝我转过脸,说:"是的,我是那种登不了大雅之堂的歌者,狄更斯先生。"接着又唱了起来:

....

① 德比(Derby):英国中部的都市。

我想她不记得我在她身上花了多少钱。
我一路奔波送她去安普斯特德的时候,
她或许不记得我怎么把她的手表当掉,
还答应带她去看戏。

"好吧,"阿尔弗雷德笑着说,"我认为你真是达勒姆①教区和达勒姆学校的耻辱。"

"谢谢你,先生,"欧尼·海沃德说,"成为学校的耻辱是少数特权人士的荣誉,但成为整个英国教区的耻辱则需要特别努力。"

阿尔弗雷德让他去休息,中午再回来,那时查德一家要来。海沃德临走时,阿尔弗雷德叫来那个帕坎吉小男孩,让他在走廊门口挂一块黑色麻布,用水浇湿,挡一挡外面的滚滚热浪。

之后,我们坐在阳台阴凉处舒适的藤椅里,阿尔弗雷德一边抽烟,一边夸赞我送他的这个石南根烟斗。

他说:"真希望凯特和玛米今天去看妈妈。"

我向他保证,她们一定会去,很可能昨天就已经去了。

"当然,善良的老凯特会去的,"他笑着表示同意,"路西法盒子,"他笑着说,用父亲给火暴脾气的凯特取的绰号称呼她,"幸好她是个'路西法盒子',能勇敢地面对'老板'。"

"我不介意去盖德山待上一两个小时。"我说。我喜欢哥哥现在这副样子。

"我们晒得那么黑,恐怕他们都认不出我俩是谁了。爸爸看到

---

① 达勒姆(Durham):英格兰一郡及其首府,是世界遗产。自从十世纪在此建立了信奉圣库斯伯特的教会以后,达勒姆便闻名于世。

我们脚上的靴子一定会火冒三丈。"

我喜欢他管"老板"叫爸爸。

"她是'路西法盒子',玛米是'温和的格洛斯特'。给你讲件事,好吗?妈妈告诉我,凯蒂五岁的时候,有一次他们去意大利旅游。凯蒂脖子上长了个疖子,一定要让父亲照顾她,六个月内坚持不懈,给她换药。这倒也合适,因为那时妈妈正怀着高贵的我。凯特是那个总能一眼看穿'老板'的人。但他们真的爱着对方……他给凯特换了那么长时间药。你能想象得到吗?作为回报,她跟他说话的时候还是毫不留情①。"

我让他继续"剖析"美丽的凯特——我们和令人敬畏的"老板"之间的调解人。

"你还记得她爱上埃德·耶茨的事吗?我觉得你那时还是个婴儿。"

没错儿——如果那时我真的已经出生的话,也没有什么记忆。这可是我从长我七岁的哥哥那里得到的"内部消息"——他告诉我普洛恩来到这个世界之前,哥哥姐姐,事实上所有的人,都干过什么事儿。

"埃德·耶茨是父亲一个年轻朋友。风风雨雨一直追随着他。我们美丽的凯特站在那儿,手摩挲着栏杆或柱子或任何身边的东西,痴痴地看着,完全被耶茨迷住了。耶茨假装没有注意到,但凯特对他的思念几乎把家具上的油漆都磨掉了。那时他已经和威尔金森小姐结婚——但凯特眼里只有他,阿多尼斯②;心里诅咒那个妻子,让

---

① 原文是:And she gave him hot mustard in return. 这是一个古老的说法,hot mustard 指说话很有攻击性,舌头很毒。

② 阿多尼斯(Adonis):希腊神话中美丽和欲望之神。他的名字经常被用来形容英俊的青年,他是他们的原型。

她见鬼去吧。"

凯蒂嫁给查理·柯林斯的时候,我真真切切记得"老板"对着她的婚纱流泪,感叹不已。查理是个好人,谁都说他有一种奇怪的、喜欢忏悔的性格特征。他一点儿也不像哥哥威尔基。这方面也不像凯蒂。

"你知道查理·柯林斯去年生病了吗?"我问。

"他总是生病,"阿尔弗雷德说,"似乎这是一个讨人喜欢的特点。"

"哦,是这样的,凯特因为照顾他,精疲力竭,形容憔悴。后来她病了,和你刚才讲的一样,她要'老板'陪着她。她发烧的时候,'老板'一直坐在她身边,就像守着当年那个小姑娘。"

"可怜的凯蒂,"阿尔弗雷德喃喃地说,"我怀疑查理·柯林斯是否完成了他作为丈夫的责任——你明白我的意思吗,普洛恩?"

我不知道应该心照不宣地点点头,还是应该满脸通红。凯特的欲望没有在查理·柯林斯身上得到满足,一望而知。最重要的是,他们很穷,因为他画画的时间太长了,直到最近才开始给《一年四季》写点小文章。

"你走之前看过凯特的画儿吗?"阿尔弗雷德问。

"看过。她把精力都放在照顾孩子上了。'老板'说,如果她是个男人,说不定哪天就能升入皇家美术学院。他还说,她必须更大胆,丈夫不是她的好榜样,他的大部分画作都没有完成,已经完成的他又瞧不上。"

"你自己觉得她的画怎么样,普洛恩?别管父亲怎么看。就说你自己的看法。"

"在我看来,真漂亮,"我说,"真不知道她是怎么做到的。我对绘画一窍不通,更不用说油画了。"

"当然没有孩子气的东西吧？狄更斯－柯林斯的小神童？"

"我……我不这么想。"

阿尔弗雷德一本正经地点了点头，似乎并不认为这是谁的过错。

这个上午余下的时间，我们都在聊家里人的事，很是愉快。还聊了一些不会伤害到我的八卦，以至于我完全忘记了今天是圣诞节，忘了身处何方。阿尔弗雷德没有喝烈酒——我们只喝茶。门口挂着的那块浸了水的麻布门帘已经干了，我俩也聊得口干舌燥。

中午时分，阿尔弗雷德说我们应该去刮刮胡子，穿上西装。我一边刮胡子，一边在心里琢磨要不要告诉阿尔弗雷德我无意中听到乔吉姨妈和姐姐玛米谈论凯蒂和另一个叫普林塞普的画家的事。她们压低嗓门儿，确信说的悄悄话不会被孩子听到。两个人一致认为普林塞普"很有男子气概"，是个实干家。他画画儿的时候，从不大惊小怪，也不给自己找借口。

玛米说："怎么能怪她呢？结婚十年还是个处女。"乔吉姨妈回答道："嗯，普林塞普先生可能已经解决这个问题了。"

那天晚些时候，我走进餐厅，阿尔弗雷德端上雪利酒和威士忌。海沃德穿着一套剪裁得体的骑装，式样和我从伦敦带来的一套棕色格子衣服很像。查德太太和彼得·查德先生到来时，海沃德彬彬有礼地注视着他们，没有拿查德太太难听的口音开玩笑。

查德看上去比昨天更精神了，他热情地握着我的手，说他确信我比哥哥更有绅士风度，因为没有一个绅士喜欢看到另一个人喝得昏天黑地、胡言乱语。"我可怜的妻子不得不忍受我，找个地方让我睡一觉，摆脱兽性。"

"我得感谢你费了那么大的劲儿，为我买到《月亮宝石》，"我说，"作者是我们父亲的一位好朋友。"

"我听说过。"查德说,那口气好像不相信似的,"我必须不断地提醒自己,你是在我们这些普通人无法想象的权贵和显赫家世的大人物的光辉中度过童年的。"

我突然有了灵感,说道:"但是,亲爱的查德,他们跟我说话的时候可不像什么权贵和家世显赫的大人物。他们跟我说话的时候,就像任何一个大人对小孩说话一样,问我最喜欢什么玩具,会不会念字母表。你可不要夸大我们小时候的经历。"

"说得好,说得好。"店主一边连连点头一边说。突然看上去很像他原来的样子———一个远离家乡,怅然若失的英国人。

我听见查德夫人在后面跟哥哥说话。"可怜的查德先生,他昨天晚上可锈哭(受苦)了,德金斯(狄更斯)先生。你可把他海哭(害苦)了!"

"我后悔了,亲爱的夫人,"阿尔弗雷德很认真地对她说,"我会告诉查德先生,从今往后,我再劝他喝酒的时候,他一定要严词拒绝。为了你,我不会强迫……"

"是啊,德金斯先生,你别再缠着他了。"

这时查德放低了声音。"我那个宝贝儿,"他说,朝妻子努了努嘴。"是颗珍珠。殖民地的好处之一是,你可以和任何喜欢你的人结婚。用不着让七大姑八大姨组成的'评委团'去考察女孩的适应能力。我有我的爱,不管别人怎么想。哦……"

他几乎是凑在我耳朵旁边补充道:"她说话时的调音是有点奇怪,但这是为了我好。她觉得我娶了她很丢份儿,愿意当一个舞台上的英国女人……"

"哦,"我恍然大悟地说,"就是这么回事。"

"是的,她就是这么想的。真让人心酸,不是吗?不过总会过去的。"他停顿了一下，咳嗽了几声。"事实上，我想告诉你，狄更斯，你哥哥在这里做了很多了不起的事情。现在我们这里日子过得非常安宁。很难想象，仅仅两年前，他的前任经理高还不得不和库珀河的黑人们斗争。就连当地的帕坎吉人也怕他们。高和他的四个手下把自己关在我的店里，用坚硬的木头钉起结实的围墙，建造了一座堡垒。黎明时分，一场袭击发生了，就像美国小说里描写的那样。后来，在邦尼先生的帮助下，阿尔弗雷德改变了这一切，因为他不愿意过那种被围攻的生活。现在有些库珀河的人回来了，我相信阿尔弗雷德明天会去拜访他们。"

"你是在夸赞我所谓的政治家才能吗？"阿尔弗雷德大声说。

"是的，阿尔弗雷德。"查德回答道。

"老生常谈。"阿尔弗雷德说，然后又转身和查德夫人聊天了。

查德对我低声说："普洛恩先生，等你有了自己的事业，记住你哥哥的智慧。给黑人几只羊。其实，如果给他们一些羊，你自己的损失会少许多。如果你惩罚每一个所谓'侵权行为'，只会让他们更恨你，他们会偷偷杀死更多的羊。高执掌牧场的日子里，库珀河的黑人离开围场时，留下成百上千只死羊。"

阿尔弗雷德拍了拍手，提醒我们圣诞宴会开始了。他宣布："女士，先生们，杰拉蒂夫人想给大家讲几句话。"

杰拉蒂夫人从他身后走了出来。她穿着白裙子、大靴子，脸颊上挂着亮晶晶的漂亮的汗珠，说道："查德夫人和先生们，我按照阿尔弗雷德先生和爱德华·狄更斯先生的母亲那本著名的烹饪书中的食谱，根据澳大利亚的条件，尽我所能为你们准备了圣诞大餐。"

"我们的条件太好了！"阿尔弗雷德大声说。

"是呀，"杰拉蒂夫人继续说，"我先按狄更斯夫人为六到七个人用餐设计的菜单给大家上菜,我相信这更对大家的胃口。先品尝刚从达令河钓来的墨累鳕鱼吧。"

"或者从哪个泥塘里弄来的。"我哥哥插嘴道,颇为不敬。

"这道菜会配上我自制的干蚝油①。"

"一定非常干。"阿尔弗雷德得意扬扬地说。

杰拉蒂夫人没有理会他,径自说:"接下来是烤羊里脊、培根炖鸡,配卷心菜土豆糊、肉丸子、菠菜、土豆泥。"

"炖鸡,杰拉蒂太太,"海沃德插嘴道,"你炖的是鸡,还是丛林火鸡冒充的家禽?我只是请你给大伙儿解释一下。"

"我从来都不会把丛林火鸡当家禽端上餐桌,"杰拉蒂太太说,"依你的经验,我干过这事儿吗,海沃德先生?"

"我相信你没有,令人钦佩的杰拉蒂夫人。"

"所以,如果你只问该问的问题,我将不胜感激。"她说。海沃德听了这话,装出一副浑身刺痛的样子。餐桌周围响起一片叫好声,连查德夫人也叫了起来。大家都说杰拉蒂夫人一语中的,海沃德活该。

"谢谢你,杰拉蒂夫人。别忘了带着那瓶圣诞朗姆酒去看克罗赫西。你也许想不起那玩意儿,但我可以告诉你,克罗赫西没酒就念不出《玫瑰经》来。"

餐桌上,我们吃鸡和鱼的时候喝白葡萄酒,吃牛肉时喝红葡萄酒。鳕鱼非常鲜美。开始吃鸡和牛肉时,我们又向杰拉蒂夫人和她的"导师"凯瑟琳·狄更斯夫人表示了敬意。那一刻,悲伤油然而生,

---

① 干蚝油(dry-land version of oyster sauce):蚝油很受欢迎,但杰拉蒂夫人所在的牧场离海很远,不可能得到新鲜的牡蛎。因此,她用其他配料调制出一种尝起来有点像真正蚝油的酱汁,在这里称为"干蚝油"。下文"一定非常干"是对杰拉蒂夫人的调侃和讽刺。

我心里想，今天母亲一定会想到父亲在盖德山和家人过圣诞节的欢乐场面：互送礼物、做游戏、猜字谜、演戏。

我从突如其来的忧郁和对同伴们的感激中挣脱出来，说道："我们这桌五个人，只有一个是殖民地出生的。我想，大家一定都想听听你的故事，只要你愿意跟我们分享，查德夫人。"

"噢，德金斯先生，你真的想听听我的故事？"

大家七嘴八舌地说，想听，想听！于是，她开始用浓重的口音讲述她的故事。她说，她是殖民地出生的，因为母亲在南澳大利亚登陆三天后在霍德法斯特湾①的海岸生下了她。她的父母曾是斯凯岛②上小农场的佃农，但是因为买卖海带和其他海产品的生意很不景气，日子艰难，他们就靠殖民地给健壮的苏格兰高地人和岛上居民提供旅费的机会移民到澳大利亚。乘马车到达阿德莱德后，她的族人沿着墨累河向东北行进，然后到了新南威尔士州的梅宁迪。那是她长大成人的地方，也是查德第一次见到她并雇她做女佣或管家的地方。

"我对她真是一见钟情。"查德说。

此时此刻，我的确很羡慕他，不知道什么时候也能遇到一个一见钟情的姑娘，无论她是花帝国英镑长大的，还是靠殖民地货币成人的，也不管她会持有什么样的观点。什么时候我才能像查德一样，找到一个连缺点也很迷人的妻子？他一直非常坚定地把别人认为无法容忍的怪癖视为可爱的性格。但这是他的好运气，是他宽宏大量的胸怀战胜了狭隘观点的结果。

---

① 霍德法斯特湾（Holdfast Bay）：圣文森特湾的一个小海湾，毗邻澳大利亚南部的阿德莱德。

② 斯凯岛（Isle of Skye）：位于苏格兰西北近海处，岛长约五十公里，最宽处不到五英里，岛上大多为山地与高地沼泽，不适合开垦种植。

"查德夫人,你十岁的时候,洛拉·蒙特兹①在梅宁迪的皇家剧院演什么呢?"阿尔弗雷德开玩笑地说。

"哦,德金斯先生,你知道米尼迪(梅宁迪)压根儿就没有什么剧院。"

"我想,洛拉·蒙特兹爱上了那里的酒吧老板。"阿尔弗雷德说,向大伙儿眨了眨眼。

"哦,德金斯先生,你也太幽默了!"查德太太叫了起来,"我的父亲是赶牛人,一个卑微的苏格兰人,但对《圣经》非常熟悉,比许多长老会②的牧师还强!"

"可是他不是一个有名的苏格兰强盗吗?"海沃德问道。

"海沃德先生,"她叫道,"你就不怕说这种谎话闪了舌头?苏格兰人没有一个罪犯,没有!英格兰人和爱尔兰人才是罪犯!"

她就这样继续说着,在双元音的"丛林"中驰骋,寻找——我敢肯定——不会让丈夫丢脸的声音,但每次都失败了。

吃到两点半,大伙儿都很愉快,查德夫人不再"在双元音的'丛林'中驰骋"而是毫无顾忌地用她那地道的殖民地口音说话。"好啦,查德。你不会再有麻烦了,老小伙子!"

杰拉蒂夫人端上布丁,餐桌旁边五个人大呼小叫地表示惊喜和赞美。我喝得满脸通红,开始展望在蒙巴的前景。在我有意识的生命中,第一次发现,来年的前景并不可怕。我对绵羊的"课程"已经烂熟于心,而过去,对学校的课程常常一窍不通。为了让我们的

----

① 洛拉·蒙特兹(Lola Montez,1821—1861):玛丽·德洛丽丝·伊丽莎·罗莎娜·吉尔伯特(Marie Dolores Eliza Rosanna Gilbert)的艺名。爱尔兰舞蹈家、女演员,因"西班牙舞蹈家"而闻名。

② 长老会(Presbyterian):苏格兰国教及美国最大教会之一。

圣诞晚宴更完美，海沃德被大伙儿鼓动得唱了一首音乐厅的歌曲。歌名是《我们的房客是个多么好的人》，然后在一阵掌声的鼓励下，又唱了一首《最后一个吟游诗人的歌谣》。

布丁吃了很久，天色终于暗了下来，宅邸的钟宣布已经五点。查德夫妇突然要走了，海沃德调皮地喊道："明年这个时候可能会有三个查德了。"

没过多久，夫妇俩又返回来和阿尔弗雷德一起去取烟。只剩下我和查德夫人在走廊里站着时，我出于好心——对大家，尤其是对这位夫人——傻乎乎地说："查德夫人，你说话时用不着特别在意发音，别嗲声嗲气。查德先生早就被你迷住了，不管你怎么说，他都会高兴的。"

她俯身吻了我一下，让我大吃一惊。"你真是个可爱的男孩，"她用纯正的澳大利亚口音对我说，"你看，我只是想让他对我的发音感兴趣。我俩的秘密，好吧小伙子？"

"没问题。"我对她说，心里充满赞美之情。

不一会儿，她丈夫和我哥哥回来了，我和阿尔弗雷德在傍晚的寂静与炎热中送走了查德夫妇。

"你笑什么呢？"阿尔弗雷德问我。

"这两口子真好玩儿。"我说。

"可不是吗，"他说，"可怜的老查德。"

他总是这样说话。

23

那天晚上晚些时候，阿尔弗雷德坐在游廊一边喝白兰地、抽烟斗，一边和我懒洋洋地聊在海上一艘战舰工作的哥哥西德尼，然后又聊到我们家的其他成员。说到在孟加拉当探长的弗兰克，我们都想知道他在追捕什么强盗。然后我们又谈起两个姐姐，查理和"老板"在杂志社的工作，以及亨利如何从剑桥回来度假。还想起已故的哥哥沃尔特。他本来打算回家，却在加尔各答军官医院里突发疾病去世。

然而转瞬之间，阿尔弗雷德变得闷闷不乐。起初，他只是有一搭没一搭地说："杰拉蒂夫人的厨艺让妈妈今天在科罗纳大出风头。是吧？"

"没错儿。我们一定要写信告诉她。"我说。

"是的，她会很高兴的。她像她的儿子一样，以这样一种方式来到了澳大利亚。你有没有想过，父亲把他小说里的人物送到了澳大利亚？"

"他送来很多吗？"我问道，希望因为讨论数字而不必深入探讨这个话题。

"听着，如果他想除掉书里的某个人，要么杀了他，要么把他送到澳大利亚。"

"这我倒不知道，"我说，又一次真诚地希望能多读一些"老板"的作品，这样就可以应付自如了，"但那只是他的想象，不是吗？"

"你知道，他在《大卫·科波菲尔》里把不少人送到澳大利亚。绝望的米考伯先生和失去贞操的小艾米丽。还有她所有的亲戚，她的叔叔辟果提等等，来陪伴她。看来堕落的女人到了澳大利亚就不会堕落了。爸爸似乎也是这么认为的。"

"嗯，在这里，可以开始新的人生，不是吗？看看我们！"

"啊，"他喃喃地说，"没错儿。来点白兰地吗，普洛恩。"

"我午餐时已经喝了不少酒，头有点晕，谢谢你，阿尔弗雷德。"

阿尔弗雷德又斟了些酒。

"有趣的不是他把米考伯送到澳大利亚这件事儿——你真该读读那本书，普洛恩！是另外一件事。书中有一个地方描述大卫娶了心爱的朵拉——几乎是爸爸创造出来的最愚蠢的女人——他为此感到高兴，日子过得不错，还雇了个小听差。那个男孩就是那种经常用手绢擦鼻子，然后叠得整整齐齐，以备下次使用的人。任何可能不再雇他的暗示都会让他非常难过。大卫和朵拉为此深感不安，觉得小听差似乎成了甩不掉的包袱。'老板'会怎么处理呢？正如他笔下的许多角色经常说的那样，'忒方便'了——这个男孩一直在偷食物、贵重物品和衣服。哦，把他逮捕，送到了澳大利亚。你看，要么死，要么去澳大利亚，这是一个等式，普洛恩。他已经安排朵拉分娩时死去——他必须除掉她，这样大卫就可以和他的真爱的艾妮斯结婚。我经常想，如果没有死亡和澳大利亚，父亲会如何安排这些情节呢？或许他在世界尽头挖个坑，把没用的人都扔进去。"

我想问他关于科罗纳的事，但他现在说得正在兴头儿上，滔滔不绝，不容别人打断。

"那么，普洛恩，你认为你和我就是那个拿手帕擦鼻子的笨手笨脚的孩子吗？你认为对'老板'来说，这是死刑判决吗？"

"你真的恨父亲吗？"我问，不愿意和他谈这个话题。

"别生我的气，普洛恩。我不是那个意思。不管怎么说，'老板'是神。而恨神没用。你是心甘情愿来这儿的，还是被逼无奈才跑到这个地方的？"

"嗯，我在家很高兴。来这里也很快活。我不是被逼的。"

虽然我以前从来没有想过这事儿，但刹那间，我怀疑自己是否有过这种感觉，因为阿尔弗雷德的目光告诉我，他深信我是被逼的。

"我来这儿是自己的选择，"阿尔弗雷德说，"我尝试过许多其他行业，但是都没有成功。可我在这里……'老板'便以此为理由把你也送到这里。可你和我们其他人不同，你压根儿就没有干过别的活儿，刚离开学校就被直接送了过来。你应该受的教育被硬生生地缩短了。"

"但我在这里很快乐，阿尔菲。"我肯定地说，甚至有几分恳求。

"你小时候听说过乌拉尼亚①小屋吗？"他问。

事实上，我听说过。那是声名狼藉的年轻女人的出没之地。我的几个姐姐、乔吉姨妈和妈妈都认为父亲去那地方需要拿出勇气，当然也不是什么坏事，但也没有好到在我这样的孩子面前大声谈论的地步。

阿尔弗雷德在白兰地的作用之下，突然打了个寒战。"你知道吗，乌拉尼亚是占星女神，但她似乎也是温文尔雅的阿佛洛狄忒②，穿着令人讨厌的传教服的阿佛洛狄忒。"

不知怎的，我觉得他是在背地里说"老板"的坏话。这当儿，为了让我"觉醒"，他颇有点危言耸听，而且不乏殖民地人的直率，他知道我会维护"老板"的荣誉。

"我知道那是一个年轻女人喜欢去的地方，库茨小姐也去那儿玩。"我说。

"她们都在一起。库茨小姐出钱，买下谢普尔布什③的房子，而父亲则发挥了他众所周知的想象力。库茨小姐是一个特立独行的女

---

① 乌拉尼亚（Urania）：希腊神话中司天文的女神，维纳斯的别称。
② 阿佛洛狄忒（Aphrodite）：希腊神话中代表爱情、美丽与性欲的女神，十二主神之一。
③ 谢普尔布什（Shepherd's Bush）：伦敦西部的一个地区，虽然它以住宅为主，但其重点是Shepherd's Bush Green的购物区，其北侧是欧洲最大的城市购物中心Westfield购物中心的所在地。

人,一个虔诚的、干巴巴的老荡妇,尽管妈妈从来不介意她。"

"我喜欢库茨小姐。"我说,好像在警告他。妈妈曾经告诉过我,库茨小姐是把卑贱者改造成品格优秀的人的典范。有一天晚上,我在蒙巴吃饭的时候讲起库茨小姐童话般的故事,大伙儿都听得出神入迷。尽管我没有提到任何与乌拉尼亚小屋有关的事情。

妈妈给我讲过她的故事:一个小女孩,六个孩子中最小的一个,她的父亲(激进的国会议员弗朗西斯·伯德特爵士)是一个非常聪明的人,特别喜爱这个小女儿。彼得卢大屠杀①中,士兵们枪杀了参加集会的人们。这位父亲告诉全世界,那些枪杀无辜人民的人必须受到惩罚。结果,他被关进监狱!于是故事情节发展到这一步:一个公主、一位先知和一座地牢。

公主(库茨小姐)发誓,如果上帝让她的父亲获得自由,她将永远做一个公平正直的女人。有一天,她看到他被带回来,像个英雄一样走进家门,普通民众欢呼雀跃,因为他们知道他是他们的朋友。后来,她富有的祖父去世时,祖母继承了他的宝藏。但是,当公主还是个小女孩的时候,祖母也死了。祖母的律师把家人召集在一起,告诉他们祖母对宝藏的决定。律师说,最近死去的那个女人注意到公主对她父亲的忠诚,决定她可以拥有这个宝库(只要她不嫁给外国人,尽管这一点与故事不太相符)。于是,现在王国里只有一个女人比公主更富有,那就是王后。

为了寻求帮助,公主拜访了这片土地上最伟大的"先知"("老板"),希望他能提出一些关于如何处理她的宝藏的建议。"先知"说,

---

① 彼得卢大屠杀(Peterloo Massacre):1819年发生在曼彻斯特圣彼得广场上的一次流血事件,骑兵队对参加集会的激进分子进行驱散,导致五百人受伤,十一人死亡。

把一些财宝捐给为穷人的孩子开设的破烂学校，扩建教室，建澡堂，让那些衣衫褴褛的孩子可以洗澡。接下来，"先知"建议她为不幸的女孩做点什么。他从一个聪明的女人（奇泽姆夫人）那里得知，王国的殖民地澳大利亚和加拿大是幸运的地方，那些不幸的女孩如果能在伦敦接受一段时间的教育和改造，就可以在澳大利亚重塑自己。

于是，公主和"先知"就想出建"乌拉尼亚小屋"的主意。阿尔弗雷德现在正用这件事情支持他的论点。

"创建乌拉尼亚小屋，"阿尔弗雷德说，"是为贫穷妇女，甚至是为妓女提供一个改造之所。他采用了一个'良好行为积分系统'，哪个女孩的积分达标之后，就会给予奖励。你认为会奖励什么呢？"

"我知道离开乌拉尼亚小屋时，她们会得到一笔钱，开始新生活。"

"她们被送到哪里去了？"

"加拿大和这儿，澳大利亚。"

"那么，普洛恩，为什么要把她们送到澳大利亚呢？"

"你知道为什么，阿尔弗雷德。改造自己。"

"可是你也来这儿了，我的弟弟。你也在这儿。"他说，眨巴着眼睛，睫毛上挂着泪珠。

我真是太傻了，但还是忍不住问："你想从中得出什么结论，阿尔弗雷德？你真的想告诉我——"

"除了亨利那个天资聪明的家伙，'老板'把沃尔特送到了印度，把弗兰克送到了加拿大，把我们送到了这里。因为他认为我们都是不幸的男孩，就像他认为乌拉尼亚小屋的女孩是不幸的女孩一样。还能让我怎么想？这件事和我们能否在这里飞黄腾达无关，尽管我们显然干得不错。问题是他像掂量那些失足的女孩儿一样掂量我们，结果发现我们缺少什么，需要一片新天地。"

"你说得好像他抛弃了我们，把我们扔进一个坑里。但他一直来信，询问墨尔本和丛林的情况。他也是经过深思熟虑，为了我们好。"

"就像为那些妓女那样。"阿尔弗雷德醉醺醺地坚持说。

"今天是圣诞节，"我不高兴地说，"你却一边喝着白兰地，一边对父亲品头论足。我不爱听，阿尔弗雷德。我要睡觉去了。"

阿尔弗雷德朝我眨了眨泪汪汪的眼睛，"别！别打断我，普洛恩，好兄弟！"

"那就不要侮辱父亲。"

"看在上帝的分上，除了你，我还能和谁一起坐在这儿谈论他呢？再说了，普洛恩，你真的懂爱吗？世界上所有的爱都是对不完美的人的爱。不完美的孩子爱不完美的父母。爱一个从不犯错的人很容易。你想让我相信，'老板'天赋异禀，与别人不同，从不犯错？那是错觉，不是爱，普洛恩。要了解……然后去爱……这是关键！"

我仍然很生气，转念一想，我之所以郁闷是不是因为他这样谈论父亲会影响我在蒙巴发挥自己潜力，"是的，但关键是不该把'老板'为我们——为其他人，不管是谁——做过的每件事都抹黑。包括乌拉尼亚小屋……这是一个好人的杰作！"

"哦，普洛恩，在我们眼里他只是个普通人。但是对别人来说，他简直是万能的上帝！刚开始办杂志的时候，他去见了那位奇泽姆夫人，那位著名的女士从英格兰和爱尔兰沼泽地运来一船又一船的衣衫褴褛的年轻姑娘。他的第一期杂志《家常话》上刊登了五篇……是的，五篇……关于澳大利亚是穷人天堂的文章。"

"也许我应该先看杂志再看书，"我说道，为了分散他的注意力，

"就连杂志上的文字对我来说也像丛林里的树木一样密密麻麻。"

"听我说,"他建议道,"爸爸不需要你读他的书,所以不要认为不读他的书是对他的侮辱。只是因为殖民地的混蛋似乎都读过他的书,而且总想跟你讨论,不得不浏览一下,这事儿你懂的。"

"但是对我来说,没那么简单。没看他的作品仍然觉得是对'老板'的侮辱,所以在纠正以往错误的同时,我在蒙巴努力工作。"

"不管怎么说,"阿尔弗雷德继续说,"'老板'在《荒凉山庄》中,以那个名叫奇泽姆的女人为原型,塑造出杰利比太太这个人物。虽然他给了她一大堆理由,但她的家实在太脏太乱,孩子没人照顾,丈夫软弱无能。他或许不喜欢她,但相信她。问题是她把关于澳大利亚的'虫子'放到他的耳朵眼儿里,那虫子就钻进他的大脑。到底谁更好呢?杰利比太太——孩子脑袋卡在楼梯平台的栏杆里,她都没有注意到。还是'老板'——把他们送到印度、加拿大和这里?"

我想让他闭嘴,叫道:"我是自愿到这里来的。"

"不,你不是。你是奉父亲之命来到这里的。"

"是我自己的选择!"我吼道,对阿尔弗雷德又让我回想起童年的失败感到愤怒。

感谢上帝,他什么也没说,沉默了许久。

谈话陷入僵局,也许已经结束,尽管我心里痒痒,还想多说几句。我觉得自己不知怎的迷上了羊毛,就像亨利在剑桥痴迷于法律一样,剑桥宛如英国一个奇特的"前哨阵地",具有独特的地位。但我们现在都是"老板"同样成功的儿子:亨利、阿尔弗雷德和我。阿尔弗雷德不愿相信,而我要想继续生活下去,就必须相信。

"我得走了。"我对他说,站起身来,感觉肚子里酸酸的葡萄酒在翻腾。

他说:"我和你一样,普洛恩。我想了解生活。"

"可你总是看坏的一面,从来不看好的一面。"

他打了个嗝,一双阴郁的眼睛看着我,听着我对他的指责,然后说:"整个该死的世界都在为他唱赞歌。可是,十年前……十年前,他把妈妈赶出家门!还告诉我们,除了乔吉姨妈,别相信妈妈的家人。我不能忘记这一切,我的小弟弟。尽管他在这个世界依然享有绝对权威。"

"也不是谁都把他当作绝对权威,"我告诉他,想起了麦高,"有的人也颇有微词。"

"很少,"他嗤之以鼻,"非常少。"

"说好话的也没那么多。我得走了。胃里不舒服。"

"去吧,小弟。看在基督的分上,去吧!"

我站了起来,他继续目不转睛地盯着前方。

"你没事吧?"我问,手足之情突然溢满心头。

"能有什么事,一如既往,"他说,"但是让我告诉你,如果不跟你提这些事,我会发疯的。你什么时候回蒙巴?"

"后天早晨。"

他向我伸出胳膊,这个动作差点儿让他从座位上摔下来。"这些话憋在心里难受,我必须说出来。可是除了你,还能对谁说呢?你离这儿还有两三天的路程呢!"

我道了声晚安。

"我们明天去远足,沿着小溪走。"他说,"你会喜欢的。我们会带上你那位卡尔泰。"

我回到房间,把门反锁,在心里掂量他那番话的分量。我以为我已经很努力了,但是按照阿尔弗雷德的说法,我是在一个"堕落者的王国"努力,毫无意义。我不能躺在床上睡觉,在愤怒的、犹豫不决的浪潮中不能做任何事情。我想杰拉蒂夫人的宽咚馅饼可能会唤醒我的认知,或者那是我道德消亡之前最后的快乐。哦,宽咚馅饼。

我穿着衬衫向厨房走去。厨房里还很热,因为杰拉蒂夫人一下午都在按照母亲的食谱努力烹制可口的食物。我在一个铁丝编的网罩下找到美味的馅饼,一把一把地往嘴里塞。身后传来一阵响声,我转过头,看见杰拉蒂夫人。她穿着一件白色的睡袍,从脖子一直裹到膝盖以下,一双白皙的大脚站在夯实的泥土地板上。

"狄更斯先生。"她困惑不解地说。

我无法为自己辩解。此时此刻,如果我像个成年人一样,"正襟危坐",手拿刀叉,吃她的宽咚馅饼,就可以辩解说,夜深了,我有点饿。但我一直像个贪吃的孩子一样狼吞虎咽,被她抓了个正着。

她走过来,抓住我的胳膊肘说:"坐吧,狄更斯先生。"

我一边把最后一口宽咚馅饼咽到肚里,一边坐了下来。"不,"我满肚子不高兴地说,"不!我……"

她压低嗓门儿说:"我听到哥哥和你吵架了。"好像这是一个秘密。

"哦,兄弟之间吵架,常事儿。"我只说了这么一句,突然满脸羞愧哭了起来。杰拉蒂夫人把我拉到她身边,我感觉到那一层棉布后面生命的活力。她说:"可怜的小家伙,你在这个地方情况怎么样呀?"

"我很好,"我说,还是不停地哭,"我正在努力。我正在努力学习。"

"阿尔弗雷德先生也是。"她回答。

"我希望他不要喝酒。"我说，脑袋贴着她的胸口哭泣，感到极大的宽慰，阿尔弗雷德让我太难过了，无暇考虑莫瑞斯曾经在舅妈怀里哭泣的故事。

"我想，你们是在为父亲争吵，不会是因为母亲的事争吵吧。"

"是的。父亲是个很复杂的人。"

"很好。"她说着，推开我。

我扑向她，好像不忍心分开似的。

"求你了，狄更斯先生，这是不合适的。"她说。

我不情愿地松开她。

"啊，"她说，"不管我们是谁，都是迷路的孩子，这对我来说是一件奇妙的事情。我真想坐在你身边，陪着你直到你走进梦乡，狄更斯先生。但是会有流言蜚语，置人于死地的流言蜚语。请坐，我要给你切一块馅饼。"

我像个孩子一样坐在那儿等她比量着切饼。那块按比例分给我的宽咚馅饼是我唯一有权得到的东西。

24

这当儿，卡尔泰和他的亲戚们一起庆祝节日——如果对他来说这是一个节日的话。节礼日①那天，我和阿尔弗雷德、卡尔泰以及阿尔弗雷德的土著人"保镖"——也是帕坎吉人一起出发了。阿尔弗雷德醒来后头脑异常清晰。我对他夜间狂饮、白天清醒愤愤不平。

---

① 节礼日（Boxing Day）：圣诞节后的第一个工作日，英国和其他一些国家定为假日。

经过科罗纳那座漂亮的石头剪羊毛工棚之后,我们沿着小河向西北方向走去。这里与蒙巴的风景截然不同,树木少,石英石多。我们要去见一个小伙子,阿尔弗雷德说他是个了不起的家伙,名叫斯派洛,他是围场里的围栏巡修工。那个围场在南澳大利亚边境,沿着小溪骑两三个小时马就到了。

经历了"士兵"斯台普斯和可怜的丹迪的悲剧之后,我对住在小屋里的围栏巡修工的兴趣已经荡然无存。爬上牧场宅邸北面的山脊时,我闷闷不乐地想,哦,如果能坐在查德的店里听查德夫人胡乱讲英语,我该是一个多么快乐的英国年轻人啊!

我问阿尔弗雷德,为什么海沃德没有和我们在一起度假旅行。他解释说,昨天晚上狂饮滥喝后,海沃德身体不适,没脸和我们一起出游。不过,晚上他会和我们一起吃饭,还要表演"老板"最喜欢的"小品"——《喂狗的人》,"老板"在盖德山宴请客人时就经常用这个"小品"款待客人。

我想起前一天晚上发生的事情,想起因为悲伤难以自持,而对杰拉蒂夫人失礼,心里很不是滋味。我能忘记那一切吗?面对宽咚馅饼时能不自责吗?然而,跨过山脊,马儿慢跑着下山时,马背上的颠簸和小心翼翼勒着的缰绳让我暂时感到宽慰。崎岖不平的地形和行进在山路上的沃勒让我的心情渐渐平静下来,变得心满意足。

科罗纳山峦起伏,沟壑纵横。终于,在一条由赤桉勾勒出来的小溪旁,我们看到斯派洛的小屋。门旁有一匹备着鞍子的马。一个快活的小伙子在两条牧羊犬的陪伴下走了过来。他手里拿着一支步枪,身穿条纹衬衫,留着络腮胡子,头发梳得整整齐齐。

我们从山坡向他的小屋驰去,快到门前时,阿尔弗雷德翻身下马,对卡尔泰喊道:"你去和你的兄弟们聊聊,先生,好吗?"

我也翻身下马，卡尔泰和另一个黑人又往前骑了一点，和几个黑人打招呼，现在我才看清楚那些人都在河边的树林里安营扎寨。

"他们是库珀河的黑人吗？"我问道，想起查德对我说的那些事。

"是的。邦尼派卡尔泰来对付他们。卡尔泰是个很有影响的人，是个占星家，这里的黑人一直在等他。"

"先生们。"斯派洛高兴地喊着，走了过来。他似乎没有斯台普斯和丹迪身上那种隐遁的神情和隐士的气息。

斯派洛和阿尔弗雷德握了握手，微微皱了皱眉头，然后用同样的方式和我打招呼。我原以为他会提到沿着小溪寻找赭石的旅行者，但他却说："您选了个大热天儿骑马出游，狄更斯先生。"

阿尔弗雷德说："你是我最出色的围栏巡修工，斯派洛，我不能让我的弟弟不见到你就回蒙巴。黑鬼昨晚打扰你了吗？"

"我睡得很香，狄更斯先生。靠狗来保护我，我给马也备了鞍。黑人和我井水不犯河水，相安无事。"

"坚强的人。我有心昨天就来看你呢，可你捎来的信平静得令人钦佩……"

"是的，"斯派洛说，"他们只是在这里待一段时间，仅此而已。可能是因为天气太热了。"

"卡尔泰会跟他们谈条件的。"阿尔弗雷德愉快地说，"他是最好的调解人，邦尼的牧场这么多年来一直平安无事，没有受到黑人的攻击都是他的功劳。"

弗雷德·邦尼曾经告诉我，卡尔泰很善于使用 yountoo 和 moolee。这两样东西是用来复仇的武器，威力强大。可是倘若落在不如他聪明的人手里就有可能成了祸害。弗雷德作为白人，尽其所能，和这个部落里的一位成员建立了亲密关系，所以知道 yountoo

是什么东西。所谓 yountoo 是从一个朋友，也是同族人尸体的腿上取下一小块骨头。然后把它包在从另一位死者大腿上割下来的、举行葬礼前或葬礼后在太阳下晒干的肉里——至少对卡尔泰这样拥有某种权力的人来说，是友好的行为。捆扎骨头的绳子是用另一位已故朋友的头发做的。他把 yountoo 带到一个违法者睡觉的地方，在那人火堆的余烬中温热。然后，把 yountoo 指向那人，一小片骨头掉在他的身上。整个过程中，那人都一无所知。这个触犯法律的人生病时，必须请医生把那块致命的骨头吸出来。他的生存变成诅咒与治愈的较量。

Moolee 是一块粗糙的白色石英石，有两英寸长，和一缕负鼠毛放在一起，浸入另一个死去的族人的脂肪中，指向受害者，然后放在油里或火里加热。随着火焰燃烧，受害者体内的诅咒也在燃烧。卡尔泰是这两种仪式的"大祭司"，整个活动充满了象征意义，在这块辽阔的土地上，在土著牧人中，他的仪式与《公祷书》中的仪式一样权威。

"我给你带来了点好玩意儿，斯派洛。"阿尔弗雷德说，从驮鞍上拿出一瓶朗姆酒，在滚滚热浪中挥舞着。

斯派洛说："我忘了昨天是圣诞节。"

"这是英国国教和西方基督教世界的共识。"阿尔弗雷德对他说。我看见卡尔泰和他的亲戚们在库珀溪原住民中走来走去。

"我还以为是后天呢。"斯派洛笑着告诉我们，"男人就这德行。你快进来吧。门上挂着湿麻布。我们要喝你送来的礼物，狄更斯先生。"

我开始为阿尔弗雷德担心，跟着他们走进小屋。屋子里一片昏暗，但稍微凉快一点。几个人在一张贴满报纸的小桌旁坐了下来，里面的陈设和斯台普斯以及丹迪住的小屋一模一样。

斯派洛拿来喝朗姆酒的小酒杯。我问他能不能给我喝杯茶。斯派洛在外面的炉火上给我沏了茶,还端来一杯黑啤酒。然后给自己和阿尔弗雷德倒了朗姆酒。我对阿尔弗雷德的酒量和他的掌控能力感到钦佩。我们都喝着自己的"杯中物",阿尔弗雷德伸出手,抓住斯派洛的手腕,说:"发发善心,为我弟弟表演表演你的'特异功能'。"

斯派洛显得很不情愿,争辩说他那点儿雕虫小技不值一提。

"不,不,"阿尔弗雷德坚持说,"你这么说,我可受不了。开始吧。让我们开开眼界。请听题,苏格兰有多少条河?"

"我可以告诉你,比新南威尔士这个该死的西部地区还多。"

"是的,是的。但是到底有多少呢?"

"如果我告诉你苏格兰有多少条河,你怎么知道我说得没错儿?"斯派洛问,那口朗姆酒还没咽到肚子里,呛了一下,差点喘不过气。

"那就是侮辱了你自己的诚信,斯派洛。此外,普洛恩知道答案。"阿尔弗雷德朝我眨了眨眼。

"很好,"他漫不经心地说,"你只说河流还是包括其他水域?"

"只谈官方公布的河流吧。"

"那样的话,苏格兰和其他岛屿共有二百一十九条河。包括具有相同名称的河流,比如北埃斯克河和南埃斯克河。"

阿尔弗雷德又对我眨了眨眼,"告诉我,普洛恩兄弟,是这样吗?"

"听起来可信,"我承认,并决定加入这个游戏,"不过我以为只有二百零八。"

"干得好,斯派洛先生,"阿尔弗雷德叫道,"还有,请向我惊讶不已的弟弟证实一下,你曾经在伦敦的阿尔罕布拉剧院和不列颠尼亚剧院以此为生。现在告诉我,无所不知的巫师,HMAS[①] 胜利号的炮甲板有多少英尺长?"

"一百八十六英尺,先生。是我小时候亲自量过的。"

"既然说到这儿,请你告诉我们,胜利号的帆全部升起,加起来会有多少平方码呢?"

"哦,先生,"斯派洛突然兴高采烈地说,"这是爱国的英国人最喜欢问的问题,答案是六千五百一十平方码。"

"嗯,我相信,"阿尔弗雷德说,"根据我们自己受过的教育,我弟弟和我都同意你的说法。"

"面对一个无所不知的人,你这么做是明智的。"斯派洛叫道,然后举起朗姆酒杯,一口喝了下去。阿尔弗雷德拍着手,摇着头,喃喃地说:"无所不知的人。"

"你演过戏?"我问他,"我们狄更斯家的人对舞台非常着迷。"

阿尔弗雷德点点头,"我告诉过他这事儿。告诉过他,'老板'在塔维斯托克庄园有一个小剧院。女王想去那里看他的作品。那部叫作《冰封的北方》的戏。一个听起来颇具讽刺意味的名字。"现在听起来,他很为自己是"老板"的儿子而自豪。"再考他,普洛恩!随便问!人们曾经指责他让一个人拿一本《地名词典》或者什么书在后台悄悄地告诉他答案。现在什么人也没有。看在上帝的分上,问问他!"

"你能告诉我水晶宫[②]有多高吗?"我问。

[①] HMAS:澳大利亚皇家海军舰艇(Her Majesty's Australian Ship)的缩写。
[②] 水晶宫(Crystal Palace):约瑟夫·帕克斯顿(Joseph Paxton)为1851年世界博览会而设计的玻璃和钢铁建筑。它竖立在伦敦的海德公园,后来搬到西德汉姆(1852—1853)。1936年被大火烧毁。

"是海德公园原址那座还是现在西德汉姆那座?"

"你看,你看。"阿尔弗雷德说,好像仅此一点就证明了他的博学。

"刚开放的时候……"我说得更具体一点。

斯派洛一双眼睛闪闪发光,但神情忧郁,似乎不太愿意展示自己的才艺,实际上希望自己能低调一点。

"它的室内高度是一百二十八英尺。""我愿意向您请教一个比较难的问题,例如,它建筑用的玻璃是多少平方码?""不,先生,你能不能别总咬着它不放?再问我一个和水晶宫无关的问题。"

"如果你愿意,请告诉我伦敦新桥建造者的名字。"

"萨里郡梅尔萨姆①的乔利夫和班克斯。"

我们就这样又玩了一会儿——斯派洛回答了各种各样的问题,包括"大东方"②铆钉的数量。

我简直被他迷住了,问道,如果有的东西真不知道,他会怎么办?毕竟没有人能知道所有的事情。他告诉我,从小父亲就让他学习《便士百科全书》③和《英格兰和威尔士帝国地名辞典》④,并且告

---

① 梅尔萨姆(Merstham):英国萨里郡赖盖特和班斯特德区的一个村庄,位于红山以北,与红山相邻。有一座中世纪早期教堂、一家足球俱乐部和一家美术馆。

② "大东方"(Great Eastern):指"大东方铁路"。这是一条从伦敦利物浦站到诺维奇的铁路路线。文中所说"铆钉的数量"指将铁轨和枕木固定在一起的铁螺栓的数量。

③ 《便士百科全书》(Penny Cyclopaedia):是由乔治·朗(George Long)编辑、查尔斯·奈特(Charles Knight)与《便士杂志》(Penny Magazine)一起出版的多卷百科全书。从1828年到1843年,共出版了二十七卷和三卷增刊。

④ 《英格兰和威尔士帝国地名辞典》(Imperial Gazetteer of England and Wales):是1870年至1872年首次出版的一本内容丰富的地形词典,由牧师约翰·马里厄斯·威尔逊编辑。它包含了对英格兰和威尔士的详细描述。

诉他，如果他对王国的主要历史事件有足够的了解，能在大多数情况下说对，只是偶尔出错，即使被人发现，也情有可原。和他一起工作的是一位名叫玛丽拉的女孩。她开始工作时只有十八岁。有时候，他在表演的时候故意假装被某个答案难住了，玛丽拉就会在他耳边低声说出来，逗观众开心。有时候，她把观众席上人们递来的纸条交给他。他把写在纸条上的问题暂时放在一边，台下的观众起哄，认为确实有人在后台提示，他就会一边唉声叹气，一边告诉他们答案，做出一副不情愿的样子，而玛丽拉会故意摇着头来确认答案。后来，他们订婚并且结了婚。他说，他以一种崇高的敬意尊敬她。他也认识她的父母，他们都是喜剧演员。在斯派洛和玛丽拉度蜜月时，她只有二十一岁。人们劝他们去印度演出。不幸的是，玛丽拉在那里得了脑肿胀，三四天之后就离开了人世。

现在，坐在屏障山下的茅屋里，他满心悲伤，喝完一杯朗姆酒之后，说他没有兴趣表演了，"除了为你弟弟"。

这时，卡尔泰颇有礼貌的敲门声打断了我们的谈话。阿尔弗雷德和斯派洛连忙出去见他。我听到卡尔泰和他们小声交谈。他说："那些寻找赭石的人明天就要走了。"

"他们高兴吗？"阿尔弗雷德问道。

"很高兴。"

"你真是个奇迹，卡尔泰。"

但我们谁都不知道卡尔泰具有什么样的权威，才能安抚住这些库珀河人，他又用什么手段消除了他们可能带来的危险。下午三点左右，赤日炎炎，我们开始了返回科罗纳的旅程。结束了这一天令人难忘的荒原之旅后，海沃德唱了一首快乐的小调。

古老的苍蝇市场附近，
　　一位老处女的日子凄惨悲哀。
　　她已经四十三岁，脸晒得黝黑，
　　不久前，和一个喂狗的人相爱。

　　游手好闲的美国佬，
　　向右转，转得快，
　　一块印第安人布丁，一块南瓜派，
　　上帝！他们如何让威士忌飞起来。

　　可我高兴不起来。斯派洛的故事让我越发困惑和忧郁。有一个问题让我心烦意乱——能否和阿尔弗雷德一起，而不受往事的回忆和对父亲的尊重困扰？他要我和他一起为现在的处境"怨天尤人"，把自己也算作流亡者，从而谴责"老板"。他希望他是在神志不清的时候——喝醉酒的时候，表达这种怨恨。但我知道，我从骨子里不允许他那样做。

　　但他出于手足之情，却把斯派洛作为"礼物"送给了我。他像"老板"一样，喜欢开玩笑。在蒙巴，我们有受伤的"圣人"斯台普斯和"口吃大王"丹迪。在科罗纳，他们有一个无所不知的"巫师"。难道澳大利亚每一个围栏巡修工都是摆脱了神奇天赋的逃亡者吗？

　　卡尔泰给我的那块树胶还剩一点。回家的路上，我一边坐在马鞍上嚼着，一边做白日梦。这一路，天气变凉了。好像卡尔泰连太阳也能掌控。我想着父亲身上所有那些与把我们"发配"到这儿的

"那个人"相悖的东西。阿尔弗雷德喝醉酒时想让我相信父亲就是"那个人"。我恨自己不够机智，没有让阿尔弗雷德想起父亲的种种好处，想起他是个"狂欢之王"。从圣诞节到查理的生日主显节①，我们在盖德山玩得特别开心。家里总是高朋满座，"老板"甚至在附近为单身汉们租了一幢小别墅。

妈妈曾经告诉过我一件事——她很赞赏那个和她分手的男人——那年夏天的一个晚上，他向她求爱的时候，妈妈、乔吉姨妈和她们的母亲正在等"老板"来访，突然一个水手打扮的法国-西班牙舞男从法式窗户跳了进来，在几位又惊讶又害怕的女士们面前表演了一曲角笛②。表演完，穿窗而过，跳进花园。不一会儿，"老板"穿着得体地从前门走了进来。原来是他扮演了那个水手。幻觉之王！他就是那样。每逢心中涌起幽默的浪潮，他就完全屈从于这种冲动，把自己打扮起来，逗人开心。

他和福斯特先生买下一个魔术师的全部道具之后，玩魔术也给我们带来极大的乐趣。他能把手表变成茶叶罐，让硬币从一个口袋飞到另一个口袋，让手帕看起来像是熊熊燃烧，而实际上完好无损。我记得有一个玩具娃娃，他会让它出现又消失，给孩子们传递消息。那是我的最爱。他还教会玛米好几套魔术。

圣诞节那周，"老板"不工作。我们会在科巴姆宅邸周围的树林里散步。回来之后，玩谚语游戏，字谜游戏还有哑声猜谜游戏。

---

① 主显节（Twelfth Night）：1月6日，基督教节日。
② 角笛（hornpipe）：十七世纪晚期至今在英国和其他地方演奏和跳舞的几种舞蹈形式之一。据说角笛作为一种舞蹈起源于十六世纪左右的英国帆船上。动作是那个时代的水手所熟悉的："望向大海"，右手抵着前额，然后向左，像在恶劣的天气里一样摇摇晃晃，不时有节奏地前后拉扯裤子。

有一年，我们穿着演戏的服装表演字谜游戏时，他决定邀请一位观众参与，然后给前来观看并且热烈鼓掌的邻居端上加了香料的热葡萄酒。两三年前，有一次，他组织户外运动，在屋后的空地上用旗子标出场地，邀请所有的邻居参加比赛。他还吩咐我们街角约翰·福斯塔夫爵士酒店的老板临时开设了一个小酒吧，直到夜幕降临，比赛才结束。他在黄昏发表了演说，那天在场的人表现得非常得体，离开时场地干干净净，没有留下一点儿垃圾，充分显示了大家对他的尊敬。而阿尔弗雷德对这些事很少提及。他似乎不知道人们多么爱戴"老板"！

有一年圣诞节，我们被大雪阻隔，他让团队里的单身汉们组装演员费希特送给他的瑞士小屋。后来，那儿成了他最喜欢的工作室。在我帮助那些年轻人干活儿的时候，我便觉得自己很重要。父亲对我眨了眨眼。然而，这个慷慨大度的主人、游戏玩家，这个热衷于培养孩子们好奇心的人，在阿尔弗雷德眼里却是一位冷酷、严厉的父亲，而且似乎决心要让我相信这一点。

25

夏末，我已经在蒙巴待了大半年。快到十八岁生日的时候，一位名叫查利斯的比利时神父骑着一匹瘦弱的骗马来到牧场。他骨瘦如柴，穿着一件沾满灰尘的白色长袍和一双凉鞋，饥肠辘辘地喝着酒，享用羊肉晚餐，向我们讲述桑给巴尔岛[①]上奴隶贩子的罪行。

---

① 桑给巴尔岛（Zanzibar）：位于坦桑尼亚东部的印度洋沿海的岛屿，柯巴树脂的主要产地。

他是被僧侣团送到那儿的。他说,悉尼大主教请求查利斯神父所在的修道院院长,派遣一名使徒到澳大利亚土著人居住的地方。他便从桑给巴尔经由比利时的鲁汶①来到悉尼。

对我来说,与一位天主教徒交谈,看到像弗雷德·邦尼这样具有启蒙思想的人允许他在帕坎吉人营地附近搭帐篷,是一件很有趣的事情。我父亲会说,罗马天主教会对土著人没什么好,这是野蛮与野蛮的对话。但弗雷德·邦尼的态度不同。可能因为这位神父的善意给他留下深刻的印象,同时因为他了解土著人的宗教信仰和发生在帕坎吉人身上的事情,特别是自从定居者把牲畜带到帕鲁以来,这里发生的变化。

"我看到过那些被加固过的庄园,"查利斯神父告诉我们,"白人定居者无意再把土地交还给当地人。"

"确实是这样。"弗雷德说。他虽然对帕坎吉人友好,但并不意味着他会把蒙巴的土地拱手相让。

"不管当地人攻击新来的人,还是做出合作的姿态,"神父说,"他们仍然可能被压迫或屠杀。"

"神父,难道人们不可避免地要用《创世纪》中的经文来证明他们的掠夺行为是正当的吗?"爱德华·邦尼问,"我不同意,但我在牧人的教堂里,听过人们引用《创世纪》中耶和华对人类的劝诫,要让土地硕果累累。"

"现在还没有法律制约风靡澳大利亚的这种种行为,"弗雷德说,"但是对土著人来说这就是灾难。你一定认为我这么说没有道理,但这确实是事实。因此,我要让蒙巴成为土著人的避风港。我很清

---

① 鲁汶(Louvain):比利时城市。

楚，爱德华和我——小狄更斯也一样——想在这里发家致富。但是，对我们来说，为当地人提供庇护才是公平的。"

"不过，邦尼先生，你认为他们理所当然拥有这块土地吗？"查利斯神父问。

"当然，这是不言而喻的。"弗雷德礼貌地说，爱德华扬了扬眉毛，但什么也没说。

"总有一天，所有权会见诸法律……"

"有了法律，"弗雷德态度坚定地说，"我一定严格遵守。"

"但在法律没有制定出来之前，"牧师说，"形势严峻，我们肩上的担子很重，我需要智慧。"

"我们也祈祷。"爱德华说，"我们的父亲是英国国教的牧师。但是从哪种意义上讲，他们对这块土地拥有传统的所有权呢？"

"我想说，无论从哪方面说都拥有。"查利斯神父说。

弗雷德露出他那腼腆而又像天使般的微笑："可是对所有立法者，甚至牧师来说都不这样认为。"

牧师看着我，微微一笑，问："你怎么看呢，狄更斯先生？"

"我不知道。"我对牧师说，有点手足无措，"他们了解这个国家。这和拥有这块土地不一样吗？"我有点郁闷，想强调一下自己的无知，"他们认为那是他们的土地，他们并不坏。"我结结巴巴补充道。

牧师摆出一副我所熟悉的那种演讲的姿势——人们要把父亲的作品背给我听时，总是摆出这样一副架势。但是，我想，他肯定不会。因为他是"外国人"。

可我错了，因为他接着说，"还记得鲍芬太太在《我们共同的朋友》中说的关于济贫院里的穷人受到侮辱的话吗？"

难道我从来没有读到过他们怎样被推诿，推诿，推诿——他们怎样被怨恨，怨恨，怨恨庇护所，医生，一滴药，或一块面包吗？难道我从来没有读到过，他们是如何在自己落魄到如此地步之后，变得心力交瘁而放弃；他们又是如何因为得不到帮助而最终死去？然后我说，我希望我能像别人一样死去，而且我死的时候不会有那种羞耻感。

议员们、先生们、尊敬的委员们，什么样的立法智慧，都绝对不可能纠正这些有悖常理的人的逻辑！

他放下双手，拿腔拿调，侃侃而谈："像您父亲这样的作家离上帝不远，狄更斯先生。事实上，能阅读他的作品的人离您父亲这样的人的灵魂也不远！"

"是的。"弗雷德点点头，脸上带着孩子气的微笑，毫不做作，"《我们共同的朋友》肯定是我的最喜欢的书。"

"是的，"查利斯神父说，"犹太人里亚，珍妮·雷恩。"

"还有贝拉·威弗。"弗雷德说。

我保持沉默，因为尽管我是那位塑造这些传说中人物的作家的儿子，但我还没有和那些被人们珍视的人物邂逅相逢。

"你认识一个名叫巴拉库恩的人吗？"牧师突然问弗雷德，我以为他们还在讨论父亲小说中的人物。

"啊，认识呀，"弗雷德说，"他经常在蒙巴扎营。一般来说在北边，皮尔里湖附近。"

"我想他一直劝说族人不要给牧场干活儿。"牧师说。

"是的。"弗雷德咧开嘴笑着说，好像他喜欢巴拉库恩这个怪人——这很可能是事实，"他是一个纯粹主义者。不吃面粉做的食物，也不喝茶。他认为这些东西会使他变得软弱。我们营地里的一些人跟他很熟，常常去他那儿，就像去修道院一样。"

"听你这么说，好像不难找到他，"牧师说，"应该在北边？"

弗雷德点点头，补充说，有时候这位老人会穿越牧场到昆士兰。

爱德华说："这些人对'边界'没有概念。也许知道部落之间的边界。但是不理解殖民地边界的概念。"

弗雷德似乎真的被逗乐了，"昆士兰的骑警和南澳大利亚的骑警也面临同样的问题。因为没有概念，执法行为比我们新南威尔士殖民地的警察更糟糕。"

"他们驻扎在我们南边，离这儿只有二百五十英里。"爱德华说。

"没错儿，"弗雷德说，"和我们压根儿就没什么关系。"

"也许是件好事，"牧师说，"不管哪儿的警察，总归是保护老百姓的工具。"

"必要时，自然欢迎他们。"爱德华说，颇有点咄咄逼人。

牧师一时沉默，过了会又说："因为没有警察，你们成了维护正义的人，这一定给你们带来不少麻烦。在赭石……"

"啊，是的，"弗雷德·邦尼说，"但是你这样评价我们可能太客气了，神父。做个'和事佬'很难。你看，库珀河的黑人不像我们这样热衷于养羊，生产羊毛。我也无法确定他们是否曾经在什么地方刊登过出租土地的广告。他们每年都会沿着帕鲁河走亲访友，寻找并且取回仪式用的赭石，这对他们来说是必不可少的东西。"

"是的，"牧师满脸严肃，表示同意，"这是他们的圣礼。他们的面包和酒。我明白。"

"他们在去南澳大利亚寻找赭石的路上经过这个地区时，我通过我们这儿的一位智者告诉他们，可以从迪克湖边的山上取赭石，这样就不会给南边带来麻烦了。"

"真是个好主意。"修道士说。

"是的,但没用。"弗雷德告诉他,"据说,南方人从北方取的迪克湖赭石派不上用场。库珀河人认为,为了举行仪式,他们必须到南澳大利亚沙漠寻找赭石。因为那是他们祖先用过的赭石。迪克湖畔的赭石不行。"

"这确实是个很复杂的问题。"牧师承认。

"但我们和他们和平相处。我让他们吃饱了羊肉,这要比对着干更明智。如果我以公平交易的方式对待他们,他们也对我以礼相待。最重要的是,这样做,我们不需要把自己的庄园变成一座碉堡。"

讨论还在继续,我强忍着没打呵欠。弗雷德说:"我有一样他们害怕的武器。"

牧师皱了皱眉头,好像弗雷德要提到什么武器,介绍它的威力。

"我之前说过,我有一位了不起的帕坎吉'牧师'朋友。他有许多'精神制裁'的办法,包括诅咒和举行各种仪式。"

"他是谁呀?"牧师问。

"哦,圣诞节的时候我把他派到科罗纳,小普洛恩哥哥那儿,确保那里平安无事。"

"卡尔泰?"我喃喃着说。

"是啊。"弗雷德说。

第二天早上,我看到查利斯牧师在土著牧人营里的一张桌子旁做弥撒。他穿着罗马法衣,虽然我对这身行头不以为然,但站在赤桉树穹隆之下讲道倒也相宜。我从来没有说过他是在大自然的教堂里背诵弥撒。关于澳大利亚和帕坎吉人,有些东西并不能简单地进行比较。汤姆·拉金当他的助手伺候他,必要时摇铃,但是土著牧人——男人、女人和孩子们——并不怎么注意他。从他身边走过去的时候,他们蹑手蹑脚,显示出对他的尊敬。但只是好奇地看着,而不是虔诚地注视他。只有牧师和汤姆·拉金两个人拿了圣餐。

出于礼貌,我在那儿待了一会儿。后来,汤姆抓住我的衣袖,问我晚上能不能到他和他妻子住的小屋里去吃饭,并夸口说查利斯神父也去。其实对我而言,查利斯神父没什么新鲜,私下里已经看够了他。

在我看来,铁匠的婚姻就像一桩友好而充满爱的生意,而且有一种魔力。我每次见到拉金太太,她都像老板娘那样昂首阔步地走着。我相信这是因为她拥有汤姆。我不知道莫瑞斯·麦卡登描绘的人们欲望得到满足的那个画面放在她身上是否合适,但显而易见,她呈现在我眼前的画面将志得意满发挥到极致。我答应汤姆,晚上去他家吃饭。

我决定给父亲写信。因为和哥哥在科罗纳的争论在我的脑海里挥之不去。

最亲爱的爸爸:

我知道你很忙,所以把想告诉你的大部分消息都写信告诉了乔吉姨妈。但是乔吉姨妈也不是一个爱写信的人——尽管她是我们所有人的好朋友和亲姨妈——也不能像你那样对我的风格进行批评。我应该在这句话的最后写哈!哈!哈!。

我想让你知道,邦尼先生同意我在圣诞节期间到阿尔弗雷德的牧场。我和阿尔弗雷德的谈话自然而然转向了你,我们都希望在澳大利亚永远不让你失望，即使在英国可能已经让你大失所望。仅仅几年前，倘若不是成群结队，而是三三两两在这里游走，还是一件危险的事情。尤其是当地人认为有可能让我们离开这个地方之后，越发蛮横。但现在既然知道我们不会一走了之，便和我们一起安顿下来，相安无事，态度也变得友好。不管怎么说，蒙巴的老板邦尼先生对这里的土著人非常钦佩。他让他们最优秀的人陪我去科罗纳。他知道有他和我在一起会很安全，有他和我在一起就能保证我健健康康活着。须知，在这个井和井之间相隔很远的地区，不了解地形的人很容易渴死。尤其圣诞节节期，茫茫荒原许多河都已经干涸。

回来的路上，这位土著人告诉我，他们的家园是两条蛇兄弟创造的。这两条蛇是彩虹色，是帕坎吉人的祖先。他低声唱了一首他们创造这个国家的歌。说心里话，我觉得他的故事很迷人。完全不像英国国教。据他说，有一次，住在树顶的一位老妇人把两条大蛇的尾巴连在一起。两条蛇挣扎着要分开，便形成了蒙巴牧场周围的许多条水道和秘密场所。我写这封信的目的当然不是告诉你这些，但我知道你对人类的所有特性都很感兴趣，不管他们是泰晤士河上的船夫，还是，我想……新南威尔士殖民地的古代族群。

我想让你知道阿尔弗雷德在科罗纳干得有多好，那里的人多么尊重他。当然，他和我谈到过去的日子，谈到很多关于你和乔吉姨妈的事，还有你无论如何也想象不到你在殖民地有多出名。我们遇到一些人，能背诵你的整篇文章。我们遇到的人认为我们很聪明，因为你是我们的父亲。我告诉阿尔弗雷德，我要写信给你，赞扬他的成功。我知道，这会让你非常高兴。

他却说:"别。他会认为我们是同谋。"但我认为你会爱心满满,为他骄傲。十八个月前,科罗纳的前任经理和从北方来的土著人在这个地区发生了冲突,是阿尔弗雷德促成了和平。对了,希望你不介意我告诉你,科罗纳的厨师用妈妈年轻时候写的烹饪书给我们做了圣诞晚餐。

无论如何,科罗纳的一切都说明牧场管理得井井有条,充分显示了阿尔弗雷德出色的才能。他是一个正在向上发展的殖民地人。希望几年之内,你会听到我类似的消息。从乔吉姨妈那里知道,美国之行对你来说很是艰难。我认为你应该待在家里,让乔治姨妈伺候你吃好喝好,然后等春天来了,组织海厄姆板球队去哪里打比赛。我真想骑马去盖德山,沿着格雷夫森德路,经过福斯塔夫,去看一场周六的板球比赛。但是我们这里有很多事情可做。你无法想象有多少有趣的人来找我们。在威尔坎尼亚镇有一个农牧业物资代理人,他的外甥和他的法国妻子私奔了。在这个人烟稀少的国家,他们居然消失得无影无踪。没人知道这个外甥为什么这么做,也没人知道他到哪里去了。农牧业物资代理人在这里有点像贵族,很多人欠他钱,惹不起他。所以他就有胆量对外谎称,外甥陪他的妻子度假去了。我突然想到,正是这些谜一样的话题造就了你伟大的作品。如果你像你曾经说过的那样,造访这里,一定会发现这里有许多故事可写。

我从遥远的蒙巴送给你我所有的爱,我希望你听到阿尔弗雷德的巨大成功而高兴,希望你的脚好了一点。

普洛恩

我还想到丹迪那非同寻常的故事，想到查德太太说话时故意拿腔拿调、嗲声嗲气，自讨苦吃的样子。但我太累了，不想提及他们。

和少言寡语的厨师斯奎克·考特尼准备的晚餐不同，蒙巴的早餐比较简单。通常就是羊肉和硬面饼子，虽然偶尔也会有一些精致的东西，比如粥和金黄色糖浆、蜜饯，甚至橘子酱，再配上硬面饼子。有时候我一个人吃，有时候和邦尼兄弟一起吃，尽管吃早餐时，谈话通常都很简短，说的都是急活儿。

一天早上，我正要走进餐厅，听到兄弟俩在争论什么。

"是时候让他开始新的生活了，你就放手吧。"弗雷德说。

"你不要以为我的热情没有得到回报。我不明白你为什么要让我受这种野蛮仪式的约束，"爱德华不耐烦地说道，"这种仪式你自己都不愿意参加。"

"但对他来说，是一个必要的仪式，"弗雷德争辩道，"你可以看到他被夹在'童年'和'成年'之间多么难受。"

爱德华回答说："这太虚伪了，年轻人的天性就是脾气暴躁。"然后，他突然从房间里走出来，看见了我。

"别走，普洛恩！"他大声说，"我弟弟就是这样一个专制主义者。"

我转身对他说："没关系，邦尼先生。我没听见你们说什么，而且无论如何……"

"我弟弟无疑会告诉你你可能已经猜到的事情。我生来就很狭隘，普洛恩。我喜欢男人。我曾经被一个很特别的……但我是一个理性的人，不是什么掠夺者。"

"很好。"我说。我对他的任何忏悔都会这么说，而他这次坦白得让我无地自容,"没有必要……"

"有必要……因为我之前对你过分的行为。"

我意识到他们还在为爱德华必须放弃的一段感情争论。只有这样才能举行一场仪式。我决定回自己的房间,等他们把事情弄清楚再说。

"好吧,我要走了。"

"不,"他说,"你不是要吃早饭吗?来吧,来吧,普洛恩。"

我只好走进餐厅,发现弗雷德心不在焉,不知道他们为谁而争论什么。

26

接下来的几天,邦尼兄弟又言归于好,以至于我怀疑那天和爱德华的谈话只是一场梦。

但是有一天早上,弗雷德让我别去归拢羊群,还问我是否愿意参加他所说的燕迪成人典礼。于是灵光一闪,我看出其中的端倪。

"我很荣幸能被邀请参加,"弗雷德告诉我,"我知道你一直对他们很同情,通过这个仪式,你看到的场景会对你有所启发。"

我虽然有点犹豫,但还是答应弗雷德的请求,和他一起去那个举行典礼的地方。走过帕坎吉人的小屋后,我们看到一群上了年纪的男人在等着我们,卡尔泰也在其中。他们穿着袋鼠皮斗篷,腰带上别着木棍和回旋镖。一个叫休吉的老人——本名布尔戈戈鲁,戴着一顶树叶做的帽子,树枝和树叶绑在头上,缓解头痛。弗雷德向我解释说,这是千金藤的叶子,它乳白色的汁液被认为是一种良药。

灌木上红色的果实和黄色的花朵散发着尿臊味,但据说疗效不错,休吉便也欣然接受。

那些上了年纪的人向东南方向蒙巴的水坑走去。我们走在后面,虽然没人理睬,但还是被他们接受了。

"你注意到了吗?燕迪好像闷闷不乐,"弗雷德说,"他害怕那些老人会抓住他,逼他去参加成人仪式。许多年轻人认为这种仪式很恐怖,但又担心没机会参加。因为一旦参加不了,就永远是个长不大的孩子。"

"拿不定主意。"我说。

"是呀,永远当孩子是最糟糕的结果。"弗雷德对我说,"我最近一直没见燕迪,和人们打听他在哪里时,大家都支支吾吾。现在我明白怎么回事了,我想他最近闷闷不乐是因为人们告诉他现实世界、死亡以及其他一切之后,就让他在周围都是鬼魂的土地上独自思考。燕迪怕鬼怕得要命。还记得他有多害怕'结巴子'丹迪吗?"

按照他们的规矩,如果一个女人或者白人牧民无意中闯入参加"成人礼"的男孩或男人忍受孤独、经受考验的地方,这种老年男人给年轻人灌输神秘和困惑的仪式就得重做一遍。于是,他们给了参加"成人礼"的年轻人一样东西。弗雷德告诉我,那东西叫"moola-unka"。是一块扁平的木头,上面有个洞,帕坎吉人用一根皮条拴着木头一端,在空中旋转,发出可怕的呜呜声,就像一只巨大的掠食鸟或一个发出喉音的怪物。意在警告无关的人不要靠近。

我们跟着老人走了一英里半,进入一片树林,看到一群年轻人坐在一块很小的空地上,燕迪就在他们中间。他全身都沾满白色的黏土,我差点儿没认出他来。这种奇怪而又出人意料的庄严的场面给我留下深刻的印象,意识到这是当地人用最生动、最形象的方式让人们知道燕迪是一个新人。事实上，他看起来的确像是一个重塑过的新人。端坐在一堆紫红色的树枝上——这一定也意味着什么——双手平放在盘在一起的大腿上，显得安详而威严。

燕迪面前坐着一排背对他的年轻人，每个人都拿着一块用黑色、赭色描绘过的盾牌。盾牌很窄，雕刻着各种图案。两位老人面对这些年轻人坐着，就像举行某种会议。接下去的场面难得一见。年轻人站起身来，似乎在辱骂和侮辱两位长者。他们做出表示轻蔑的手势，抱怨老人的愚蠢和专横。两位老人慢慢地被激怒，也站起来，怒眼圆睁，一脸轻蔑，比比画画似乎商量什么，虽然什么也没说。两个人虽然不无表演的成分，却又令人敬畏。过了一会儿，辱骂似乎达到高潮，老人开始向年轻人扔棍棒和回旋镖，年轻人则不屑一顾，用盾牌挡开。棒子和回旋镖都扔完之后，老人冲上前，好像要惩罚年轻人。年轻人抓住两位老者，把他们摔倒在地。之后，老人站起身来，显得颇为不满，唱着不祥的圣歌离开空地。

弗雷德和我跟着他们做同样的事，除了念诵。我完全被这个帕坎吉人的仪式弄糊涂了。沿着小溪退隐时，两个老人愉快地聊着，丝毫没有因为刚才空地上的仪式沮丧或者愤愤不平。

弗雷德好像对这个仪式了如指掌。他走到一个正在离去的老人面前，用帕坎吉语轻声对他说了几句话。聊完之后，弗雷德走过来告诉我，我们很快就要再到燕迪和他的朋友们那里去了。啊，我想，那时候，老人们就会让他们知道谁说了算。但事实上，我错得不能再错了。因为跟他们回到空地时，并没有听到人们预料之中的那种吵闹声——比如，校长喝令学生们恢复秩序的声音。老人们仍然一副喜气洋洋的样子，在自己的位置上站好，监督仪式按部就班进行，直到结束。两个年轻人蹲在端坐在灌木树枝上的燕迪旁边。他们的胳膊被绑着，手腕上的一条静脉被切断，鲜血流进一个木碗里。燕迪双膝跪地，双手背在身后，弯下腰，低着头，像鹿甚至狗一样喝着血。弗雷德后来告诉我，这是燕迪在几天之内唯一被允许喝或吃的东西，直到他被烟熏"干净"。

燕迪和另一个年轻人——有点像宗教活动中的"引领人"——穿着长长的袋鼠皮斗篷站在那里，只露出头，然后又坐在一堆倒挂金钟泛绿的树枝上。他们身下摊开着一堆堆干草，干草下面是树枝。点燃树枝后，升起的不是火焰，而是一股浓烟。浓烟穿透了他们的斗篷，笼罩着肩膀和脖颈儿。两个人都用手指堵住鼻孔，连气也喘不过来。

然后，燕迪和"引领人"把袋鼠皮举过头顶，烟继续冒着，两个年轻人一动不动待在那里，几乎被圣礼的烟雾完全笼罩。我开始担心，不由得看了弗雷德几眼。他只是睁大眼睛，点了点头，表示理解我的困惑，好像他自己也有同感。最后，老人开始叫那两个站在烟雾中心的年轻人，让他们往前走。燕迪从烟雾中现身时，老人用石刀削短他的头发。一缕缕头发落到地上。老人们用手指从他脸上拔出胡须时，燕迪没有退缩。接着用赭石把他的身体涂成红色，然后把用负鼠毛编织的项圈套在他的脖子上。就在这时，一个先前用盾牌挡开木棒和回旋镖的年轻人从人群中冲了出来。他拿着从燕迪嘴里打掉的一颗牙。这颗牙是仪式还没开始，没有围观的人群，只有那两位老人的时候，被人敲掉的。他要把它藏在水源附近的什么地方。围绕这颗牙会发生的事情显然是一个预兆，预示燕迪的生活将如何展开。

我和弗雷德在仪式结束之前就离开那里。能看到它进行到现在已经很荣幸了。在回庄园的路上，他告诉我，如果燕迪愿意，可以娶另一个肤色群体的女孩为妻。那个女孩小时候就和他订了婚。但他也可能选择流浪,寻找妻子。我立刻明白了,在燕迪的社会,选择妻子并被批准结婚并不比在我们的社会更容易。

"你会发现,这个小家伙比以前快乐多了。"到家时,弗雷德对我说。

那天晚上吃晚饭时,爱德华心不在焉,这证实了我的猜测:他一直不愿放弃的就是燕迪。

得知威利·苏托也要来拉金斯家吃晚饭,我很高兴。不只是因为他可以在那位比利时牧师热情洋溢时起到缓冲作用,还因为我现在有了一些积蓄,想买一两匹赛马,参加赛马俱乐部,苏托要给我一点建议。

我到拉金斯家时,苏托已经到了,正和汤姆一起坐在餐桌旁喝朗姆酒。

"您能来真是我们的荣幸,普洛恩先生。"汤姆说着站起来迎接我,脸上闪闪发光,然后他转向妻子说,"谁能想到,呃,格雷西?"

"在新南威尔士殖民地!"她表示同意,在围裙上擦了擦手,朝我点了点头。

还没等我们再说什么,牧师就来了,他穿着一件做工粗糙的长袍,不太像普通牧师的法衣。穿着这样的衣服,他似乎更值得注意,且不说他对帕坎吉人的兴趣。我现在相信,帕坎吉人有足够的圣礼,根本不需要基督教的圣礼。我很想看到童年时遇到的一些牧师,包括神圣的已故索耶博士,参加或让他教区的居民参加燕迪在烟雾中成人的仪式。

拉金夫妇以另外一种形式表示了对牧师到来的喜悦。他们期待我带来文学的魅力。查利斯神父带来的则是圣人的男高音——他自己可能就是圣人之一。大伙儿都低下头。牧师用拉丁语做祝福祷告时，威利显得很严肃。牧师非常精确地将天空一分为四——在大家的头顶划了一个十字。

拉金的小屋宛如一个文明的小窝。棉布窗帘，漂亮的小壁灯。白颜色的桌布，银餐具——可能是结婚礼物。小屋的舒适和温馨不仅嘲笑了围栏巡修工小屋的杂乱，也嘲笑了深宅大院的简朴。汤姆容光焕发，就像在干完繁重的工作之后，把自己从里到外，彻彻底底地擦洗了一番。拉金太太从厨房走进屋里时，和丈夫之间目光的交流、肌肤的触摸，更把那种舒适和温馨表现到极致。你不能不相信这正是婚姻的意义之所在。在我看来，这种安逸和爱恋与莫瑞斯讲述的那些关于舅妈们的故事所表现的孤儿对于爱的饥渴并非来自同一个地方。安逸和饥渴水火不容。一旦发生冲突，人们会怎么做？

人们提出这样的问题时——当然是年轻人才会问的问题——不会把它用于自己的家庭。我就不曾像后来那样，看待父母之间的冲突。那时候，眼见得父亲把妈妈送走，虽然给她提供了一幢很好的房子，但他再也没有让她回家住，也没有去她的住处看她。我去卡姆登镇母亲的新家看望她时，看到她形容憔悴，一脸凄凉，要过好长一段时间才能露出她那充满魅力的微笑。

在餐桌旁边坐下时，我把这些想法抛到脑后。拉金太太显然为准备这顿饭花了不少心思。这顿饭从汤开始。汤姆·拉金拿出一瓶法国白葡萄酒——很可能是威利送给他的礼物——查利斯神父同意喝一杯。

主菜是烤羊肉、各种烤制的蔬菜和芥末、薄荷果冻等精致的食品。这些东西可以通过店主特别订购。与之搭配的是一瓶果味浓郁的红酒。

吃饭的时候,我试着模仿威利·苏托心态平和、轻轻松松地对待牧师。"是的,我认识巴拉库恩,神父,"威利说,"但我觉得你似乎不必雄心勃勃地去拜访他。在他眼里,你和那些粗鲁的围栏巡修工之间没有什么区别,甚至和那些听信芒特布朗有黄金的谣传,而一路艰辛去勘探的人之间也没有什么区别。"

我还记得那天和弗雷德、燕迪在乌洛利围场遇到巴拉库恩的情景。

"苏托先生,我们这个团体是为了寻找被排斥和被驱逐的人而成立的。"牧师说,"今晚我和亲切友好的人们坐在一起,坐在神圣的炉火前。如果我的位置在上帝已经微笑面对的你们中间,那就太好了。但是,你们知道,到最偏远的地方见证上帝伟大的力量也是一种不可避免的使命感的冲动。事实上,大家都相信总有一天昆士兰的骑警会追捕那个被遗弃的群体,这意味着我必须让自己成为巴拉库恩部族的一员。你们看,这是神授予我的明确的任务。我常常希望事情不是这样,天性让我渴望能有这样一个简单的住所和体面的职业。但是……"

拉金打断他的话,说道:"我母亲说,她乘坐的那条运送流放犯的船停在都柏林湾①时,她和另一位'仁慈姐妹'②上了船,去探望"甲板监狱上"的那些女人。所有的囚犯都认为修女们这天来看望她们是件好事。然而当船……惠特比号……驶出爱尔兰海,那两

----

① 都柏林湾(Dublin Bay):爱尔兰东海岸爱尔兰海的一个 C 形海湾。沿南北向的海湾大约有十公里宽,到都柏林市中心的海湾顶点有七公里长,从北部的豪斯黑德一直延伸到南部的达尔基角。
② 仁慈姐妹(Sister of Mercy):天主教慈善修女团的成员。

个修女还在船上，愿意一路陪伴她们，照顾她们……"

"我相信，"牧师说，两位修女高尚的行为也让他感动，"对于某些人来说，只有一个家——被鄙视的人身边。"

"我明白你说的话，神父，"拉金说，"但是你阻止不了这块土地上已经发生的事情。我的父母看到恩加里古人被殖民者从莫纳罗高原赶了出来。我不知道这是不是上帝的旨意。不过，我父母对那些被赶走的黑人非常同情。然而，不管是不是好心，反正事情就这样发生了。现在，如果你去见这个叫巴拉库恩的人，倘若他以任何方式伤害了你，驻扎在温特沃斯附近的新南威尔士殖民地的警察就会被召集起来。如果发生在昆士兰附近什么地方的话，昆士兰的警察就会出动。你可能就会成为一场暴力行为的导火索，神父。"

"我从小就是个新教徒，"拉金太太快言快语，"我很奇怪，你怎么会对牧师指手画脚，托马斯。"

"我只是作为一个平等的人跟他说话，格雷西。我不希望看到善良的查利斯神父受到伤害，新南威尔士的牧师一直很少。"

"我记住你对我说的话了，托马斯，"牧师说，"但是如果我明天去找你，告诉你不要再打铁了，从现在起开始做木桶，不会在你的本性中造成裂痕吗？"

拉金没有回答。

"我希望你有一匹好马，神父。"威利说。

"这匹马比看上去好多了。"查利斯神父说，就像大多数人一样，他对自己的马比别人更了解。

"原谅我，神父，我和汤姆一样是个新教徒，"威利说，"但是您的那个团体不会愿意您白白牺牲吧？如果他们这样做，你们的人很快就会越来越少。"

"你是个有理智的人,"牧师对他说,"但有些理由超出了理智。"

"不管怎么说,"拉金太太高兴地说,"让我们把饭吃了吧。"

她满怀希望,希望食物能让我们达到牧师的"理性水平",或者让他回归到我们的"理性水平"。

"无论如何,你的父亲,狄更斯先生,是一个正直的人,"牧师说着,满嘴羊肉和土豆,津津有味地嚼了几口,连忙吞了下去,准备开始朗诵,"'现在,这些摇摇欲坠的房子,夜晚,容纳了一大群可怜人。就像已成残废的不幸的人身上生出各种有害的寄生虫一样,这些几近废墟的庇护所也滋生了一群肮脏的生物,它们从墙壁和木板的缝隙中爬进爬出;在雨水滴下来的地方,像蛆虫一样蜷曲着睡去……'① 这是你的父亲,在《荒凉山庄》中对一个叫'汤姆孤身一人'的地方的描述。基督讲出了穷人的真实状态。你父亲写得比任何人都好,莎士比亚不行,伏尔泰不行,拉马丁② 不行。你父亲的作品就像福音书的延伸!你一定为此感到非常自豪。"

"我父亲听到你这样说会感到骄傲的,"我说,"但我觉得他不会认为自己和基督有任何相似之处。"

父亲在他的时代享有盛誉,但如果他知道新南威尔士殖民地的这位牧师把他的作品和《福音书》相提并论,一定会感到震惊。

"可是他对穷人总是很同情。"我怯生生地说。

"这就是第二条戒律。"查利斯神父说。我当然没有告诉他,我的父亲谴责天主教徒。晚餐吃得很愉快,我甚至有机会讲了一些"老板"和我们几个男孩子在梅德韦河上划船探险的故事。

---

① 引自《荒凉山庄》第十六章。

② 拉马丁(Lamartine,1790—1869):法国作家、诗人和政治家,他对第二共和国的建立和法国国旗三色旗的延续起到了重要作用。

我要去看查利斯神父在黑人的营地里再做一次徒劳无益的弥撒。他抬起圣体时，几个头戴石膏帽子坐在小屋门口的老寡妇就知道要发生什么庄严的事情，这时汤姆·拉金摇了一下手铃。女人们都尖叫起来，就像燕迪从浓烟中走出来时那样。

然后牧师离开蒙巴。卡尔泰应弗雷德·邦尼的要求和他同行。几天后，卡尔泰回到蒙巴，大伙儿都认为，他一定设法让牧师和巴拉库恩周围的"纯粹主义者团体"顺利接洽。

27

邦尼兄弟和其他所有牧民一样，仍在试验如何生产适合蒙巴地形和气候的最佳的混纺羊毛。作为培训、锻炼、增长才干的部分内容，弗雷德要我带着一张现金支票，骑马到威尔坎尼亚，参加弗雷梅尔先生主持的拍卖会，买二百只白萨福克种公羊[①]，每头不超过四英镑。邦尼兄弟最信任的围栏巡修工之一杰米·克拉夫和我一起去。他会用他那双目光犀利的眼睛观察绵羊的牙龈、羊毛的长度、蹄子和臀部的大小形状。如果一切顺利，我们就可以进行这笔交易了。钱当然由我来支付，对于我来说，这是一种荣耀。弗雷德指示我可以讨价还价。我从来没有做过这种交易，深感肩上的担子很重。

荒漠漫长的冬日即将结束时，天空中乌云密布，克拉夫和我在

---

① 白萨福克羊（White Suffolk）：澳大利亚优秀肉用品种的绵羊。体格大，颈长而粗，胸宽而深，背腰平直，后躯发育丰满，呈桶形，公母羊均无角，四肢粗壮。早熟，生长快，肉质好，繁殖率很高，适应性很强。

威尔坎尼亚拍卖场附近安顿下来。来自这个地区别的一些买家也都在这儿安营扎寨。我在营地里轻松自在地四处走动,用不着担心哪位牧工或围栏巡修工给我背诵父亲的作品。不少围栏巡修工和赶牛车的人聚集在一堆篝火旁。一个人拉手风琴,一个人拉小提琴,为一位歌手伴奏。那歌声很熟悉,一听就知道是海沃德在高歌。他的脸颊本来就热得通红,此刻用忧伤的、略带口音的男高音唱歌时,朗姆酒越发让他红光满面。火堆周围的人都高兴得忘乎所以。

> 我哥哥名叫吉姆
> 住在一个小屋,
> 女房东是个寡妇,
> 常常在夜色中梦游。
>
> 噢!噢!她在夜色中梦游,
> 我发誓,走进吉姆的小屋。
> 他吓了一跳,第二天晚上就离开了。
> 这就是我现在住在那儿的理由。

海沃德唱完之后,火堆周围爆发出一片丛林人的喝彩声。他举起手里的杯子,把里面的酒一饮而尽。人们要求他再唱几首歌,但他用舞台上的爱尔兰口音说:"天哪!我他妈的已经唱了整整一个晚上了。"

他要走开时,好几个人醉意蒙眬,想抓住他,要和他做永远的朋友。听到我的叫喊声,他转过身来——也许是因为此时此刻难得听到这样清醒的喊声。

"哦,老天爷!"他说,脸上露出喜色,"是普洛恩·狄更斯,对吗?"

他走过来握着我的手,说:"你这个家伙,我本来要写信给你呢,现在用不着了。我已经以优厚的条件离开了你哥哥的牧场,正要去接管沃雷戈河①畔的图拉勒牧场。"

"哦。"我回答道。我有点嫉妒,虽然他比我大两岁。

"再有十八个月,我就达到法定年龄了。希望能和一位朋友合作,作为不动产,购买一座庄园,并且做牧场租赁买卖,由我负责管理。我想知道,你会不会是那个朋友,普洛恩?我想知道,如果我们俩能进一步互相了解,你会和我合作吗?"

尽管我暗自高兴,但还是无可奈何地说,我还有三年时间才能"出徒"。

"如果你可以借贷,"他突然严肃地说,"而且真心想加入我的牧场,那有可能吗?"

"当然有可能。我受宠若惊。"

"得了吧,普洛恩。女人为了结婚把一个小伙子轰回去时,都这么说。"

"可我是认真的。我会写信……"我本想说"给乔吉姨妈",但那样说会被海沃德嘲笑,便改口说,"我要写信回家问问。"

"很好,顺便说一句,亲爱的朋友,这只是一个初步的设想,一种试探。我知道在未来的日子里,你还需要更多地了解我的优点。

---

① 沃雷戈河(Warrego River):沃雷戈河是达令河最北的一条支流。位于澳大利亚昆士兰州西南部,新南威尔士州的奥拉纳地区。这条河发源于卡纳文山脉的卡卡芒迪山下,靠近昆士兰州的坦博,一般向南流,与布尔克下游的达令河汇合。

老伙计,虽然我是个民谣歌手,但是涉及创业,我不但有能力,而且极其严肃认真。我们去喝点什么吗?"

我想了想。这地方离商务酒店只有几百码远,许多乡村绅士都住在那儿。便同意了他的提议。

我们一起出发,海沃德又开始唱歌:

三一教堂遇到个"丧门星",
顶楼小屋度秋冬
一天到晚欠租金,
她和天堂送来的好光景……

"你会唱的歌可真多,海沃德。"我说,并非都是赞美。

"谢谢你,先生。不过有许多歌都很低俗。"似乎为了证明这一点,他又唱了起来:

我去乡村赶集看马戏,
世界上最胖的女孩在那里。
她腰围九十英寸再加七,
老板一声令下,我们都冲进去……

一阵喷嚏打断他的歌声。"啊,"他过了一会儿,继续说,"我爹对我说:'为什么你能记住那些打油诗,却记不住公式定理呢?'如果我能回答出来的话,我可能就是外交部的海沃德或者皇家工兵部队的海沃德中校了。"

我说:"我能记住板球比分,但记不住定理。我能理解板球的比分。"

"没错儿，普洛恩。我能理解那些打油诗的意思。我们将成为很好的合作伙伴。"

商务酒店的酒吧人声鼎沸，钢琴演奏着比海沃德的小曲儿更高雅的歌曲——《绿茵场上的灯芯草》①。

我们快到酒吧时，弹钢琴的人开始弹奏《荷兰的低地》②，一个女高音的声音穿透了夜空。

"这个姑娘唱得真棒！"海沃德说。

听了这话，我心里想，怎么能和你一起做生意呢？很少见到你有完全清醒的时候。

令人惊讶的是，走近酒吧的时候，喧闹声似乎要压过女高音的歌声，但她尖细的声音仍然挣扎着穿透鼎沸的人声。海沃德把我领进拥挤的酒吧。一望而知，他在那里很出名，很受欢迎。

"他来了，该死的民谣歌手！"人们叫喊着，拍着他的肩膀，把他让到吧台那边。他给自己点了朗姆酒，给我点了淡啤酒。喝酒的时候，他的目光从一张赞赏的脸扫视到另一张赞赏的脸。在这群人里他是闪亮登场、广受欢迎的明星。这真是一件美妙的事情。这一次，我不再是人们关注的焦点。

"那个声音这么好听的姑娘是谁？"他问在场的人。

"你吃醋了吗，海沃德？"一个喝得醉醺醺的家伙喊道。

"谁能介绍一下。"海沃德说。

"这是老德塞利在雅座为他的朋友举办派对，"一个男人说，"歌

---

① 《绿茵场上的灯芯草》(*Green Grow the Rushes, Oh*)：是一首流行于英语世界的民歌，有时被当作圣诞颂歌来唱。
② 《荷兰的低地》(*The Low, Low Lands of Holland*)：一首著名的英语歌曲。

手一定是他的女儿,或者朋友的女儿。"

"嘿,"有人喊道,"和你在一起的是狄更斯家的男孩吗?"

"男孩?男孩?他已经是男子汉大丈夫了!不比你们任何人差。"海沃德说。

有个傻乎乎的家伙认为是时候欢呼了。"你想写一本书,是吗?"另一个家伙叫道,不知道为什么,大家都觉得这句话好笑极了。

我不喜欢这种氛围,但一想到康斯坦丝·德塞利可能也在酒店里,就特别兴奋。歌声清楚地告诉我,那是她的声音。心想,必须在她身上下点功夫。我抓住海沃德的胳膊对他说:"我认识德塞利家的人。"

"能借你的光,带我去看看吗?"他问。

我喝完啤酒,没有回答,朝钢琴声走去。歌声已经停下,但钢琴还在弹。

一个男人喊道:"小狄更斯走了!有个女孩要遭殃了!"

我笑了笑,尽量让人们相信那是发自内心的微笑。因为在澳大利亚,我发现如果别人和你开玩笑,顺其自然,不要介意。

我走到走廊,转过身,发现海沃德还和我在一起。我们循着钢琴声走到一扇门前,敲了敲。我很紧张,很高兴能指挥海沃德。海沃德这次似乎学乖了,紧紧地抓着帽檐。开门的是律师助理马里森。我想,正在献殷勤求爱的他,当然会在那里。不过他表现得热情有礼。"狄更斯,见到你真高兴。"

"我觉得我必须来拜访德塞利先生。"我回答道。

马里森转过身来,对钢琴那边的人宣布:"是小狄更斯和另一位先生来表示敬意。"

阿尔弗雷德和德塞利夫人从屋子那边走过来迎接我们。

"和你们这些衣冠楚楚的文明人在一起,我们衣着太随便了。"我说。

"当然没关系,"德塞利用悦耳的声音说,"请进,把你的朋友也带过来。"她和德塞利先生就像我们上次在板球比赛中相遇时一样,十分友好地伸出双手,以一种殖民地人特有的方式欢迎我。海沃德看到德塞利夫妇对我笑脸相迎十分惊讶。

康斯坦丝在屋子那边,很开心的样子。她穿着绿裙子站在钢琴旁边,看上去比我们上次见面时更加丰满。她姐姐在弹钢琴。布兰奇旁边是她的布罗厄姆先生。

阿尔弗雷德·德塞利说:"只是女孩子们给我们唱几首歌儿。"

"几首歌儿?"我表示反对,"美妙的旋律。"我坚持说。

德塞利夫人拍了拍手,屋子里的人都停止交谈。我看见弗雷梅尔先生,拉特利奇牧师以及他妻子。"请允许我介绍一位你们可能已经认识的先生,爱德华·狄更斯先生和他的朋友……"

"海沃德,图拉勒牧场的新经理。"海沃德说,风度潇洒地向在场的人点了点头。

几个女士鼓起掌来。图拉勒是一座大多数人都听说过的牧场,它的主人是一位颇受欢迎的阿尔斯特[①]人,名叫山姆·威尔逊。

我很后悔和海沃德干扰了德塞利姐妹的表演。康斯坦丝从钢琴旁边走开,好像要和客人们聊天儿。因此,当布罗厄姆先生走上前宣布"我相信,如果德塞利姐妹继续唱第三首歌,新来的客人和其他人一定会非常高兴"时,我非常感激,连忙和海沃德一起说:"求之不得,求之不得。"屋子里安静下来之后,人们开始咳嗽,抽鼻子,

---

[①] 阿尔斯特(Ulster):是爱尔兰的四个省之一。在澳大利亚,爱尔兰人也被叫作阿尔斯特人。

然后布兰奇开始演奏《野山百里香》①前面一段简短的引子,康斯坦丝开始唱歌,棕色的眼睛闪闪发光。

这是一首迷人的爱情歌曲,如泣如诉。康妮·德塞利水晶般的女高音像一把刀刺向我。这首歌应该是男人唱的,但当她唱到"跟我来吧,姑娘!"欲望之火在我心头燃烧。为了这火焰,我会不顾一切。我会骑着马去南澳大利亚的赭石坑,把那件红色宝物带给她。"丛丛石楠花畔,盛开着百里香"。我愿意走遍这块土地任何地方,至少在达令河那边,去寻找她,寻找她。

"太棒了!她是谁?狄更斯,"海沃德小声说,"真迷人。"

我没有回答。反正他知道她是谁。她是欧忒耳珀②,主管音乐的缪斯女神。在时而慷慨时而吝啬的达令河岸上重生。如果父亲没有把我送到殖民地,我就不会知道,她身上还挂着神圣泉水的甘露,来到这里。

歌曲结束了,人们好像被惊呆了一样,片刻之后,房间里爆发出年轻男子热烈的鼓掌声、欢呼声。布罗厄姆喊道:"女士们,先生们,内塔利牧场的缪斯们!"

我看到弗雷梅尔漫不经心地鼓掌,好像在说,只不过是一首歌罢了,而拉特里奇牧师更心不在焉。我纳闷,他们还是活生生的人吗?

海沃德越过马里森,站到康斯坦丝旁边,希望大家赏光让他介绍一下自己。我一下子魂不守舍,最担心他会唱他在科罗纳演唱的

---

① 《野山百里香》(*the Wild Mountain Thyme*):著名的英国民谣。
② 欧忒耳珀(Euterpe):希腊神话中缪斯之一,主管音乐和抒情诗,其形象为一手执双管长笛的美女。

那首优美的《冬青与常春藤》。如果他们在一起唱歌，大家一定觉得这两个人珠联璧合。保不齐会以某种方式融合。

28

就在我被康妮和其他人会怎么看待海沃德这个问题弄得不知所措时，惊讶地发现弗雷梅尔先生站在我身边。

"在蒙巴过得怎么样，狄更斯先生？"他问。

"一切都好，"我回答道，"水流都已经汇入江河系统，纳蒂奥拉河和蒙巴河已经恢复到我刚来的时候的样子。弗雷德·邦尼希望冬天会下雨。"

"弗雷德·邦尼。"他说，扬了扬眉毛。

"邦尼先生。"我连忙纠正。

"你觉得邦尼兄弟是好主人吗？"弗雷梅尔心不在焉地问，好像压根儿就不在乎他们好还是不好。

"我父亲没有教过我谁是我的主人，我也不是谁的仆人，弗雷梅尔先生，但我很高兴为邦尼先生工作。"

"你还没有受到爱德华·邦尼先生的攻击吧？"他问。

"没有。"我说，对他使用"攻击"这个词感到震惊。

"他是个鸡奸者，你不知道吗？"

"这样说不合适吧……"我说。

"哦，得了，狄更斯，别大惊小怪了。这事众所周知。我不知道他有没有纠缠你。"

"我向你保证没有，弗雷梅尔先生。"

"那么，你是否知道，他收到过我外甥莫瑞斯的信？"

"不知道。"

"新来的邮政局长说有一封信送到了蒙巴。我知道莫瑞斯和邦尼兄弟有通信联系。就这么回事儿。"

"我不知道。"我回答道，朝康斯坦丝瞟了一眼，看到海沃德每说两句话，她就笑得前仰后合。

"你是来买种公羊的？"弗雷梅尔问。

我说，没错，我是来买种公羊的。

"弗雷德·邦尼先生让你出价买羊，他给你佣金，是吗？"

"我很荣幸地告诉你，正是这样。"

"和他那个平庸无能的哥哥相比，"弗雷梅尔不高兴地说，"弗雷德还算个讨人喜欢的家伙。"

"他们都对我很好。"我回答，作为一种警告。

"办好这件差事，弗雷德·邦尼给你多少佣金？小狄更斯。"

我不喜欢他管我叫小狄更斯——好像在课堂上，他高高在上。

"我想这是我和邦尼先生之间的秘密。"我一本正经地说。

"我估计他是要你买白头萨福克种公羊。弗雷德，曾经的实验员，启蒙主义者。好吧，让我告诉你吧，我能以每头两英镑十五先令的低价卖给你，我想邦尼先生一定会因此宣布你是个谈判高手、商业奇才。"

"好呀，这个价格还算合理，成交。"我表示同意。

"但是你要帮我找到我外甥寄来的那封信。"

"这事儿我可办不了，即使真有这样一封信。"

"等待机会。既然弗雷德·邦尼对你这么信任，总会有机会的，而且这个机会来得只能更快，不会更慢。等你自己创业时，你会发现我能给你很大的帮助。首先，围栏价格昂贵，但政府要求你这么做，环境也要求你这么做。"

我在想，如果我假装愿意和他合作——在某种意义上，这似乎是个好主意——就能立刻脱身，到屋子那边，略施"小计"，打断海沃德和康斯坦丝的谈话。我甚至要背叛自己，和这个邪恶之徒合作。"你想让我成为你的客户？"我问。

"如果你成了我的客户，有百利无一害。"

"爱德华·邦尼先生收到那么多信，为什么偏偏要保留你外甥的来信呢？"我问。

"因为他爱上那个男孩了，这就是为什么。他似乎向莫瑞斯示好，我想多半被拒绝了。这封信很可能就在他身边的某个地方，不难找到。请听我说，别左顾右盼。我想知道莫瑞斯在哪儿。"

"你不知道他在哪儿吗？"我假装天真地问道。

"不知道。我也没有时间为这事儿去……不过，如果你能弄到那封信，我会付钱给你。如果信上有地址，不管地址多么模糊，我愿意在特价卖给你萨福克种公羊的基础上再付二百英镑。"

我现在把全部注意力都放在他身上了。这样一笔钱对我和海沃德的合作会很有帮助。但是和弗雷梅尔做这种交易也会很可怕。"不，我做不到，"我对他说，"蒙巴是我的家。我不会做这种偷鸡摸狗、鬼鬼祟祟的事情。"

弗雷梅尔笑了笑，好像打量我似的摇了摇头，说："哦，我想你会偷偷摸摸地找那封信的，哪怕只是出于孩子的好奇心。我敢打赌你会的。你找到之后，就来这里找我。但我相信我的外甥目前正四处流浪，所以这个消息只能在一周左右的时间里有用。别告诉邦尼兄弟或其他人我找过你。不管怎么说，没有人会相信你的。但记住我会在这里等你。我现在要回家了。希望萨福克的价格对你和弗雷德·邦尼来说不会太高。"

雅间儿一边是爱情,另一边是恶意。这时,我看见海沃德、康斯坦丝和布兰奇都俯身在钢琴上,试着弹这支或那支曲子中的几小节。突然,布兰奇在钢琴前坐好,康斯坦丝和海沃德一起唱起《威德科姆游乐场》①。经过专业训练的海沃德似乎故意要压过康妮·德塞利清亮的"原生态"歌声,我真想为他这种"毫不掩饰"叫喊起来。我对每个人,包括德塞利姐妹,都说了几句不咸不淡的话,木呆呆地道了晚安。海沃德为取悦那姐俩,正在唱音乐厅演唱的歌曲。康斯坦丝和布兰奇全神贯注地听歌曲中的 sotto voce②,似乎根本没有注意到我和她们告别。海沃德硬生生把欧忒耳珀从神泉中拽出来,拖到人造运河。这是他的方式。回到克拉夫和我扎营的地方后,我下定决心,永远不会和他合伙做生意。

第二天,拍卖场上,一个很受欢迎、神气活现的人为弗雷梅尔拍卖牲畜。这个家伙名叫邓肯。轮到拍卖萨福克种公羊时,人群中一个穿着厚重的军用披风的人开始出价,每头一英镑十先令。我的出价使价格涨到两英镑十先令,尽管那个穿披风的人似乎不太相信,他还是叫价三英镑。他在我后面紧追不放,直到把价格提高到三英镑十五先令。我把出价提高到四英镑时,既担心又有点希望他会出比我更高的价。因为以这个价格把公羊带回蒙巴,这任务就完成得稀松平常了。但那个穿着骑兵披风的人销声匿迹了。

如果我想在第二天之前把它们赶回到蒙巴,那就没有时间可浪

---

① 《威德科姆游乐场》(*Widecombe Fair*):著名的英国民谣。
② sotto voce:意大利音乐用语"低声地""音调甚低地"。

费了。克拉夫、狗和我把那群公羊赶出了一小段路,到靠近漆椒树的地方吃草。漆椒树有利于河水清澈,给小镇带来阴凉。

"那个披斗篷的家伙真是个混蛋,"克拉夫抱怨道,"如果没有他搅和,我们会买得更便宜。"

看到弗雷梅尔从乱糟糟的大院那边走来时,我越发不安了。他穿着一套棕色格呢西装,戴一顶漂亮的小帽子,看上去像一个站在世界之巅的人,而我的状态并不是最好,他越发显得高高在上。

"你看,"他坦率地告诉我,"你本可以以更低的价格买到这些羊。倘若那样,你把它们弄到蒙巴,就成了弗雷德·邦尼的英雄。而这又能对别人造成什么伤害呢?"

我太沮丧了,无法回答。他继续对我说:"你一定知道我是好几家畜牧投资公司的经纪人。如果你能给我弄到那封信,以后,我可以给你许多好处……平心而论,我想找回妻子,没错儿吧,狄更斯先生。这比莫瑞斯写给那个鸡奸者的信更伟大、更高尚。"

他又一次品味鸡奸者这个词的年代感以及它所能承载的轻蔑。

"我相信你会找到你的妻子的,"我回答道,尽管一点儿也不相信,"但我不会给你那封信的,弗雷梅尔先生。"

弗雷梅尔向别处张望着,喃喃地说:"听说你哥哥在科罗纳干得不错。"

"我可以很自豪地说,确实不错。"

"他雄心勃勃,要在汉密尔顿买牲畜和牧场。"

"我……我很惊讶,你怎么知道这件事。"

"哦,我告诉过你,我是个经纪人,一切都在我的掌控之下。有一个名叫阿尔弗雷德·狄更斯的人申请了一笔四百五十英镑的贷款,希望通过与罗伯特·斯塔普顿·布里公司——农牧业物资代理公司——的合作关系和良好的商业信誉达到目的，同时获得福布斯镇附近旺阿贡牧场的股权。在这件事情上，我虽然没有权力给予优惠，特别是涉及的利益不在西部地区，但鉴于科罗纳在我的管辖范围内，我当然有权驳回他的申请。"

"这样你就能限制我哥哥的发展了！"我气冲冲地说。

"或者让他得到好处，狄更斯。把那个鸡奸者的信给我，我也会让你飞黄腾达。"

我鄙视他，就问："你为什么不亲自去问邦尼先生呢？"

"他瞧不起我。"弗雷梅尔坦白地承认。他没必要对我隐瞒什么，因为在更重要的场合更重要的人物面前，他可以矢口否认和我说过的一切。"下星期二，我会派一个人往蒙巴送一马车铁丝。你见到他之后，把搞到的信装到一个新信封里封好，写上我的名字，交给他。"

我们的牧羊犬跑来跑去，冲着克拉夫和我狂吠，急着把公羊赶回蒙巴。

弗雷梅尔转身离开，没有像平常那样，假正经，假慈悲，祝我一路平安。

"我不会给那个人任何东西。"我在他身后喊道。

"你会的。"他说，头也没回，扬长而去。

事实上，我自己也充满好奇心，很想读这封信，也许我可以在爱德华·邦尼的办公室或卧室里神不知鬼不觉找到它。但如果把它交给弗雷梅尔，那就太可怕了。他一定会以此为线索，让私人侦探追查莫瑞斯的行踪。而我想让可怜的、善良温和的莫瑞斯摆脱这种危险。

我们赶着公羊去大草原上吃草，那里有许多人在买卖马匹。一名士兵四处巡逻，查看出售单据和其他凭证，确保卖马人出售的马匹来源合法。我太年轻了，没有警惕性，目光停留在一匹看起来像是灰色阿拉伯母马的骏马身上。我觉得能拥有这样一匹马的人绝对不会是那种无耻之尤。既不像海沃德那样没心没肺，也不像弗雷梅尔那样工于心计。我加入了威尔坎尼亚骑师俱乐部，只需要一匹纯种马（或者一匹与纯种马有一定血缘关系的马，这匹马显然就是一匹纯种马），就可以正式参加了。现在邦尼兄弟给我发工资了，我终于有点钱可以买一匹了。

母马被拴在地上的一根橛子上，一个红头发小女孩骑在马背上绕着圈走。她穿着一件带红点的白衣服，脚上穿着一双大靴子，几乎占了她身体的一半。孩子的父亲身材精瘦，穿着一件落满灰尘的红色条纹西装，戴着一顶澳大利亚人称之为"完全清醒"的低顶宽边软毡帽。他似乎只把注意力集中在他那匹绕着圈儿走的马和女儿身上。

愚蠢的人，甚至比我年纪大的人，都有可能瞬间迷恋上一匹马，并且解读出它奇妙的特性。我想，这个人当然很难卖掉他的骏马，因为人们不需要一匹这样温顺的马——温顺到他的小女儿都可以骑的程度。

我告诉克拉夫带着那几条永远"热情洋溢"的狗和刚买的公羊沿伍尔街，穿过那几幢房子荒芜的花园，朝瓦纳林方向走，还说我一会儿就能赶上他。他是个少言寡语的人，尽管也给我讲过他那个时代的一些事儿。在我的记忆中，印象最深的是，公羊的性欲强，总在发情。他大概知道我要去和马贩子谈谈，但在这样一个充满危险的问题上，没有给我任何建议。

我装出若无其事的样子,骑着马走到那个卖马人面前,喊道:"你的小女儿在马背上看起来很舒服。"

"千真万确,先生。这是她最喜欢的小马驹。听我说,她一想到我要卖这匹马,就跟我急!你瞧,这绝对是一匹好马,先生。毕竟,它不是一匹干活儿的马。这匹小母马气质高贵,是纯种的阿拉伯马。"

"你骑着它比赛过吗,先生?"

"只比赛过一次,在科巴的一岁新马赛中获得第二名。现在,它已经快两岁了,我认为它现在已经完全准备好迎接新的比赛了。"

"如果我能骑一骑,也许会对它感兴趣。"我对那人大声说。

精瘦的男人向马背上的女孩举起手,女孩勒住马缰,翻身下马。

"哦,先生,"父亲说,"你看起来是个诚实的人,不过以前我也吃过亏上过当。你要记住,马跑得越快,你就越难把它拽回来。"

然而,为他这种话生气,或者说"先生,我是绅士,不会骗你"没用。

"你要是怕我跑了,我可以把我的马留给你作抵押。"

"说实话,先生,你那匹马跟我这匹马不是一个档次。你那匹马是拉车放羊的马,我的马是纯种马。"

"爸爸,"女孩睁大眼睛,走到父亲面前,用颤抖的声音问,"这位先生是个小偷吗?"

"不是,苏珊娜。我只是一点儿也不了解他罢了。"

"你想让我不骑着跑一跑就买一匹马吗?"

"先生,你可以像我女儿那样骑着它跑两圈儿。它叫杜巴里。至于其他方面,它的祖宗八代,明眼人从它的身条、举止、一望而知。"

"先生是?"

"德拉亨蒂。我心头的宁静与造物主的宁静是一体的。如果在这儿卖不出去,我就骑着它去劳斯卖。有些人买一岁大和两岁大的温顺的小母马,连骑都不用骑。"

"哦,"我回答道,"好吧,可惜我不是他们中的一员。让我试试吧,德拉亨蒂先生。"

他同意了。那个叫苏珊娜的小姑娘对我说:"先生,对它要有礼貌。它自己就很有礼貌。"

我把自己的母马拴在树上,按照约定,彬彬有礼地骑上了杜巴里,轻轻地踢了踢它的肚子,催马向前。杜巴里绕了好几圈儿,慢跑的时候,我便觉得它很有潜力。心想光兜圈子毕竟很难完全展示它的能力,倘若"信马由缰",它一定会证明自己是匹好马,便放下心来,说了几句压低价格的话,还自以为很世故,颇有点沾沾自喜。

"骨架有点小,是不是?"我说,"胸部……"

"先生,"苏珊娜告诉我,"它很高,有十五只半手高[1]。只是骨架看起来有点小。"

这话有几分道理。

"这可是从一个小娃娃嘴里说出来的,先生。"德拉亨蒂说,眼睛闪闪发光。

结果,这匹母马以四十英镑的价格归我所有。我通过新南威尔士银行向德拉亨蒂支付。我牵着杜巴里,轻声说着亲昵的话。它走在母马库茨后面,用一根绳子系在我的马鞍桥上,那副寒酸相与它高贵的血统真有天壤之别。它"衣着"朴素,与我梦想中赛马俱乐部的名声也不相符。

接下来的几个星期里,小狄更斯买马成了一个人们茶余饭后的

---

[1] Hand:一手之宽,用来测量马匹的高度。

故事。我追上克拉夫、那几条狗和那群种公羊后不久，杜巴里就开始竖起两条前腿，不停地尥蹶子，要把我和库茨拖回它的前主人那里。

"我想说，它体内充满了镁元素，"克拉夫在离我不远的地方骑着马，颇为内行地说，"至少曾经是这样。你可以看出一匹种公马是否注射了过量的强心镁，因为它的阴茎看起来不太对劲。人们这样做是为了让它安静。但是母马……"

我拴杜巴里的绳子勒得更紧了一点。库茨勇敢地承受着它的反叛。那家伙甚至想冲过去咬库茨的屁股。路漫漫，我们还需要一起忍受很长一段时间。

"我们第一眼看见它的时候，你有没有怀疑它会惹麻烦？"我问。

"哦，狄更斯先生，反正我不会买这个畜生。"

"那你为什么不早说呢？"

"不关我的事。我们都是通过吃亏上当，买坏马学会如何买马的。"

我没有再多说什么，但我肯定，如果卡尔泰和我在一起，肯定会警告我的。

我和他商量，是否可以骑马回去找德拉亨蒂理论一番。克拉夫说："可以肯定，那家伙正在去什么地方的路上。算了。回去之后让蒙巴的黑人小伙子们帮你调教调教，狄更斯先生。这才是上策。"

想起令人作呕的弗雷梅尔，还有夺人所爱的海沃德，我好不沮丧。

29

那年大部分时间，我买了匹野马成了蒙巴牧场的笑柄。燕迪和另外几个年轻的黑人牧工都试图驱除它身上的恶魔。他们对自己的骑术非常自信，只带一个绳套，骑在没有鞍子的马背上，尽管得蒙上它的眼睛才能骑上去。被甩下去的时候，他们哈哈大笑着叫喊起来，只有一个人得了脑震荡。白人牧工也试图驯服它，任何路过蒙巴的骑马人都想拿它一试身手，包括两个瘦弱的勘探者。这两个人的眼睛像《旧约》中先知的眼睛。

"试一试杜巴里"成了牧场测试勇气的口头语，"伙计，他有足够的勇气去试一试杜巴里。"

最后，威利·苏托把我叫到一边，说应该怎样把它卖给潜在买家，"你可以得到十五先令或二十先令，我想——二十先令——出于某种原因，听起来没一英镑那么贵，尽管价值是一样的。并不是说杜巴里，"他微笑着继续说，"在我们大家的心目中没有很高的地位……"

但我一直拖着没办，部分原因是我为自己只能收回五十分之一的钱而羞愧。我差点把它送给一个缺少马匹的测量员。我试图忘记它。

那一年，还有更多、更重要的教训要记取。

我早些时候就想到，应该接近爱德华·邦尼，而不让他知道弗雷梅尔对他的辱骂。弗雷梅尔对我们都怀有敌意,爱德华却心存善良。

回来两天后，我去了爱德华·邦尼的办公室，为了符合哥哥的身份，这间办公室比弗雷德的要宽敞得多，书架上摆放着许多蓝皮面、烫金书名的关于种马、家畜方面的书籍，堪与律师办公室里放的红皮面案件报告书比美。

"你那匹倒霉的马怎么样了？"他问。

"还是很糟糕，邦尼先生。"我承认。

"敢于承认就好，像个男子汉！狄更斯。"他向我保证，不无宽慰之意。

"我们都曾被马捉弄过。这就是为什么当这种事发生在别人身上时，我们会如此高兴。坐吧。"

他的安慰让我高兴起来。这安慰和蔼可亲，像兄弟一样亲切。

我对他说，我必须跟他谈谈，因为弗雷梅尔先生找过我。

"哦，"他说，"是吗？那个财神爷的祭司想干什么？"

"他确信你有他外甥莫瑞斯的一封信。他软硬兼施，要我把这封信和信封上的邮戳一起弄到手。我对他说，我不知道莫瑞斯是否给你写过信，也不知道你们是不是朋友。当然事实上的确这样。然后他又说……"

"他告诉你，他可以在很多方面帮助你，甚至可以帮助你哥哥。"爱德华说完我要说的话。

"他说他甚至能挫败我哥哥阿尔弗雷德的计划。"

"这个家伙以为他是神圣罗马帝国的皇帝。"

"那天，和他不期而遇，又上当受骗买了杜巴里，让我的回家之旅变得格外凄凉。"我老老实实地承认。

"但他确实有能力帮助你，"爱德华说，"也有本事伤害你。这里是达令河上的'小人国'。在这里，巨人的理想会被小人破坏。在这里，美好的梦想会被他这样的小畜生以苛刻的利息支付为手段，灰飞烟灭。"

我点了点头，惊讶于他对弗雷梅尔的深恶痛绝。"我不怕他，但我担心他会对我哥哥下毒手。"我说。

"是的，我明白，"他想了想，然后看着我的眼睛说，"我很幸运，你来找我，而不是找那封信。也许能找到它，交给那个卑鄙下流的家伙。你不吹嘘自己忠诚,普洛恩,但你拥有这样的品格。"

我受宠若惊。跟我这样说话,我还真有点不习惯。

"我是莫瑞斯的朋友,他是年轻人中最好的一位,只是有点过于热情,"爱德华接着说,"我已经向你坦白了我的性倾向。但我和莫瑞斯的友谊高于这一切。他现在踏上了荣耀和同情的旅程——这是超越一切的旅程。就是这样。我不想让他的舅舅知道他在哪儿。"

"一切都很好,我想,但是……"

"我知道一切都很好,"他说,好像是我的话发出的回声,"听着,狄更斯,我们也许能够满足每个人的希望,同时保护我们想要保护的每个人。你在皮尔湖附近科布里拉围场见过希瑟利吗?"

我告诉他没有。

"希瑟利因为犯伪造罪在范迪门地流放了十四年。你带燕迪或者你信任的什么人去把他请来。我们正需要他。"

我注意到他是怎么说的:"燕迪或者你信任的什么人……"好像燕迪对他来说不再是一个必不可少的人了。

我找到燕迪,他现在完成了"成人礼",似乎更快乐了。我们俩离开时,他高兴地对其他黑人喊道:"狄更斯先生和我去找希瑟利去了。"

燕迪是一位极好的向导。弗雷德·邦尼曾像一个骄傲的叔叔夸自己的侄儿一样,说帕坎吉人没有地图,但他们有歌曲。他们一边旅行一边在心里吟诵这首歌,把歌词和周围的山丘、河流或洼地进行比较,确定他们的位置。他对我说:"如果你听到一个帕坎吉人说他知道这个地方的歌,你就可以放心。永远不会迷路。"

通往科布里拉的路崎岖不平。低矮的山丘那边,干旱草原的宝藏——水坑,不时出现在眼前。毛拉毛拉草绽开白色的花朵。红色土壤上,巴朗岩马齿①开着鲜艳的紫色花朵。我也有一张这个地区的地图,还能分辨出什么是母牛爱吃的米切尔草,什么是昆士兰蓝草,以及永不枯萎、抵御干旱的青草。

到达通往科布里拉围场的大门时,天色已晚。穿过一片长满滨藜的洼地,来到希瑟利的小屋。他不在屋里,直到巡察完科布里拉西部边界后,才终于骑马回来。他快四十岁了,个子很高,有点驼背,留着大胡子。我告诉他爱德华·邦尼派我来找他时,他似乎并不惊讶。

天气突然变冷,荒漠地区的气候就是这样。他邀请我们到他的小屋吃晚饭。墙上挂着几幅蜡笔素描,都是乡村风景画。还有一幅水彩画,像是家乡湖区②的风景。看起来是最近画的,肯定是凭记忆描绘出这样美丽的风景。我夸赞他画的穆塔温季山和库洛维自流泉时,他淡淡地回答说:"曾经学过一点制图技巧。"

晚饭后,希瑟利让我在他的床上过夜,但我更喜欢我的睡袋,喜欢我的篝火,喜欢南半球的满天星光。

第二天早上,我们早早地离开科布里拉,晨光纯净如水,连绵起伏的山峦现出浅黄褐色的山脊。每一天早晨,这块土地都像新生一样。冬天,霜花点点,闪烁着它可能无法兑现的承诺。

我问希瑟利,那个牧师或卡尔泰在寻找巴拉库恩时,是不是经过科布里拉。

"我不反对去见一位牧师,"希瑟利说,"老母亲就是这样告诫我的。不过我还真没有见到他。"

---

① 巴朗岩马齿(parakeelya):澳大利亚内陆地区常见的灌木丛,盛开紫色花朵。
② 湖区(Lake District):英格兰西北部的一个山区,受欢迎的度假胜地,因其湖泊、森林和山脉以及它与十九世纪早期威廉·华兹华斯(William Wordsworth)和其他湖区诗人的作品的联系而闻名。

快到中午的时候，我把他送到爱德华·邦尼的办公室，在餐厅里等着从门里缝里传来他们说话的声音，搞明白爱德华叫他来的原因。

过了一会儿，爱德华出来了，举手投足神秘而快乐。他感谢我把希瑟利叫来，并且说："这是我们之间的秘密。你高兴吗，普洛恩？"

我说当然高兴。他说我一向是个小心谨慎的人，既然我把弗雷梅尔的阴谋告诉了他，就有资格对他下一步行动得到一个合理的解释。"五点钟来这儿喝杯雪利酒，"他说，"威利·苏托已经为希瑟利准备合适的材料去了，他那时候应该也到了。我会把我的秘密计划向你们和盘托出。好吗？"

我当然同意，相信有那种"癖好"的爱德华·邦尼对我已经不感兴趣。与此同时，我去了铁匠铺，发现拉金和他的助手正在制作一个金属门框。

拉金是流放犯的儿子，带着一种安谧恬静、陶醉其中的神态，仿佛他已经准确地找到适合他的心灵港湾和合作伙伴。

"你有牧师的消息吗？"我问拉金。

"我想，他永远不会给我送来他的消息，普洛恩先生。但最近来过这里的一个阿富汗骆驼队的赶驼人，曾看到查利斯神父在布朗山附近的路上跟在巴拉库恩的族人后面艰难跋涉。我问他有马吗，那人告诉我，'没有马，sahib[①]，步走。'他还说，神父看上去很瘦。可能是因为吃不惯土著人的食物，肠道出了问题。"

我们想象着一个身穿着法衣的牧师跟着一群黑人艰难跋涉的画面。

---

① Sahib：印度、阿富汗等地旧时对欧洲男子的尊称："先生""老爷"的意思。

"神父做的选择真奇怪。"我说。

"如果我是他,我会和自己人待在一起,"拉金回答说,"人们通常都是这样做的。但他有他的想法,他的智慧。"

我们想到查利斯牧师,想到他和镇上拉特里奇那样的牧师所做的工作真有天渊之别。知道英国国教信徒不都像拉特里奇神父那样追求奢侈的东西,心里居然生出一丝慰藉。

"真希望他们能再给他一张袋鼠皮,抵御夜间的寒冷。"

"我妻子给了他一条被子,"铁匠说,"最重要的是,他可以因此而自称是帕坎吉人的使徒……"

我突然想到,现在是英国的仲夏时节,不知道"老板"是否有足够的时间在盖德山享受生活。福斯塔夫山就在旁边。后面是梅德韦河,前面是泰晤士河。离"老板"长大的地方查塔姆不远。父亲似乎一直想住在那座山上。他要求我们背诵波因斯在莎士比亚《亨利四世》中的台词:"可是我的孩儿们,我的孩儿们,明儿早上四点钟,在盖德山有一群进香人,带着丰盛的祭品要到坎特伯雷去,还有骑马上伦敦的钱囊饱满的商人。我已经替你们各人备下了面具;你们自己有的是马匹。"①

有一次,乔治姨妈漫不经心地说,在父亲看来,《亨利四世》中的这番话就算不能给盖德山增加几千倍的价值,也能增加几百倍。"老板"似乎一有机会就把它叫作莎士比亚的盖德山。如果盖德山

---

① 引自《亨利四世》上篇,第一幕第二场,朱生豪译。原文为:But my lads, my lads, tomorrow morning, by four o'clock early at Gad's Hill, there are pilgrims going to Canterbury with rich offerings, and traders riding to London with fat purses. I have visors for you all; you have horses for yourselves.

是莎士比亚作品中某个悲剧的发生地,他就不会为它骄傲自豪了。但这个地方充满喜乐,他自然会引以为豪。

童年时代,父亲拥有这所房子之前的往事,我已经不记得多少了。那或许是我们家最富有的年月,我一直想提醒阿尔弗雷德不要忘记那美好的时光。那时候父亲经常高朋满座,我们这些孩子在花园里疯跑。亨利·奥斯丁叔叔帮他在公路下面建了一条隧道,通向我们称之为"荒野"的地方,他在那边有自己的小木屋。

我沉湎在回忆之中,给乔吉姨妈写信,询问这个夏天过得怎么样,然后又给住在格洛斯特的妈妈写信,顺便吹嘘一下我在殖民地取得的成就。

给妈妈写完信,已经快五点了。我如约走进爱德华的办公室,受到他的欢迎。他给我们俩每人倒了一杯波尔图葡萄酒,说:"希瑟利要工作到很晚,今天在威利·苏托尔那儿过夜,明天回科布里拉牧场。"他还说,哥哥和我很幸运,"英国社会和殖民地的刑罚史相结合,造就了一支隐居者大军。希瑟利就是其中之一。"

他停顿了一下,然后说:"我确实收到莫瑞斯的一封来信。这是我和他之间的一封机密信件。希瑟利是一个具有非凡天赋的、了不起的人。他之所以被流放到范迪门地,是因为伪造了精美的汇票和本票。他紧随参加安大略起义①的加拿大和美国反叛者来到塔斯马尼亚。我们在纽约的总领事警告政府说,美国正在策划一场阴谋,要让捕鲸船与一些反叛者会合,营救他们。同谋者——囚犯的朋友——给囚犯的信被当局截获,美国囚犯的回信也被截获。范迪门

---

① 安大略起义:1837 年,上加拿大(安大略省)、下加拿大(魁北克省)爆发了反对英国殖民者的大规模起义。起义军很快被英国殖民军打败。起义的领导者中有十二人被处决,另有五十八人被流放到澳大利亚。

地,也就是塔斯马尼亚的政府当局答应希瑟利,如果他伪造新信件,就可以给他发放假释许可证。于是,他按照当局的要求,伪造了信件。结果,一些囚犯因企图逃跑而被捕。因为他们逃到海岸之后,到达错误的地点,自然不会被救援船救起。而捕鲸船同样到了一个错误的会合地,没有看到逃出来的人,只能继续向前航行。

"我让希瑟利先生在莫瑞斯的信上做点手脚,在他写的信里夹杂一些虚假信息,还在信封上加盖了阿德莱德的邮戳,要知道伪造邮戳也是他的本领之一。但愿你能像我一样,从这件事情上获得一种颠覆对手的快感。"

我笑了笑。

爱德华说,我可以请一位赶牲口人把修改后的信交给弗雷梅尔先生,并附上一张便条,说我在邦尼先生办公室里一本帕尔格雷夫的《英语歌曲和歌词的黄金宝藏》①里发现了这封信。爱德华让我去他的办公室,那封信夹在《英语歌曲和歌词的黄金宝藏》里。希瑟利把信做旧,信封边儿处理得毛乎乎的。一望而知是经常"把玩"的结果。我走出办公室时,爱德华·邦尼向我眨了眨眼,满脸得意。"骗过弗雷梅尔先生很难,但是要想欺骗邦尼兄弟也没那么容易,"他说,"我永远感激你,普洛恩。"

兴奋之余,我觉得自己有点像一个站在岩石边上的人,对眼前的前景着迷,但又不确定自己的立足点是否稳固。但总有一天,时机成熟的时候,我将有一个精彩的故事告诉阿尔弗雷德,也许在维多利亚汉密尔顿牲畜与牧场代理公司——如果一切顺利的话。

----

① 《英语歌曲和歌词的黄金宝藏》(Palgrave's Golden Treasury):一本很受欢迎的英语诗歌选集,最初由弗朗西斯·特纳·帕尔格雷夫于1861年精选出版。大约三十年后,在丁尼生的帮助下,对它进行了相当大的修改。

克拉夫带着那封装在一个大信封里的伪造的信件和信封骑马进城后,我看到希瑟利从商店里走了出来,很高兴现在就能回科布里拉。

30

六月的一天,天气晴朗。于我而言,这将是一个意义重大的月份。我收到哥哥弗兰克的一封信,压花信笺的抬头写着:副督察 F. J. 狄更斯,孟加拉骑警。

"副督察"给我留下深刻的印象——跃然纸上,给了我更多的希望和遐思。

> 最亲爱的普洛恩:
>
> 我意识到我还没有给我最喜欢也是最年轻的弟弟写信祝他在殖民地过得愉快。之所以犹豫再三,是因为怕我这么做会有不好的预兆。你知道,"老板"给我在这里安排了职位之后,我期待着在加尔各答见到亲爱的老沃尔特,就像你希望见到阿尔弗雷德一样。可是,就在我踏上那块土地前几个星期,他却死了!不过至少是在一个快乐的时刻离开这个世界的——盼望着回家。

可怜的沃尔特。在新年钟声敲响前死了,年仅二十一岁。

> 结果,我看到的只是一大堆账单:有军官食堂的、团部小卖部的、台球室,还有几个商家的账单。这笔钱虽然不是特别多,

但超出我的支付能力。因为我自己前途未卜，只好把这些发票寄给永远可靠的乔吉姨妈。无论如何，由于可怜的沃尔特突发疾病，命丧黄泉，狄更斯兄弟并没有成为孟加拉的征服者。当然，我已经克服种种困难，确保他在博瓦尼普尔①军营的军事公墓里有一个整洁的小坟墓。你给母亲写信时，请告诉她你听到的这些。查理哥哥告诉我，她对沃尔特的去世仍然心痛不已，可怜的妈妈，知道我们对沃尔特念念不忘对她来说是一种安慰。

"老板"的名声确实太大了，这里的一些权贵建议把沃尔特的墓迁到南方公园公墓，是他们这儿最主要的公墓。好像沃尔特死后也有责任去安慰过往的哀悼者。因为如果有一个狄更斯躺在那里，人们就会知道，即使是这样伟大的作家也为印度奉献了一个儿子！这里的工作大多数是例行公事。我经常和当地警察一起被派去查封债务人的资产。但这是一个多姿多彩的地方。色彩斑斓的布料，五花八门的香料。没有人会说我劳累过度。"老板"尽可以放心，工作之余，漫长的夜晚我还能抽出时间来写作。我的别墅不缺用人，虽然很普通，但很舒适，窗帘薄如蝉翼，有时让我觉得它是用空气编织而成的。我们都很安全。沃尔特和其他人在镇压叛乱方面做了出色的工作，我估计类似的事情不会再发生了。

即便如此，我想我可能会更喜欢澳大利亚、新西兰或南非。是的，这里色彩缤纷，但不是我灵魂的颜色。毫无疑问，我觉得自己在这里的地位和取得的功绩都应该归功于"老板"。我也很高兴自己有能力做到这一切。对了，前几天我在苏格兰高

---

① 博瓦尼普尔（Bhowanipore）：是南加尔各答最古老的地方。

地警卫团的图书馆里,发现一本薄薄的书,是老板写给去乌拉尼亚小屋的那些失足女孩的信。那是一封奇妙的信,没有任何虚假的虔诚。是一个伟大的灵魂对深渊中的灵魂的抚慰。我的心里充满骄傲。可以说如同耶稣基督。我决定随身带一本,提醒自己该如何对待他人。

我相信阿尔弗雷德就在你附近的丛林里。这是令人愉快的事情,也是对心灵极大的安慰。见到他的时候,请把我的手足深情传递给他。我猜你们俩都在用帕多瓦纳舞①和马修斯②的独白让殖民地的少女们眼花缭乱吧?这里有很多女孩,但她们追求的对象是团里的小伙子,接近我们这些警察的主要是那些丧偶的寡妇。即使是寡妇,也已经降低标准,愿意"下嫁"才能走到你身边。所以,如果你孤苦伶仃的哥哥弗兰基要找个新娘,一定得在探亲假期间首先说服某个天真无邪的女孩爱上孟加拉。事实上,如果你想看到来自偏远地区染上寄生虫热的小伙子,加尔各答似乎是一个非常方便的中心之地。当然,如果我被提升为督察,我将被派到更偏远的地方,比如穆斯林聚居的Ghaihab或者印度教徒聚居的贾格拉姆③。我向你保证,我已经下定决心,每天都要喝麦芽威士忌酒。

兄弟情深。

弗兰克

---

① 帕多瓦纳舞(pavanes):十六世纪(文艺复兴时期)欧洲常见的一种缓慢的游行舞蹈。
② 查理·马修斯(Charles Matthews,1776—1835):英国著名喜剧演员,非常机智,善于模仿。查尔斯·狄更斯年轻时看过他的演出,认为他是个天才的演员。
③ 贾格拉姆(Jhargram):印度五百四十三个议会选区之一,集中在西孟加拉邦。

听弗兰克对父亲的评价，我感到喜悦，于是我去了蒙巴庄园客厅，在书架上寻找他说的父亲写的那本书。父亲许多作品的书名仿佛在责备我，但至少我可以假装我会像爬山一样，从"老板"的短篇作品开始攀登这座书山。我翻了翻《家常话》的合订本，又翻了翻一卷随笔集，找到了他的《美国杂记》①，那是早在我出生前写的，还有一篇关于英国国教和《儿童英国史》②的文章。但是没有找到弗兰克提到的那封"奇妙的信"。

31

一天早晨，我被屋外的响动和马的嘶鸣以及围场里大声叫喊的声音吵醒。我起身刮胡子时，又安静下来。直到走进饭厅，我才看见一个自命不凡、虚张声势、满脸胡子的家伙侧身坐在桌边喝茶。他左肩上搭着一件俄罗斯或匈牙利轻骑兵穿的那种短上衣，蓝裤子上镶着金

---

① 《美国杂记》(*American Notes*)：是查尔斯·狄更斯的游记，详细描述了他 1842 年 1 月至 6 月的北美之行。美国之旅也是他的小说《马丁·查兹勒维特》灵感的来源。到达波士顿后，他访问了洛厄尔、纽约和费城，并向南旅行到里士满，向西旅行到圣路易斯，向北旅行到蒙特利尔。

② 《儿童英国史》(*A Child's History of England*)：《儿童英国史》是查尔斯·狄更斯写的。首次以连载的形式出现在《家常话》中，从 1851 年 1 月 25 日持续到 1853 年 12 月 10 日。狄更斯还以书的形式出版了这部作品，共三卷。第一卷于 1851 年 12 月 20 日出版，第二卷于 1852 年 12 月 25 日出版，第三卷于 1853 年 12 月 24 日出版。狄更斯将此书献给"我亲爱的孩子们，我希望这本书能对他们有所帮助，带着兴趣去读同样主题的更大更好的书"。这段历史涵盖了公元前 50 年到 1689 年。

色绲边,脚蹬长筒靴,一把左轮手枪放在他面前放盘子的地方。

弗雷德和爱德华·邦尼都给我使眼色,示意我要小心。

"啊,普洛恩,"弗雷德说,"我可以把你介绍给皮尔逊先生吗?皮尔逊先生将负责我们这里的工作。"

"我是皮尔逊医生,如果你不介意的话。"客人用一种西部乡村英语悦耳的声音对我们说。

"皮尔逊医生。"爱德华喃喃地说,好像在舌头上玩味这个名字。

"皮尔逊医生今天一大早就到了,他现在是牧场的'负责人'了。"弗雷德说。

"'星光帮',"我低声说道,"我读过关于您的报道。您是'星光帮'帮主。"

"我从来都不喜欢这个外号。"他对我说,"我是医生,是在俄国军队里当马医时学会的。但我不是什么帮主,你一定要明白。"

"可你和你的同事现在是蒙巴的首领了。"爱德华·邦尼抽了抽鼻子说。

"好吧,我的人马很快都来了,然后体会一下当帮主是个什么感觉。年轻人,你叫什么名字?"

"平常叫大伙儿都管我叫普—洛—恩,普洛恩。没有什么特别的意义。就是个名字。"

"你姓什么?"

邦尼兄弟使劲儿对我挤眉弄眼。

"辛普森,"我告诉"星光帮主","S-I-M-P——"

"我会拼。"皮尔逊医生说。邦尼兄弟似乎松了一口气,轻轻地点着头表示赞许。

"嗯,"他接着说,"听说这个牧场很大,你们经营得很好,我一直想来看看。在我们逗留期间，一切都会很美好，邦尼先生。我们对这里的任何人都没有敌意。我也为我们对待客人的方式自豪，一切都很有趣。是的，两位邦尼先生，很有趣！"

说着，他拿起左轮手枪，到外面去和他的副官商量。"星光帮主"已经控制了我们牧场所有人员，身处偏远围场的围栏巡修工手除外。

"顺便说一句，我的伙伴卢瑟福是个有教养的人，"他说，在门口停了下来，"你们有报纸、书刊之类的东西吗？"

"有呀！"弗雷德说。

"你读书吗？辛普森。"

"我相信卢瑟福先生会喜欢威尔基·柯林斯的最新作品《月亮宝石》。我有这本书。"

"我要你把报纸和书放在一起，别小气。还有你，邦尼先生，去告诉你那些黑人，今天牧场没活儿了，说完就赶快回来，不要耽搁太久。谁也不能离开蒙巴。"

弗雷德点了点头："照你说的办，医生。"

皮尔逊收起左轮手枪，大步流星走进走廊。

"嗯，年轻的朋友辛普森……"爱德华·邦尼苦笑着说，"我们被丛林强盗围住了。这对你来说是全新的殖民地生活的体验。可他们以为自己是谁呀！耀武扬威，摆出这样一副架势！"

"显然，皮尔逊认为他是外科医生。"弗雷德说，"他以为普洛恩叫辛普森。这件事我们一定保密。我们不想让他写信给你父亲索要赎金。他们要知道你是狄更斯的儿子，就会拿你当人质，让你跟着他们在乡下四处奔波，直到皮尔逊拿到赎金。现在我要出去和黑人们谈谈。普洛恩，你找六本最近出版的书打包到一起，但不要你父亲的，再带些报纸。一会儿务必到我的办公室一趟。"

我把选好的书、报放在一起，包括弗雷德办公室里悉尼、墨尔本和阿德莱德的报纸——他喜欢看报——还有《澳大利亚札记》和"老板"最近出版的一本《一年四季》。我把这书籍和报纸都放在走廊等卢瑟福——那个我还没见过的有文化的亡命之徒来拿。

皮尔逊医生离开之后，我趁机走到阳台，从那里观看外面的风景——如果那确实是一道风景的话。我注意到，一个体格健壮的男人穿着袋鼠皮夹克和皮尔逊医生那样的马裤，手里端着一支先进的卡宾枪，在庄园的牧场门口临时站岗。距离我站着的地方大约一百步远的地方，有个家伙正在对几个荷枪实弹的同伙发号施令，估计就是那个叫卢瑟福的人。他们正在把蒙巴总部的人——包括威利·苏托、拉金夫妇、赶牲口人克拉夫和其他人——押到划为人质的圈子里。没有人害怕。恰恰相反，大家情绪不错，都觉得好玩儿。有两个家伙从赶牲口人的茅屋里出来，手里拿着一个麻袋，里面大概装着来之不易的"贵重物品"。他们还从威利的商店里拿出想要的东西——烟草，金黄色的糖浆，一大瓶白兰地，几本笔记本和墨水，三个鞍子和配套的马具——都堆在商店的走廊里。

我不由得怒火中烧。像克拉夫这样的赶牲口人本来就一贫如洗，而威利靠马车从科巴运来的东西成本很高，根本就赚不了多少钱，却被他们这样随随便便拿走或者只给一点点钱，实在让人无法容忍。弗雷德·邦尼从黑人营地那边走了过来，一边安慰他的人，一边跟皮尔逊医生和那个我认为是卢瑟福的人说话。皮尔逊医生的团队里有个五大三粗的土著人，和皮尔逊一起，站在一边。每当人群中有人表现出不满或者不适，他就得意地笑。也许看到白人被困在这里，他很高兴。因为他的同胞在白人手中遭受了那么多苦难。这个家伙不经意间流露出来的幸灾乐祸似乎惹恼了皮尔逊医生。皮尔逊医生把他打发走了，可能是让他去监视黑人的营地。

卢瑟福、皮尔逊医生和两个胡子浓密的年轻副官，开始把蒙巴的白人往这幢大房子里赶。我站在游廊，眼巴巴看着他们从我身边走过。这时，弗雷德冲我大声喊："你最好也加入我们的队伍，辛普森先生。"

"是的，先生。"我迅速回答，显然弗雷德是想让大伙儿都听到，我现在叫辛普森。克拉夫看着被这帮土匪抢走的枪，对卢瑟福说："伙计，如果我把步枪藏在床底下，就没这事儿了。"

卢瑟福左臂上挂着一支卡宾枪，腰间还别着一把手枪，带着浓重、好笑的本地口音说："这不再是你的枪了，小子！当然你可以再买一支，嗯？下次我们再来的时候，我会提前给你写信，让你准备好迎接我。"

我们都被带进客厅，在皮尔逊医生和卢瑟福的注视下，大伙儿在房间里随意走动。牧场工人不好意思坐在漂亮的沙发上，许多人都蹲在或者坐在地板上。然后那帮家伙中一个年轻人从餐厅里搬来几把椅子，给两位女士坐。

大家都坐好后，皮尔逊医生开始讲话。

"我叫皮尔逊，是一个墨西哥女人和一个洋基爱尔兰人的儿子。"他用标准的普利茅斯郊区的声音宣布，"我在俄罗斯轻骑兵第二十七皇家近卫军受训给马当医生。我的助手查理·卢瑟福先生，还有我的两个副手布莱克先生和汤普森先生要和大家一起留在这个房间里，直到明天天亮。这当儿，我的同事要根据我们的需要，对你们的财产作出评估。"

"那就把我们所有的东西都拿走，"汤姆·拉金喊道，"如果觉得你们还算是人。"

皮尔逊医生叹了口气："我的朋友，听我一句话，不要发脾气。我们都知道正在发生什么事情，不需要给它下定义。但我希望，当你把我们留下的东西和我们带走的东西进行比较时，就会发现我们比盎格鲁人对丹麦人更仁慈一些。是这样吗，卢瑟福先生？"

"女士们，先生们，我们的需要并不多，"卢瑟福先生从房间另一头喊道，"而且，在大多数城镇里，商店老板都心甘情愿、急不可耐地帮助我们。我今天一大早就和你们的店老板苏托先生在一起。我发现他是一个了不起的人，一个非常和蔼可亲的男子汉。"

"说到和蔼可亲，"皮尔逊医生说，"我们得忙一整天。感谢上帝，这里有钢琴。这房间里的两位女士将受到非常礼貌的对待。今晚可以在有人看守的情况下到其中一间卧室去休息。那之前，我必须依靠你们来娱乐我们，也娱乐你们自己。谁有最喜欢的歌？或者喜剧朗诵？只要不耽误太长时间，严肃的也行。"

我们这些被囚禁的人满腹狐疑，面面相觑，卢瑟福继续发号施令："如果你们一定要念赞美诗的话，我们也不反对。因为母亲教过我，有些诗很美。但请不要以为背诵诗篇就能让医生和我改变主意。我们俩都和神心心相印。神喜欢我们，愿意像父亲宽恕孩子一样宽恕我们孩子气的罪行。这些罪行与我们长辈的罪行无法相提并论。所以，'艺人'们，站出来表演吧。"

没有人回答，皮尔逊医生对卢瑟福笑了笑："人们不都是这样吗？"他说，"他们总也不相信我们的诚意。可我们是什么人？就我而言，我是沙皇和沙皇皇后信任的人，你呢，一位完美的丛林绅士，卢瑟福先生！看来像往常一样，我必须叫你开个头。"现在他把自己变成朗诵式音乐厅的主持人，"好了，女士们先生们，现在我向你们介绍我的朋友——来自丛林深处的无与伦比的盖世英才，勇敢善战、胆大心细而不自吹自擂、爱玩爱闹又能给人带来快乐的大明星,查理·卢瑟福先生。今天要朗诵什么,查理?查理·马修斯①的独白,还是罗伯特·彭斯②的诗?但求你了,求你了,别朗诵那个该死的魔鬼罗切斯特勋爵③的诗。也许那首不朽的诗《猪》或者《罐子里的威士忌》④——朗诵还是唱歌?"

"不,医生,"卢瑟福说,"今天我打算朗诵《匹克威克外传》选段。"

屋子里的人都努力不去看我,但还是看了,就好像现在我肯定被出卖了。

"皮尔逊医生,我以一段经常被人们引用和普遍珍视的演讲开始。这是在巴尔德尔夫人诉匹克威克先生违背诺言一案中,检察官巴斯夫斯对匹克威克先生的起诉。"

他让自己平静下来,开始练习不无浮夸的英国口音。

"先生们,"布兹弗兹大律师接着用温柔而悲哀的口气说道,"原告是个寡妇,先生们,是个寡妇。已故的巴德尔先生生前担任国税的守护人,多年以来一直受到国王的信任和尊重,他几乎悄无声息地离开了这个世界,到另外一个地方去寻找海关

---

① 查理·马修斯(Charles Matthews,1776—1835):英国著名喜剧演员,非常机智,善于模仿。查尔斯·狄更斯年轻时看过他的演出,认为他是个天才的演员。
② 罗伯特·彭斯(Robert Burns,1759—1796):苏格兰农民诗人,在英国文学史上占有特殊重要的地位。
③ 约翰·威尔莫特,罗切斯特伯爵二世(Lord Rochester,1647—1680):英国诗人,查理二世王朝复辟时期的朝臣。
④ 《罐子里的威士忌》(Whisky in the Jar):是一首著名的爱尔兰传统歌曲,故事发生在爱尔兰南部的山区,一个被妻子或情人背叛的拦路抢劫的强盗的故事,是最广泛演唱的爱尔兰传统歌曲之一。

所无法向他提供的平静和安宁。在他去世之前,他在一个小孩子的身上留下了他的模样。"

房间里响起了小心翼翼的笑声。

"巴德尔太太带着去世的税务员所留下的唯一骨肉,远离喧嚣的尘世,住在高斯威尔街的寓所里,希望能够不受干扰得到安宁。她在前厅的窗户里贴了一张条子,上面写着——'现有供单身男士的带家具的套房出租,有意者请进内洽谈。''现有供单身男士的带家具的套房出租!'先生们,巴德尔太太在同已故的丈夫长期生活之后,对他可贵的品格有所了解,她对异性的看法就是这样形成的……'巴德尔先生,'这位寡妇说,'巴德尔先生是个正派人,巴德尔先生说话是算数的,巴德尔先生从来不会骗人,巴德尔先生本人从前也是单身男士;从单身男士身上,我总可以看到一些使我回想起巴德尔先生的东西,使我回想起我年轻时他是如何赢得我的第一次爱情的;因此,我要找个单身男士做房客。'"

我看得出来,有些赶牲口的人已经全神贯注地侧耳静听卢瑟福那无懈可击、非常熟练的朗诵。

"条子贴在窗子上还不到三天——仅仅三天,先生们——就有一个站直了用两条腿走路的动物,外表看起来完全像是个人,不像是妖怪,敲了巴德尔太太的门。他进来洽谈了;他租下了房子;第二天就搬了进来。这个人就是匹克威克——被告匹克威克。"

卢瑟福的天赋如此之高,以至于现在没有人注意我了。他们全神贯注地听着布兹福斯中士那充满戏剧色彩的表演。但卢瑟福最热心的支持者还是那些丛林强盗,尤其是医生本人。卢瑟福继续朗读布兹福斯如何检查匹克威克写给巴德尔太太的信。

"它们遮遮掩掩、偷偷摸摸,采用了十分隐晦的方式,但幸运的是,它们的含意却比最热情的语言、最诗意的描述更能说明问题——我们在解读它们时必须极其认真地多个心眼——当时匹克威克这样写,显然是为了在万一落到别人手里时足以迷惑、误导那个人。我先念一下第一封信:'加拉维咖啡店,十二时。亲爱的巴太太,羊排与番茄酱。你的匹克威克。'先生们,这是什么意思呢?羊排与番茄酱。你的匹克威克!羊排!老天哪!还有番茄酱!先生们,难道可以对一个感情细腻轻信的女性的幸福用这样浅薄的手段进行戏弄吗?①"

拉金太太瞥了一眼她的丈夫,一边摇头一边不由自主地笑了起来。我没有听卢瑟福朗诵的结尾,而是在做白日梦。心里想,父亲的作品居然会给澳大利亚的亡命徒创造一个在他们同胞面前闪闪发光的机会。

掌声吓了我一跳,皮尔逊医生站起来说:"感谢我的兄弟卢瑟福,感谢他融化了我们之间的坚冰。女士们,先生们,感谢他展示了那

---

① 以上引自《匹克威克外传》第三十四章(刘凯芳译,商务印书馆2016年出版)。

些胆敢囚禁你们仅仅一天的人的善意。哪个勇敢的人会继续唱歌或朗诵？请不要害羞……"

一个名叫塔利斯的年轻牧人已经站起身来。伙伴们在一旁欢呼。医生问他叫什么名字。塔利斯通报之后，又问他有没有什么适合女士听的歌曲——医生说——他知道丛林里的男人都很粗野。在这个附带条件下，塔利斯带着一脸怒气唱了一首如泣如诉的歌，名为《安吉丽娜总是喜欢士兵》。唱这种歌，皱眉、表示不满和刺耳的声音要比微笑、洪亮的男高音更好。"啊！安吉利娜总是喜欢士兵，／想到这里，泪水就迷住我的眼睛。／她曾经那么的善良，但我失去了内心的平静，／自从比利时志愿军访问……"

掌声一停，皮尔逊医生就提醒大家说，房间里有一架钢琴，要是有人能给勇敢的塔利斯伴奏该多么美妙。我看到汤姆·拉金怂恿他的妻子露一手，即使他不喜欢给别人伴奏，也想让她能有出彩的表现。她不慌不忙坐在钢琴前，表演了一曲非常正宗的"Für Elise"①。这当儿，我一直一声不响，背靠墙壁，坐在地板上，脑袋放在两个膝盖之间。后来，一个赶牲口人说，他钢琴弹得不太好，但会拉手风琴。他的小屋里有一架，"如果没有被偷走的话"，医生可以派个朋友陪他去取，然后他就能给大家表演。

赶牲口人去取手风琴的时候，人们开始朗诵滑稽和不那么滑稽的诗歌。马修斯的《噼里啪啦》和《我一个人干的》。然后美丽的拉金太太自弹自唱《西尔维娅是谁？》。取手风琴的人回来之后，一个想唱歌的家伙走上前来，跟弹钢琴的拉金太太和拉手风琴的人商量演奏一首他们可能都知道的歌。拉金太太虽然皱了皱眉头，还

---

① *Für Elise*：德文，"献给爱丽丝"。

是埋头弹了起来。于是,《当玉米摇曳时,亲爱的安妮!》精彩的演奏在我们耳边响起。威利·苏托表演《金星号沉船》①时,几个年轻土匪离开客厅,回来时拿着一大壶红茶和一罐糖。我们这些"囚徒"都很感激,喝过茶又回到地板上坐下。后来,到了中午,他们带厨子去厨房做了一大堆羊肉三明治。自娱自乐娱乐的时候,"囚徒"们都回忆起第一次听到这首歌的情景,或者阿姨带他们去伦敦城市路②上著名的老鹰酒吧③看查理·马修斯表演。皮尔逊医生甚至承认,他的母亲曾经是得克萨斯州音乐厅里的舞蹈演员。但他说话连一点儿得州口音也没有,大家都若有所思,频频点头。

人们对才华横溢的拉金太太报以特别热烈的掌声。汤姆很明智,也很高兴,在蒙巴牧场的,妻子已经成了音乐传奇人物,登上了高雅艺术的顶峰。

午饭后,妇女们被押送到的屋外的厕所方便,男"囚徒"们可以到房子后面小溪方向的桉树和漆椒树林中小便。周围万籁俱寂,除了突然有人发出一声正常的呼喊,或者哪个女人用帕坎吉语发出的听起来像符咒的声音,呼唤孩子或不听话的男人。我们系好扣子回到屋里时,牧场的人故意不动声色地叫我辛普森先生。

----

① 《金星号沉船》(The Wreck of the Hesperus):是美国诗人亨利·沃兹沃斯·朗费罗的叙事诗,首次发表于1842年的《民谣与其他诗歌》。这是一个讲述一位船长的骄傲导致悲剧后果的故事。
② 城市路(City Road):是一条贯穿伦敦中北部的道路,建于1761年,是通往伦敦城的路线的延续。
③ 老鹰酒吧(The Eagle):是伦敦市中心城市路上一家非常古老的酒吧。一首古老的童谣曾提到过它——"在城市路来来往往,在老鹰酒吧摇摇晃晃:钱就这么花光。砰!跑了黄鼠狼。"("黄鼠狼"等于用黄鼠狼皮做的钱包——如果黄鼠狼跑了,就意味着你花光了所有的钱)。

32

吃完午饭回到客厅后,皮尔逊医生要大家站起来,玩他说的游戏,消除睡意。"玩这个游戏,"他说,言语之间倒没有讽刺的意思,"你们必须先老老实实地站着,说出你知道的城市的名字,实在想不起一个城镇时,再坐下。记住,要守信用,别为了坐着休息装熊。第一个游戏,说出我们老家城镇的名称。第二个游戏,说出澳洲城镇的名称。谁站到最后,谁就是比赛的赢家。"

游戏规则是,皮尔逊先喊"A",如果我们知道澳大利亚哪个城镇或城市是以这个字母开头的,就在头顶使劲鼓掌,以便增加循环次数,同时显示我们的"聪明才智"。每个鼓掌者都会被问到他心里想的那个城市,如果答案正确,就继续站着。可是,当皮尔逊念出一个字母,你想不出答案的时候,就只好沮丧地坐下来。"以英国人的名誉担保,别耍滑头!"他再次警告大家。游戏开始,屋子里的人显然都知道"阿德莱德",然后是"布里斯班",掌声四起。接着是以"C"开头的城市——卡布拉马塔①,卡隆德拉②,卡姆巴伦,科洛弗里,科堡,库塔蒙德拉③,当然还有科巴,库帕努克。如果

---

① 卡布拉马塔(Cabramatta):是澳大利亚新南威尔士州悉尼西南部的一个郊区,位于悉尼中央商务区西南三十公里处。卡布拉马塔俗称"卡布拉",现在是澳大利亚最大的越南社区。
② 卡隆德拉(Caloundra):是澳大利亚昆士兰州东南部阳光海岸最南端的社区,位于布里斯班CBD以北九十公里。
③ 库塔蒙德拉(Cootamundra):是澳大利亚新南威尔士州西南斜坡地区的一个城镇和地方政府区域,位于里韦纳河内。

你不是第一个被问到的人，很容易作弊，但毕竟我们以英国人的名誉起过誓，所以谁也不会偷奸耍滑。邓戈格①，达尼杜。在头顶上拍拍手也是一种令人愉快的暂时的放松。念到"E"的时候，一些"玩家"已经坐了下来，脑子里搜索殖民地是否有以"Z"开头的城镇或城市。无论如何，我想如果我还能拼到"W"，我就能说出旺勒拉旺②，毫无疑问，还有惠灵顿，瓦拉布里和伍伦贡③。

念到字母"O"之前，还有许多人站着。但是到了"O"，很多人被击败，坐了下来。我旁边的两个牧工发生争执，其中一个人说的城镇是昂格鲁恩。

"看在上帝的分上，昂格鲁恩在哪儿？"

"在西澳大利亚，伙计。"对方回答。

"胡说八道。你自个儿也清楚。"

"那么，你去过西澳大利亚吗？"

"我没有，你也没有。如果没有女士在场，我会叫你该死的骗子。"

"如果没有女士在场，你这个杂种，我忍不住要对你大骂脏话，骂你是个恶棍，一个侮辱人的坏蛋，玩尤克牌④的时候捣鬼的骗子，你的伙伴们谁不知道！"

查理·卢瑟福吹了一声口哨，让他们住嘴。皮尔逊医生说："我们这儿可不是你们穷打恶斗的竞技场。"

---

① 邓戈格（Dungog）：是澳大利亚新南威尔士州威廉斯河畔的一个乡村小镇。
② 旺勒拉旺（Wallerawang）：是澳大利亚新南威尔士州中部高地的一个小镇。
③ 伍伦贡（Wollongong）：是位于澳大利亚新南威尔士州伊拉瓦拉地区的海滨城市。伍伦贡位于悉尼以南八十二公里的伊拉瓦悬崖和太平洋之间的狭长海岸地带。
④ 尤克牌（euchre）：1860年左右发明的一种纸牌游戏，最常见的是四人两组，一副有二十四或三十二张标准扑克牌。

但是，如果一个敲诈勒索的家伙，拘禁"人质"的主要手段只是做游戏的话，当指责那人是骗子的牧工抓住对方的衬衫时，他就没有解决争端的权威了。坚持昂格鲁恩在西澳大利亚的人从对方手里挣脱，反手推了他一把，那人摇摇晃晃后退几步。我已经不再想什么以"O"开头的城市。无论这个昂格鲁恩是一个正常运作的小镇还是一个虚构的故事，我都为他们这种小家子气的行为感到羞耻。这些人在丛林强盗面前过分地暴露了自己的弱点，可能还有他们的恐惧，并且使同伴们蒙羞。尤其在场的还有女士——拉金太太和加万太太。

因为我离这两个人比弗雷德和爱德华离他们近得多，就站起来劝他们讲和，建议他们都退出比赛。

"先生们，"我说，一只手放在一口咬定昂格鲁恩的那个牧工肩上，"不要在客人面前丢人了。"

可悲的是，这个被指责为偷尤克牌的人——在丛林人中，这可是人人嗤之以鼻的罪名，因为在他们看来尤克牌是最高雅的游戏——又朝那个人的肩膀打了一拳。那个人撞到了我身上，喊道："我的上帝，对不起，狄更斯先生。"

屋子里一下子变得十分安静，只听见一只孤独的喜鹊在唱着一首长长的歌，似乎在说："现在可麻烦了。"

"你是说'狄更斯'吗？"皮尔逊医生问。

"我搞错了，医生。"撞到我身上的那个人说。

"他不是叫'辛普森'吗？"卢瑟福问道。

我看到弗雷德·邦尼站起来想要打圆场，又不知道该怎么做。

"你为什么叫他'狄更斯'？我们对这个名字很感兴趣。"卢瑟福说。

"我相信你感兴趣，"弗雷德·邦尼说，"但我要警告你，现在新南威尔士殖民地当局正在到处抓你呢。如果你胆敢对狄更斯先生有任何伤害,甚至侮辱他,你将陷入灭顶之灾。"

可是这伙人听了弗雷德·邦尼的警告,似乎并不在意。卢瑟福平静地对我说:"这么说,你是小狄更斯?传闻中的那个狄更斯的儿子吗?"

"是的,我是,"我说,突然之间不觉得害怕了,"隐瞒真实身份完全是我的主意。"

"卢瑟福先生和我必须跟你谈谈。"皮尔逊态度严厉地说,指示那两个小喽啰在我和他们离开时,看好这群人。

弗雷德·邦尼说:"我也必须去。我是这个男孩的监护人。"

卢瑟福和皮尔逊医生互相看了一眼,"你可以在场,邦尼先生。是的。走吧,小狄更斯!"

我和两个亡命之徒以及亲爱的老弗雷德一起走到门口。人们退后,就像给两个上绞架的人开路一样。然后,那两个传说中的丛林强盗和弗雷德站在一边,让我走到走廊里。荒漠阴霾满天,走廊很冷。

"你能找个地方聊聊吗,邦尼先生?"皮尔逊医生问。

"没问题,"弗雷德语气坚定地说,"可以到厨房旁边的办公室。"

他领着大家向房子后面走去,走进他的办公室。墙上挂着帕坎吉人的照片。一进门,两个丛林强盗就被这种宛如魔幻的科学迷住了。

"你是怎么弄到这些玩意儿的,邦尼先生?"皮尔逊问。

"这只是光对涂在玻璃板上的某种化学物质产生作用的结果。你肯定见过照片吧。"

"你不是干这活儿的,是吗?"

"我不是干这活儿的,但我是一名摄影师。这只是科学,光的科学。"

"事情远不止此,"皮尔逊坚持说,"我们都坐下吧。"

弗雷德在他的桌子后面坐下,皮尔逊朝房间对面的一把椅子指了指,示意我坐下。他和查理·卢瑟福一起坐在靠墙的一张长沙发上。

"那么,"查理说,"你叫什么名字?"

"我叫爱德华·布尔沃·利顿·狄更斯,"我不无挑衅地说,"查尔斯和凯瑟琳·狄更斯的儿子。"

"告诉他们你的教父是谁。"弗雷德催促我。

"我的教父是爱德华·布尔沃-利顿男爵,他是前殖民地事务大臣,也是一位非常著名的小说家。"

"你们看,先生们,"弗雷德说,"你们在玩火。王公贵族以及更多的人将联合起来反对你在这里犯下的任何恶行。"

"你对我们的判断完全错了,邦尼,"卢瑟福说,"你们这些人总是这样。"

皮尔逊问:"你的父亲就是那位全世界人都尊敬的作家吗?"

"是的。我是家里最小的。"

"我们还以为你的额头会闪闪发光呢。"皮尔逊说。

"如你所见,除了有个与众不同的父亲,我是个普普通通的英国男孩。而且我在学校念书时成绩也不好。"

两个丛林强盗面面相觑,皱着眉头,似乎有点困惑不解。

"可是,"永远忠诚于我的弗雷德插嘴说,"他天生就适合过殖民地牧民的生活。我建议你让他继续这样生活下去。"

"这一点你已经说过两次了,邦尼先生。"皮尔逊说。

"我们像世界上任何一个人一样敬重你的父亲,"卢瑟福说。

"见到你是我们的荣幸,狄更斯先生,"皮尔逊向我保证,"可是你像躲避科西嘉强盗一样躲避我们,真让人无法无法理解。"

"你指望什么呢？"弗雷德问他们，"等报纸把你们抢劫掠夺的历史报道完了再说！"

"太夸张了。"卢瑟福坚持说。

"你还想怎么样？"弗雷德又问他们。

但卢瑟福和皮尔逊并没有生气，两个人对视了一下，那眼神好像商量什么。

"这是让我深感悲伤的责任——然而卢瑟福先生和我都认为这又是无法回避的重大的责任——告诉你，你杰出而受人尊敬的父亲……已经去世。"皮尔逊像兄弟一样，满心哀伤地说。

我眨了眨眼睛，感到惊慌和困惑，皮肤一阵刺痛，觉得自己好像从蛹壳里钻出来，变成一个新的、不受欢迎的蛾。

"三天前，我们在芒特马内拉抢劫了一家酒吧，"皮尔逊说，"有一位先生从悉尼急匆匆赶来视察一座牧场，他随身带着一份六天前才发行的《悉尼先驱晨报》。"

查理·卢瑟福说："你知道，这是一个新世界，小狄更斯。现在有一条直通印度的海底电缆，所以他们几乎和英国人一样快就知道了他去世的消息。后来一艘汽船把这个消息带到悉尼。我们那位绅士又把它带到芒特马内拉，我们就是这样知道了这个噩耗。"

"你把我们弄糊涂了，"弗雷德抱怨道，"你到底想说什么？"

卢瑟福低着头，从胸前的口袋里掏出一张报纸，慢慢展开。他举着的那一页上面印着黑色边框，大字标题是"查尔斯·狄更斯死于肯特郡"。我还看到一句："在他心爱的盖德山广场，他女儿的臂弯里死去。"

我想站起来和这一切抗争，但"盖德山广场"几个字在我脑海里颤抖，两腿一软，摔倒在地板上。倒下去的一瞬间，我以为逃离了一个虚假的世界。

我醒过来的时候,一股辛辣的白兰地从我唇边流过。我喘不过气,不由得咳嗽起来。我看到弗雷德焦灼不安的脸,手里拿着白兰地酒瓶,卢瑟福还拿着那张用黑边框着的报纸。皮尔逊医生跪在我身边,手指掐着我的喉咙。

"好了,"皮尔逊说,"我们确实想过是否应该忘记这件事,让你以后自个儿发现。但这样做似乎太过残忍。"

"无知不是福,"卢瑟福说,"真遗憾,孩子。我为我们所有人失去这样一位伟大的作家而遗憾,但首先是为你。"

"太可惜了。"弗雷德附和道,他和皮尔逊扶着我站起身,让我在椅子上坐下,"普洛恩,愿我是第一个向你表达最诚挚慰问的人。如果这个世界遭受了巨大的损失,我无法想象你的悲伤有多深。"

"不可能是真的,"我对他说,心里充满恐慌和悲伤,"这是他们编造的谎言,上帝知道为什么。"

这时,我听到卢瑟福低声呜咽,那是发自内心的真正的悲伤。我想也许他是相信这条黑边框起来的谎言,而不是它的炮制者。皮尔逊医生在我耳边低声说:"此时此刻,如果能证明这条新闻是谎言,让我死都心甘情愿。"

"你不会相信这是事实吧,邦尼先生?"我恳求弗雷德。

"这可是《悉尼先驱晨报》登的。"弗雷德向我保证,好像这家报纸是最接近神谕的东西。

"当然,我们马上离开,邦尼先生,"皮尔逊说,"我们不会掠夺一个被悲伤笼罩的家庭。只从商店里拿点我们需要的东西,因为西部地区荒无人烟,牧场之间路途遥远。"

卢瑟福正在认真读那张报纸,琢磨消息的真实性和可靠性。

不仅《孟加拉公报》和其他一些北印度媒体宣布了这一不幸的消息，他们还直接引用了电讯稿，包括伦敦《泰晤士报》的报道，详细描述了自莎士比亚以来最伟大的英国小说家在威斯敏斯特教堂举行葬礼的情景。因此，我们已然没有选择否认的余地，并感到必须向新南威尔士人宣布，这位具有无可替代的伟大精神的人的溘然长逝已经确定无疑。我们应该向他表示深深的哀悼，和所有说英语的人一样，从多伦多到纽约，从非洲到东孟加拉，甚至在法国皇帝和沙皇的宫廷也在哀悼……

他抬起头看了看，想确认一下，他发布这个消息是出于好意，并非未经深思熟虑。

乔治娜·贺加斯小姐是狄更斯孩子们的姨妈，也是盖德山忠实的管家。她说，6月8日星期三，狄更斯病倒的那天，他一直在科芬园①长地街②41号惠灵顿街的《一年四季》杂志办公室工作。中午时分，他就到了肯特郡罗切斯特附近的盖德山。贺加斯小姐说，他休息了一会儿，抽了根雪茄，然后去他的小木屋里工作，下午晚些时候从小木屋回来，在书房里写信。六

---

① 科芬园（Covent Garden）：是伦敦中部最时尚的地区之一，正好位于西区的黄金地段，该处是市内有名的娱乐文化乐点，皇家歌剧院及各间大型剧院均坐落于此。
② 长地街（Long Acre）：伦敦市中心威斯敏斯特的一条街道。它从西端的圣马丁巷一直延伸到东端的德鲁里巷。这条街于十七世纪初完工，曾经以其客车制造商闻名，后来又以其汽车经销商闻名。

点钟走进餐厅，一副很不舒服的样子。贺加斯小姐问他是不是病了，他回答说:"是的，病得很重。一小时前我就很难受。"她要去请医生，他就说，晚饭后还要去伦敦。他说牙痛，捂着脸，要贺加斯小姐把餐厅的窗户关上，她照做了，建议他躺一会儿。他说:"好的，就躺在地板上。"

这几个字是我们这位伟大的作家说的最后一句话。说完这句话，他就倒在地板上，永远离开了我们。

"我知道那地板。"我想大叫。拼花木地板。墙上挂着的一幅幅画，长长的餐具柜。巨大的圆顶镜子在柜子中间升起。餐桌雕刻着凹槽饰纹的桌腿，餐桌上摆放的闪闪发光的精致的调味瓶，无不显示他成功的人生。但此刻，那个倒在地板上的人再也不会使用它们了。

悲伤变成一口深不见底的井。这是我的悲伤，不再被丛林强盗当作战利品。它无情地"寄居"在我的身体里。我开始抽泣。事实上，从后来读到的报道中，我才知道爸爸在毫无意识的情况下又活了一天。

"哦，耶稣基督，真遗憾，小伙子。"卢瑟福说，皮尔逊医生满怀同情地揉着我的肩膀。

"这么说，真是这么回事了？"我问弗雷德。

"我想是的。"他悲哀地回答。

"我们现在骑马走了，邦尼先生。"皮尔逊医生说，"我请求你以人格担保，不会派人跟踪我们。"

"我向你保证。至于人格……"

"好极了。"卢瑟福连忙说，好像不想听剩下的话。

"等我们被绞死的时候，请想想我们的难处吧，"皮尔逊医生说，"说实话，我可能还需要几匹马。"

33

"星光帮"一个小时内从蒙巴牧场消失,释放了所有"囚徒",让他们各回各家。皮尔逊医生和弗雷德·邦尼向他们解释说,据报道,我的父亲已经死了,"星光帮"不想继续他们的抢劫计划。

不过,回想起来,我还是不敢相信"老板"已经走了。我相信这篇报道是真实的。我的意思是,卢瑟福读给我听的时候,我心里的感觉。我拿着那份报纸,回到房间。但一开始没有读。心想,也许不等我读,另一份电报就会从海底电缆传来,新的消息从孟加拉传到澳大利亚,故事大反转,我的父亲安然无恙。或许有人说过要把他葬在大教堂,但纯属误传。

然而,到了晚上,我怎么也忍不住读剩下的报道。一种惊慌失措在心头冲撞,真想跑到科罗纳,找哥哥阿尔弗雷德。然而茫茫荒原,这是不切实际的空想。

"阿尔弗雷德,"我说,"故事结束了。"

父亲的死,犹如晴天霹雳,无疑会让他陷入巨大的悲痛之中。我又开始读那篇黑边框住的报道。

斯蒂尔医生已经吩咐把沙发搬到餐厅,放在窗户旁边。从窗口可以看到屋后的田野。我们在这块土地上种了几英亩干草,在那里度过许多愉快玩耍的日子。病人被抬到沙发上时,斯蒂尔相信父亲已经没救了。他们发电报让凯蒂和玛米赶快回来。两个人大约午夜时分到达。他们似乎压根儿就没有叫妈妈。两个姐姐和乔吉姨妈整晚陪着爸爸,把热砖放在他脚边。查理凌晨时分就从城里回来了。

我真希望自己也能在现场。我相信，尽管我说不出什么优雅动人的话。但一定能唤醒他，而且，他也一定想醒过来，问我澳大利亚怎么样？他的老朋友弗兰克·比尔德医生接到乔吉姨妈的电报后急忙赶来，诊断后说他是脑出血。

据报道，父亲是晚上六点钟去世的。亨利从剑桥回来了，罗切斯特车站的一个行李搬运工告诉他这个消息之后，他简直气疯了。"老板"的妹妹莉蒂西亚姑妈来了。玛米从父亲的头上剪下一缕头发①。姑娘们从房子前面的花坛上采来红色的天竺葵——那是"老板"最喜欢的花——和蓝色的半边莲，放在遗体周围。第二天早上，《先驱报》援引《泰晤士报》的报道说，凯蒂去伦敦告诉妈妈这个不幸的消息。

女王给妈妈发来唁电。凯蒂的好朋友约翰·米莱斯画了"老板"的遗像，一位雕刻家为他的脸做了石膏模型。负责"老板"巡回演出的经理乔治·杜比也来了，悲伤得两眼昏花，布满血丝。

我不知道父亲那个年轻的爱尔兰朋友什么时候去过那里。我们这些孩子都在报道中被提及，连我也不例外。不过，特南小姐却从未被提及——即使她曾亲临现场。因为，她不仅仅是客人，却又不能算作"家人"。除了死亡本身，没有任何东西可以容纳人类的情感，比如嫉妒。如果我恨她，那是因为她活着而他却死了。在他有限的时间内，她比我和阿尔弗雷德窥见他心灵深处更多的东西。作为他的孩子却做不到这一点。

大约四天后，他的遗体被运到威斯敏斯特大教堂安葬。爸爸那没用的弟弟阿尔弗雷德的儿子埃德蒙，跟在灵柩后面，坐在三辆马

---

① 在维多利亚时代，为死去的人留一缕头发是很常见的风俗。这束头发通常被放在挂坠盒里，挂在脖子上，有时还被制成精美的刺绣品。

车中的一辆里。"老板"经常说,他死后想葬在肖恩村一个古老教堂的墓地里。那里离海厄姆不远,用菱形小石灰石标记婴儿的坟墓。罗切斯特教堂出价要把他的遗体埋葬在那里,威斯敏斯特大教堂也出价了,当然,大教堂赢了。

按照父亲生前的愿望,没有邀请多少人参加葬礼表示哀悼。他的遗体一大早就从海厄姆运到查令十字车站,和他的悼念者——凯蒂、玛米、查理和亨利都在那里——"踏上"同一班火车。活着的时候,他总是在那铁路条线上,来往穿梭。现在,他已经死了。让人难以置信!基督的复活比查尔斯·狄更斯的死更容易让人相信。乔吉姨妈和他一起去了,威尔基·柯林斯、爸爸的弟弟阿尔弗雷德、凯蒂的丈夫、莉蒂西亚姑妈、弗兰克·比尔德和约翰·福斯特也去了。还有谁?乔治·萨拉,他在杂志社工作。弗雷德·欧夫里,我离家前他曾经以律师的身份和我谈过话。那个女孩也在车上吗?去威斯敏斯特大教堂了吗?报纸上的文章没有提到。妈妈没有被提及。难道他——"老板",会不厌其烦地说她不能出席他的葬礼吗?

教堂的钟声敲响,当棺材和送葬的人到达时,院长和教士们正等在大门里面。他们走到中殿,门在他身后一扇扇关上。万籁俱寂,连风琴也没有人演奏。葬礼上没有发表悼词,也没有唱诗班唱歌。这是"老板"的希望。

《先驱报》引用了朗费罗[①]的话。他说:"狄更斯充满活力,他

---

① 亨利·沃兹沃斯·朗费罗(Henry Wadsworth Longfellow, 1807—1882):美国诗人、翻译家。出生于美国波特兰,在波士顿坎布里奇逝世。在他辞世之际,全世界的人都视他为美国最伟大的诗人。他在英格兰的声誉与丁尼生并驾齐驱。人们将他的半身像安放在威斯敏斯特大教堂的"诗人角",在美国作家中他是第一个获此殊荣的人。

似乎不可能死去。我从未见过哪个作家的死能引起如此广泛的哀悼。毫不夸张地说,整个国家都沉浸在悲痛之中。"

这就是美国人,"老板"曾经指责他们到处吐唾沫、吹牛!

我久久不能相信:像比尔德医生、"老板"的侄子和乔治·萨拉这样的普通朋友都参加了他的葬礼。我羡慕所有被允许参加的人,同时相信"老板"还活着。

但是在收到乔吉姨妈确认父亲已经去世的信件之前,威尔坎尼亚一位警察带着新南威尔士殖民政府的公函来到蒙巴。总督、议会和殖民地的人民都要在悉尼,为我们去世的父亲举行追悼会。作为这个事件的中心人物,我和阿尔弗雷德被邀请参加。他们知道了父亲死亡的消息,这在我看来很可怕。对当权者和普通老百姓来说,这已经是一个既定的事实。

在我和阿尔弗雷德踏上前往悉尼的"朝圣之旅"之前,威尔坎尼亚商务酒店举行了一场纪念父亲逝世的公民招待会。我们兄弟俩在那里的一个小房间见面时,哥哥紧紧地抱住我,哽咽着,泪水夺眶而出。他说:"太可怕了。没有收到乔吉姨妈或妈妈的来信之前,普洛恩,好兄弟,打死我也不信!"

他如此悲伤是一件不同寻常的事情,我不得不说,不知怎的,我觉得他的悲伤来自同样深不见底的痛苦之井,那水井之中荡漾着他以前对亲爱的"老板"所有的抱怨。我抱着他,看得出我们哥俩比以往任何时候都更加平等。就连个子,我也几乎和他一样高了。此刻,在我看来,他就像一个衣冠整洁的小个子男人,昂首挺胸——就像你经常在中等身材的人身上看到的那副样子:活跃、爱争吵,准备好迎接世界上最严峻的挑战。

然而，我们有责任让自己镇静下来，到我曾经听康妮·德塞利和海沃德一起唱歌的那个雅间或者舞厅，去会见达令河的市民们。父亲的死让阿尔弗雷德悲恸欲绝。看到他的这个样子，我非常惊讶。英国人面对亲人的死亡时总是努力克制，强压悲痛，低声细语，"逆来顺受"，并且被认为这是理所当然的事情。我们在温布尔登和罗切斯特学习的礼仪书都这么说。意大利人却抱怨上帝，想让死者复活，拒绝安慰。我突然想到，阿尔弗雷德从"老板"身上学到的东西更像是意大利的，而不是英国的。我妹妹朵拉夭折，"老板"就痛不欲生。我在威尔坎尼亚见到阿尔弗雷德时，他撕心裂肺地哭了整整一刻钟，我成了安慰他的人。他可不是一般的痛苦，最后我不得不求他看在父亲的分上，安静下来。

他终于不再哭泣。我们走进舞厅，威尔坎尼亚镇长在那里发表了演讲。当地戏剧俱乐部的成员——威尔坎尼亚学校一位漂亮的女教师朗诵小内尔去世的片段："她似乎是一个刚从上帝之手诞生的生灵，正在等待生命的呼吸，而不是曾经活在世上，经历了死亡的人。所以我们应该知道天使的威严，死后……"然后，一个银行职员读了《双城记》中的一段，其中查尔斯·代尔纳正准备赴死，西德尼·卡尔顿将像基督救赎我们所有人那样救赎他。这位表演者以不同的声音来表现两个人物的相关性。

我意识到，这些好人已经尽了最大努力在父亲的书中寻找并排演死亡的场景。然后，在我毫不知情的情况下，康妮·德塞利出现在舞台上，亭亭玉立站在花丛后面。"康妮·德塞利。"我低声对阿尔弗雷德说，怕他忘了。她朗诵了阿尔弗雷德·丁尼生[①]的一首诗。

----

① 阿尔弗雷德·丁尼生（Alfredlord Tennyson, 1809—1892）：英国维多利亚时代最受欢迎及具特色的诗人。代表作为组诗《悼念》。

他神情专注地看着她,我相信这是一种安慰。一个女孩朗诵《亚瑟王之死》,怪怪的。"如此说着,他从荒废的神龛中走了出来 / 在月光下穿越墓地 / 那里躺着古人坚硬的骨头……"

她没有半点矫揉造作,从她嘴里说出来的话听起来完全正确。哦,那时我就明白了,我爱她,爱她的一切。但是海沃德在那里。她和海沃德是天造地设的一对儿。你可以看到。她不让他喝得烂醉,不让他举止粗俗!而她生长在一个对色彩、优雅和暗示都嗤之以鼻的地方。但我喜欢她说"穿越"时的样子。

突然,她开始朗诵《悼念》①。

与此同时,我喃喃着,好像做什么实验,"穿越",我心里想,倘若《悼念》出自一个过于虔诚、呼吸急促的人,将是一场多么大的灾难。

"你说什么了吗?"阿尔弗雷德低声问道。与此同时,他的教父那首诗歌以令人敬畏的节奏继续回荡。我把右手握成拳头放在唇边,假装咳嗽,但是已经着了迷似的说出"穿越"两个字。

"他小时候的日子过得糟透了。"谈起阿尔弗雷德·丁尼生叔叔,"老板"这样说。我想这里面有可卡因和精神错乱的因素,还有一个讨厌的母亲。父亲虽然是牧师,但也像其他任何人一样恶毒。

康妮继续朗诵:"与唱歌的人一起,我和他认为这是真理 / 对着一架悦耳的竖琴,用不同的音调歌唱 / 人们可以在踏脚石上站起 / 死去的自我走向更高的境地。"

我喜欢她随后吟诵的诗句:"让爱拥抱悲伤,以免两者都被淹

---

① 《悼念》(*In Memoriam*):英国诗人丁尼生为一位过世的朋友写的作品。通常用来安慰分手后的失意人,撩动心弦,也让在爱情中颠簸的人们,有了些许安慰。

没……"

我想大声地说,"让爱拥抱悲伤",就像刚才说"穿越"一样。

康尼退场后,拉特利奇牧师上台朗诵了《诗篇》第二十三篇,然后人们排起队来向我们表示哀悼。正如拉特利奇牧师所说,人们通过看望不朽的狄更斯的亲骨肉来安慰自己。威尔坎尼亚人,因为有阿尔弗雷德和我,比世界上任何一个地方的人都更容易实现这个愿望。

那个场面庄严肃穆。大家的哀悼都是发自内心,并非简单的应景。从某种意义上说,完全是人们共同的心声。

最后,德塞利一家出现在我面前。看到他们眉头紧锁,彬彬有礼,我感到欣慰。德塞利夫人揭开面纱表达她的悲痛。阿尔弗雷德·德塞利则更为直率,他的"学说"是,死亡是巨大的野兽,没有任何文字可以穿透它的皮毛。康妮说:"普洛恩,我对你丧父之痛的哀伤,难以言表。如果我爸爸出了什么事……"

我强忍着,没有让她再说一遍"穿越"。

不可避免的是,在排着的长队中,我们需要面对弗雷梅尔先生平淡乏味的哀悼。他很快就出现在我们面前,非常急切地向阿尔弗雷德介绍自己,他的贷款显然已经批准了。弗雷梅尔和阿尔弗雷德说话时显得特别乖巧。他的开场白是:"如果我能帮上什么忙的话","如果你需要任何服务,只要在弗雷梅尔公司的业务范围之内,我都可以提供……"看来,如果弗雷梅尔怀疑我对那封信做了手脚,阿尔弗雷德在一年左右的时间里也不会受到牵连,仍将坚不可摧。

在我们看来——阿尔弗雷德比我看得自然更清楚——有些商人显然在觊觎我们的遗产。直到那时,我才想到父亲死后,家里的财产会被掠夺，而我即使用这些财产为父亲再换一天，也心甘情愿。

用过茶点之后，我又去找德塞利一家，慢慢凑到康妮身边。让我深感荣幸的是，她像平常说话那样对我说："那天晚上我们大家都在唱歌，你为什么要走呢？"

"因为我觉得德塞利家的姑娘们找对了玩伴。"

"找对了玩伴？你是说海沃德？"

"是啊，他是很棒的男高音，很好的陪伴。"我微笑着说，好像不以为然似的，"看到你们玩得那么开心，我觉得自己只配背起行囊走人了。"

"哦，我可不希望你再这样做了，"她压低声音说，"我是认真的。我也许是个来自西部地区的粗俗不堪的女孩，但我希望一切都按规矩来。我希望你能理解，普洛恩。适当的仪式。"

我说对不起，她伸出手抓住我的手臂。一望而知，那是一双经常摆弄马鞍和缰绳的手。她的母亲费尽心机，避免被太阳晒黑，康妮的手却是橄榄色的。她的肤色一定是从大大咧咧、头戴褐色圆顶帽的父亲，而不是从小心谨慎、脸上挂着面纱的母亲那里遗传来的。

我说："从现在开始，我将非常高兴地履行'适当的仪式'。尽管我不是男高音，也不会唱音乐厅的歌。"

她摇摇头说："出于对你父亲的尊重，我必须暂停你的'学业'，等你从悉尼回来再说。"

我笑了笑。一片废墟中，她让我快乐。即使还被丧父之痛折磨，我也很高兴将来能与她就"音乐教育"进行一系列有意义的切磋。

34

阿尔弗雷德和我乘坐科布公司①提供的马车去悉尼，在路上走了好几天。当地报纸公布了我们一路经过的城镇或村庄的大概时间。如果那里有教堂的话，钟声就会在我们经过店面和旅馆门前时敲响。客人们从楼上的阳台上迫不及待地看着我们。有时，人行道上响起了欢呼声，因为除了我们家失去亲人的故事之外，那一带还流传着我从"星光帮"手中救了蒙巴牧场的故事。

由于新南威尔士自治殖民地的总理查尔斯·考伯爵士召集阿尔弗雷德和我到那里参加为期一周的哀悼，我们现在不仅在一个年轻的自治殖民地令人敬畏的"版本"——它的纹章上写着"新兴的你多么耀眼！"——的恩泽和关照下旅行，还有四名士兵护送，以免被四处游荡的强盗伤害。报纸也把皮尔逊医生的团伙逃窜到昆士兰，归功于我向他们展示的那种因悲伤而鼓舞起来的勇气。

第四天，我们驱车穿过达博②时，学生、警察和政府官员在马路两边列队欢迎。"你觉得，"阿尔弗雷德问道，"'老板'在天之灵会知道这样的场面吗？我的意思是在澳大利亚。"

---

① 科布公司（Cobb & Co.）：是澳大利亚一家运输公司的名称。十九世纪后期，它在内陆的许多地区运营公共马车，并一度在其他几个国家运营。
② 达博（Dubbo）：是澳大利亚新南威尔士州奥拉纳地区的一座城市。距离新南威尔士州首府悉尼四百多公里，是通往新南威尔士州其他地区的主要公路和铁路货运枢纽。

"穿越",我的心像往常一样歌唱。

我给他讲了我如何上当受骗买下杜巴里的故事。也许因为碰巧杜巴里那阵儿显得温顺,也许它正处于明显的"叛逆期",反正皮尔逊医生出于对它的血统的赞美,同时相信可以用他的技术或药物驾驭任何一匹马,"伟大的皮尔逊"最终偷走了杜巴里。这也是一件好事。因为人们因此不再笑话我的愚蠢,并使这匹马从耻辱的来源变成了一件逸事。我把这事讲得绘声绘色,以转移哥哥的注意力。

《先驱报》称,新南威尔士殖民地所有学校的学生都在阅读"老板"的作品。从前那些不知道他的人,现在都被卷入世界范围内涌动着的悲伤的人潮中。路过宁根①时,天色已晚,女孩和男孩们穿着大衣站在路边,嘴里呼出的热气在巨大的桉树和夕照间缭绕。

阿尔弗雷德和我在旅途中的谈话受这样一种习俗的影响——不应该说死人的坏话。当然,任何报纸的报道都没有说什么不好的话让全世界的麦高之流兴奋激动。澳大利亚的报纸提到,父亲几年前曾经考虑过来澳大利亚旅行,并说他打算写一本书,书名《非商业旅行者》②(澳大利亚篇)。澳大利亚,通过她的公民的声音,哀悼这样一个事实:我们这个时代伟大的叙述者永远不会在这里朗读他的作品,就像在美国那样。他也不会写出一部伟大的关于澳大利亚的小说。我多想把皮尔逊和卢瑟福的故事告诉"老板"。我想,丛林

---

① 宁根(Nyngan):澳大利亚新南威尔士州中部的一个城镇,位于新南威尔士州中部奥拉纳地区,在悉尼西北五百八十三公里处的 Mitchell 高速公路和 Barrier 高速公路的交会处。
② 《非商业旅行者》(*The Uncommercial Traveller*):是一本由查尔斯·狄更斯创作的文学小品和回忆录合集。

强盗会像餐桌上别的谈话一样吸引他，也许还会被写进小说。有时，我坐在马车车窗旁边，经过一个个乡镇，看到人们呆呆地看着我——狄更斯的化身——强烈地感觉到自己这副样子就是一种欺骗，直到下定决心，鼓起勇气去读他的作品，才像狄更斯的儿子。

我发现自己越来越想向阿尔弗雷德提起父亲那位爱尔兰姑娘，但又犹豫了一下。因为这可能引发对"老板"人品的疑问。想到父亲去世时她肯定在他身边，而母亲并不在场，我心里就特别别扭。这个女孩是父亲所有朋友中最重要的一个。我对她目睹了"老板"被埋在泰晤士河畔大教堂的泥土下面颇为不满。

犹豫再三，我还是觉得有责任提起这个姑娘。"所有的报道都说，妈妈最后不在现场。"我说。

"是的，"阿尔弗雷德说，"他已经和妈妈彻底分手。然而，他应该意识到，我们不可能和她分开。"

我知道这只是公正的评论，便大着胆子问："你觉得那个姑娘在吗？"既然已经挑明，我就索性问下去，"你认为父亲弥留之际她在场吗？"

"我认为很可能在，"阿尔弗雷德面无表情地说，"她是驱动他过去岁月的引擎。我……我们能说的也就只限于此。"

我被彻底解除武装，补充说道："如果她去了大教堂……我真希望是我，而不是她。"

"是的，是的，"阿尔弗雷德柔声细语地说，那样子颇为优雅，没有接过我抛出去的诱饵，"听着，普洛恩，事实是我们的父母不再相爱了。不过即使那样，也不是妈妈的责任。但这似乎是他的特权。一切都改变了。我不得不说，如果他和妈妈在一起，可以多活五年，十年。也许不该怪那个爱尔兰姑娘。但不管她愿不愿意，她都是一剂毒药。毒药！"

当然，在我们相处的这段时间里，不可避免地要谈到遗产。尽管我们对父亲是什么样的人存在分歧，但也知道他会给我们留下一份丰厚的遗产。他的死——这是我们不愿看到、到现在也不敢相信的事实——改变了我们的前景。弗雷梅尔对待我的态度就说明了一切。

父亲是否给那个姑娘留下了什么？这个问题自然是阿尔弗雷德需要考虑的。许多人会说，为什么不呢？至于我们自己，等家里来了信，就知道怎么回事了。但是，父亲历来做事谨慎周到、一丝不苟，他一定会想到我们每个人都需要什么，两个女儿玛米和凯蒂需要什么？凯蒂已经结婚，玛米还是个老处女。还有乔吉姨妈，她配得上"老板"的慷慨。还有几个男孩，包括我和阿尔弗雷德。然后，妈妈。最后，不管我们喜不喜欢，那个爱尔兰姑娘。

还有一些实际情况需要考虑。那时我十八岁，可能要到二十一岁才能掌控父亲留给我的东西。阿尔弗雷德二十五岁，可以直接获得"老板"的遗产。因此，阿尔弗雷德跨越墨累河在汉密尔顿买牲畜和牧场的计划就像已经实现了一样。

"你愿意和我一起去汉密尔顿吗？"旅途中，他突然问我，"我们可以住在一起。"他建议道，不无试探之意。阿尔弗雷德认为这个想法很有吸引力。狄更斯兄弟住在一个气候宜人、绿荫覆盖的小镇。从那里可以看到连绵逶迤的群山，一些苏格兰定居者怀着伤感和眷爱将这里命名为格兰皮恩斯①。

我说，他邀请我和他一起生活，深感荣幸。这是真心话。阿尔

---

① 格兰皮恩斯（Grampians）：位于澳大利亚维多利亚州西部，葡萄酒产区。

弗雷德认为我能帮助他在殖民地创造财富，我打心眼儿里高兴。但我说，我想趁年轻，在畜牧行业留下自己的业绩。弗雷德·邦尼付给我的工资虽然不算高，但也不错。由于没个花钱的地方，也积攒了不少。我解释说，我得等一等，直到成年之后把父亲留给我的遗产用在我喜欢的这块土地。除此之外，我希望在帕坎吉人或任何其他部族的土地上建起自己的营地。我希望属于自己的几十万只羊游走在广袤无垠的草原。尽管像康妮·德塞利这样的人——她有一双殖民地女骑手的手，但未经排练就能把"穿越"这个字说得那么优雅——能否走进我的生活是命中注定的事情。

不管怎么说，关于我自己未来所有的决定只能推迟到悉尼的悼念活动之后付诸实施。

到了大山西边铁路终点站，和一路护送的骑兵告别之后，我们就上了火车。这时候，一位和阿尔弗雷德年龄相仿的绅士走进我们那节车厢。他被太阳晒得黝黑，浓密的胡须，卷曲的黑发，一双眼睛炯炯有神。

"阿尔弗雷德，爱德华。"他一本正经地说，似乎明白自己既是陌生人，又是客人，"我是被政府拉去代表父亲参加追思会的。哦，对不起。我叫弗雷德·特罗洛普，安东尼的儿子。请接受我的慰问。我们全家都非常怀念你们的父亲。"

是的，这个人小时候曾来盖德山过过一个周末。"老板"有时会提到他在加里克俱乐部或雅典娜俱乐部见过安东尼·特罗洛普。但他和弗雷德的父亲从来不是亲密的朋友，因为对于"老板"来说，他太像一个伪装成自由主义者的保守党人。他以自由党人的身份竞选国会议员。"老板"还经常对我的教父和其他人发誓说，他宁愿下地狱也不愿意在下议院谋得一个席位。

弗雷德·特罗洛普不无歉意地坐在车厢分隔间我这边，面对阿尔弗雷德，两个人愉快地交谈起来。不过，我注意到阿尔弗雷德并非由衷地欢迎特罗洛普。他管特罗洛普叫"老朋友"。可我从小和他一起长大，心里清楚，他这样称呼这个特罗洛普并不真诚。我问弗雷德，为了和我们同行，他走了多远。他回答说，他的牧场叫莫雷特，离福布斯不远。他一路骑马从莫雷特来到这个火车站。他不厌其烦地告诉我们，他曾经一再和有关部门说自己工作太忙，离不开牧场，没时间去悉尼。主要是因为他认为殖民地政府太过天真，太没水平，非要把别的小说家的儿子和狄更斯的儿子扯到一起。可是查尔兹·考伯爵士坚持认为这将是一件有益的、具有示范意义的事情，他只好让步。"希望你们不要介意。"他不止一次对我们说。

火车载着我们穿过群山，来到蓝山内陆这边一座座高大的砂岩"堡垒"。铁轨两边的灌木丛积着皑皑白雪。

弗雷德问我被丛林强盗当作人质的经历。他告诉我，在人们心目中，这件事已经变成一出三幕戏剧。有的版本说我凭借纯粹的技巧和勇气让皮尔逊和卢瑟福不知所措，以狄更斯式的聪明才智在蒙巴打败了他们。

我问他牧场的情况，他津津有味地告诉我，他的牧场有些地方是山区，几条清澈的溪流从山间流下。那几座山的最高点被称为"顶峰"，吸引了许多淘金者。牧场偏远地区围栏两边，住着不少以前是爱尔兰流放犯的人和他们的家庭。这些人偷盗牲畜，出于怨恨破坏围栏，似乎他是另外一个国家暴虐的地主，而不是辛勤劳动的人。沿着一条小溪往北，一个房地产投机商根据《选择法案》，在那块低地买了六百八十英亩草场，等弗雷德来买。显然，他和我们一样，看好这个行业的前景，喜欢这个行业的自由，尽管也有许多事情需要应付——和农场主打交道的麻烦,躲在山上的爱尔兰人的骚扰。但是它的前景和自由,以及你不需要学习希腊语语法去谈判,还是挺诱人的。

过了一会儿,他告辞了,大概是寻个方便,到车厢那头抽烟去了。

"你对他不太热情。"我对阿尔弗雷德说。

"他拒绝总理的邀请是正确的,本来应该继续拒绝。他的父亲在英国,很胖,很健康,而我们的父亲躺在大教堂的泥土之下。"

"我想他是被人呼来喝去,不知道该怎么办。"我替他辩解。

"除此之外,他的父亲嘲弄过'老板'。"

"可弗雷德没有呀。"

"弗雷德是没有。"他承认,有点不耐烦,"不过,他那个该死的父亲做到了。"

"什么时候的事?"我问。

"在某一部小说里。那个老头,老特罗洛普写的小说里。我想是《典狱长》①。他称'老板'为'受欢迎的人气先生'。"

"我不知道。"我说。听他这么一说,有点反感弗雷德·特罗洛普了。

"'老板'置之一笑,"阿尔弗雷德坚持说,他已经成了捍卫父亲的斗士,"可是'老板'已经死了,嘲笑他的人还活着。我想说,相比之下,他是一个低劣的小说家。"

"可你认为'老板'希望我们让他的儿子难堪吗?他毕竟不是他的父亲,过着和我们一样的生活。"

阿尔弗雷德从口袋里拿出一个细长的酒瓶,喝了一口,向我晃

---

① 《典狱长》(Warden):安东尼·特罗洛普于1855年出版的《巴塞特郡编年史》系列小说的第一部。这是他的第四部小说。

了晃，邀请我也喝。我不想喝，他把瓶子收起来。

阿尔弗雷德心有不甘，哼着鼻子说："受欢迎的人气先生！"

弗雷德·特罗洛普回来时，我对他笑了一下表示欢迎。那之后，我们沉默了很长一段时间，只是看着窗外的风景———一座座简陋的棚屋和一排排连栋房屋映入眼帘。火车已经进入悉尼郊区。伯伍德和彼得舍姆屹立着一幢幢高大的房子，那是悉尼权贵们的乡间庄园。火车穿过雷德芬的工厂区和肮脏的穷街陋巷，到达雷德芬火车站。下车时，我们有一种麻木和不确定的感觉。站台上，军乐队开始演奏亨德尔①的《葬礼进行曲》②，宣泄了我的悲伤。自从听到父亲去世的消息，我很少失声痛哭。阿尔弗雷德把手放在我肩上，领着我走，手足之情溢于言表。我注意到可怜的弗雷德·特罗洛普看起来比以前更压抑，更疑虑重重。

35

我们下榻在澳大利亚大酒店。几天的旅行终于结束，我们被邀请在那里吃饭。我觉得应该请弗雷德和我们共进晚餐。喝了几杯威士忌后，阿尔弗雷德似乎很高兴地接受了他，认为他人还不错，一直试图融入我们，而且无论如何不像他父亲那样自负、做作。这让

---

① 乔治·弗里德里希·亨德尔（George Friedrich Handel，1685—1759），出生于德国哈雷，巴洛克时期英籍德国作曲家。
② 《葬礼进行曲》（*Dead March*）：通常是一种小调的进行曲，以缓慢的"简单的二拍子"节拍，模仿葬礼队伍庄严的步伐。亨德尔使用了"葬礼进行曲"这个名字，也用于军乐队举行军人葬礼时演奏的进行曲。

我松了一口气。厨师还告诉我们，他特意做了牡蛎馅羊腿，知道这是已故父亲最喜欢的菜。我们听了都高兴起来。

一位侍者照着父亲的口味给我们调了很棒的潘趣酒①。我们坐在那里喝到深夜，一边喝，一边讨论牧场的事儿。丛林人的兄弟情谊把我们连接到一起。弗雷德问我们，是否值得把他的牛羊往西赶，到阿德莱德的南澳大利亚定居地出售。

第二天早上，我们乘坐马车沿着麦夸里大街走了几个街区，去见查尔斯爵士。马车夫说，人们都管他叫"滑头查理"。可是他看起来太普通了，似乎配不上这么浪漫的一个绰号。我本以为迎接我们的是一位满脸严肃、趾高气扬的人了，但查尔斯爵士却穿着朴素的晨装，系一条黑色领巾。他很优雅地表达了对"老板"去世的悲痛，然后邀请我们和他一起吃早餐。他开门见山，想让我们接受他的观点——如果父亲来过新南威尔士，他一定认为新南威尔士殖民地比邻近的维多利亚殖民地拥有更合理、更友善、更健全的制度。维多利亚沿墨累河设立的海关，可以从新南威尔士人试图越过这道巨大的屏障出口的任何东西中得到好处，从一张牛皮到一壶牛奶，再到一把铲子。他告诉我们，我们将会见新南威尔士殖民地总督贝尔莫勋爵，他形容他像阿尔斯特②的地主，但不是个坏家伙。他还透露，贝尔莫夫人体弱多病，想回到弗马纳③的家族庄园，贝尔莫本人却想在官场上大展宏图。贝尔莫勋爵将于当天晚些时候在英国国教大教堂主持追悼会。

查尔斯爵士问我们当地人是否听话，我便告诉他，蒙巴的黑人很可靠。弗雷德·邦尼一定希望我被人问到这个问题时，能这样回

---

① 潘趣酒（punch）：由果汁和酒制成的甜味饮品。
② 阿尔斯特（Ulster）：爱尔兰北部地区的旧称。
③ 弗马纳（Fermanagh）：英国北爱尔兰郡名。

答。弗雷德·特罗洛普说过应该制定法律阻止农场主占用大面积的土地。因为他们并不打算耕种这些土地，而是坐地收钱，让原本租赁这些土地的人——也就是他，付钱给他们。特罗洛普认为，这是一种"合法"的勒索。在查尔斯爵士的追问下，我说，这种事情在蒙巴还没有发生，但只是迟早的事儿。"普拉麦卡牧羊站①已经这样干了，"阿尔弗雷德说，"一个臭名昭著的笨蛋，明明知道不能把它当农场，却要了六百英亩的土地，'空手套白狼'，搞到钱就可以到别的地方再干了。"

查尔斯爵士俯身向前，倾听我们的意见。我们都有点沾沾自喜，就像天真烂漫的人发现有权有势的人重视你的意见时那样。仿佛参与制定了一项改变社会的重大政策。

和总理交谈之后，我们被带到政府大楼前面漂亮的车道上，恩尼斯基林②燧发枪团一位年轻的副官把我们领进砂岩砌成的大厦。

我想起珍藏的那张沃尔特·狄更斯中尉的照片。照片上，他显得庄重但稚气未脱，细长的脖子从松松的镀金衣领中露出来，一望而知制服是借来的。左手使劲握着拔出来的剑柄。

年轻的总督身材高大，仪表堂堂，举手投足随意而不失优雅。

"哦！天哪，我多么希望能在不那么令人难过的情况下见到你们。"他一边紧紧握着我们的手，一边对我们三个人说，然后，对我和阿尔弗雷德说，"当你父亲摔倒在地板上的时候，英国文学的大厦也坍塌了！世界各国都将因此而遭受损失。"

老特罗洛普笔下"受欢迎的人气先生"获得如此赞誉！

---

① 普拉麦卡牧羊站（Poolamacca Station）：是新南威尔士内陆的一个牧羊站。
② 恩尼斯基林（Enniskillen）：英国北爱尔兰的一个镇，民政教区。人口约一万。恩尼斯基林是弗马纳区的行政中心，弗马纳郡最大的城市。

"有一天晚上,我在贝尔法斯特①看见您父亲读关于《董贝父子》②的一些材料。——唉,我真糊涂,那都是四年前的事了。他把什么都讲得清清楚楚。"

阿尔弗雷德和我先入为主,对这位"阿尔斯特的地主"心生疑虑。因为他是在一个激进分子的家庭中长大的,但他似乎是一个思想成熟的人,没有傲慢的态度。他称赞澳大利亚的红葡萄酒,说完全可以和法国波尔多葡萄酒比美,还说我们晚餐就用这种酒。

海港阳光明媚,我们在开阔的草地上散步。贝尔莫勋爵突然说:"你们两个狄更斯家的孩子今天下午会讲几句话吗?只是对父亲的一两段回忆。我相信殖民地的人一定会非常高兴。很多人读你们父亲的书治疗乡愁,他们会深切地感受到失去他是多么大的损失。即使你们最平凡的记忆对他们也是一种安慰。"

我突然感到一阵慌乱,脸涨得通红。阿尔弗雷德知道大庭广众下讲话对我来说意味着什么,他想让我从这个负担中解脱出来,连忙说:"我肯定没问题。"

"爱德华先生呢?"贝尔莫勋爵问。

"我……"我结结巴巴地说,但不知道该说什么。

"还记得那天咱们俩和他一起划船的事吗?他偷了我的帽子。"阿尔弗雷德建议道,"就讲这件事。"

"对,"贝尔莫勋爵附和道,"只是一件轶事。就好像你在跟人唠家常。"

"没错,"阿尔弗雷德向我保证,"好像跟人聊天儿。"

"我……我想我能做到,先生。"我对总督说,尽管不知道能不

---

① 贝尔法斯特(Belfast):北爱尔兰首府。
② 《董贝父子》:查尔斯·狄更斯创作的长篇小说,发表于 1848 年。小说描写了董贝父子公司的盛衰史。

能真的做到。

开追悼会之前,我们都穿上晨装,戴着绢帽,"老板"不喜欢参加葬礼的人这身打扮。午后明媚的阳光下,我们与议会和市民的重要人物会面后,跟在贝尔莫身后走进一座拱形教堂。贝尔莫穿着总督的行头:腰挂佩剑,打着绑腿,头戴三角帽,还有主教和随行的神职人员。我和阿尔弗雷德走到教堂前面时,教堂长椅上的社会名流,都伸长脖子想看看我们脸上是否有父亲的影子。这时,我突然意识到,这里举行的追悼仪式比"老板"尚能容忍的威斯敏斯特大教堂的葬礼还要隆重。

我把目光从那一张张严肃的脸上移开。突然,看见康妮秀丽的脸从一排长椅上向我转过来。我浑身颤抖了一下。她的姐姐和父母都在她身旁。她脸上的表情很复杂,一双眼睛直盯盯地看着我,没有那种"心猿意马"的神情,嘴抿得恰到好处。这些好心人一定花了一周的时间才来到这里,回家还需要一周!事实上,他们为了参加父亲的追悼会已经走了地球人可能走得最远的距离。在英格兰,如果有亲戚花一天的时间来参加葬礼,人们已经感激不尽了。"穿越",我的心想歌唱。"穿越"!"穿越"!

像往常一样,风琴停止演奏之后,教堂里一片寂静,耳边只有窸窸窣窣的脚步声。身穿大披风、头戴法冠的主教宣布,主就是复活和生命,满腹怀疑和面对死亡的时候,没有一个人自己拥有生命,也没有一个人成为自己的主人。"噢,仁慈与荣耀的上帝,今天我们在您面前缅怀我们的兄弟查尔斯。感谢你把他送给我们,送给他的家人和世界各地的朋友,让他在我们的朝圣之旅中成为我们相知相爱的伴侣。"

我们坐在第一排,好回答他们的问题,听他们朗读《耶利米哀歌》。唱诗班声音嘹亮,唱着一首凄美的挽歌。接着,主教朗读《约翰福音》:"在我父的家里有许多房屋……"① 想到马上就要轮我讲话,心里直打鼓。

主教并未提及"老板"不是一个常去英国国教教堂做礼拜的教徒。但他敢拿天堂的许多宅邸和不朽的狄更斯先生作品中创造的思想的宅邸做比较。在那些"宅邸"中,狄更斯为我们演绎出许多故事,塑造了许多人物。揭示了人性的至善与丑陋。天使在他的作品中歌唱。男人和女人心灵深处的邪恶被鞭笞。主教表示希望我们能够告诉英国人,在遥远的澳大利亚殖民地,英国圣公会对我们不可替代的父亲的去世一致表示深切的哀悼。阿尔弗雷德望着我,不合时宜地眨了眨眼,拳头朝掌心轻轻打了一下,好像为我也为自己加油打气。

现在轮到贝尔莫总督发言了。他身材高大,温文尔雅,身穿黑色和银色相间的套装。他宣称,澳大利亚是由不同教派的许多会众组成的,尽管最近因为阿尔弗雷德王子被袭击② 而产生分歧,但大

---

① 《约翰福音》14:2:"在我父的家里有许多房屋。若不是这样,岂不对你们说,我去是为你们预备地方去吗?"(In My Father's house there are many mansions. And if not so, would I have told you that I go to prepare a place for you?)
② 阿尔弗雷德王子(爱丁堡公爵)是第一个访问澳大利亚的英国王室成员。1862 年 3 月 12 日,他在悉尼港海岸边参加野餐会时,亨利·詹姆斯·奥法雷尔从他背后开枪行刺。阿尔弗雷德王子是维多利亚女王的第四个孩子,也是第二个儿子。他代表了英国建制派和英国权力。亨利·詹姆斯·奥法雷尔是出生于都柏林的爱尔兰人。他希望爱尔兰摆脱英国的统治。他射中了王子的背部,但没有致命伤,王子很快就康复了。但奥法雷尔被抓获,受审并被处以绞刑。奥法雷尔的行为在澳大利亚殖民地引发了巨大的反爱尔兰的浪潮。但天主教徒(他们主要有爱尔兰背景)同情奥法雷尔。澳大利亚对爱尔兰天主教徒的偏见一直持续到二十世纪。

家都同样钦佩已故的查尔斯·狄更斯。四年前,他曾在贝尔法斯特看过这位举世闻名伟大作家朗读他的作品。狄更斯一边朗读一边表演书中描述的场景。使得观众对他小说的深度和色彩有了更多的了解,大大提高了他的声望。他是留给全世界所有民族的一笔丰厚的遗产。虽然在死亡面前人人平等,但他仍然是一颗熠熠生辉的、永恒的巨星。贝尔莫勋爵说,他有责任表达新南威尔士殖民地人民对狄更斯家族的同情,特别是对在场的两个儿子的同情,并请阿尔弗雷德·狄更斯先生对父亲的去世表达一些看法。

阿尔弗雷德从长椅上站起来,向前走去,砂岩建造的大教堂发出脚步的回声。他沿着唱诗班前面的大理石台阶拾级而上。我心里想,我能做到吗?他朝聚集在周围的人群扫了一眼,脸涨得通红,皱着眉头。他会不会在讲话中抱怨没有人提起母亲?我紧张地想。更糟糕的是,他会不会说,"没有人提到那个女孩吗"?

在向总督阁下和主教大人表示谢意之后,他说:"我是查尔斯·狄更斯先生和母亲凯瑟琳·狄更斯夫人的第六个孩子。因为上帝的仁慈,她幸免于哀悼亡夫的痛苦。我的哥哥沃尔特比我大四岁,他在镇压孟加拉兵变后去世,年纪还很轻。我的小妹妹朵拉在十个月大的时候突然毫无征兆地夭折,父亲整晚都把她抱在怀里。但现在他与朵拉和可怜的沃尔特重逢了。沃尔特现在享受着活着的时候没有享受的父子团圆。"

阿尔弗雷德点点头,尽其所能讲述人们想听的东西。他说父亲过去多么喜欢家人和朋友们一起演戏,特别是在第十二夜①,我们的大哥查理过生日那天。他会为孩子们设计角色。阿尔弗雷德想起有

---

① 第十二夜(Twelfth Night):主显节前夕,1月5日夜,传统上标志圣诞节期的结束。

一次演戏，父亲要他扮演一个侍从。他上台后要说的台词是："女士们、先生们，皇帝派我打前站，请你们做好准备，迎接他的到来。"阿尔弗雷德说，他走上舞台，看到下面都是家人、朋友，包括萨克雷先生、利顿勋爵和威尔基·柯林斯先生，都坐在那里默默地看着他。他认为这话根本没有必要说，便走过去坐在柯林斯先生的腿上。会众们听了这个好玩儿的故事都哈哈大笑，我也感到一种手足情深。阿尔弗雷德红褐色的鬓角和整洁的红褐色的唇髭看起来更像是一种希望，而不是成功的象征。此刻，他的故事虽然有趣，但听起来格外心酸。

"如果天国能让我们所爱的人得到他们最想要的东西，"他说，"那么可以肯定，父亲现在正在导演一出戏，并将在其中扮演一个重要的角色。在一个比塔维斯托克庄园后面的剧院更好的剧院里，他请了当代最伟大的画家米莱斯[①]、麦克利斯[②]和克拉克森·斯坦菲尔德[③]来为他画布景。"

他讲完之后，走到我身边，弯下腰，在我耳边轻声说："告诉他们你害怕，告诉他们你在大庭广众下说话胆怯。他们便什么都原谅你了。"

听到主持仪式的牧师叫我的名字，我就像一头野兽被戳了一下，噌的一声站了起来，脑子里一片空白，每根神经都在惊慌中颤动。

---

① 米莱斯（John Everett Millais，1829—1896）十九世纪英国画家，是拉斐尔前派的三个创始人中年龄最小、才华最高的一位，其他两位是亨特和布朗。其油画《基督在自己父母家中》（1850）中体现了该派精神，以画风细腻著称。

② 麦克利斯（Daniel Maclise，1806—1870）：爱尔兰历史画家、文学和肖像画家以及插画家，他的大部分时间都在英国伦敦工作。代表作品有《骑士精神》等。

③ 克拉克森·斯坦菲尔德（Clarkson Stanfield，1793—1867）：英国著名的海洋画家。

就像阿尔弗雷德奔向威尔基·柯林斯那熟悉的怀抱一样，我站在那里，背对忠实的会众，望着教堂西边的圆花窗。此刻，冬日强烈的阳光正照射着那一块块彩色玻璃。我想了一下，觉得那仿佛是一个友好的火山口，我可以纵身一跃，投入其中。我逼着自己转过身去，寻找康妮的脸，但最终还是意识到，根本就没有时间在那一张张仰望我的面孔中看到她的笑容。

我忘了点出那些达官贵人的名字，开口就说："我不是……"这时，看到阿尔弗雷德打了个"大点声！"的手势，硬着头皮提高声音说："女士们，先生们，我不是一个善于辞令的演讲者。你们千万不要因为我的父亲会说话，会朗读，甚至胜过世界上所有的人，就以为我也伶牙俐齿。有些天赋是无法传承的。"

听到这句话，不少人发出善意的笑声。那一霎，我突发奇想，如果我再说一遍，教堂会众的同情一定会翻倍。"梅德韦……"我继续说，停了一下，看到有几个人互相看了一眼。教堂里渐渐安静下来。"是一条河，从盖德山旁边流过。我父亲是肯特郡的孩子，他的家——盖德山在梅德韦河以北，所以他喜欢说他是肯特人。"

那些有着肯特郡背景①的人点头微笑。梅德韦河以北的"肯特郡男人和女人"，以南的"肯特郡男人和女人"。

---

① 肯特郡背景 Kentish background：十九世纪，英格兰被分裂为许多小的地方，人们在那里生活了几个世纪，保持着自己的方言、习俗和特定的服装风格。下文"梅德韦河以北的'肯特郡男人和女人'"指来自梅德韦河以北，即梅德韦河和泰晤士河之间的地区。而"以南的'肯特郡男人和女人'"则指梅德韦河以南地区。他们的语言，服饰不同，故有此说。原文是：There were nods and smiles from those with their own Kentish background. North of the River Medway, 'Kentish men and women'. South, 'men and women of Kent'.

"父亲非常喜欢坐船从罗切斯特城堡①到梅德斯通②,"我继续说,"他回家后会说,船是他自己划的。所以有一天我和阿尔弗雷德就要他带我们去。我们每人一副桨,父亲掌舵。我记得当太阳越来越大的时候,他把阿尔弗雷德的草帽拿走了,一口咬定那是他的,还说他亲眼看到阿尔弗雷德的草帽被吹到海里去了。"

这时,教堂里响起一阵真诚的笑声,我开始纳闷自己怎么会那么害怕面对观众。"沿着那条漂亮的河往下走七英里,再往回走七英里。上岸时,父亲把帽子还给阿尔弗雷德,假装是他从水里捞上来的。"

更加真诚的笑声在教堂里回荡。

"阿尔弗雷德和我永远记得那一天。父亲用他那机智幽默的方式指导我们划船。对你们来说,我的父亲是一个伟大的作家。但对我来说,他是带领我们冒险的人,无论在梅德韦河,还是在塔维斯托克庄园或盖德山的舞台上。他是我们的父亲,有时也是我们的玩伴。因为这两点,我们永远感激他。"

我一时想不出还有什么别的话可说,于是就说:"我要告诉我的母亲,你们都来参加父亲的追悼会,你们是那么善良慷慨。我知道,惊奇之余,她对你们万分感激……"

我想起此时身处教堂,便补充道:"还有上帝。"

---

① 罗彻斯特城堡(Rochester Castle):位于英格兰东南部肯特郡罗彻斯特的梅德韦河东岸。是英国保存最完好的城堡之一,也是具有重要战略意义的皇家城堡。
② 梅德斯通(Maidstone):是英国肯特郡的一个县城,位于伦敦东南三十二英里处。梅德韦河穿过镇中心,将它与罗切斯特和泰晤士河口连接起来。历史上,这条河是肯特郡的农业中心,也是该镇大部分产品贸易的重要通道。

36

典礼结束后,没有见到德塞利一家,尽管我希望康妮能走上前来,向我祝贺。每一个和我们交谈过的人都说我们给父亲争了光,这使我感到欣慰。那天晚上,我和阿尔弗雷德穿着双排扣长礼服去政府大楼参加晚宴,心情格外舒畅。我们三个人在那里受到贝尔莫勋爵和夫人的热情欢迎。

在长长的宴会厅吃饭时,阿尔弗雷德坐在贝尔莫夫人旁边,脸色苍白的弗雷德·特罗洛普坐在她的左边。她和他们聊得很好,问他们在澳大利亚创业的经历。我听到她说,她和"迪克"已经在新南威尔士殖民地探访了八个选区,但政府部长们劝她不要去西部地区。阿尔弗雷德和弗雷德·特罗洛普都向她保证,达令河沿岸,都有供总督享用的舒适的设施。

我坐在查尔斯·考伯夫人旁边,她说话带艾塞克斯①口音,让查尔斯爵士成为七个孩子的幸福的父亲。我的另外一边,坐着一位身穿白色丝绸长裙、气度不凡、雍容华贵的女人。她自我介绍是韦文荷太太,她的丈夫是总督秘书韦文荷上尉,正在南部高地寻找一幢合适的房子,让他们这些达官贵人离开悉尼避暑——贝尔莫夫人在这里饱受高温和潮湿之苦。

韦文荷太太有点儿谢菲尔德②口音。她告诉我,从某种意义上讲,

---

① 艾塞克斯(Essex):英国英格兰东南部的郡。
② 谢菲尔德(Sheffield):是英国南约克郡的一个城市和大都会区。历史上是约克郡西区的一部分,它的名字源于流经城市的谢夫河。

她认为自己是一个出生在普通人家的普通的女人，家里一大堆吵吵闹闹的孩子。她不像康妮那样天真烂漫，年纪也比她大了好几岁，但看上去很年轻。黑头发、蓝眼睛、相貌甜美，亮光闪闪的眼睛充满智慧。我毫不怀疑，她一眼就能看穿我。我也喜欢自己对她不遮不掩。她说话时，把一只手指修长、戴着戒指、皮肤象牙般细腻的手放在我晚礼服的袖子上。几枚戒指中，有一枚是红宝石的，大得好像在宣布："我在这里，我闪闪发光。"

她看着我，想让我相信她说的话："我希望你能明白，你父亲会为你们这两个儿子非常骄傲。别人把他作为一个奇迹来纪念，而你和你哥哥把他作为一个人来纪念。"

要是从别人的嘴里说出来，这番话一定是一种很体面的情感表达。从她嘴里说出来，则几乎令人陶醉。我说了声谢谢，然后转向考伯夫人。她问我："你一定对我们的港口有一些印象吧，狄更斯先生？"我很快就会发现，这几乎总是悉尼人问你的第一个问题。我还会发现，你再怎么赞美这片水域也不为过。悉尼人就像一个高贵的母亲的孩子，总是期待别人祝贺他们好运。但这是我第一次被问到这个问题，回答的话就显得有点生硬。也因为我还想继续和韦文荷太太说话，尽管我很有礼貌地试图掩盖这一事实。我想激发她的谈兴，让她告诉我一些事情，一有机会便问："你的丈夫是从印度的一个团里调过来的吗？"

"是的，"她回答道，俨然一个通情达理的女人，挺了挺胸膛，坐得笔直，"我们驻扎在加尔各答。"

"我哥哥沃尔特死在加尔各答。"沃尔特脑出血，一下子就撒手人寰。这种事也可能发生在我身上。就像一袋土豆从马背上掉下来。脑出血要了朵拉的命，要了沃尔特的命，现在又要了父亲的命。我也可能走上那条不归路。只是现在还没有。哦,天哪!只要韦文荷太太坐在旁边,就不会。

"刚才听你哥哥说了,"她对我说,"我感到一阵心痛。公园街公墓里躺着许多年轻的军官,还有死于难产的年轻母亲。有的年轻人没有妻子照顾。我丈夫偶尔会发烧,但有我看护,总能及时叫来医生。"

"你丈夫很幸运。"我说,颇有点献殷勤的意思。桌子下面,我感觉到她的胯骨和大腿离我很近,浑身的血液加快流动,愉悦油然而生。我觉得自己很聪明,世故,也很会聊天。

"你真是太好了。可是作为妻子,你还得不时提醒他一下——众所周知,丈夫会忽略这些事情。"

韦文荷太太会被忽略吗?

"你知道……"她开口说,"不,你当然不知道我要说什么。我可真傻!我想告诉你的是,你父亲的书我最喜欢的是《荒凉山庄》。我喜欢霍诺丽娅·德洛克,她为避免年轻时的丑闻而痛苦不堪。和其他出身卑微的女性一样,我也喜欢埃丝特·萨默森。当然,我从来没有说过我像埃丝特一样有过污点。但是你父亲告诉我们:'你们看这女子,她比那些藐视她的人强。'他能这样说非常大胆、新颖而且非常友好。"

我想此刻或许应该提一下乌拉尼亚小屋以及父亲对那些女孩的态度了。但是还没来得及开口,她就专注地看着我,面带微笑说:"你还没有读过这本书,是吗,小狄更斯?"

"还没有,"我老老实实承认,不知道为什么,我对她说这些并不难为情,"还没有。但我一定抽时间读他所有的书。"

"是的。跟你说句心里话,读书的习惯也是多年来培养起来的。

我告诉你吧，我上学的时候笨得要命。"她又放低了声音，"请原谅我的建议，出于礼貌，您最好还是跟考伯太太聊聊。"

我欣然应允，转身去履行我的"职责"，尽管考伯太太正在跟她对面的主教谈论命运。我坐在那儿望着她，等她听我说话。等她的目光落在我身上时，我说："你一定要替我感谢总理，考伯夫人，感谢他为我父亲所做的一切。我敢肯定，今天的追悼会一定比在威斯敏斯特教堂举行的葬礼更隆重，因为我父亲不希望在那儿太过声张。倘若父亲天上有知，他在悉尼被这么多人怀念，被这么多人崇敬，一定非常高兴。"

她谢过我，问了我一些关于盖德山的问题。"啊，是的，"她愉快地说，"肯特。我家在你们北边的科尔切斯特①，离得不远。你能吃到我们那儿的牡蛎。"

"我父亲确实很喜欢吃你们那儿的牡蛎。"我对她说。

"他就是这样一个地地道道的英国人，"考伯太太说道，"地地道道的英国人！"

"他吃牡蛎，和羊肉一起吃。"我对她说。

"他会成为一个多么好的殖民地居民呀。"她笑着说。主教探过身子说："我曾经被任命为罗切斯特的执事。那是一个漂亮的小镇。就像你说的，梅德韦也很棒。但是我的工作主要是在利物浦。我应召到悉尼时，刚刚就职于一个新教区不久——实际上，那是我哥哥以前负责管理的教区。"

我有一种感觉，主教不是一个容易相处的人，他容忍了悼念仪式上近乎轻率的行为，只因为那是查尔斯·狄更斯。但他要让那些去

---

① 科尔切斯特（Colchester）：英国英格兰东南部一座历史悠久的小镇，也是英国埃塞克斯郡科尔切斯特区的最大的居民点。

教堂的人回到他的教堂，就得牺牲另一个对他而言同等重要的人物。

最后，我终于回过头来面对韦文荷太太，等着她注意到我。过了一会儿，她转过身，一双乌黑的眼睛审视着我，"你父亲最后一次跟你说话是什么时候？"

"我想已经快十八个月了，"我说，有点惊讶，时间过得真快，"不，快两年了。我们一起坐上了从海厄姆到帕丁顿的火车，然后他说了再见。哥哥亨利一直把我送到普利茅斯。"

"哦，太让人伤心了，"韦文荷太太说，"事实证明，这是你们父子最后一面。"

"是的。"我说，泪水迷住眼睛。

她好像在膝盖上找什么东西，而我却帮不上忙。她的左手闪电般地轻轻一碰，把一张小卡片放在我的膝盖上。就好像我知道我们俩是同谋，彼此心照不宣。

"地点和时间，狄更斯先生。"她点点头对我说。

我像一个长与此道的私通者，把卡片迅速装到口袋里。不一会儿，甜点上来了。我又跟考伯太太说了些关于敬仰父亲的话。最后，总督和考伯先生同时站起身来，男人们陆陆续续离开桌子去抽雪茄，喝白兰地。我十分不舍地告别了韦文荷太太，又情真意切地告别了考伯太太。走进客厅，我注意到阿尔弗雷德和弗雷德·特罗洛普正站在一起津津有味地讨论他们面临的挑战。

餐后，新南威尔殖民地著名演说家亨利·帕克斯带着浓重的中部地区[①]口音侃侃而谈。他喝得不多，手里拿着一支雪茄，但没拿

---

① 中部地区（Midlands）：此处指英格兰中部地区。

白兰地。他突然对阿尔弗雷德说:"如果我问你是否愿意喝一口白兰地,狄更斯先生,我希望你能肯定地告诉我,'巴克斯,愿意!'"

大家都认为这话非常可笑,阿尔弗雷德却没有反对这个建议,"巴克斯确实愿意,帕克斯先生。但我想知道诸位谁知道此话的出处?"

"什么?"亨利·帕克斯故意假装生气,"你应该知道,我自己有一个藏书丰富的图书馆,而且是悉尼机械学院① 图书馆的常客。那个图书馆列了一个名单,专门登记阅读你父亲小说的读者。其中一本塑造了巴克斯这个人物。他乐于助人,我相信被他视若珍宝,他认为他是最优秀的人物。为了迎接你的挑战,但又不把话说透,狄更斯先生,我只能说这是一本出版于十九世纪五十年代的书,非常有名,以至于问它的名字几乎有亵渎神明之嫌。我还可以说,主角的一个好朋友实际上是一名律师,但另一个角色是一个虚荣心十足、没有头脑的政客。"

周围的人都表示,帕克斯先生真幽默,他开的这个玩笑让大家都非常开心。

"好呀,那么这本书的名字是什么,先生们?"他问道。

"记不清了,"一位殖民地绅士抱怨道,"读起来津津有味。就是人名地名记不大清了。"

有人喊:"《雾都孤儿》。"阿尔弗雷德和亨利·帕克斯嘲笑着说:"不是"。还有人说是《匹克威克外传》,有人说是《巴纳比·鲁吉》《尼古拉斯·尼克尔贝》和《马丁·查兹勒维特》。这是一个典型的例子,人们一个个醉意蒙眬,极力回避这个问题的答案,因为那本来是显

---

① 悉尼机械学院(Sydney Mechanics' School of Arts):1843年创校,是澳大利亚最早的机械类院校。

而易见的。除此之外，这个小小的提问在我看来似乎表明因为文章写得好而获得的好名声是多么无足轻重。正如那位先生所说："记不清了。"这时候，一位温文尔雅、半醉半醒，但充满敬意的年轻人，说："是不朽的《大卫·科波菲尔》。巴克斯想通过大卫·科波菲尔——或者特洛伍德，他姨妈坚持这样叫大卫——向辟果提求婚。"

"一位学者，"亨利·帕克斯大声说，"一位读者和家臣！我不知道在我的选区中会有这样一个人——我只听说过他神话般的存在，难得一见。可是现在他来了，狄更斯先生！他填补了我们选区的空白。"

随后，帕克斯在笑声中清醒过来，"请原谅——你亲爱的父亲已经去世，我不想表现得那么轻浮。不过，我从书上读到，他是个善于交际、喜欢开玩笑的人。"

"是的，先生，"阿尔弗雷德说，"他憎恶那些面对死亡时假装严肃的人。"

帕克斯朝四周扫视了一下，看到我的眼睛。"你呢，小狄更斯先生？我们知道一盏明灯已经熄灭，但是由于你父亲的作品，它依然光芒四射。"

我向帕克斯先生鞠了一躬，表示并没有被他的小玩笑冒犯。事实上，此时此刻我满脑子都是韦文荷太太和她给我的那张小纸片。

那位年轻读者说："顺便说一下，大卫·科波菲尔认可的律师是汤米·特雷德尔。"

"是的，"阿尔弗雷德说，就像在酒店里一样，"汤米·特雷德尔。请喝酒！"

大家都笑了，亨利·帕克斯依然醉醺醺地说："我曾经在一本花边报刊上读到一个故事，是关于你亲爱的父亲的一部伟大的作品。

我对人们说过……哈维沙姆小姐,《远大前程》。哈维沙姆小姐,这个女人——首先是女人——被留在婚礼现场,在婚宴的残羹剩饭和一片狼藉的装饰物包围下生活。有人信誓旦旦地对我说,你和你弟弟把我们悉尼——离这里不到三英里——那位被永远抛弃了的唐尼索恩小姐的故事告诉了你著名的父亲。众所周知,她把结婚蛋糕和所有的婚礼用品都保存在她父亲那幢位于纽敦①郊区的房子里。自从十四年前她那失败的婚礼之后,她就再也没有离开过那所房子。你们俩真的给他讲过这个故事吗?"

阿尔弗雷德和我面面相觑,露出惊讶的微笑。

"弟弟和我从来没有听说过唐尼索恩小姐这个人,帕克斯先生。"阿尔弗雷德说。我也连忙表示压根儿就不知道世界上有这样一个女人。

"《远大前程》于1861年出版,"阿尔弗雷德向演说家保证,"四年后我才来到澳大利亚。我弟弟两年前来到这里。所以,我们不可能把澳大利亚版的哈维沙姆小姐送给我们的父亲。②"

"哦,悲哀!你正在剥夺我们殖民地的文学地位。我接受你们的说法,狄更斯先生。"快活的帕克斯说着又向我们俩每个人鞠了一躬,"我完全惊呆了,但是作为真正的殖民地人,我还会继续给人们讲这个故事。"

大伙儿都笑了,我知道总督也会笑。"我自己也很后悔,"我说,

----

① 纽敦(Newtown):位于悉尼内西区。

② 这里指的是《远大前程》中的郝薇香小姐,她在结婚当天被抛弃,她无法接受这一沉重打击,从此永远穿着结婚当天所穿的婚纱,整个房间的布局也永远保持着婚礼当天的样子,哪怕多年后婚纱褴褛,房间里虫蚁横生,她用这一切来时刻提醒自己要向男人复仇,并收养了艾斯黛拉作为复仇的工具。

"没有在文学上多做一点儿研究。"

阿尔弗雷德说:"《远大前程》出版时,是献给昌西·黑尔·汤森①的,是他教会我父亲如何吸引读者。"

"你父亲真是个魅力无穷的作家!"一个男人喊道。

"父亲本人实际上就是个很有魅力的人,"阿尔弗雷德说,"他这方面颇有天赋,但是因为母亲为此常感不安,他便没有让这种天赋'发扬光大'。"

"我觉得应该这么说!"那人大笑着说,但又环顾四周,不知道这样的玩笑话是不是合适。我知道,对于妈妈,这不是玩笑。那是笼罩在她心头的一片阴影。

"问题是,"阿尔弗雷德说,"昌西·黑尔·汤森在我离开英国之前就去世了。我提到这一点是为了证明,我不可能从澳大利亚给父亲提供这种素材,让他写一本书,献给我踏上这块土地时早已去世的朋友。我相信,帕克斯先生,你明白我的意思。"

即使在我焦躁不安的时候,我仍然认为阿尔弗雷德在揭示真相方面做得很好。

亲爱的老阿尔弗雷德甚至对我眨了眨眼睛。面对谣言,他毫不动摇。

阿尔弗雷德在政府大楼装着镶板墙裙的门厅里等马车时,向我走来,一双眼睛因社交上的成功而闪闪发光,准备狂欢一番。

---

① 昌西·黑尔·汤森(Chauncy Hare Townshend,1798—1857):十九世纪英国诗人、牧师、催眠师、收藏家和疑病症患者。他最被人记住的是将他的收藏遗赠给了南肯辛顿博物馆(现在的维多利亚和阿尔伯特博物馆)和剑桥郡威斯贝克和芬兰博物馆。

"弗雷德和我在澳大利亚酒店的酒吧订了位子,"他说,"我们一起走吧,普洛恩兄弟。"

我还没开口说话,脸就红了,"我暂且去不了。"

阿尔弗雷德挑了挑眉毛。我绞尽脑汁想编个最具说服力的谎言:"主教的孙子骑马摔伤住院了。我想出于礼貌,应该去悉尼医院看看他。"

我心里清楚,这谎话听起来一定荒谬可笑。

"这个点儿?主教的孙子?"阿尔弗雷德说。

阿尔弗雷德看了一眼弗雷德·特罗洛普,好像想让他也记住我说过的话。我垂下眼帘。这时,阿尔弗雷德似乎突然大发慈悲。"很好,小家伙,"他喃喃地说,"我知道你有自己的安排。不过还是要小心。我可不能冒险让我弟弟被查德夫人那样的人夺走。"接着压低嗓门儿轻声说,"有预防措施吗?"

我困惑不解地看着他。他把手伸进口袋,掏出一个扁平的小包放在我手里,"带上这个。"我很快照办。他像往常一样乐呵呵地眨了眨眼,小声说:"是橡胶,不是肠衣做的。如果你想现在就说晚安的话,我得告诉你,过一会儿,我们去澳大利亚酒店,或者离那儿不远的先锋俱乐部酒吧。"

阿尔弗雷德飘然而去,优雅潇洒。我对他充满了爱和感激。他知道我是应约去找某个女人,或者是自己早就盘算好想去做这样的事情。我希望他没猜出那个与我相约的是韦文荷太太。

马车到达时,我问车夫是否可以带我在城里兜一圈儿,解释说我是头一次来悉尼,还没有看过悉尼的夜景。

"先生,我不想冒犯您,但我是不会让街头拉客的妓女上马车的。"

"哦,"我说,"你想错了。我有要去的地方,只是想在城里转一转……"

车夫说,他先带我去"麦夸里夫人之椅"①,然后我们就出发了。"麦夸里夫人之椅"原来是一块漂亮的砂岩。车夫解释说,早年一位总督的妻子曾在这里坐过,她眺望大海,想念老家。之后,我们朝环形码头转了一圈儿,到达乔治大街。那里的酒吧还很热闹。然后穿过皮特大街繁华的商店和商场,沿公园往上走,来到天主教堂。这时我已经读到了韦文荷太太放在我膝盖上的小纸片。上面写着伊丽莎白湾一所房子的地址,还有一个号码二十三,我猜想并希望那是房间号。于是敲了敲车窗,打开挂那儿的布帘,问那位先生能不能把我送到那里。

他说没问题,那地方离这儿不到一刻钟的路程。我深信,这一刻钟的路程,像一条弧线,牵着我和韦文荷太太充满渴望的心。到目的地之后,我给了车夫十先令,让他等我,然后走进一幢相当雅致的房子。

大厅里一个衣着讲究的老人问我房间号,然后一个和我年龄相仿的门童带我上楼来到二十三号房间的门口。他打开门,把钥匙给我。我走了进去,不知怎的,觉得厚厚的壁纸很漂亮,金光中闪着淡蓝。但是没有韦文荷太太的踪影。

我又看了看那张小纸片,上面写着十二点半,我早到了半个小时。二十分钟后,那个年轻人端着一瓶冰镇白葡萄酒和两个玻璃杯走了进来,礼貌周全地问我还需要什么。我需要的是,和韦文荷太

---

① 麦夸里夫人之椅(Mrs Macquarie's Chair):是一块裸露的砂岩,被切割成长凳的形状,位于悉尼港的一个半岛上,1810年囚犯们为麦夸里总督的妻子伊丽莎白用砂岩雕刻而成。是悉尼风景名胜之一。

太见面之前,不要癫痫发作。我十分惭愧地说,对康妮的回忆并没有使我分心,事实上,那一刻我压根儿就没有想起她。我需要"欲望满足后的面容"[①],尽管看起来似乎不大可能,因为我以前从未有过这种经验,想象不出诗人布莱克所说的"面容"是什么样子。

午夜过后三十分钟,敲门声响起,我还没来得及开口"请进",韦文荷太太就已经出现在眼前。她头戴一顶时髦的稍稍前倾的丝绸帽子,肩上披着一条裘皮披肩,一副咄咄逼人的样子。

"狄更斯先生,"她说,有点气喘吁吁。"你真是个见多识广的年轻人,能把我那张小纸片上简短的信息解读得完美无缺。"

"我可不是见多识广,"我对她说。尽管她的到来让我觉得自己"见多识广"的水平足足提高了三倍,"不过,我很高兴没有误解你的意思。"

"你愿意打开这瓶酒吗?"她问,"我点的是麝香葡萄酒,而不是汽水儿。汽水儿轻飘飘的没劲儿,不是吗?我可不想那么没味道。"

我拿起开瓶器,想知道她说这话意味着什么。也许我需要指导,那就是她应该承担的责任了。

我在拔软木塞时注意到,她正在脱下长手套。我把酒倒在两个杯子里,拿了一个给她。她接过杯子,喝了一小口,然后把我拉到身边,吻了我一下。我还不知道她这样的女人可以这样亲吻。这只是一次口唇的经历,似乎仅限于此,并非任何别的事情的前奏。然而,我凭本能和心底的渴望知道还有更多的意图。

她建议我们这就上床,我"轻车熟路"爬了上去,好像并非在这种事情上第一次接受"洗礼"。

---

① 见第 10 章注解。

"你知道这是什么地方吗?"她问,"这是一个给许多女士都带来福祉的幽会之地。"

我听了十分惊讶。"给许多女士都带来福祉"是对女性欲望的一种表述。有夫之妇的欲望!"穿越"被淹没了——至少现在是这样——被她说的话淹没了,她的世界向我敞开了大门。

"不过,请不要以为我是那么轻浮的女人,随随便便来这里寻欢作乐。你能帮我脱衣服吗?"她问。

我激情满怀亲吻她每一寸凝脂软玉。她帮我脱下那身颇具宫廷气派的礼服,取下别在衬衫袖子上的卡子。我拿出阿尔弗雷德塞给我的那个小包,取出里面装的那个玩意儿。她看到后说:"你想得真周到。比你这个年龄的殖民地年轻人懂得多多了!"她教我怎样把它套在不停颤动的阴茎上,严肃又不无幽默地告诉我,现在可不能认怂。我躺在床上,她侧身躺在我身边,腿大部分都露在外面,我看到了她粗壮的大腿,结实的小腿,曲线优美的脚踝。在我的想象中,很像一个农家姑娘。她很快就改变姿势,她的上半身似乎是精美绝伦的欲望的蜜饯,她的乳房是向我敞开的神奇而丰美的港湾。她的慷慨感动了我——我有一种想哭的冲动,尽管我被"欲望满足后的面容"而分心,尽管它沉重而庄严,只求她来满足。她抬起屁股告诉我:"这就是他的归宿,亲爱的爱德华·布尔沃·利顿·狄更斯。"

然后,我的身体似乎因为与韦文荷太太肌肤相亲,因为她的"入侵"而被伤害。然而,那是神圣的伤害,血仿佛在芬芳中流去,呼唤着要再次受伤,再次被制服。但她已经说出一个无可回避的事实:"我们再也不会这样见面了。你有过一个成年的女人,而我有过我的狄更斯。"

我不知道她说这话是什么意思,也不想多问。"你不到四十岁,我就变成老太婆了，"她说，"有个年轻姑娘会等你。别追我，"她警告道，"我是有夫之妇。"

我告诉过她，我爱她。我甚至告诉她，我离不开她。我告诉她，莫瑞斯和那位法国舅妈正在世界上某个地方逃亡。现在我明白，他为什么会义无反顾跟她私奔。

"那么，听你的！你会把我带回蒙巴吗？哦，不必了，谢谢你。"

这就是规则。她的怜悯，她的"教学法"，只运用一次，再也不会继续。但如果不会继续，我又该如何面对自己内心深处的肉欲世界呢？

37

第二天，查尔斯爵士为我们安排了一次舒适的海港巡游。我们在连天的碧水上极目远眺，看到矗立在东岸灌木丛中的豪宅。总理告诉我们，我们要去的地方被人们称为小布莱顿①，名叫曼利②，建在港口北岸，在一个巨大的岬角下，面对浩渺无际的太平洋，大型拖轮来来往往。今天天气晴朗，但波涛汹涌，一朵朵雪浪花扑岸而来。

---

① 布莱顿（Brighton）：英国南部海岸的一个城镇。十八世纪，它作为一个以海水浴为特色的度假胜地而广为人知，并被摄政王用作海滨度假胜地。1841年，铁路到达该镇后，这里成为伦敦一日游游客的热门目的地。

② 曼利（Manly）：曼利海滩在悉尼港的北岸，全长三十公里，呈新月形。1788年1月，菲利普总督来这里视察，称赞当地土著男人很有男子汉气概，称此地一个海湾为曼利海湾，从此，这里得名曼利。manly（曼利）的意思是"有男子汉气概"。故有下文所说的 the first governor had been speared by 'manly' natives（被"有男子汉气概的"土著人刺死）。

我们在曼利登陆,第一位总督就是在这片海滩上被"有男子气概的"土著人刺伤的。我们为父亲干杯。阿尔弗雷德和弗雷德因为喝酒而显得虚弱。渡船驶进海港驶向悉尼湾时,他们神情忧郁。也许因为韦文荷太太规定不能再和她见面,我不由得悲从中来,不知道到哪儿排遣这滴血般的痛苦。

"我好想回家。"阿尔弗雷德对我说。

上岸后,总理向我们告别。一辆马车把我们送到先锋俱乐部,我们约定晚饭前在酒吧见面。我正要跟着他们两位上楼时,一个侍从走过来,递给我一张卡片,说:"这位先生问您,可否在外面等他?"

卡片上写着一个名字,"莫瑞斯·麦卡登"。

"在哪儿?"我问那个侍从。他说:"外面,先生,就在大街上。"

我走出大门,看见莫瑞斯,立刻明白他为什么不想进来见我。他头戴一顶破旧的棒球帽,衬衫领子敞开着,眼睛周围细密的皱纹让人觉得一定饱经风霜。因为刮胡子时马马虎虎,脸颊和下巴留下好几道伤痕。但他依然保持着坚定、豁达的神情。

我走到他面前时,他说:"原谅我打扰了你,普洛恩。但我在《先驱报》上看到你要来这个城市的消息,特意来看你。希望你能接受我和其他人的同情。"

"当然,老伙计,我很高兴见到你。你好吗?弗雷梅尔太太怎么样了?"

"我们现在不用这个名字,"他微笑着告诉我,"我管我们叫洛克史密斯,这是对你父亲的纪念。"

我想这是"老板"塑造的一个令人尊敬的人物的名字。

"洛克史密斯夫妇恐怕目前处境艰难,洛克史密斯太太身体很不好。"他说。

我表达了我的遗憾。

"你信任你，"他对我说，"我相信像你这样的人，像你这种血统的人，我可以放心地向你表白。所以我想见你。这是一种强烈的愿望。我敢肯定，我们从威尔坎尼亚逃走时，谁都会说洛克史密斯太太不久就会回来，或者用不了几天，我就会弃她而去。我想让人们知道事实并非如此，我仍然对她忠心耿耿。"他似乎心中突然闪过一个念头，"如果你有时间，我可以带你去见她。"

当然，我说非常愿意再见到这位女士。我只是随口一说，但莫瑞斯却特别认真，迫不及待地想让我看到他与她真诚相爱，对她悉心照料，亲眼见证他们已经远走高飞。

"我带你去再送你回来，很快，普洛恩。坐公共马车不远。"

我觉得有义务去看望莫瑞斯和他的法国舅妈，所以必须现在就去。莫瑞斯那篇并不十分疯狂的文章让我懂得了"欲望满足后的面容"，让我在这方面受到了教育。然而，生病之后，那面容会是什么样子？会有什么变化？我当然见过妻子和生病的丈夫，或者丈夫和生病的妻子在一起的情景。现在轮到莫瑞斯和他生病的舅妈了。

"我必须在一个小时内回来，"我对他说，"我得跟我哥哥和特罗洛普先生打个招呼。等我一下，莫瑞斯。"

他又显得活力四射，淡淡地笑了笑表示同意。我回到俱乐部，看见阿尔弗雷德拿着威士忌站在吧台旁，说："请你和弗雷德再原谅我一次好吗？"

阿尔弗雷德皱起眉头："一个男人应该拥有秘密，普洛恩，可是……这也太荒唐了。"

"你能保守秘密吗，阿尔弗雷德？一个很重要的秘密。"

他微微一笑："这个'秘密'叫什么名字？是昨晚宴会上那个

黑眼睛荡妇吗？"

"别这样说话，"我不高兴地说，"是莫瑞斯·麦卡登——弗雷梅尔的外甥，他跑了。"

"我想，他是和弗雷梅尔的妻子在一起。"

"这绝对是一个需要以名誉担保的秘密，阿尔弗雷德。他想见我。我不会耽搁太久。"

"弗雷梅尔可不是个好对付的人。"阿尔弗雷德喃喃地说。

"除非你告诉他，没人会知道。"

我答应阿尔弗雷德按时回来吃晚饭之后，便向那条大街走去。莫瑞斯把我带到一个街角，对我说，能去看他们太好了。我们上了一辆两层的公共马车，就像伦敦的公共马车一样，外面有一个梯子通往顶层的座席。付了售票员车钱后，公共马车继续向前行驶，穿城而过。和其他城市一样，马路上熙熙攘攘，人们在街角挤来挤去。大约五分钟后，我们走进一条街。也许是为了让人们感到熟悉并且获得某种安慰，这条街叫牛津街。有一段路上商店林立，门面一个连着一个。店铺稀疏之后，眼前出现一幢幢简陋的砖木结构的房屋。这些在贫穷中挣扎的建筑似乎比这座城市更古老。我们在一家酒馆附近下车，这家酒馆以英国的三种花草——玫瑰、三叶草和蓟——命名。沿着酒馆旁边的一条小巷向前走去时，莫瑞斯乐呵呵地说："你看，这是一座小山，普洛恩。这里的排水系统很好。"

他把我带进一栋两层带阁楼的方形建筑。"她对你没有危险，"爬上前两截楼梯时，他用严肃的声音向我保证，"你会发现她的情况非常糟糕，让人难过。但是你知道，这是我舅舅的错。是他把这种疾病传染给她。"

阁楼有两个房间。我走进其中一个。"是你吗，莫瑞斯？"弗雷梅尔太太大声说。她坐在一张破旧但看起来很舒适的土耳其靠椅上盯着我们。房间里有一股浓烈的药味，主要是樟脑味儿。弗雷梅尔夫人或洛克史密斯夫人欠起身，吃力地转过脸来。

"我来了一位客人。"莫瑞斯得意扬扬地说，示意我向前走，面对着她。

她像阳光下的德塞利夫人一样戴着面纱。"哦，我的上帝，是狄更斯的儿子！我这副样子太难看了，狄更斯先生，"她对我说，"莫瑞斯告诉我，你在城里参加追悼会。年轻人，我为你和你父亲难过。"

我谢过她。她看上去有点激动，告诉我几位修女在离这儿不远的地方为像她这样的人开了一家临终关怀医院。"我告诉莫瑞斯让他把我送到那儿，就别管我了。这是一种通过无知或背叛人与人之间传播的疾病。在我看来，除了患者之外，任何人都不应该沾它的边儿。"

"别傻了，马丽碧儿，"莫瑞斯说，然后转向我解释说，"她是病人的典范。我的工作是给国土部送信。她整天坐在这里看书……"

提到读书，弗莱梅尔太太说："你亲爱的、亲爱的父亲。我们现在用这个名字，普洛恩先生，是为了纪念他。"

莫瑞斯点亮桌上的一盏灯。面纱后面，我看到她脸上有一块网格状的东西或者是一片疹子。起初似乎是错觉，后来我才注意到那是几个红色脓疱。我不想看到更多，幸运的是无论如何也看不到更多。

"恶魔的杰作。"莫瑞斯说。

"可是弗雷梅尔先生似乎没有什么明显的疾病。"我说。

"他一直都有，"莫瑞斯说，"而且马丽碧儿也被他传染上了。只不过病毒潜藏在他体内，会持续很长时间。"

"天哪！"马丽碧儿嘟囔着，有足够的理由感叹，"想象一下吧！"

"我和你在一起，洛克史密斯太太，"莫瑞斯安慰她，剃刀留下伤痕的脸上露出微笑，然后对我说，"在阿莫斯舅舅这个病例上，魔鬼真是照顾了他自己的儿子。与此同时，水银疗法给马丽碧儿带来极大的焦虑和痛苦。但如果一切顺利的话，病毒就有可能会像在那个恶魔身上潜藏一样，在她体内休眠，生活就会恢复正常。"

"正常？"我问。

"想多亲密就能多亲密。"

然而，莫瑞斯曾经给我以启迪的"欲望满足后的面容"，现在也许是她的，或者他的病容。他必须放弃曾经"夸夸其谈"的快乐，去做一个随从，一个药工，一个涂药工。我想知道他是如何从对异性的渴望变成兄弟姐妹般的爱。但他和马丽碧儿在一起似乎很开心，我没法提出自己的疑问。

很快我就该和阿尔弗雷德会合，在悉尼吃最后的晚餐了。莫瑞斯紧紧握着我的手，感谢我。我心里五味杂陈，把他拉到一边，不动声色地说："别生气，老伙计。可是……你需要钱吗？"

他一下子变了脸。"你以为我找你就是为了这个吗？"他生气地说。

"不，不。但是……"我向弗雷梅尔太太做了个手势，暗示她的病情一定让他精疲力竭，而作为朋友，我理应帮忙。

"圣文森特医院的慈善修女会非常照顾我们，"他告诉我，然后放低声音说，"你愿意帮忙真是太好了，普洛恩，我早该预见到你的慷慨善良。但是就像我说的那样，我有工作。也许我还会写作。但我怀疑，我的艺术鉴赏力可能更适合法国出版商，而不是英国出版商。英国出版商就像英国食客,只喜欢肉和土豆。"他停了一下,"哦,天哪,我当然不是说你的……"

我笑了。"我知道,"我向他保证,"我知道。"

"他无论生前还是死后,都特立独行,不循规蹈矩。"

我跟他和弗雷梅尔太太道了晚安。弗雷梅尔太太看着窗外的景色,一副心神不定的样子。离开莫瑞斯和他满脸忧伤的舅妈,回到牛津街的"肉和土豆"之中,叫了一辆出租马车,我似乎松了一口气,但心里感到非常羞愧。

第二天,送我们回家的火车将在中午离开悉尼,离开最娇媚的韦文荷太太所在的这座城市。我们注意到城里的书店都陈列着"老板"的作品,而且似乎只卖他的书。我走进皮特大街的一家书店,寻找弗兰克向我推荐的那本展示了"老板"高尚灵魂的书。我觉得万一阿尔弗雷德在悉尼这个伟大的港口城市饮酒过度,"激发出"他内心深处那个忧郁的狄更斯之子,这本书可以堵住他的嘴。我让书店的伙计帮我找狄更斯先生写的文章,他欣然应允,陪我一起去找,"是找哪篇特别的文章吗,先生?"

"短一点的。比如《家常话》里的文章。我可以先看看目录。"

他让我在父亲塑造的一群人物中寻找——从匹克威克到萨姆·威勒,从大卫·科波菲尔到西德尼·卡登[①]。这些人物我都听说过。当然还有洛克史密斯先生和夫人——除了在弗雷梅尔太太和莫瑞斯身上看到这个"标签"之外,我还从来没有听说过这两个人。在亡命天涯这样重大的事情上,莫瑞斯像使用笔名一样使用了这个名字。

---

① 西德尼·卡登(Sydney Carton):狄更斯的小说《双城记》中的主要人物。

我找到了我要找的书，是一本装订得很薄的书，形状和大小都和《妈妈的晚餐吃什么》差不多。书名是《查尔斯·狄更斯对于妇女收容所的建议》，与之并列的还有《对失足女人的呼吁》和库珀牧师的《乌拉尼亚小屋的故事》。这正是我想要的。那位伙计为我包这几本书的时候，我真希望他不要把我当成好色之徒。不过作者库珀的名字后面是他神学博士学位的头衔，让我放下心来。

又有一整节车厢可供我们使用，但这一次回归正常生活的标志是，列车上还有别的车厢，上面坐着别的乘客。宽敞的车厢里，阿尔弗雷德睡着了，弗雷德·特罗洛普睡意蒙眬地跟我说话，承认他对福布斯一位警长的女儿很感兴趣。

"警长？"我问，"这下子你要追踪偷牛的笨蛋可方便了。"

"也不尽然，"弗雷德告诉我，打了个哈欠，睡眼惺忪，可能是想起那个女孩，"澳大利亚歹徒偷到的马总比政府提供给治安官的马更好。我想和考伯说说这事儿。要跟他说的事太多了！"

翻山越岭之后，我们到达巴瑟斯特①镇附近的终点站。殖民地确实有一种倾向，喜欢用最糟糕的保守党人的名字来命名城镇和河流。在父亲眼里，巴瑟斯特其人是个恶棍，卡斯尔雷②也是。达令显然是新南威尔士殖民地职位最高的保守党总督，专制而又独裁，但用他的名字命名了我们西部的河流——达令河。

这是一种没有连贯性的沉思，不像前两天晚上对我的同伴的回

---

① 巴瑟斯特（Bathurst）：坐落在澳大利亚的新南威尔士州，是澳大利亚历史上最悠久的内陆城市，也是当地的一个区域中心。这里是澳大利亚第一个淘金地，目前经济主要依赖于教育、制造业和旅游业。

② 卡斯尔雷（Castlereagh, 1769—1822）：英国托利党政治家，1812 年出任外交大臣。

忆那么美妙。她引导我进入一个新的境界，丢掉了旧的困惑，又拾起新的迷茫。

那一夜，我们都睡得很香，第二天早上，已经从这几天的过度劳累中恢复过来。弗雷德和我们道别，我们互相约定，如果他的父亲来澳大利亚，一定再次见面。我们的父亲一直认为他会来，但现在永远不会来了。弗雷德·特罗洛普对父亲的感情似乎不错。他的父亲和母亲还在一起，尽管特罗洛普太太被认为有点像泼妇。但弗雷德为人处世很谦和。

阿尔弗雷德和我坐上马车，开始单调乏味的旅程。马儿拉着车一路小跑穿城而过，路边没有任何人观望，只有两个牲口赶运人在返回牧场的路上。阿尔弗雷德放下手里拿着的一本《澳大利亚素描》。那本书的封面是一张森林大火、逃跑的牛群和定居者的照片。他这个人有点喜怒无常，我担心这会让他对什么事情都吹毛求疵。

"人们说，大旱之年就要到来。尽管科罗纳很迷人，但我宁愿在像汉密尔顿这样整洁的小镇等这场灾害的到来。那里离墨尔本不到八天的路程。你知道汉密尔顿附近的田野牧场被称为'澳大利亚菲利克斯'①吗？听起来很不错，对吗？还有赛马俱乐部！通往那里的铁路正在修建。你可以跟我一起干，等年满二十一岁之后经营自己的分场。"

但是，一个长期存在的麻烦是，酗酒使他失去理智，总要翻出我们家那些破事儿。只要提到父亲的问题，我都是他唯一倾诉的对象。而我一点儿也不爱听。

....
① 澳大利亚的菲利克斯（Australia Felix）：Australia Felix 拉丁语，意为"幸运的澳大利亚"或"快乐的澳大利亚"。是托马斯·米切尔在 1836 年第三次探险时对维多利亚西部部分地区郁郁葱葱的牧场所取的名字。

"你那时还很年轻,"他突然说,"你还记得那个叫安妮的女仆吗?"

"记得,"我说,"当然记得。安妮是妈妈的女仆。"

"没错儿,就是这样。他让她在他们的房间里装上第一道隔板。妈妈自己的女仆。你还记得吗?"

"模模糊糊记得一点儿,"我回答说,"五岁的时候,你会知道这种事儿肯定有原因,但就像希腊神话一样难以理解。"

"不可思议。"阿尔弗雷德说。

"是这个词儿。"

"但现在不是不可思议了,对吗?你已经长大了,应该知道卧室里竖一道隔板是什么意思了。"

我没有回答。

"妈妈从来没有向你抱怨过吗?"他问。

"没有。"

"她也没有教你反对'老板'?"

"没有,从来没有。"

"对我也没有,"他说,"她就是这样温柔,宽容。"

我什么也没说。倘若附和了他的话,不知道他还会把话题引到哪儿去。

"他从来没有送你去布伦① 读书,"阿尔弗雷德说,"可是隔板竖起的那一年我就去了。"

我没被送到布伦读书,没让那两个牧师兼校长管束,既感到内疚又有一种解脱之感。我只到法国度过假,记得"老板"带我们到

---

① 布伦(Boulogne):法国北部港市。

别墅外放一只很漂亮的风筝。那个别墅有一个很奇妙的名字——德洛特营别墅。或者用英语说应该叫"右翼军营别墅"。我当时三岁,只能傻乎乎地看穿着华丽制服的法国士兵。而对我的兄弟们来说,布伦意味着严格的课程设置(虽然你可以学会应付)和冰冷的宿舍。牧师们认为这对男孩很好。哥哥亨利曾经告诉我,法国的寒冷,英国的烹饪。一个糟糕的组合。

"他本可以自己搬走,"阿尔弗雷德说,"但他太自私了。既想要房子,又想要办公场所。还想让乔吉姨继续帮他管家。你觉得妈妈会怎么想?"

"不管他犯了什么罪,"我争辩道,"死亡肯定已经赎清。"

但他一双目光锐利的眼睛盯着我,似乎没有听见我的话。

"还有刻花手镯的事。"

我听说过关于手镯的传闻,但那时候年纪太小不太明白怎么回事。那个手镯显然是寄给妈妈的,但同时还有给那个女孩的信。我当时只是觉得,具有更高智慧的成年人会为这样的事情生气,现在意识到这件事情实在太糟糕了。我突然灵机一动,说道:"如果你佩服妈妈默默忍受了这些痛苦,你现在为什么不愿意效仿她呢?她没有在报纸上发表文章抱怨父亲,没有对任何人说过不利于他的话。所以,冷静一点儿吧,阿尔弗雷德。"

"可是你看,普洛恩。他把我们送到布伦——这就把家里所有能指责他的人都排除掉了。"

"凯蒂和玛米在那家。还有乔吉姨妈,妈妈的亲妹妹!她们和他在一起,可以责备他。而且凯蒂也正是这样做的。"

"是的,我知道凯蒂责备过他。"

"那个时候,他怀着一种复仇的心理,开始公开朗读他的作品,"

阿尔弗雷德说,"好像为了逃避凯蒂的怒火。那年冬天快结束的时候,可怜的查理在汉普特斯西斯公园① 偶然遇到了'老板'和那个特南姑娘,这使他颜面尽失。"

阿尔弗雷德摇了摇头,向马车外望去。"太多的耻辱。我们甚至不屑谈这种'火车相撞'的故事!你告诉我,弗兰基说他像基督。请问,基督送不该送的女人珠宝吗?基督会把妻子送回娘家,然后把自己伪装成最会讲圣诞讲故事的人吗?"

我沉默了,只是想让他停止慷慨激昂、长篇大论的"演说"。他把一只手搭在我的肩膀上,愤怒变成恳求。"记住,如果你和我都不能正视这些东西,还有谁能呢?"

"好吧,"我不耐烦地说,"但是应该把他说得像个有缺点的人,而不是大坏蛋。我永远不会相信他是大坏蛋。"

"你不会?"他质问我,"他把你和我打发到这儿,请问从盖德山到这里有几千英里远?"

"他这么做是出于爱,阿尔弗雷德。出于爱!"

我们俩沉默了一会儿,对在这个问题上达成一致不抱希望。"我们小的时候,他当然爱我们,"他说,"他喜欢你,管你叫 Plornnishmaroontigoonter。你在他眼里绝对迷人!他让我们叫你 J. B. in W,意思是'世界上最快乐的男孩'。'谁看到 J. B. in W 吗?'他常问我们。长大以后,他对我们很失望。除了亨利,他非常聪明。有一次他对我说,我没有申请到学校是因为妈妈的家人没有给我申请,他肯定是指妈妈和海伦姨妈,因为他很尊重乔吉姨妈。"

我承认我也曾从"老板"那儿听到过类似的话。我现在才意识到,

---

① 汉普特斯西斯公园(Hampstead Heath):在伦敦西北二区,著名旅游景点。

想让阿尔弗雷德闭嘴是错误的，因为他不会闭嘴。如果让他按照自己的方式讲完这个故事，他可能变成一个完全不同的人，那样他也许就不需要一遍又一遍地讲这个故事了——我们之间的分歧也许就解决了。

38

快到内弗泰尔镇①的十字路口时，一名骑警来到车窗前，告诉我们有一排木桶挡在路上。他和他的同事先去看看怎么回事。我们看着他们的背影，暂停了关于"老板"的讨论。

我们看到一个新南威尔士殖民地警察和一些肩上扛着枪的人从路障那边走过来，搬开木桶，让马车通过，我们松了一口气。骑警回来之后，其中一个人解释说："听说'吉尔伯特帮'威胁要攻占内弗泰尔，所以镇上的人便筑起路障，保护他们的小镇。先生们，走不走，由你们自己决定。"

"继续前进，"阿尔弗雷德说，"我弟弟能对付这些丛林土匪。"

于是我们穿过小镇，进入远处的丛林。"吉尔伯特帮"和"星光帮"一样，以丛林中的"都市风格匪帮"著称，如果他们看到马车上挂着黑纱，或许就知道我们是狄更斯家的孩子，会放我们一马。正如皮尔逊医生所说——我们带来的麻烦要比我们带来的好处大得多。

阿尔弗雷德又回到"老板"的话题，说："那么，听听他的观点，普洛恩。你还没看他的小说，但你必须看。《远大前程》中皮普帮

---

① 内弗泰尔（Nevertire）：是澳大利亚新南威尔士州的一个乡村，位于沃伦郡的米切尔高速公路和奥克斯利高速公路的交界处。

助了罪犯马格韦契。马格韦契到澳大利亚之后,靠养羊赚了大钱,但不得不偷偷溜回英国,因为法律禁止他回去。'老板'说,英国的死刑犯在澳大利亚可能成为伟人!"

"这也太牵强了,"我表示反对,"而且不管怎么说,他不是在说我们。"

"别忙,等一等,还有他在《大卫·科波菲尔》中送到澳大利亚的那些人。"

我想起和韦文荷太太分手时她说过的一句话:"如果你想知道什么,就必须读《大卫·科波菲尔》。去读读《大卫·科波菲尔》。"她的"命令"使我生发出读这本书的念头。

"那么他把谁送到澳大利亚去了呢?"阿尔弗雷德接着说,"他把辟果提一家送去了,他们的单纯和善良近乎愚蠢。当然,还有他们那个堕落的外甥女小艾米丽——另一个被澳大利亚拯救的荡妇。他送走了绝望的米考伯先生和他的家人,把米考伯变成了殖民地绅士。"

"这仅仅表明……"我开口说,但他又打断了我。

"那么,他送到澳大利亚去的都是些什么人呢,普洛恩?他思想中最重要的部分是什么呢?罪犯——从狡猾的道奇尔①开始,还有《大卫·科波菲尔》中的小听差——还有改过自新的妓女和蠢货。事实上,在他把我们送走之前,在身为父亲的他的想象之中,要送谁去呢?他送走他的两个儿子。这说明了什么呢?他如何看待这两个儿子呢?"

我绞尽脑汁想说点什么。尽管"老板"的去世改变了一切,但

---

① 狡猾的道奇尔(Artful Dodger):狄更斯的《雾都孤儿》中的人物。

很明显,这并不能阻止阿尔弗雷德继续他的"老生常谈"。

"现在你可以回答我了。"他说。

我看到一个死水潭旁边长着一排桉树,离丛林土匪藏身的公路不远。

我无言以对,直到又灵感突发,问道:"那么斯台普赫斯特事件①呢?"

"不,"阿尔弗雷德喃喃道,"那件事情太残忍了。"

"太残忍了吗?'老板'是斯台普赫斯特的英雄!"

"也许我们可以改天再谈斯台普赫斯特事件。等附近没有丛林土匪的时候。"

但是没等丛林土匪出现,我们就平安无事到了科巴。阿尔弗雷德吃饭时情绪不高,不想说话。

晚上,我一遍又一遍地读《查尔斯·狄更斯对于妇女收容所的建议》,这本书坚定了我的信念,给我以慰藉,使我对"老板"的美德深信不疑。当然,我已经知道,早在1840年代末,他和库茨小姐就为贫民窟里无家可归的年轻妇女或来自济贫院和监狱的妇女建立了乌拉尼亚小屋。威斯敏斯特的托西尔感化院院长给了父亲不少管理这些女人的建议,因为他那个感化院关的都是女人。父亲还参观了克勒肯维尔②科尔巴斯菲尔德监狱拥挤的女犯宿舍。有一个

---

① 斯台普赫斯特事件(Staplehurst crash):斯台普赫斯特是英格兰肯特郡的一个城镇。斯台普赫斯特铁路事故是这个村庄历史上的重大事件。1865年6月9日,狄更斯、奈莉和她母亲乘坐的火车经过这里的一座桥梁时坠入河中,幸好他们三人没有受重伤。但狄更斯的余生都受到了这一事件的影响。

② 克勒肯威尔(Clerkenwell):英国伦敦的一个地名。

诗人——我忘了他的名字——写道："走过科尔巴斯菲尔德 / 他看到一间单人牢房；/ 魔鬼满心欢喜，因为他因此而得到启示 / 改善他在地狱里的监狱。"

可以看出，"老板"对监狱的事非常关心。他去参观监狱，了解如何管理监狱和不正确管理监狱的结果。据库珀牧师说，他不喜欢他在科尔巴斯看到的踏车①。记得有一次在梅德韦河划船时，他跟我们嘟囔着说，踏车不会教给人们劳动会有收获的道理，而是让罪犯下决心再也不做诚实的工作。

他的《对失足女人的呼吁》以一种最人道的方式展开。

> 你一读这封信就会发现，这封信并非写给你个人。我只是想向一位妇女说这番话——一位非常年轻的妇女——她应该生来幸福，却过着悲惨的生活。她眼前没有美景，只有悲伤，她的身后只有虚度的青春年华。如果她曾经做过母亲，会为自己不幸的孩子感到羞耻而不是骄傲。

也就是说，一个女孩本该住在别墅，而不是监狱。"老板"在写"呼吁书"时，一定是指库茨小姐和她在皮卡迪利大街②的豪宅。

> 在这座城市里有一位女士，从她的房子的窗口看到你在夜里走过，她感到心在流血。她是我们所说的一位伟大的女士，

---

① 踏车（treadmill）：旧时由人或牲畜踩动踏板使之转动的设施，常被用在监狱惩罚犯人。

② 皮卡迪利大街（Piccadilly）：伦敦中部的一条大街，从海德公园向东延伸到皮卡迪利广场，以时装点、旅馆和酒店著称。

以同情之心关照着你，把你当作自己的姐妹。想到这样失足的女人，她夜不能寐。

他说，这位女士提供的房子不在皮卡迪利大街上，而是在一条宜人的乡间小路，每个姑娘只要愿意，都可以拥有自己的小花园。在那里待上一段时间，品行端正之后，就可以"出国，到一个遥远的国家，成为一位诚实人的忠实妻子，平平安安地生活直到离开这个世界"。

但是"老板"和库茨小姐救济的范围不只限于"堕落的女人"。"老板"在《家常话》中写道，他和库茨小姐，以及其他一些不知名的、非常慷慨和有见识的太太，招募了一些品行端正、饥肠辘辘的缝纫女工，也招募了一些抢劫过她们带家具的住所的女裁缝。他们还寻找因在济贫院闹事而被关进监狱的暴力女孩，贫民儿童学校的贫穷女孩，曾经向警察申请救济的贫困女孩，因为扰乱治安或在商店行窃、入室盗窃而被送进监狱的年轻女性，因企图自杀而被保释的年轻女性以及被诱奸的女仆。

库珀把这件事写得清清楚楚，把我无法对阿尔弗雷德阐明的观点说得明明白白，免得他怨气冲天。尽管很忙，"老板"还是花时间为这些年轻的"室友"挑选家具和衣服面料。他说，她们不应该穿制服，应该有明亮的色彩，就像他的背心一样。库珀牧师说，他还给她们买了一架钢琴。消息传开，那些"老板"历来讨厌的自命清高的人们对此举非常反感，我父亲听了十分生气，扬言要给那里的年轻女人每个人都买一架，库珀说，这话更加激怒了那些伪善人。

读这段历史的时候，我为父亲的仁慈善良而欢呼，真希望他还活着。希望变得不可抗拒，我紧抓着这个执念，比皮尔逊医生告诉我父亲已经去世时哭得还要伤心。读书的时候，眼泪一直在脸上流淌，我同意哥哥弗兰基的观点——父亲在生命的那个时刻是无私的，像基督一样。我想告诉他，为他鼓掌，不管在阿尔弗雷德眼里他犯了什么罪过。

我花了两个晚上，看完了整本小册子。

我还没上学，"老板"就带我去了伦敦菲尔兹那所破破烂烂的学校。库珀牧师对《雾都孤儿》中关于这所学校的描述很感兴趣。那些有学问的人也常常引用父亲的描绘，我听了自惭形秽。因为我认出这所学校就是我童年时代和他一系列活动的背景。他曾经给那些学校捐款。那些地方和那些岁月在他的小说中变得崇高而永恒。"老板"化"腐朽"为神奇真令人吃惊！

然后库珀博士向我介绍了一些女孩的案例，不知怎的，尽管澳大利亚殖民地地域辽阔——蒙巴就是一个很好的例子，但这一切对我来说都那么亲切。这些故事表明，这些女孩并未在殖民地沦落为妓女，而是闪烁着天使般救赎的光芒。

例如，第四十一个案例是一位十九岁的漂亮而文静的姑娘。母亲再婚后，母亲和继父都认为她是累赘，把她赶出家门。一位牧师在街头发现她生病了，而且她的状况"糟糕得连读者都无法想象"。在小屋住了一年半后，她被送走了，在澳大利亚找到了幸福。第五十、五十八、五十一、五十四、十四号案例也都大同小异。第十四号案例是"一个二十岁的非常漂亮的女孩"，因妨害治安罪被判刑。"老板"认为她的罪行不过是对残酷生活的抗议。

库珀博士引用了一封从新南威尔士殖民地寄给库茨小姐和她的妇女委员会的信，感谢她们写信给她：

尊敬的夫人,女士们,我见到简,还给她看了我的信。她打算给老家写信。她住的地方离我大约三十六英里远,和她的丈夫在一起非常幸福。这星期她到我们镇上来了,这是他们结婚一个星期以来我们第一次见到她。我丈夫对我很好。我们在一起很开心,日子过得很舒适。我们有一个漂亮的花园,可以种我们想种的任何东西。眼下,我们种了豌豆和萝卜,还养了三口大肥猪,上周我们杀了一口……我丈夫在房子旁边建了一个小棚子。晚上下班回家后,他可以为在那儿做自己想做的事情。他告诉我,我们每九年就可以回一次家。

我希望我知道这些女人的名字和地点,这样有朝一日就可以骑马转一圈,把马拴在她们家门口,进屋和她们一起喝茶,并像殖民地人应该说的那样,说她们被送到这里是多么幸运。写这封信的女人倘若知道阿尔弗雷德对备受赞扬的"老板"颇多微词,甚至嗤之以鼻,该多么愤怒。

我回到蒙巴后不久,收到乔吉姨妈寄来的可谓"一锤定音"的信。她在信中写道:

这件事发生后,我们没有任何办法立即把这个消息告诉你们。为此大家都非常难过。他死后的第一个晚上,医生指挥大家把一张沙发抬进餐厅,让他躺在上面。那一刻,我们都意识到,你和阿尔弗雷德正在那么遥远的地方履行你们的职责,做梦也想不到,一道明亮的光已经从这个世界消失。这里流传着一个故事,是从澳大利亚报纸上抄来的,说你是从一个他们称之为"丛林土匪"的亡命徒那里听到这个消息的。我无法想象你的悲伤和困惑。但根据报纸的报道，你击溃那些亡命之徒。倘若你父亲天上有知，听到这个消息会多么高兴啊！他一定会下决心把它写进一本小说。

你父亲死在他熟悉的房间里，尤其是餐厅。他死前，你的两个姐姐都在他身边。比尔德先生陪着她们。在你父亲弥留人世的漫长而痛苦的最后一天，她们一直悉心照料他。你大哥查理也在。我知道，如果你在这儿，没有谁比你更能帮上忙了，普洛恩。他上次回盖德山的时候满怀深情地谈到了你。你可以放心，他永远爱你。

我不知道乔吉姨妈是不是也给阿尔弗雷德写了同样的话，从而使他认清自己在父亲心中的地位。

附上一份你父亲遗嘱的副本……我和约翰·福斯特都认为，你们每个人都应该有一份，这样你们就会明白，你们继承的遗产是平等的。你可以期待从中获得相当大的利益，最大限度满足你的愿望。在此期间，如果你需要预支一笔钱，福斯特先生和我很乐意从你继承的遗产中拿出相对较小的数额给付。根据需要最高可达一百五十英镑。然而，我想指出的是，你不必认真研究遗嘱提到的'Ts'① 和'其他方'的先后顺序，也没有必要过分纠结为什么强调这个人，忽略了那个人。你会看到，我将荣幸地担任遗嘱的执行人，我希望你知道，为了你母亲和你

---

① Ts：这里指的是 Ellen Lawless Ternan（艾伦·劳里斯·特南），狄更斯晚年的情人。

的利益，我将不遗余力地履行这一职责。

我对阅读一份遗嘱没什么兴趣，起初把它放在一边，但后来越来越好奇，不过这这份好奇也并非全是出于好意。我很想看看"老板"如何在这份文件中协调他的职责。

我，肯特郡海厄姆盖德山的查尔斯·狄更斯，特此撤销我之前所有的遗嘱和遗嘱附录并声明此为我最终的遗嘱。

下面一行的第一个人，和我们家没有任何血缘关系，是这样写的："我将一千英镑（不含遗产税）赠予艾伦·劳里斯·特南小姐。她近期的居住地是：米德尔塞克斯郡阿普西尔广场霍顿。"

我立刻明白乔吉姨妈为什么在信中提醒我不要纠结所谓"Ts"和"其他方"的先后顺序。但我不喜欢在遗嘱中公然列出这样一条，既是为了我自己，也是因为我知道它会对阿尔弗雷德和其他人产生什么样的影响。我也知道，母亲读到这份遗嘱时，会是怎样的感受。"他想过我吗？"看完第一页，她会这样问。让我高兴的是，乔吉姨妈告诫过我，不要过分重视继承遗产的人的排列顺序，也不要过分在意谁被父亲赞扬。乔吉姨妈理所当然地受到了大家的尊敬。

接下去是留给仆人的遗产，然后给我姐姐玛米一千英镑，以及她结婚时将得到的遗产。然后，还没提到母亲，提到的却是母亲的妹妹：

我给我亲爱的妻妹乔治娜·贺加斯八千英镑……把我个人所有的珠宝（下文未提及），以及写字台和房间里所有珍藏的小物件都送给乔治娜·贺加斯。她知道如何处理这些东西。我还把所有的私人文件——无论形成于何时何地——都送给上述的乔治娜·贺加斯,并把我的感激之情留给她——我此生最好、最真诚的朋友。

我感到自己在这个家里毫无价值,心里不由得升起怨恨。我并不是低估乔治姨妈,我想抗议的是,他还有为他生了一大堆孩子的妻子。"老板"把图书馆留给了查理,把伯明翰送给父亲的一个银碟、爱丁堡送给的一个银杯也送给了他。之后,才提到凯瑟琳·狄更斯夫人。查尔斯和我聪明的哥哥亨利将得到八千英镑用于投资,"我妻子将得到该投资每年的收入。她去世后,这笔钱和投资所得将由我的孩子们托管……"

他把考文垂赠送的一块金表、表链、印章以及全部手稿赠送给约翰·福斯特。因为他们俩是老朋友。我们小时候,福斯特经常眉头紧锁,和我们一起玩儿。

他把有关出售房地产的决定权留给了乔吉姨妈。一旦"孩子们达到二十一岁",就可以获得这笔钱每年的收入。

乔治娜姨妈和约翰·福斯特是遗嘱的执行人。

我一直看完这份法律文书。最后一段是这样开始的:

最后,鉴于法律顾问向我保证,我已经写下了为实现这份遗嘱所述各项明确目标所必需的语言文字,我郑重地嘱咐我亲爱的孩子们,要永远记住你们欠乔治娜·贺加斯多少恩情。要永远心存对她的感激和深情。你们很清楚,在你们成长和进步的各个阶段,她一直是你们最可靠的、勇于自我牺牲的、忠诚的朋友。我想在此简单地说明这样一个事实：自从同意分居以来，我的妻子每年可以得到六百英镑的收入，而支撑一个开销庞大的家庭的所有费用都落到了我一个人的肩上。

我一眼就看出，如果不提这一点，人们一定觉得，这份遗嘱还算体面。母亲毕竟给他生了十个孩子。但他特意提到这六百英镑，就难免有心虚之嫌，认为他是给自己找理由罢了。

他还强调，葬礼要简朴、低调、不准张扬，不得将埋葬他的时间和地点公布于众：

> 最多不超过三辆普通的丧车。参加葬礼的人不戴围巾，不穿斗篷，不系黑蝴蝶结，不系长帽带，或其他令人作呕的荒谬的衣着打扮……恳请朋友们不要为我树碑立传，不要把我作为任何纪念活动的主题。我以我出版的作品来纪念我的国家，以我和朋友们的共同经历来纪念我的朋友。我将我的灵魂通过我们的主和救主耶稣基督交托给仁慈的上帝。我劝告亲爱的孩子们，要满怀谦卑，以《新约》博大的精神来指导自己的言行，不要相信任何人对《圣经》条文的狭隘理解。

39

阿尔弗雷德寄来一封他写给鲁斯登先生的信的副本，我永远感激鲁斯登先生为我找到在蒙巴工作的机会。阿尔弗雷德的信读起来让人心酸。因为在某些方面，信里的内容和他一贯的想法相矛盾，尽管他现在可能完全相信这个副本里说的都是心里话。

  直到昨天收到家信,我才完全意识到自己的损失多么惨重。那时,我对可能消息误传或者前后矛盾的所有希望都彻底破灭了。想到再也见不到他了,想到那个对我们大家那么好、那么温柔的人已经永远去了,我心里非常难过。在我们亲爱的父亲的一生中,只有一件不幸的事,那就是与母亲的分离。鉴于人们肯定会谈论这件事,如果你听到他们歪曲事实,胡编乱造,恳请你能为了我和普洛恩,陈述事实真相。父母分开之后,我们对他们的感情没有任何改变。孩子们爱父亲,同样爱母亲,没有亲疏之别,像过去一样,和他们两人自由地交往。而关于他们之间的问题,父母一直守口如瓶。所以导致这一不幸事件的原因,我们知道的并不比世界上其他地方的人知道的多。我们亲爱的母亲受了那么多苦。我的大姐凯蒂在写给我的一封信中说:"可怜的亲爱的妈妈,她的状态比我想象的要好得多。我相信用不了多久她就会比这许多年来更心静如水,甚至更幸福。因为她说得很对,她已经寡居了十二年,现在她觉得没有人比她离他更近。"今天我心里五味杂陈,除了这个话题,再也写不出别的了。

  我相信,写到这里他一定泪流满面!我亲爱的哥哥。

  我回到蒙巴没多久,还没有完全熟悉它的工作节奏,有一天,弗雷德·邦尼在餐桌上问威利:"苏托先生,你把你的计划告诉普洛恩了吗?"

威利咳嗽了一下，很坦率地说："我要回古纳瓦拉，去经营自己的牧场了，普洛恩。由于邦尼兄弟的善举，我把在这儿赚的钱和在阿德莱德筹集到的资金整合到了一起。现在是时候下决心通观全局，接受后果了。今年干旱，但并没有造成灾难性的后果。我们希望明年能有季节性的降雨。"

弗雷德点点头："我们都祝你好运。在这里生活多年的人告诉我，袋鼠草曾经长得很高，高过骑手的头顶。"

"太好了，"威利·苏托说，"太让人高兴了。"

"齐腰高就行了吧？"爱德华微笑着问。

"哦，没错儿。齐腰高就够我们过好日子了。"

又到了闹哄哄的剪羊毛的季节，我还没来得及把在悉尼见到莫瑞斯和他舅妈的事告诉邦尼兄弟。剪羊毛，分拣，洗涤，打包累得我们精疲力竭。有一天，剪羊毛工人威胁说要罢工，离开"工作台"，因为老板辱骂他们。从理论上讲，我喜欢澳大利亚人维护自身权利的价值观。经过弗雷德的调停，他们又回到了"工作台"。被解雇的"打头的"① 去了另一座牧场找工作。"打头的"满嘴脏话，骂剪羊毛的人是生了蛆虫的杂种狗，问他们是在剪羊毛还是在××羊？对于这些辱骂，剪羊毛工人都见怪不怪，习以为常，那好像是为咔嗒咔嗒剪毛的声音伴奏的音乐。但是如果这个"打头的"侮辱他们的女人和孩子的智商，他们绝不接受。

春天忙于板球运动，我负责协调。弗雷德和爱德华·邦尼对此很感兴趣，他们俩至少有一个人和我们一起去参加各种比赛。弗雷德

---

① "打头的"（ringer）：澳大利亚俚语，指一群剪羊毛工人中剪得最快的人，也被叫作"老板"（boss）。

和我们一起去了威尔坎尼亚。在那里，我们战胜了银行职员和康妮那位法律界朋友马里森的球队。新成立的《威尔坎尼亚时报》做了报道。该报的记者就像一位严肃的英格兰板球评论员，一本正经地写道："狄更斯先生绝非一个平庸的球员，他的突破能力以及后场切球能力让人觉得，如果在老家，这样的球员是否会被选为郡队球员。"

一天晚上吃饭时弗雷德对我说："爱德华和我一直在想，你和你哥哥今年能和我们一起过圣诞节吗？爱德华和我如果能见到他，将是莫大的荣幸。"

"那倒是真的，"爱德华说，"对我们来说这也是不可多得的资本呀！"

我照例向他们道谢，说问问阿尔弗雷德能不能从科罗纳来。我相信他一定想看看传说中的蒙巴。事情就这么定了，但他们彼此对视了一下，好像还有什么有趣的事情要处理一样。

"但你可能得亲自骑马去邀请，"弗雷德告诉我，"我们正在考虑把五万只或更多的羊迁到皮尔里湖以北去。"

"是的，"他哥哥说，"大旺库围场不像其他围场那样载畜量过多。那儿的饲草还相当好。"

我说，据我所知是这么回事儿。

"旺库甚至自己有剪羊毛棚。"爱德华又说。

弗雷德噘着嘴说："普洛恩，我们认为你的知识和技能足以为我们管理北部的牧场。"

听了这话，我欣喜若狂。

"知识和技能"，我全然没有想到，他们会以这样全新的标准评价我。

"那边有幢五十年代建的房子。三个房间，肯定还有几条蛇住在里面。你应该带上武器。"

"当然主要不是为了打蛇。"爱德华说。

我有一种想拥抱弗雷德的冲动,他对我这么好,觉得我已经全力以赴,并且茁壮成长了。他和爱德华都看到了这一点。

"卡尔泰和你一起在那儿定居,还有两个骑马放牧的人也归你管,当然还有巡修围栏的工人,怀特罗克。不过他不在那幢房子里住。或许你要问,怎么会有三个房间呢。你觉得怎么样?有一点很抱歉,你可能会错过几场板球比赛。"

"邦尼先生,我会尽最大的努力,证明你和你哥哥没看错人。"

"很好。"弗雷德说,显然很高兴,他的哥哥点了点头。

"我会骑着马,赶着羊群,进驻旺库。"我向两兄弟保证。

"不过一旦安顿下来,可别忘了板球,"弗雷德说,"你只要骑一天马,就能来蒙巴参加比赛。还有,别忘了回来过圣诞节。"

"还有,"爱德华说,"如果碰到那个可怜的牧师,给他一顿像样的饭,好吗?"

接下来的几天,弗雷德又给了我不少指教。我确实应该多想想查利斯神父的安危福祉。如果库珀河的黑人来了,卡尔泰可以出面和他们谈判化解可能出现的矛盾。弗雷德还要给我带一封信,倘若有白人警察带着土著人骑警去旺库,我就可以把信交给他们。信上写着他们在蒙巴及其各个牧场可以做什么,不可以做什么。他告诉我,昆士兰和南澳大利亚殖民地的警察从默里河以南的维多利亚招募黑人骑兵。这些黑人都很年轻,只忠于本部族,对远离家乡遭受袭击的其他部族的人毫无同胞之情。

"他们带着卡宾枪,"弗雷德说,"欧洲的雷声也得听命于他们!分而治之——正如马其顿的菲利普所言——是人类一直以来的做法。让原本很可怜的人互相残杀，实在是人间悲剧！"

他们问我，最不想让哪位牧人陪我的时候，我开玩笑似的说："我宁愿不让克拉夫去。我买下杜巴里的时候，他就站在旁边不闻不问。"

"皮尔逊医生抢走的那匹？"

"是的。除了杜巴里，他什么都还给了我们了。"

"我有点纳闷，"弗雷德说，"他是不是天生就是当丛林土匪的料。"

他让我交给警察指挥官的信上写道：

亲爱的先生：

欢迎来到蒙巴牧场，我希望我的副经理 E. B. L. 狄更斯先生按照指示，对您非常礼貌和体贴。作为回报，我希望蒙巴的和平得到维护和尊重。如果你要指挥一支昆士兰支队越过边境追捕违法者，请允许我提醒你，你没有法律赋予的管辖权对在蒙巴境内发现的任何人采取行动。如果你的管辖权和命令来自南澳大利亚，同样的规则也适用。如果你是新南威尔士殖民地警察支队的指挥官，你就有权追究违法者，但不能对你遇到的任何个人实施暴力。如能照此办理，你可以期待狄更斯先生每一次都会与你合作。

你真诚的……

赶羊人从南部围场赶来一大群羊，这些羊现在都集中在牧场总部和邻近的围场里。所以站在游廊放眼望去，只有羊背和羊头，看不见大地。我正准备和其他赶羊人一起把羊赶到旺库，一个邮差骑着马从科巴来了。他的马鞍袋里装满来自英国的邮件。有一封信是玛米写来的，还有一封是凯蒂写的。

凯蒂对我在父亲临终时远在天边未能见最后一面，表示慰问，并向我保证她们已经通知了我的两个哥哥——西德尼和弗兰克。之后，她告诉了我有关"老板"的一些私密的事情。她说，父亲去世前的那个周日，她和玛米去盖德山看他。父亲告诉她，他订购了一个"伏打带"治疗他那只永远疼痛的脚。凯蒂——和许多医生——说他得的是痛风，但父亲认为痛风是王公贵族得的富贵病，总争辩说是别的什么病。不管那是什么病，都可能使他瘫痪。凯蒂承认，她曾想和父亲谈谈她的计划——尝试舞台艺术来延长她作为画家的艺术生涯——当然，"老板"认识许多搞戏剧的人——因为她的丈夫查理·柯林斯病了，而且众所周知，无论如何他也不是个称职的丈夫。他画的画儿属于拉斐尔前派[①]的风格，"老板"根本无暇顾及他和他的作品。后来绘画之余，他开始写作，增加一点微薄的收入，补贴家用。"老板"在《一年四季》上发表了柯林斯写的一些文章，恐怕更多是为了女儿凯蒂。

凯蒂告诉我，玛米和乔吉姨妈上床睡觉之后，父亲和她坐在餐厅旁边新盖的暖房里。我离家的时候，木匠们正在装修暖房。"老板"想让它成为盖德山的一个亮点。然而，暖房盖好之后，他却没有太多的时间享受它。不管怎么说，那天晚上他和凯蒂谈了很长时间。凯蒂告诉他，她收到一份登台演出的邀请。

她说，"老板"建议她不要接受这份邀请。他说，她很漂亮，也许可以演得很好，但她也很敏感。"虽然舞台上有好人，"他对

---

① 拉斐尔前派（Pre-Raphaelites）：兴起于十九世纪中期英国画坛上的一个新画派，1848年，英国青年画家罗塞蒂，汉特，米雷等人发起成立了"拉斐尔前派兄弟团"。这一时期，拉斐尔艺术世界中的人物色彩调和，构图完美，这些优点在十九世纪英国皇家美术学院，被推崇为最高艺术指导指标。

她说，毕竟他以伟大的悲剧演员威廉·麦克里迪（凯瑟琳·伊丽莎白·麦克里迪·狄更斯）的名字为她命名，"但有些人会让你毛骨悚然。你足够聪明，可以做别的事情。"然后，凯蒂在信中告诉我，他对她说，他希望自己能成为一个更好的父亲和一个更好的人，并开始谈论他的身体状况，不知道能不能完成他的新书。"他对我说，"凯蒂写道，毫无疑问她对其他兄弟也转述了父亲的话，"好像他的生命要结束了，什么都没有留下。"她说他的面容特别憔悴。

玛米向我保证，她整整一个晚上都守着"老板"的遗体，保护他。我很想知道她说的"保护"是什么意思？肯定不会有人偷一具尸体，但如果玛米认为当晚到处都是盗尸者，那就不足为奇了。她和凯蒂昨天晚上也没睡，一定累得头晕目眩。玛米说她从父亲"美丽的头颅"上剪下一绺头发。作为守夜活动的一部分，姑娘们要把父亲生前最喜欢的花剪下来装饰房间。

但无论两位姐姐怎么写，都证实了他的死亡，并且将其确立为历史。六月九日。镌刻在整个世界，镌刻在英国的天地之间，镌刻在它所有殖民地，从北极到南极。在日历上无可避免地永远留下沉重的一笔。

邮件中也不全是悲悲戚戚的信件。有一封是海沃德写来的。他现在是图拉尔[①]的歌手兼经理。

亲爱的普洛恩：

悲伤的消息总比好消息传得快——我非常遗憾，你杰出的父亲去世的消息已经传遍了世界，远到图拉尔。我谨向你表示

---

① 图拉尔（Toorale）：原住民居住地，在他们传统的达令河和瓦利戈河交界处。

最沉痛的兄弟般的哀悼。全世界都在为你的父亲悲伤，而我的父亲——他也是一个值得赞赏的人——却只是个乡下人。这件事本身或许会让你的丧父之痛稍减——因为你身边有那么多哀悼者。但也会让你更难过，因为你会一直被提醒，你已经失去了亲人，而且永远不会忘记。

我不愿把神圣和世俗的问题混为一谈——或者更准确地说，神圣和神圣。但你要知道，在威尔坎尼亚那天晚上，我和德塞利家的姑娘们唱完歌，发现你已经不辞而别时，都很想念你。老伙计，你应该知道，没有人比康妮·德塞利更因想念你而闷闷不乐、忧心忡忡了。我想，一定要让你知道这一点。因为，如果我可以这么说的话，有助于你纠正一个致命的错误。

和你一起去"牧羊"的提议仍然有效——我已经盯上了扬达河、达令河。不过，我们可以在板球比赛场地或拍卖牲口的集市上见面——到时候我们可以进一步讨论这个想法。但愿那时——尽管你父亲的去世将是整个英国民族永恒的悲痛之日——你能走出失去父亲的悲痛的阴影，并为你丰富多彩的记忆而高兴。

你的朋友　厄尼·海沃德

40

弗雷德和爱德华·邦尼陪我们把羊赶到旺库和旺库南。我们从离家较近的牧场又聚集了一万只羊，然后在皮尔里山与其他牧场的羊群会合，把它们一起赶往目的地。在无边无际的原野，以近乎慵懒的速度驱赶着一大群羊,有一种安定而又令人兴奋的感觉。那几条不知疲倦的狗每天都做大量的工作,把羊群从后面和侧翼推向前进。

我带来了蒙巴牧场那本《大卫·科波菲尔》,这是韦文荷太太要我读的书。我下定决心通过在旺库取得成功来证明有资格读这本书,通过读它,证明我适合经营管理旺库。

越往北走,辽阔的原野越起伏不平,与蒙巴一马平川的牧场相比,显得更加宁静亲切。山丘上黄色和赭色的岩石与盐渍灌木相映成趣。鸸鹋望风而逃,虽然步态不稳,但实际上跑得比赛马还快,好像勾引人们追逐,但就连赶羊的狗也太过投入,根本没心思去追赶它们。我们在皮尔里湖宽阔的湖岸给羊饮水。年长的牧人说,湖水没有去年那么满,盼望一场春雨能再次让它碧水连天。

有一天,在皮尔里湖那面的山脊上,卡尔泰指着几英里外的一个地方让我看。一群土著人正在那儿旅行。热浪蒸腾,绰绰人影在光的折射下晃动,就像飘浮在地面上一样。

"那些人,"他告诉我,"那些家伙在赶路。"

我没有下马,从马鞍袋里拿出望远镜,看见队伍后面,有一件破旧的白色长袍在热气中抖动,我猜是查利斯神父。这伙人似乎没有马,不一会儿便消失在远处小溪边的一片树林中。我对卡尔泰说,如果他和这帮人取得联系,要邀请牧师到旺库和我们共进晚餐。

旺库宅邸是一座低矮的石头房子,为了凉快,设计成大屋顶,宽阳台。邦尼兄弟跟我告别,留下一个叫贝洛斯的牧人和我住在一起,当厨子。羊群沿普尔南加河自己饮水。我在怀特罗克的帮助下,把成千上万的羊赶到旁边的普尔南加和摩昆大围场。我们和这两个围场的看门人、围栏巡修工度过一个愉快的夜晚。他们都非常孤独。

补给车的到来对他们来说简直就是盛大的节日。其中一个人对报纸和所有当地新闻都特别感兴趣，这家伙曾在巴斯海峡①的一个岛上用棍棒击打海豹。另一个人毫不隐讳地告诉我们，他许久以前曾是约克郡破坏机器的工人②，被流放到范迪门地。因为人只能被别人评判，所以他就尽力避开"别人"。

我在旺库的大院里管理羊群、处理春羔时，一直在读书。实际上是在读《大卫·科波菲尔》。书的前几页对我来说是一种考验，但不知何故，描写家庭生活的章节，我都能读懂。阅读的时候，我就寻找那些让我出神入迷的地方。因为人们都曾向我保证，读父亲的作品时，他们会被迷住。我感兴趣的是，大卫·科波菲尔出生时被一层叫作胎膜的东西包裹着。有的人认为被胎膜包裹的婴儿长大了不会溺水，于是人们为了避免溺水，常常购买胎膜。

然而，在我"遇到"大卫的姨妈贝西·特拉伍德小姐之前，并没有被它迷住。我仍然需要绞尽脑汁仔细琢磨那些段落，动词和形容词像一个个拦路虎横在眼前，人物对话尖酸刻薄。但是现在我想知道更多的故事情节。最后，当大卫和辟果提小姐坐在一起讨论鳄鱼时，这本小说吸引了我！后来，摩德斯通先生和大卫的母亲一起来了，他显然不喜欢大卫。我很想知道在卑鄙无耻的摩德斯通和他

---

① 巴斯海峡（Bass Strait）：澳大利亚大陆和塔斯马尼亚岛之间的海峡。
② 破坏机器的工人：英国工人以破坏机器为手段反对工厂主压迫和剥削的自发工人运动。当时，工人把机器视为造成自己贫困的根源，因此把捣毁机器作为反对企业主、争取改善劳动条件的手段。相传莱斯特郡一个名叫卢德的工人第一个捣毁织袜机，因而历史上把破坏机器的运动称为"卢德运动"。十九世纪初年，卢德运动以诺丁汉郡为中心蔓延到全国各个工业区。对于卢德运动，政府除了严酷镇压外，1813年又颁布捣毁机器惩治法，规定凡破坏机器者一律处死。破坏机器是工人阶级自发斗争时期的主要斗争形式。

的妹妹贬低他的时候,大卫的优点是如何凸显出来的。我甚至会幻想辟果提一家,以及他们舒舒服服住在雅茅斯海滨那条倒扣着的渔船里的情景。我很高兴父亲喜欢这样一个独特而有趣的住所。

我十分惊骇地看到年仅十岁的大卫被送到摩德斯通—格林斯比公司做了苦力。公司在黑衣修士[①],我们从断断续续的引文中知道,"老板"最讨厌黑衣修士和坐落在那儿的"疯狂的老房子"[②]。

大卫的进步和自律使他获得最终的成功,并与朵拉结婚。但这种结合让我感到不安,因为朵拉很害羞,她那么多话都是通过和她的狗交谈说出来的,而且一直在说自己愚蠢,在任何情况下都用这种"技巧"。我不记得"老板"和母亲之间的对话是否有这种特质,就像大卫和朵拉之间的故事一样。但当我站在大卫的立场看待这种关系的局限性时,感到有点内疚。他们最终的分离不是因为感情不和,而是因为朵拉死于难产。

现在我专注于"职业债务人"米考伯先生[③],因为我知道"老板"会把米考伯一家送到澳大利亚,就像他把辟果提一家送到澳大利亚一样。无论如何,对他们那个阶级的人来说,澳大利亚是最好的选择。辟果提先生在澳大利亚取得了成功,激起我对殖民地的自豪感。他把在英国落魄但在殖民地得到救赎的米考伯先生的消息带回到英国。

---

① 黑衣修士(Blackfriars):英国伦敦市中心的一个地区。
② 这段话反映了查尔斯·狄更斯生活中的一个小插曲——他还是个小男孩儿的时候,父亲把他送到一个类似摩德斯通和格林斯比公司的华伦黑鞋油作坊当童工。狄更斯十分讨厌这个地方,他觉得那是一份非常肮脏、可耻的工作。
③ 米考伯(Mr Micawber)这个人物形象十分生动,他"债多不愁、乐天知命"的性格让他获得"职业债务人"(professional debtor)的"美誉",成为文学中的一个典型。米考伯是大卫做童工时的房东,后来成了大卫的忘年之交。

米考伯先生写信给大卫说：

> 你在这里并非默默无闻，并非不受赏识……从地球这边仰望着你的一双双眼睛中，你会发现
> 威尔金斯·米考伯
> 那双
> 眼睛
> 只要它还在闪光，只要还有生命……

读到这里，我泪流满面。到现在，大卫已经和迷人的艾妮斯结婚。"这是'老板'写的。"我告诉自己，惊奇和敬畏，激动得喘不过气来。这样一个高贵的人怎么会生下我这样一个平庸的孩子呢？

一天晚上，我沿着珀南加河把一群羊赶到怀特罗克那座小屋附近之后，骑马回到旺库家，发现查利斯神父站在阳台上。他留着长长的胡子，披一件袋鼠斗篷，斗篷下面是已经破烂不堪的法衣。

"神父。"我一边热情地说，一边留意附近有没有巴拉库恩的人。

"哦，狄更斯先生。"他对我说，好像看出我的心思，"我们家离这儿步行还有一天的路程。是非凡的巴拉库恩精心安排，我才来到这里。"

我请他进屋，对他说，务必赏光和我一起吃顿饭。他喝了雪利酒，谈兴渐浓，提到他的新工作："沙漠游牧部落的人一旦决定转移，行动非常迅速，路上非常辛苦，狄更斯先生。"

我说，我敢肯定是这样。有见多识广的弗雷德·邦尼的指导，这种说法对我而言当然并不陌生。

"所以值得我尝试,"他补充说,"我毫不怀疑,我是在上帝希望我待的地方,在上帝希望我见证的地方。如果上帝是沙漠的上帝,那么我就要在沙漠中,和沙漠旅行者在一起。"

我有一种强烈的冲动,想告诉他赶快回自己人那儿去吧。但我的态度依然很温和,因为我没有资格对神的意图发表不同意见,但似乎可以自然而然地指出查利斯神父或许误读了神的旨意。然而,他的决定和他看待人的方式都具有权威性。

"神父,"我说,把目标定得低了一点儿,"你为什么不留下来好好睡一觉呢?明天早上卡尔泰可以带你骑马去。"

"你太好了,狄更斯先生。我知道你的良苦用心。"

其实谈不到良苦用心,尽管我确实认为,如果他能在床垫上享受一个夜晚,就会更好地领会上帝的旨意。让那些旨意更符合常情,更可预测,更适用于城镇生活。因为他的奉献精神确有令人震惊之处。

"但是,"他说,"我没有一个晚上可以离开我的人民。"

"他们把你当作自己人吗?"我问,"像亲戚一样。"

"是的。他们觉得我就像个傻子,在各方面帮助我,对我的关心令人感动。他们细腻的感情与人们所说的野蛮人相去甚远。我怀疑其他社会是否会这么快接受我。例如,苏格兰长老会教徒会认为我可能是巴比伦妓女的孩子。土著人却绝无这种偏见。"

如此说来,没有人能驳倒他,而且他压根儿就不是为了争论才来这儿的。他显然是为了来吃一顿有羊肉、土豆和豌豆的晚饭。他胃口大开,狼吞虎咽,把眼前的饭菜一扫精光,好像那是他梦寐以求的大餐。

"我想告诉你一件事情,"吃饭的时候他说,"麻烦你转告邦尼先生。我们往北走的时候——估计是在昆士兰殖民地——路上发生的一些事情让我非常不安。四个年轻人结伙先到了什么地方,回来时和巴拉库恩说了几句话。说了什么,我猜不出,也没有人会如实回答我的问题。我怀疑他们是否遇到了白人,是否发生了冲突,甚至流了血。他们说完话之后,我们立即掉头往南走。我的担心在一定程度上得到了证实。如果他们真的参与了流血事件或掠夺了什么人,或者两者兼而有之,我不希望所有人都为此付出代价。如果邦尼先生能在这件事上发挥他的影响力,我将不胜感激。"

我向他保证,将在几天之内给邦尼先生捎个信儿。此外,我有一封给所有来旺库的警察的信。这封信会让他们知道,弗雷德·邦尼正盯着他们呢,任何来自昆士兰的警察在新南威尔士殖民地都没有管辖权。我还告诉他,如果有警官带着一队骑兵来这一带,就一定会来旺库打听消息。那时候,我就会把邦尼先生的信交给他看。

查利斯神父放下心来,喝了一杯白兰地之后,似乎要在椅子上睡着了,但随后他谢了我,还告诉我会为我祈祷,就好像我遇到了与韦文荷太太全然不同的诱惑者,陷入了危险一样。晚饭后,他告诉我他要走了,晚上还要回去睡一会儿。袋鼠皮斗篷能派大用场,他说,因为虽然是春天,晚上仍然会结冰。

我把他送到旺库大门口,但他坚持让我留步,不想让我远送。他继续往前走,尽管吃过晚饭,但弯腰曲背、形单影只还是一副苦行僧的样子。他是一个为了基督而放弃一切庇护的人,我不能不尊敬他。他以自己的方式,成为一个圣人。他不期望取得任何可以"量化"的成就,这更让人肃然起敬。因为那些为了事业兢兢业业、尽心尽力的人们经常为他们将得到的成果大呼小叫。就连"老板"都期望乌拉尼亚小屋能为世人所知,并且最终实现了自己的目标。查利斯的成就是卑微的,只有我见证了他的伟岸:和巴拉库恩一样,在那块土地上睡觉。

大约四天后,二十四个头戴军帽、身穿蓝色外套、脚蹬马靴的昆士兰警察来到这里。这队人马的指挥官是个四十岁左右、身材瘦削的白人,自我介绍是贝尔夏尔副巡官。他告诉我,他的土著人士兵在离旺库宅邸不远的地方安营扎寨,和我们共用一口井和珀尔南加的水。他手下的土著人骑警和其他警察分队的黑人小伙子一样,用母语说笑、打闹,声音里充满音乐感。我把邦尼的信交给贝尔夏尔,然后觉得有必要用旺库的盛情款待他。他对旺库赞不绝口,连连说这儿对他来说简直就是一座宫殿。不过他承认,过艰苦的生活是他自己的选择。两年前,他回了一趟林肯[①]老家,发现再也不适合在英国生活了。"昆士兰彻底地治好了我的病。"他说,一副推心置腹的样子,尽管吐露心声时,也是一副发号施令的样子。

太阳在又长又细的云朵下落山了,我在炉膛里生了一堆火。他在灯光下读邦尼的信,看完之后,放回到信封里,什么也没说。这时,贝洛斯在外面的厨房里做晚饭。我希望杯中酒能拉近和他的关系,起到决定性的作用。我从一开始就对贝尔夏尔有某种偏见。因为弗雷德·邦尼认为他们这类人就是有执照的杀害黑人的刽子手。

那是一个晚上,大风刮过,红色尘土呈螺旋状拔地而起。但我现在知道,高空大气层上演的戏剧并不一定预示大雨将至。我给贝尔夏尔斟满酒,和他面对面坐在桌子旁边,没有坐屋子里那两把安

---

① 林肯(Lincoln):林肯郡,英格兰郡名。

乐椅。我给自己倒了点朗姆酒，但只倒了一点点，用水壶里的水冲得很淡。副巡官坐下来之前，已经解开腰带，解开上衣扣子。他呷了一口杯中酒，但不是贪婪的一大口。

"你知道我们抓住皮尔逊医生了吗？"他问我，"不就是他和他的喽啰们把你们包围在蒙巴的吗？"

"没错儿。"我几乎是漫不经心地说，仿佛不是皮尔逊医生和他的手下给我带来父亲去世的噩耗。

"是在尤洛①。他把镇子里的人都扣为人质，然后夸口说，他的马群里有一匹非常棒的烈性子母马，是灰色的。他要在大街上骑着跑一圈儿让大家开开眼界。结果那匹马把他狠狠地摔在地上，摔得他头颅骨折。那几个同伙无法挪动他，而他们不得不自己'挪动'——逃之夭夭。昆士兰警方就这样抓到那个医生。"

我本来会笑着说是杜巴里让皮尔逊陷入灭顶之灾，但贝尔夏尔这次巡逻可不是一件能让人笑出来的事情。我真诚地希望皮尔逊伤得不太严重。

"现在他要受审了。不会被绞死，但会长期坐牢，"他得意扬扬地说，停了一下又说，"我读过你那位老板的信了。如果可能的话，我完全愿意满足他的愿望。"

"他的态度很坚决，巡官，您在这儿没有执法权。"我坚定地说。

"可是另一方面，狄更斯先生，我对在我管辖范围内发生的命案也很感兴趣。你们蒙巴可能有人涉嫌谋杀了昆士兰殖民地通派恩②以西的两名威尔士勘探者。此外，我在这里没有看到其他宣誓

---

① 尤洛（Eulo）：位于澳大利亚昆士兰州西南部的帕鲁郡，布里斯班以西八百八十七公里，是一个开采蛋白石的小镇。

② 通派恩（Toompine）：澳大利亚地名。

执行英国法律的人,当然也没有看到新南威尔士的警察。我的执法权是教会、社会赋予我的神圣使命,而不是其他什么异想天开的法律。"

"不过那是在昆士兰殖民地。"我回答道。

他又喝了一口朗姆酒。

"在这样一个地方,不能吹毛求疵,狄更斯先生,"他说,"所谓司法管辖权是一个文明的概念,旨在规范执法人员的行为,当然是在执法人员众多的地方。在这蛮荒之地或者昆士兰西南部,警察都没有几个,还谈什么司法管辖权。在这里,文明的第一原则是旅行者应该能睡个安生觉。可惜这一个原则还没有在野蛮人的头脑中建立起来。"

"好吧,"我说,"我认为没有必要以谋杀回应谋杀。我要提醒你,如果你想在这个地区惩罚巴拉库恩部族犯下的罪行,一定要谨慎。他身边有一位牧师——比利时的查利斯神父。他一定会成为你任何行为的见证人。因此,你在蛮荒之地的一举一动和你在车水马龙的大街上的所作所为一样,都将被人们审视。"

巡官吸了一口气,睁大眼睛,琢磨这件事情。"你父亲的作品,你最喜欢哪本,狄更斯先生?"他问我。

"啊,《大卫·科波菲尔》。"

"《荒凉山庄》是我的最爱,"他说,"'这是一场可恶的乡村舞会,充斥着各种费用,各种无稽之谈和腐败,就连女巫安息日做梦也想不到的最疯狂的景象。'这就是你父亲对城市中实行的法律的看法。此外,你的好父亲似乎认为适当的惩罚是一件好事,而法律条文却是一件令人困惑和愚蠢的事情。看看他在《大卫·科波菲尔》中对监狱制度的嘲讽吧。所以我不得不说,我来到这里,发现这位伟人的儿子交给我一份'法律文书',让我看,我十分惊讶。尤其是有两个人被他们的营火活活烧死的时候。"

"我为他们的死感到遗憾。夜间宿营地的安全是所有丛林人都很重视的问题,但我没有理由相信这些恶棍就藏在蒙巴的什么地方。"

查利斯向我提出的关于那四个年轻人的事,毕竟还算不上什么证据。

"邦尼先生尊重帕坎吉人,他们也尊重他。他不想让任何东西损害或破坏他与他们之间的关系。库珀河的黑人来这里寻找赭石的时候,邦尼先生允许他们用矛刺杀他们需要的羊。结果,我们几乎连一只羊也没丢。如果按照法律条文办事,他们或许就会变成罪犯。这样看待他们对我们有什么好处呢?如果你破坏了邦尼兄弟和当地人民之间的友谊,他们肯定不会欣然接受,而且很难恢复。"

巡官喝了一大口朗姆酒,龇牙咧嘴,甜甜酸酸。"所以,"他说,"我很为一位牧师和邦尼兄弟担心。"

"为我,"我觉得我欠着邦尼兄弟一份情,应该这样说一声,"也为我。"

"哦,天哪,"巡官笑了笑说,"我也不想再和狄更斯家的人较劲了。"

第二天,警察认认真真地检查了他们的马匹,清除了马蹄子上的脓肿,还让一匹疑似骟马的马来来回回走了很多次。随后,那些家伙备好鞍子,翻身上马,向西南方向迤逦而去。贝尔夏尔将在那里遇到从帕鲁河向西面低洼地流去的小溪,但会不会有水,多大的水,很难确定。

41

在旺库，一天过去了，又一天过去了。第三天，我正在屋子里查看存货簿，贝洛斯进来说，从南边几英里远的地方传来一阵枪声。我连忙走出去，站在院子里，在寂静的早晨听到清脆的枪声。人性中否定某种可能性的力量开始显现，我心里想，贝尔夏尔是否因为怨恨，在那里屠杀弗雷德·邦尼的羊。我拿起来福枪，把卡尔泰和贝洛斯都叫了过来。别的牧工正从珀尔南加河赶拢羊群。卡尔泰焦急不安，我也烦躁起来。我给库茨备上马鞍，给卡尔泰一把步枪，贝洛斯别着两把手枪，三个人朝枪声响起的方向飞驰而去。

不到两个小时，我们爬过一座小山，来到尼伯斯河。这时，枪声已经停息。走上一座叫圆山的陡坡时，又传来零星的枪声，有一声比之前密集的连击声更响亮。

奥勒波洛克河是帕鲁河流一条小小的支流，我们在北边河岸上发现一具年轻男子的尸体。他身边有一支折断的矛，喉咙、胸口和两条腿都被子弹射中。我们翻身下马，牵着马穿过高高的草丛，卡尔泰边走边唱死亡圣歌。不远处还有一个年轻人倒在血泊中，被袋鼠草半遮半掩，浑身枪伤，身边扔着一根血淋淋的棒子，似乎是杀死他的那个人打倒他之后，用原本属于他的武器把他打死。我看了直反胃，连表示歉意躲到旁边的时间都没有，一下子呕吐起来。

贝洛斯说："让我来做余下的清点工作吧，狄更斯先生。你就在这儿坐一会儿。"

我努力让自己镇定下来，不能就这样败下阵来。身为老板，必须亲自去做这件事。

很快，我们又找到两个年轻人，其中一个身上有四个弹孔，还有一个年轻人，长得像燕迪，可能是他的堂兄。这个人的胸膛上有很多枪伤，好像有一群士兵站在他的上方，对着他开枪，耗尽了所有的弹药。看起来，这些年轻人是勇猛向前，迎战袭击他们的警察，保护族人赶快过河躲藏起来。再往前走，卡尔泰在两个死去的老妪旁边停下脚步。那两个老太太都戴着服丧期间戴的石膏头盔。卡尔泰仿佛在仔细察看一个皱着眉头的年轻女人，女人身下躺着一个死去的婴儿。婴儿的一条腿几乎被卡宾枪子弹打断了。在小溪里，我们发现七个女人和年长的男人，都死了。我们把他们搬上来，放在岸上。小溪南岸，躺着许多男人和女人，还有两个大约十四岁的男孩，身上布满弹孔，身边扔着木棒。

远处小溪边传来一阵婴儿的哭声，我们循声而去，发现两个老妇人跪在地上，都已经一命归西，头发上沾着一小块石膏。查利斯神父也在这里，他仰面躺着，身上罩着一件袋鼠皮斗篷，腰上裹着一块破布，身体前面有几个弹孔。如果他外面穿着法衣，或许会幸免于难。在他身后，一个一两岁左右的孩子赤身裸体，坐着号哭。我拿起牧师的袋鼠皮斗篷，把孩子包在里面。

巴拉库恩的部族死了二十四个人。按照贝洛斯的说法，巴拉库恩本人似乎不在其中。我去找卡尔泰，他阴沉着脸，默不作声。我问他是否想留在这儿。他说他愿意，愿意和贝洛斯一起留在这儿。

"我们要埋了他们吗？"我问，"巴拉库恩还在逃跑的路上吗？"

"邦尼先生应该用照片把这场面记录下来。"他说。

"是的，"我表示同意，"是的，应该。"

我把贝洛斯留在那里看守那些人的尸体，照顾那个还活着的孩子，派卡尔泰去追踪这个被残杀得支离破碎的家族，并告诉他们杀手已经走了，他们将在蒙巴牧场受到弗雷德里克·邦尼的保护。然后，我动身回旺库去和牧人，还有看门人怀特罗克会合。他们应该在那天下午赶到宅邸。走了几英里后，我看到东北方向沙尘滚滚，知道一定是贝尔夏尔的人马正在返回昆士兰的路上。我扬鞭催马，骑着库茨发了疯似的奔跑，追了一个半小时才赶上那群大约二十人的骑警。他们都穿着衬衫，夹克搭在肩膀上，看上去没精打采，无聊沮丧。我一直骑到那列纵队前面，贝尔夏尔看了我一眼——事实上，他一定早就知道我在追他。

"狄更斯先生。"他叫道，仿佛是一次愉快的邂逅相逢。

我开始和他理论，但结结巴巴，说不成个句子。

"为什么？"我问，"为……什么？"

他叫骑兵们停下来，朝一棵赤桉树指了指，和我一起骑着马走了过去。

"你杀了他们。"我愤怒地说。

"我告诉你，我已经把巴拉库恩那些魔鬼都消灭了。"

"你杀了牧师。"

"没有什么牧师。"

"有！你错把他当成黑人了。"

他想了想，但没想多久，"那群人里有没有牧师，狄更斯。没人向我或者向我的手下说自己是牧师。所以一定是你搞错了。"

我告诉他我亲眼看见了那个死去的牧师。

"你有没有注意到我们杀死他们很多年轻男人，还有年轻女人？"他说，"对这帮家伙来说，这是致命的一击。如果不打垮他们，不出一年，黑人就可以在牧场生活，赶着牲口四处游逛了。现在，巴拉库恩会因悲伤而死，那是他咎由自取。我们本来可以继续追击，但补给用完了。现在最好让他自生自灭吧。"

我毕竟还是个大男孩儿，沮丧得真想放声大哭，但我没有，我指天发誓："邦尼先生和我一定要看着你被毁。"

贝尔夏尔看着我，仿佛我是一个中了邪的人，说道："在文明国家的法律中，对人和牲畜犯下的罪行是不能宽恕的。比方说，他们无法被你和邦尼先生原谅。事实上，我本以为，对犯了这些罪行的人惩罚，会受到你的老板的欢迎。我重申，那里面根本就没有牧师。我们不杀牧师。"

"你是个卑鄙可恶的人。"我对他说。

"如果是这样的话，你会发现昆士兰政府对你或邦尼先生的任何投诉都不感兴趣。因为我已经让那些将来入侵昆士兰并且制造混乱的人闭上了嘴巴。我们的卡宾枪向蒙巴牧场永恒的岩石宣示了法律的威严。我的上级指示我要展现这种威严，我的上级会支持我的。现在，我要去边境了，你必须赶快向邦尼先生报告。还有，让你的牧人把死人埋了。"

说完这番话，他转身向那些骑警走去。有的人已经翻身下马，坐在马旁边休息。他命令他们上马。转眼之间，他们便骑着马扬长而去，留下我站在那儿，有一肚子话要说，但深知说什么都没用。

回到旺库，我已经完全麻木和绝望。我派怀特罗克给弗雷德·邦尼送信，告诉他贝尔夏尔带领的昆士兰警察屠杀了巴拉库恩的大部分族人，包括孩子和查利斯神父。我认为他应该赶快过来，用摄影设备记录下那一座座新坟，甚至还会找到的遗体。

然后我召集几位牧人带着铁锹去埋那些受害者。因为卡尔泰已经同意在弗雷德·邦尼带来相机拍照之前埋葬死者。那个可怕的夜晚，我们几乎一直在埋葬被屠杀的人，第二天又几乎干了一天。有时我有一种冲动，真想扔下手里的铁锹，像那些死人一样躺在草地上。有时候我勉强打起精神挖开泥土，剩下的活儿交给基奥这样的人，挖到适合埋人的深度。

埋完死人之后，卡尔泰用烟熏那块土地，让它重新变得神圣。我们在帐篷里过夜。第二天早上回到旺库，我开始发烧。第三天卧床不起。与此同时，卡尔泰骑马去寻找巴拉库恩，在西边很远的地方找到了他。他回到旺库后告诉我们。巴拉库恩的手受了伤，情绪低落。

谢天谢地，弗雷德来了，让我从发烧和凄凉的心境中打起精神。一位牧人陪他到大屠杀现场，给那一座座新坟拍了照片，还打开其中三座，拍下遇难者遗体。他告诉我，他要公布这些照片，让世人知道这场大屠杀的真相。我觉得，至少要求追索权，清算警察罪行的一天迟早会到来。

直到圣诞节，也没有人发现巴拉库恩或者他残留的部族成员的踪迹。他们更没有出现在旺库或者蒙巴。

查利斯神父和巴拉库恩家族的帕坎吉人被屠杀的消息最终被广泛报道。弗雷德把照片寄给了昆士兰的验尸官，其中一些被公布出来。昆士兰殖民地警察局局长承认邦尼兄弟和我的信件说的都是事实，并承诺政府将进行全面调查。弗雷德·邦尼和我都通过马勒森作了"法定声明"，保证所言均为事实，如有不实甘愿受罚。然后就寄了出去。我对这场大屠杀的回忆是对心灵巨大的伤害，我只能称之为对记忆的猛烈冲击，想象力充斥其中。在我写这份声明的时候，觉得自己的理解力就像一个不精确的仪表，有变得模糊不清的危险。可是除了我，谁能讲清这件事情的来龙去脉呢？

警察局长在另一封信中告诉我们，贝尔夏尔已经向法院提供了誓词，但不知什么原因，没有寄给我们。

但事情的原委很快就水落石出了，即使要对贝尔夏尔进行公正的审判，也将非常缓慢。而另一方面，仅仅过了一个月，就流言四起，对查利斯的殉难极尽污蔑抹黑之能事，其中最温和的是说他行事鲁莽，说坏的是说他被一个帕坎塔吉女人迷住了。

我们会渐渐习惯等待贝尔希尔的"处理结果"。如果骑警因此而变得更谨慎一点，对巴拉库恩和他的族人来说也算不上什么安慰。

弗雷德把那个还活着的婴儿带回蒙巴，交给帕坎吉营地的妇女抚养。死亡的气息——父亲和巴拉库恩人的死亡——依然压迫着我。我现在生出这样的想法：想按部就班长大成人是愚蠢的。死亡使勤奋显得微不足道。想到帕坎吉人的灵魂在天国，我并未感到宽慰；想到父亲的灵魂也可能在天国，也没有感到宽慰。所有的精气神都弃我而去，所有的勤勉坚忍不复存在。

旺库的牧人给蒙巴捎了个信。三天后就有人出现在我面前，这次是爱德华·邦尼。他坐在床边，问我感觉怎么样，有什么病。我告诉他，我感觉被死亡淹没了，被无处不在、坚持不懈的死神吞没了。被它一口吃掉整个不懈奋斗的世界的能力吞没了。它吞噬了查利斯神父和他的壮志雄心。

"它有那么多仆人，"我对他说，"还有布里斯班的警察局长——他不想知道他的仆人都干了些什么。"

"你知道，普洛恩，我从来都不是我弟弟那样的圣贤。"他停了一会儿说。

"不能这么说。"我表示反对,但纯粹是出于礼貌。

"不,"他说,"要成为圣贤,就要相信人是可以被救赎的。我因为癖好,背负着沉重的十字架,觉得被一群人包围着,他们随时准备剥我的皮。我可不是随随便便跟你说这些话的,普洛恩。你很痛苦,而我一直都在痛苦。我是牧师的儿子,从来没想成为圣人。因为我知道我们有多么堕落,我们生活在万丈深渊的边缘。我的小兄弟……对他来说,一切都自然而然,没有特别的原因。他想知道为什么人类如此热衷于致命的暴力行为。对我来说,问题是,为什么我们并非一直都是邪恶的?我认为……原谅我,我说不太清楚,亲爱的孩子……但我想,你已经在这儿看到人倾向于邪恶,即使会突然做点善事。你和我弟弟一样,更愿意从反面看问题,认为人心向善,只是偶然作恶罢了。所以你总是对邪恶感到惊讶。事实上,你被它折磨得卧床不起。特别是在你亲爱的父亲去世之后。"

"在一个到处都是邪恶的世界里,站起来到处走,值得吗?"我问他。

"不知道。我仿佛刚醒来,发现自己还活着,需要承担起生活的责任。就是这样。我和我弟弟在一件事情上看法一致。那就是即使在这片荒野,普洛恩,生活也是甜蜜的。对于你,这里的生活岂不是宛如甜甜的蜜糖吗?"

我忍不住哭了起来。"不是蜜糖,是胆汁。"我回答,"我父亲死了,他从来都不了解我。"

"啊,"他说,好像有点理解我了,"这么说,与其是巴坎吉人的灾难不如说是你父亲的离世更让你痛苦。"

"不,父亲的离世和巴坎吉人的灾难让我同样痛苦,"我说,"是一回事儿。"

"我明白了。"爱德华说,"真的明白了,老伙计。"

"谢谢你,邦尼先生。"

我又一次觉得感激之情在心中复活了。心里想,他的这番话可能比他的弟弟热情周到的安慰更暖心。

大屠杀发生后,我经常去找卡尔泰,看他日子过得怎么样。"你好吗,卡尔泰?"我傻乎乎地问。

"I'm grouse,狄更斯先生。"他回答道,我知道grouse是殖民地人的土语,意思是"很好"。

我不知道他是完全绝望,心灰意冷,还是把亲人被屠杀融入他的灵魂,成为生命的一部分,这样他的整个思想结构就不会被摧毁。

42

爱德华·邦尼在返回蒙巴之前说:"圣诞节就要到了,需要生者代表死者来庆祝。所以弗雷德和我决定让这个圣诞节令人难忘,成为一场盛会。除了你和阿尔弗雷德,弗雷德还邀请了德塞利一家,还有你在图拉尔的朋友厄尼·海沃德。你说呢,普洛恩?你会喜欢这样的庆祝活动吗?"

我当然同意他们的建议,至少在眼前一片黑暗中,对他们的好心表现出尊重。

圣诞节即将来临之际,我用已经取得的零零星星的成绩鼓劲儿打气,提醒自己,两个善良正直的好人把蒙巴牧场的一个分场托付我管理。我现在也是个读过小说的人了,有资格对书里的人物品头论足。我告诉自己,已经具备了在社会上结识其他人的条件和能力。和贝尔夏尔交锋是一场严峻的考验。过去,在社交场合,和海沃德相比,我自惭形秽。经历了这场风雨,我觉得根本没必要和他比个高下,不必太过认真。我告诫自己,在厄尼·海沃德这个处事随和的人身上,我不必像以前那样觉得受到任何威胁。

天气很热,我和卡尔泰并辔而行,一路南下,向蒙巴进发,走了整整一个白天,半夜才回到蒙巴宅邸,在我先前住的房间睡下。第二天早晨,强迫自己起床吃早餐。看到满脸微笑、总是乐呵呵的阿尔弗雷德已经从科罗纳到达蒙巴,我高兴极了。他穿着一套喜庆的格子西装,系着"老板"一定会赞扬的让人眼花缭乱的领带。或许为了我,他做出一副兴致很高的样子,好像"老板"并没有离开我们。

德塞利一家也在这里,这真是无法用言语表达的上天的恩赐。他们的到来让我精神焕发。他们证明,在许多时候,普普通通的生活是美好的。德塞利夫人非常健谈,德塞利先生在她旁边抽烟,微笑着看她高谈阔论,骄傲而又不无讥诮。想到我在德塞利夫人的庄园待过挺长时间,她已经把我当成熟人,感到很欣慰。让我惊讶的是,邦尼兄弟事先告诉大家,不要在我面前谈论贝尔夏尔事件。

与此同时,我对以前从未考虑过的各种事情也有了自己的看法。贝尔夏尔和他的手下对巴拉库恩人民的屠杀让我对许多事情产生了怀疑。比方说,父亲修建乌拉尼亚小屋,是否在一定程度上出于虚荣心,把他认为我们在塔维斯托克庄园和盖德山应该过的生活强加给那些姑娘。然而,即使这样,也不是犯罪,我已经做好准备,一旦提起这件事情,我会和阿尔弗雷德争论一番。但后来我发现,在这个问题上,阿尔弗雷德和我的想法并无二致。难道阿尔弗雷德只是想让我放弃那种幼稚的想法——认为父亲无论如何都是无可挑剔的吗？贝尔夏尔与"老板"截然不同。贝尔夏尔是一个为残酷与野蛮寻求"正当理由"的人，从上帝和魔鬼那里寻求依据的人。最终从头盔上的王冠和内心的地狱里得到了许可。我敢肯定，别的警察不会像贝尔夏尔那样经常把法律当作恶行的遮羞布，因为他们不需要像他那样引经据典，从根儿上维护自己的利益，证明用原住民的鲜血浇灌这块土地，用原住民的苦难建造他们的幸福是合理的。

圣诞夜，怀着这种新确立的、对"老板"的道德信心，我重新与漂亮的康妮·德塞利交谈。我注意到，自从去年圣诞节以来，她变得更文雅，更有教养，似乎不那么壮实粗犷，更像个窈窕淑女了。我很享受这样一个事实——和她促膝交谈，而不需要花言巧语，挑逗取笑。这个圣诞节我可没有这样的心情。

"这么说，你打算和厄尼·海沃德合作吗？"她问。

"我已经同意和厄尼一起在威尔坎尼亚和布瑞克堡之间经营一座牧场，"我告诉她，为我们的计划已经传开而感到骄傲，"我们将成为名副其实的'大人物'。"

"我从来没有怀疑过你们前途无量，"她说，"尽管对音乐厅来说，海沃德先生当牧场主是个损失。"

"不过，会有债务，"我以一种夸张、幽默的口吻说，"我们将像西部地区所有的伟人一样，历经磨难。"

布兰奇没有插嘴聊天，因为她的求婚者布罗厄姆先生已经到了。她的一切殷勤都是为他准备的。

按康妮的说法，好像她的幸福建立在到阿德莱德一所学校学习速记和记账之上似的。而学习一种不受制于人的技能的想法正好符合我那年圣诞节的心情。然而，我想要她陪伴，而且突然间，想要比陪伴更多的东西。和她交谈时,我发现我不是在盖德山暖房里游荡的幽灵,也不是发生血案的那条小溪边出没的鬼魂。我还活着,不知怎的,我觉得自己的身体和灵魂的碎片糅合在一起,为她而活着。我对她产生了一种甜蜜的向往,就像"老板"在《大卫·科波菲尔》里描述的那样。我又一次感到奇怪,为什么莫瑞斯·麦卡登对"老板"所描述的"迷恋"那么不以为然。因为在我看来,这种"迷恋"与大卫·科波菲尔的共同点比威廉·布莱克的诗歌更多。和康妮一起展望未来是一个"严肃项目"的一部分,是人生规划,而韦文荷太太的"项目"只是一个宏大的、揭示一切的夜晚。

那天晚上,海沃德被人怂恿着和康妮一起唱歌。他欣然应允,但有个条件,嗓子不错的布罗厄姆先生能陪他和康妮一起唱《圣诞颂歌》。于是,我们有幸听到"火炬,火炬,和火炬一起跑"[①]这美妙的歌声。这句歌词对我产生了一种奇怪的影响,它召唤我一路跑到伯利恒,另一个地方的另一个城镇,具有深刻意义的地方……辽阔,干燥,无边的黑暗中的一个小小的星球——至少在我半疯半病的状态下是这样的感觉。海沃德和康尼搂着布罗厄姆先生的肩膀,引吭高歌,风度十足,令人赞叹。布罗厄姆先生没有他们那样潇洒。

晚会结束时,我喝了最后一杯酒,和阿尔弗雷德一起站在游廊眺望辽阔的夜空。"哎,普洛恩,老伙计,今年我们成了孤儿,不管怎么说,就'老板'而言,"他说,"我们再也没有父亲了。"

在这宁静、无垠的荒漠,我突然想起那个温柔的、总是表示赞许的人——妈妈!我想知道,在阿尔弗雷德、我和其他人大声表达自己的看法时,她是如何一直保持沉默的。

---

① Run With the Torches to Light the Dim Stable.

圣诞节早晨，弗雷德里克·邦尼朗读了《公祷书》中一些圣诞礼拜仪式要做的祷告。在狄更斯的家里，这本书从来没怎么用过。它躺在那里，基本上被人遗忘了，就像发生火灾时才用的消防水管。今天早上，我听到了新约《约翰三书》中节选的朗读，就像昨天晚上唱的《圣诞颂歌》一样，我担心自己会皈依宗教，"老板"不会同意的。"行善的属乎神。行恶的未曾见过神。低米丢行善有众人给他作见证。又有真理给他作见证。就是我们也给他作见证。你也知道我们的见证是真的。"① 我想知道，贝尔夏尔此刻在布里斯班某个潮湿的教堂里吗？他也听到神的声音了吗？他被击中要害了吗？

我们见证了贝尔夏尔伤天害理的恶行！在这件事情上，有一封邦尼的书信，还有一封狄更斯的书信可以证明，虽然都是卑微的文件，但我们对于行恶的贝尔夏尔的见证是真的！

圣诞宴会从下午晚些时候开始，持续了几个小时，充满欢乐的气氛。和大家在一起，我暂且感到快乐。我清楚地意识到，此刻听到的每一句或平淡、或睿智、或幽默的话，同时落到我们头上。康妮·德塞利和我对视着，仿佛看到了内心深处共同的感觉。我想，这真是令人陶醉，是人生的巅峰。一个星期前，那些可怕的画面一次次出现在眼前，把我弄得神情恍惚，苦不堪言。可怕的枪伤，胸前流着的血，牧师后背中枪而死，一个孩子的头上沾满鲜血、骨头渣和脑浆。我知道我将永远被这些可怕的画面困扰，但我不会因此而消失。我现在明白，应该消失的贝尔夏尔其人。

我喝着葡萄酒，听爱德华·邦尼讲了一个笑话。那个笑话其实

----

① 见新约《约翰三书》1:11—1:12。He that doeth good is of God: but he that doeth evil hath not seen God. Demetrius hath good report of all men, and of the truth itself: yea, and we also bear record; and ye know that our record is true.

并不滑稽可笑，但他讲得挺卖力气，自得其乐。这个笑话说的是他们父亲就读的文法学校一位老师的故事。那个老师口臭得厉害，还总爱俯下身和男孩子们说话。孩子们扭头时，他就喊："你怎么了，孩子？不想看我！"有一个倒霉的男孩被老师嘴里的臭气熏得眨了眨眼睛，只能说："老师，你用的是古龙水。"满嘴臭气的老师对他说："我不喷古龙水，你这个傻瓜！"

不知不觉，已是深夜。我喝了酒，又被康妮含情脉脉的目光弄得晕乎乎。她和海沃德又唱了几首歌——记得有《在大卫城中》①。爱德华·邦尼说，这表明我们不需要皮尔逊医生和他的那伙人来给我们演奏音乐。

我觉得应该送阿尔弗雷德上床睡觉，便扶着他回到房间。他喝得酩酊大醉，笑个不停。我帮他在床上躺下，脱掉鞋子之后，他还在笑，似乎预先知道自己在汉密尔顿一定会大获全胜，所以非常高兴。我在他的房间里坐了一会儿，听着他均匀的呼吸，直到进入梦乡。经历了过去的艰难和那么多孤独的夜晚之后，我也很享受这个充满人情味儿的夜晚。

我看到枕边放着他的教父阿尔弗雷德·丁尼生的诗集。这本诗集一直放在他身边。这是与丁尼生有关的两样东西中的一样，哥哥不管走到哪里都带在身边。另一样是丁尼生很久以前送给父亲的一枚刻字的戒指。我想一定是阿尔弗雷德受洗的时候，父亲送给他的。

教父是他的灯塔，他的神，这也是阿尔弗雷德让人敬佩的现状之一。想到我现在也算个"文学青年"了，就拿起那本书，打算浏览一下——有人告诉我，诗歌可以一目十行地阅读。此外，我知道

---

① 《在大卫城中》(*Once in Royal David's City*)：剑桥大学国王合唱团演唱的著名歌曲。

阿尔弗雷德·丁尼生为他的朋友亨利·哈勒姆写了伟大的诗篇《悼念》。丁尼生对朋友怀有这样的真情给我留下深刻的印象。此外,《悼念》似乎是对过去的一年以及我目睹的恐怖事件一个极好的注解。最重要的是,在我们离开威尔坎尼亚去悉尼参加追悼会之前,康妮朗诵了这首诗。

显然,阿尔弗雷德一直在看同一首诗,因为正好翻到那一页。我读道:

> 我不羡慕野兽,
> 不羡慕它在时空行走的自由。
> 不受犯罪意识束缚,
> 泯灭的良心永远不会复苏。

哦,天哪!我又想起,圣诞节仪式上弗雷德里克·邦尼朗读《公祷书》的情景。贝尔夏尔!

隔几段,是那给人慰藉的深沉隽永的诗句:

> 无论发生什么,我都坚信,
> 最悲伤的时候,
> 体会尤深:
> 爱过又失去总比从未爱过好。

我正要把书放回去,一封信从书中掉了出来。定睛细看,是"老板"的笔迹。

我捡起来,漫不经心地打开。是雅典娜俱乐部的信笺,那是一个坐落在蓓尔美尔街①的奶油色男性俱乐部。我以前只从外面看到过它——像一座堡垒,社会名流们去那里谈天说地,吃饭喝酒。这封信是写给阿尔弗雷德·丁尼生·狄更斯先生的,写于 1870 年 5 月 20 日星期五。什么?父亲死前十九天!

"亲爱的阿尔弗雷德",信的开头这样写道。

我正好有时间亲自告诉你,我邀请贝尔先生参加了一次晚宴,同时出席的其他嘉宾自然都是他想见到的人。大家都很喜欢他,和他相处得很好。

我不认识这位贝尔先生,但他一定是从澳大利亚到伦敦的殖民者。

不知道普洛恩是否喜欢澳大利亚。你了解他的真实想法吗?我从他写来的信中发现,他总以为现在的生活就是他移居海外的全部和终点,好像我不知道你们俩不摆脱从前的关系,也会成为殖民地的主人,并且谋求到最初的职位。
我从贝尔先生那里听到你的好消息。我对他说,我并不感到惊讶,因为我对你有无限的信心。请接受我的爱和祝福。
他们会把这里的一切消息都告诉你,还会告诉你,我正在努力工作。这与其说是一封信,不如说是一种保证:每当想起你,我就充满希望和安慰。

---

① 蓓尔美尔街(Pall Mall):伦敦的一条街,以俱乐部多出名。

永远,我亲爱的阿尔弗雷德。

你慈爱的父亲

如此说来,父亲从来都不知道我在这里努力奋斗。在他死前,我也没能让他确信我一定会成功。

我的心又变得空空荡荡,怀着无尽的惆怅,把信叠好放回原处。今晚所有的温情快乐化为乌有。我离开阿尔弗雷德的卧室,径直走到游廊——对庄园感到绝望——走进夜色之中。我现在突然明白丹迪的感受了:已然来到世界的边缘,还能逃到哪里去呢?

那一刻,我非常想去黑人的营地。自从和卡尔泰骑马回到蒙巴,把他交给他的妻子之后,我已经去过那儿一次,并且见过那个在大屠杀中幸存下来的孩子。

于是我向帕坎吉营地走去,那是唯一可以放松心情的地方。此刻,我几乎喘不过气来。

弗雷德·邦尼没有强迫帕坎吉人以任何福音派的方式过圣诞节(除了放假一天),营地看起来很正常,没有什么节日的氛围。白天的热浪已经退去,许多男女在露天酣睡。大屠杀之后,我找到的那个孩子就睡在其中一个女人旁边。就像邦尼希望的那样,躺在母亲的胸前,成长过程中,恐怖的记忆将不复存在。因为大地是他们的母亲。

我很高兴卡尔泰在那儿。他穿着衬衫和裤子,侧身坐在一堆小火旁边,鼻子和两颊涂了白色的颜料,然后沿鼻梁在额头画了一个圈儿。我纳闷儿,对他来说,这个夜晚和平常没有两样,可他为什么要把自己画成祭司的模样?我不由得想,莫非他未卜先知,坐在这儿等我?

他什么也没说，只是略微转向我和篝火，点头示意我在他身边坐下。我没有跟他打招呼，他也没有跟我打招呼。我只是绕到火堆那边，在他身旁坐了大约三分钟，不知道该说什么。最后我只能说："卡尔泰，我完蛋了。我才十八岁，可我完蛋了。"

他什么也没说。

"我不知道你的世界是什么样子，卡尔泰，但在我的世界里，一切都派不上用场了。"

我知道，绝望中的我，此时此刻这番表白做得并不好。他还是一动不动地盯着火堆，仿佛告诉我，继续说下去。

现在我只能对卡尔泰说："一旦人们对你有了看法，你就好像永远落入陷阱，逃不脱的陷阱。"

"你会好起来的，普洛恩先生，"他对我说，"是那个贝尔夏尔让恶鬼纠缠你。"

从某种意义上讲，他说的没错儿。

"普洛恩先生。"他一边说一边递给我一块混合了烟灰的树胶。去年去科罗纳过圣诞节的路上，他就给了我一块这样的树胶。嚼过以后我就睡了。睡梦中有一种被人从邪恶中拯救出来的感觉。那梦活灵活现，十分可怕，但天亮之后，我就感到焕然一新。

"拿着，普洛恩先生。"他催促我，把手放在我的头上，他以前从来没有碰过我。

这一次，我不顾一切地咬了一口，开始嚼那块有点蔬菜味的树胶。

"你最好躺下。"卡尔泰说。

我四仰八叉在他身边躺下，咀嚼着，仿佛在寻求救赎。我感到身体里有一种奇怪的扩张感，肌肉和五脏六腑都在跳动。仿佛此前它们都处于静默状态，现在却跃跃欲试，想成为别的什么东西。我似乎不觉得困倦，没有任何过渡，直接进入梦境。

皎洁的月光照耀着一条由鬼桉树①树干组成的弯弯曲曲的通道。我在通道中穿行。一根树干旁边，站着那个长得很像燕迪的年轻人，这个年轻人已经被凶残的贝尔夏尔杀害。白色的条纹从肩膀到脚踝，贯穿了他的全身。他似乎并不怨恨遭遇的苦难，而是像引座员一样陪着我。我们一起向前走，仿佛在茫茫夜色中探寻。这个夜晚和我离开卡尔泰，让他独自坐着的那个夜晚一样，月朗星稀。

前面的一条小溪或水潭旁有火光。许多人在聊天，声音忽高忽低。我听见威尔基洪亮的说话声。萨克雷先生也在树林里，一张哈巴狗脸，大腹便便，眉头紧皱，穿着一套整洁的西装，衣领敞开，好像刚下班，眨着眼睛说："哦，天哪，难道他每一滴眼泪都是装出来的吗？就像小内尔。"我知道，他在雅典娜俱乐部的台阶上和父亲握手言和了，但如果不小心的话，这种话会让他们再次成为敌人。不过请注意，像我的同伴一样，几年前，萨克雷先生就因为离世而进入"一级不冒犯"②的境界。这时候，未见其人，先闻其声——我还没看到"老板"最喜欢的爱尔兰人丹尼尔·麦克利斯，就听见他说："天哪，我给你和凯瑟琳画像的时候，你还是个漂亮的小伙

---

① 鬼桉树（ghost gum）：澳大利亚内陆和塔斯马尼亚的一种桉树，生长在砾石斜坡和红砂土平地，白色或浅灰色树皮成块状或条状脱落，在文化上对澳大利亚原住民来说具有多种用途和意义。

② 十九世纪，英国评论家们越来越关注"冒犯性"文学，英国议会在1857年通过了《淫秽出版物法案》，对作家写作的内容严格限制，制定了"一级冒犯""二级冒犯"等等清规戒律。本文所说的"一级不冒犯"（the first level of inoffensiveness），是一句玩笑话。因为萨克雷先生已经去世，当然不可能有任何级别的冒犯。

子，查尔斯。"他喜欢开玩笑，故意把名字念成"查尔—利斯"。他继续说："颧骨高耸，卷发可爱，一张脸宛如被蒸气笼罩朦朦胧胧。凯瑟琳看上去皮肤细腻，真正的凝脂软玉！"然后又加了一句，"不过是半透明的。"

现在我看到，"老板"显然把朋友们都召集到这儿了。似乎每个人都在场——第一次来这个地方，玩得很开心。威尔斯，《一年四季》真正的编辑，蓄着浓密的黑色鬓角，看上去既敏感又理智。他有一次从马背上摔下来受了伤，从此一病不起。那个像燕迪一样的小伙子一言不发，只是站在我身边，像一个耐心的服务员。

他们是父亲的朋友，在蒙巴河的河岸聊天，用小杯子喝着潘趣酒。我看到胖得圆鼓鼓的剧院经理乔治·杜比。我的教父利顿勋爵，一张长脸，有点哀伤。他经常是这样一副表情。"普洛恩来了。"他喊道，但一点儿也不惊讶，好像我还在英国，随时都可能遇到似的。马克·雷蒙①也来了，虎背熊腰，头大、卷发、双下巴。"老板"认为雷蒙"越界"找过妈妈，但有一段时间，父亲把他当作好朋友，所以他也在这里，把所有的怨恨丢到脑后，和别人一起喝潘趣酒。

那个长得像燕迪一样的鬼魂现在站到那群人那边。约翰·福斯特站在远处的树林里，皱着眉头看那些送葬的人，不知道是否应该出面维持秩序。站在他旁边的是老克拉克森·斯坦菲尔德，他过去常常为"老板"的戏剧画布景。他是一位年纪很大、和蔼可亲的天主教徒。"老板"说，他画的《康沃尔郡的圣迈克尔山》是一幅天才之作，比那些该死的拉斐尔前派好得多。斯坦菲尔德不像其他人那样健谈，但他走过来问我蒙巴的阳光怎么样，我心不在焉地告诉

---

① 马克·雷蒙（Mark Lemon）:《伦敦新闻画报》创始人之一。该刊（1842年创办）是世界上第一份以图画为内容主体的周刊。

他，非常刺眼。因为我此刻更关心的是马克·雷蒙，听说他在"老板"去世前不久就死了。我走到他跟前，他脸颊胖乎乎的，从头到脚打量着我。

"我想，父亲很生你的气。"我说。

"一切都变了，"他睿智地笑着对我说，"只是个误会。"

他似乎对这种新的安排感到高兴，一口气喝光杯子里的潘趣酒。就在他这么做的时候，我看见了"老板"，他坐在小溪边的一把椅子上，上半身被破布绑着，眼睛上蒙着眼罩。那个像燕迪一样的鬼魂也站在他面前。我似乎感觉到他们彼此融合在一起。

我对他们这样对待父亲大为恼火，便对雷蒙和利顿勋爵说："我想和'老板'谈谈。"教父抓住我的肩膀，看着我的眼睛说："那个该死的女人将是我的死神，绝对的死神！"

我知道他是在抱怨爱尔兰妻子罗茜娜。她写小说骂他，说他是一个多么糟糕的丈夫，多么可恶的浪荡子！

"如果我妈妈写一本关于'老板'的小说会怎么样呢？"我问他。

"哦，凯瑟琳，一个那么贤惠的女人，不会干这种事情，"利顿勋爵说，"是的，一个可爱的女孩，你的母亲。她心里充满骄傲之情，不会玩这种把戏。"

利顿勋爵带我去见父亲，帕坎吉人的鬼魂在我右边。"老板"坐在一张普普通通的厨房里用的椅子上，只穿了一件衬衫，被人绑在椅子上，身边的地上放着一个小酒杯。这样一来，等他们玩完游戏，给他松了绑，他就可以喝酒了。我想把他从蒙着眼睛、被人用破布拧成绳子绑在椅子上的愚蠢的游戏中解救出来。走到他面前时，我说："我已经努力了，爸爸。干得很出色。你应该告诉比尔先生，不管他是谁。"

我觉得听到我的声音，他似乎在微笑，"亲爱的普洛尼什，是你吗？救救我。把眼罩拿下来，好吗？从后面解开。"

我把手伸到他的肩膀上，去解后面的结。刚刚解开，眼罩就掉了下来。我迫不及待地想看到他的脸，但是黑布松开的一霎，我没有看到眼睛，只看到两个比坑还深的空洞。

我连忙问："你怎么了？"

我心中涌起对父亲的怜悯之情，他已经变成两个空洞。一种想要拯救他的强烈的愿望油然而生。然而，周围那些人还在闲聊，谈论伦敦阿代尔菲剧院、杂志、学院，还有别人的妻子。他从我身边走开，嘴在大地上张开，宛如一个巨大的伤口。其他人仍然继续在他周围八卦，虽然没有任何恶意，但他们看似正常的行为对他来说是一种侮辱。因为他们能看见，他却不能。那个像燕迪一样的鬼魂也同样被吓坏了，走过来看我把父亲从椅子上松开。这位贝尔夏尔的受害者像兄弟一样把他引到河里。我看到他瘦削的肩膀，然后看到河水，却没有了他的踪影。河岸上的椅子是空的。

现在，显而易见，我的父亲——"老板"中的"老板"——写的那些东西，和他现在的处境一样，无知得可怜。他对世界全然无知，根本不应该受到责备。他连太阳都看不见，更别提我了。人们再也不会相信他是芸芸众生中评判这个世界的大师了。他失去的不是魅力，而是束缚人的全部力量。应该原谅这样的父亲，一个带着无知过早死去的人不可能对还活蹦乱跳的儿子作出评价。事情就是如此清楚，如此简单。我的绝望从根本上看，是因为愤怒和怨恨，并非不足挂齿的小事，而几乎是一种自负。

黎明时分，我在橘红色的阳光中醒来，卡尔泰睡在已经熄灭的篝火的另一边。尘土是淡紫色的。

那天晚上，客人们在前一天的狂欢之后都累了。康妮和她的姐姐出现在钢琴前面时，我当仁不让，走上前大声说："如果诸位允许的话，我请求德塞利小姐允许我用远不如海沃德先生的男高音和她们一起表演。"

大伙儿都说，这是个好主意，好创意。德塞利太太不无讽刺地说："胆儿挺大呀！"

我问两位姑娘会不会《再一次亲吻》。她们俩都会，布兰奇的乐谱集里就有这个歌儿。

"数到三。"布兰奇弹前奏时，康妮低声对我说。

我平生第一次，在大庭广众下唱歌。

"深情一吻，然后就分手。"康妮和我齐声合唱。

唱到"分手"时，她笑了。我们俩在长时间的掌声中凝视着对方，然后看下面几行。那几行仿佛一条"反对死亡不当影响"的法令。

> 深情一吻，然后就分手，
> 就此一别，然后是永远！
> 誓将泪水深藏心底
> 在叹息和呻吟中，我向你发誓……

然而，我像唱赞歌一样，唱那悲伤的诗句，歌颂我力不能及的某些事情，让生者和死者和解。

致　谢

除了不朽的查尔斯·狄更斯的作品之外，我还要感谢现、当代有关这位作家及其家庭的主要传记。这些作品包括：克莱尔·托玛林（Claire Tomalin）的《查尔斯·狄更斯：一生》（*Charles Dickens：A Life*，2011）；迈克尔·斯莱特（Michael Slater）的《查尔斯·狄更斯》（*Charles Dickens*，2009）；彼得·阿克罗伊德（Peter Ackroyd）的《狄更斯》（*Dickens*，1991）；弗雷德·卡普兰（Fred Kaplan）的《狄更斯传》（*Dickens：A Biography*，1988）。约翰·福斯特（John Forster）的重要著作《查尔斯·狄更斯生平》（*The Life of Charles Dickens*，1872‐4）也是必不可少的参考读物。

克莱尔·托玛林（Claire Tomalin）还写了《看不见的女人：查尔斯·狄更斯和内莉·特南的故事》（*The Invisible Woman：The Story of Charles Dickens and Nelly Ternan*，1990）；罗伯特·加内特（Robert Garnett）在过去的十年里创作了《恋爱中的查尔斯·狄更斯》（*Charles Dickens in Love*，2013）。安德鲁·莱塞特（Andrew Lycett）的《威尔基·柯林斯：充满激情的一生》（*Wilkie Collins：A Life of Sensation*，2013）和劳伦斯·赫顿（Laurence Hutton）编辑的《查尔斯·狄更斯写给威尔基·柯林斯的信》（*The Letters of Charles Dickens to Wilkie Collins*，1892）都为我的故事添加了更多的维度。克莱尔·克

拉克（Clare Clark）引人入胜的（我向你保证）著作《大恶臭》[①]（*The Great Stink*, 2005）为普洛恩的教父爱德华·布尔沃－利顿（Edward bulw－lytton）的职业生涯带来了巨大的光明，也照耀着包括萨克雷和狄更斯在内的其他维多利亚时代的作家文学创作的道路。

至于书信，首选当然是 1880 年由玛丽·狄更斯和乔治娜·贺加斯编辑成三卷的《查尔斯·狄更斯书信，1836—1870》（*The Letters of Charles Dickens*，1836—1870）。我对我引用的一些信件做了少许的加工、编辑。在极少的情况下，我杜撰了普洛恩兄弟姐妹之间来往的信件，以便更好地传递普洛恩在澳大利亚的心路历程。但书的结尾，那封给普洛恩带来如此痛苦的一封信是真实的，虽然做了一点编辑，但也可以忽略不计。

关于普洛恩的兄弟姐妹，我得到了罗伯特·戈特利布（Robert Gottlieb）的《远大前程：查尔斯·狄更斯的儿女们》（*Great Expectations：The Sons and Daughters of Charles Dickens*，2012）和露辛达·霍克斯利（Lucinda Hawksley）的《凯蒂：狄更斯的画家女儿的生活和爱情》（*Katey：The Life and Loves of Dickens's Artistic Daughter*，2006）的帮助。同一作者的《查尔斯·狄更斯和他的圈子》（*Charles Dickens and His Circle*，2016）也是一本非常有用的"指南"。亨利·菲尔丁·狄更斯爵士（Sir Henry Fielding Dickens）的《回忆我的父亲》（*Memoirs of My Father*，1928）很有意义。因为亨利就是那个送普洛恩去澳大利亚的狄更斯，而且和他年龄相仿。

[①] 《大恶臭》（*The Great Stink*）是克莱尔·克拉克这位杰出的天才作家在历史小说领域首次亮相。该书生动地再现了维多利亚时代英国伦敦繁华背后黑暗神秘的地下世界。故事发生在 1855 年，讲述了工程师威廉·梅（William May）从克里米亚战争的恐怖中回到伦敦的故事。

毋庸置疑，凯瑟琳·狄更斯没有像她光芒四射的丈夫那样吸引人们的目光，但她本身就是一个魅力四射的女人。在一些专门研究狄更斯的学者看来，她饱受冤屈。莉莉安·内德（Lillian Nayder）的《另一个狄更斯：凯瑟琳·贺加斯的一生》（*The Other Dickens：A Life of Catherine Hogarth*，2012）满怀热情地赞美了她。

至于阿尔弗雷德和普洛恩的故事，资料来源包括玛丽·拉扎勒斯（Mary Lazarus）1973年出版的《两兄弟的故事：查尔斯·狄更斯的儿子在澳大利亚》（*A Tale of Two Brothers：Charles Dickens's Sons in Australia*）；珍妮特·霍普（Jeannette Hope）和罗伯特·林赛（Robert Lindsay）的：《帕鲁河上的人们：弗雷德里克·邦尼的摄影》（*The People of the Paroo River：Frederic Bonney's Photographs*，2010）；博比·哈代（Bobbie Hardy）的：《巴金德吉的哀歌：达令河地区消失的部落》（*Lament for the Barkindji：The Vanished Tribes of the Darling River Region*，1976）；弗雷德里克·邦尼（Frederic Bonney）的文章《论达令河原住民的一些习俗》（*On Some Customs of the Aborigines of the River Darling*），《大不列颠及爱尔兰人类学研究所期刊》，1883年第13卷，第122—137页。（*Journal of the Anthropological Institute of Great Britain and Ireland*, vol. 13, 1883, pp. 122—137.）

需要说明的是，博比·哈代在书中对帕鲁河和达令河原住民部落名字的拼写与我的拼写不同，因为自从哈代的书出版以来，这些名词在文中的拼写方式已经变得越来越普遍。

最后，我必须请求所有研究狄更斯的专家学者的宽容。因为我在这本书中编造了一些我们无法知道的事情。比如，在还没有通过电报与英国联系的澳大利亚，生活在殖民地的狄更斯男孩们是如何得知父亲去世的传言，又是如何最终确定父亲已经不在人世的事实？我还杜撰了悉尼举行的纪念仪式。我的希望是，这些小细节不至于激怒任何人，同时作为一个小说家，向查尔斯·狄更斯本人无与伦比的创造力致敬。

像以往一样，我深切地感谢和我长期合作、永远年轻的编辑梅雷迪思·科诺（Meredith Curnow）和卡罗尔·韦尔奇（Carole Welch），感谢总是坚定支持我的编辑露易丝·瑟特尔（Louise Thurtell），我的经纪人菲奥娜·英格利斯（Fiona Inglis，悉尼），阿曼达·厄本（Amanda Urban，纽约）和山姆·科普兰（Sam Copeland）。感谢我的目光犀利、颇有见地、宽容大度的"家庭编辑"朱迪·肯尼利（Judy Keneally）。只有同行作家才知道我们欠这些人多少。

感谢我的外孙罗里·科弗代尔（Rory Coverdale）。他天生就是搞研究的料，在新南威尔士州图书馆帮我找到许多关于弗雷德里克·邦尼的资料。如果我不感谢盖德山学校和研究历史的志愿者詹妮弗·艾德（Jennifer Ide）那就是极大的疏忽。他们带我参观了盖德山，让我感受那幢房子和花园的氛围，呼吸那里的空气。狄更斯仿佛就在我眼前，栩栩如生。

THOMAS
KENEALLY